南唐词的传播与接受研究

袁晓聪 著

天津古籍出版社

图书在版编目（CIP）数据

南唐词的传播与接受研究 / 袁晓聪著 .-- 天津 : 天津古籍出版社，2021.9

ISBN 978-7-5528-1186-5

Ⅰ . ①南… Ⅱ . ①袁… Ⅲ . ①词 (文学) –诗词研究–中国–南唐 Ⅳ . ① I207.23

中国版本图书馆 CIP 数据核字 (2021) 第 197330 号

南唐词的传播与接受研究
NANTANGCIDECHUANBOYUJIESHOUYANJIU

袁晓聪 / 著
出版人 / 张玮
责任编辑 / 杨颖
封面设计 / 采薇阁
天津古籍出版社出版
（天津市西康路 35 号　邮编 300051）
北京一步飞印刷有限公司印刷　新华书店发行

版次：2022 年 3 月第 1 版
印次：2022 年 3 月第 1 次印刷
开本：880 毫米 ×1230 毫米　1/32
印张：12.25
字数：232 千字
书号：ISBN 978-7-5528-1186-5
定价：88 元

运城学院重点学科建设项目资助

目　录

中篇　南唐词在现代的传播与接受

下篇 现代词话论南唐词文献考录

绪　论

一、问题的提出

词起源于唐代，而盛于五代。五代，是我国文人词的兴盛的时代。尤以蜀地、南唐为最盛，在当时形成两个创作中心。且因为两地不同的政治经济背景、地域文化的差别，蜀地、南唐词又带有各自的特色。正如伏尔泰所说："杰出的作家总要从培育他们的国土上接受不同的趣味、色调和形式，例如意大利作家的质资中便会不知不觉地渗入意大利语的柔和和甜蜜。"[①]所谓"南唐词"，学术界一般认为是指南唐中主、后主李煜及冯延巳为创作代表的文人词派。在众多南唐词人中又以后主李煜词作的成就最为引人注目。较之蜀地词之俗与艳，创作手法之客观化，南唐词相对来说呈现出雅化趋势，感情更加主观化。而南唐词的雅化是唐宋词雅化中的最重要的一节，对后世词的发展轨迹有重要影响。南唐词既承接花间一脉，影响后来婉约一派；又开拓风格，开苏、辛豪放清旷一派。总之，南唐词在中国词学史上呈现出特别的面貌，对后代词人影响甚大。

据刘尊明先生《唐五代词人历史地位的定量分析》统计，其中"唐五代词人历史地位综合指数排行一览表"，名列榜首的就是南唐后主李煜，排第四的是冯延巳；而南唐中主李璟也跻身于唐五代名家词人之列。而李璟存词就目前所见，也只不过 4 首而已。南唐词的历史地位的确立，是与南唐词人在创作

---

① 伏尔泰《论史诗》，伍蠡甫主编《西方文论选》上册，上海译文出版社，1984 年版，第 323 页。

与接受两大方面所取得的显著成绩和影响分不开的。前人对南唐词的研究主要集中在“创作史”方面的研究，如词集整理、作家生平、作品风格分析，本事考证、校注、补佚等方面。而对于南唐词在历代的接受审美反应及其影响，虽然已取得一些成果，但是尚缺乏系统的整理与考察，也没有一篇论文完整的论及南唐词在后世的传播与接受情况。

但是，就整个古代文学研究来说，也有学者已经将研究的目光投向了文学的接受与传播，并做了有益的尝试。如李郁的《论文学活动中传播的意义》①一文，将文学传播定义为文学活动从艺术本文创作的完成到接受乃至回归、反作用于世界的过程。孙民生《对中国古代文学内部传播模式的思考》②一文从“五个w”传播模式入手，深入细致地分析了中国古代文学内部传播的流程。王兆鹏先生在《传播与接受：文学史研究的另两个维度》③更是从理论的角度指出作者、传播者、接受者之间的关系不是孤立的，而是互动的，传播方式的不同，影响和制约着文学的创作倾向和创作风格，影响着传播的效果。这些都为古代文学的研究打开了新思路。此外，单就词的传播来说，也有学者发表了相应的论著。如杨海明的《“妙在得于妇人”——论歌妓对唐宋词的作用》④，王兆鹏《宋词的口头传播方式初

① 李郁《论文学活动中传播的意义》，《南京师大学报（社科版）》，1997年第1期。

② 孙民生《对中国古代文学内部传播模式的思考》，《武陵学刊》1997年第4期。

③ 王兆鹏《传播与接受：文学史研究的另两个维度》，《江海学刊》，1998年第3期。

④ 杨海明《“妙在得于妇人”——论歌妓对唐宋词的作用》，《中国典籍与文化》，1995年第2期。

探——以歌妓唱词为中心》[1]，彭福荣《论歌妓对宋词繁荣的价值》[2]，徐枫《论宋词歌妓传播的特色》[3]及刘光裕、郭术兵《论传播方式的改变对唐宋词的影响》[4]等，这些文章都从传播学的视角，对词进行了新的研究尝试，并收到了很好的效果。

关于南唐词的传播与接受研究，虽然也有研究者对李煜词在后世的传播与接受情况写过单篇论文。比如张颖的《宋代文人对李煜词的接受》[5]，王秀林、刘尊明《“亡国之音”穿越历史时空：李煜词的接受史探赜》[6]等。但是对于南唐词这个整体来说，还是不够全面的。接受美学的创始人姚斯认为：“艺术作品的历史本质，不仅在于它再现或者表现的功能，而且在于它的影响之中。”特别是近几年，学界对花间词派、柳永、苏轼等词人、词派的传播接受研究取得了明显的成果。因此，从整体上对南唐词进行传播接受研究，对探索南唐词的审美观念与价值取向，对科学的界定南唐词的艺术成就及词史地位，是具有较大学术意义的。因而，我们认为南唐词在后世的传播与接受情况的确应该是非常值得思考和研究的问题。

---

① 王兆鹏《宋词的口头传播方式初探——以歌妓唱词为中心》，《文学遗产》，2004年第6期。

② 彭福荣《论歌妓对宋词繁荣的价值》，《重庆交通学院学报（社科版）》，2003年12月。

③ 徐枫《论宋词歌妓传播的特色》，《中国典籍与文化》，1999年第2期。

④ 刘光裕、郭术兵《论传播方式的改变对唐宋词的影响》，《齐鲁学刊》，1997年第1期。

⑤ 张颖《宋代文人对李煜词的接受》，《唐山师范学院学报》，2007年7月。

⑥ 王秀林、刘尊明《“亡国之音”穿越历史时空：李煜词的接受史探赜》，《江海学刊》，2004年4月。

二、学术史回顾

20世纪以来，对于南唐词的研究，一直是学界的热点。清末民初的王国维先生可谓最早从事唐五代词的整理工作的。他辑录唐五代21家，684首词作，编成《唐五代二十一家词辑》[①]，其中包括《南唐二主词》等。该著对20世纪唐五代词的整理工作有创始之功。尔后刘毓盘、朱祖谋等人也为唐五代词辑校方面做出了重大贡献。刘继增《南唐二主词笺》[②]的出版，成为研究南唐二主词的重要文献。稍后出版的还有成肇麟所编的《唐五代词选》[③]、胡适的《词选》[④]、林大椿的《唐五代词》[⑤]等。其中林大椿的《唐五代词》为20世纪初辑录唐五代词数量最多者。龙沐勋编的《唐宋名家词选》[⑥]更是近代词选中选择较精、体例较完善的一种。以上编著都是从整体上对唐五代词做了整理工作。到了30年代就出现了单独研究南唐词的热潮，其中在南唐词人年谱及评传方面取得了较大的成绩的有唐圭璋《南唐二主词汇笺》[⑦]《李后主评传》[⑧]、夏承焘的《冯正中年谱》[⑨]《南唐二主年谱》[⑩]等。唐圭璋的《南唐二主词汇笺》

① 王国维《唐五代二十一家词辑》，1932年上海有正书局铅印本。

② 刘继增《南唐二主词笺》，无锡公立图书馆1918年版。

③ 成肇麟《唐五代词选》，上海商务印书馆，1928年版。

④ 胡适《词选》，上海商务印书馆，1927年版。

⑤ 林大椿《唐五代词》，上海商务印书馆，1931年版。

⑥ 龙沐勋《唐宋名家词选》，上海开明书店，1934年版。

⑦ 唐圭璋《南唐二主词汇笺》，南京正中书局，1936年版。

⑧ 唐圭璋《李后主评传》，《读书顾问》创刊号，1934年3月。

⑨ 夏承焘《冯正中年谱》，《词学季刊》2卷3号，1935年4月。

⑩ 夏承焘《南唐二主年谱》，《词学季刊》2卷4号，3卷1、2、3号，1935年7月，1936年3、6、9月。

既笺证词林本事，又备录历代词话评论资料，考校精密，引人注目。而夏承焘的《冯正中年谱》，对冯延巳的一生重要活动作了非常细致详实的考证，到现在仍是我们研究冯词必不可少的资料。此外，龙沐勋的《南唐二主词叙论》[①]从自身遭遇、身世环境及个体性格方面，探讨了南唐二主词风的成因。40年代，在南唐二主词研究方面，涌现出大量论文著作，如詹幼馨的《南唐二主世系》[②]对其生平进行了考订；俞陛云《南唐二主词辑述》[③]对历代关于南唐二主词的评论加以汇总，归纳；而泳先的《论李后主词之真伪与后主之死》[④]、⑨金启华的《李后主的悲歌》[⑤]、唐圭璋的《李后主之天性》[⑥]、《屈原与李后主》[⑦]等，都不同程度地揭示了李后主词的独特艺术价值。著有《柯亭词论》[⑧]的蔡嵩云尤其推崇南唐冯延巳词的高妙境界。从以上的论述中，我们不难发现对于南唐词的研究不管是词集的整理还是南唐词人的个案研究都取得了丰硕的成果。50年代对于南唐词人李煜的研究可谓热烈，甚至在全国范围内掀起了一场关于李煜词的大讨论。这次讨论持续了大约一年半的时间，主要围绕两个问题展开：第一，李煜词是否具有人民性和爱国主义等问题展开讨论；第二，李煜词为什么能获得千百年来广大读者的喜爱和共鸣。这些讨论的文章后来大都收在《文学遗产》编辑部汇编的《李煜词讨论集》[⑨]和卢兴基主

① 龙沐勋《南唐二主词叙论》，《词学季刊》3卷2号，1936年6月。

② 詹幼馨《南唐二主世系》，《中央日报》1946年12月24日。

③ 俞陛云《南唐二主词辑述》，《同声月刊》1卷10、11号，1941年9月

④ 泳先《论李后主词之真伪与后主之死》，《国风》半月刊2卷9期，1940年6月。

⑤ 金启华《李后主的悲歌》，《中央日报》1947年6月11日。

⑥ 唐圭璋《李后主之天性》，《中央日报》1947年6月20日。

⑦ 唐圭璋《屈原与李后主》，《学灯》1943年4月。

⑧ 蔡嵩云《柯亭词论》，唐圭璋《词话丛编》，中华书局，1986年版。

⑨ 《文学遗产》编辑部汇编《李煜词讨论集》，作家出版社，1957年版。

编的《五十年代讨论李煜词的评价问题》[①]中。另外，此期还出现了将南唐二主词合校、合笺的著作，如王仲闻的《南唐二主词校订》[②]、詹安泰的《李璟李煜词》[③]等。其中詹安泰还用系列论文的形式，对南唐二主词进行了深入分析。60、70年代，因为“文化大革命”的时代背景，关于南唐词的研究相对比较惨淡，但是也有一些成果，如施蛰存的《读冯延巳词札记》[④]、社科院主编《中国文学史》[⑤]及游国恩主编《中国文学史》[⑥]等。

80年代，在唐五代词集整理方面出现了集大成的《全唐五代词》[⑦]，打破了几乎停顿了半个世纪的唐五代词的辑录整理工作的僵化局面。不过，此书出版不久，就受到了学界的批评和质疑，被认为是体例杂乱，纰漏甚多，难以信据。此外，杨琳的《冯延巳还是冯延己》[⑧]，傅正谷、王沛霖的《南唐二主词析释》[⑨]，高兰、孟祥鲁的《李后主年表》[⑩]等，皆对南唐词人事迹作了比较完善的考证。傅璇琮等人编纂的《唐五代人物传记资料综合索引》[⑪]更是提供了较为丰富的词人传记资料。再者，伴随着“鉴赏热”的兴起，《唐宋词鉴赏集》[⑫]、

---

① 卢兴基《五十年代讨论李煜词的评价问题》，齐鲁书社，1987年版。

② 王仲闻《南唐二主词校订》，人民文学出版社，1957年版。

③ 詹安泰《李璟李煜词》，人民文学出版社，1958年版。

④ 施蛰存《读冯延巳札记》，《上海师范大学学报》，1979年3月。

⑤ 中国社科院文学所《中国文学史》，人民文学出版社，1962年版。

⑥ 游国恩等《中国文学史》，人民文学出版社，1962年版。

⑦ 张璋、黄畬《全唐五代词》，上海古籍出版社，1986年版。

⑧ 杨琳《冯延巳还是冯延己》，《文献》，1989年4月。

⑨ 傅正谷、王沛霖《南唐二主词析释》，天津古籍出版社，1988年版。

⑩ 高兰、孟祥鲁《李后主年表》，齐鲁书社，1985年版。

⑪ 傅璇琮等《唐五代人物传记综合索引》，中华书局，1982年版。

⑫ 人民文学出版社编辑部《唐宋词鉴赏集》，人民文学出版社，1983年版。

《唐宋词鉴赏辞典》[①]、《古典诗词名家鉴赏集》[②]等大中型鉴赏辞典相继问世，这对普及唐五代词，推动文学鉴赏和研究，都起到了巨大的作用。此外，许多词学大家也陆续出版了唐宋词的鉴赏本，其中比较引人注目的有唐圭璋的《唐宋词简释》[③]、夏承焘的《唐宋词欣赏》[④]、刘永济的《唐五代两宋词简析》[⑤]等。其中夏书对南唐李煜的词史地位作了高度赞扬。在词史方面出版了杨海明先生的《唐宋词史》[⑥]等著作。该著对唐五代词风格的演变过程分析的甚为细致。而吴熊和先生的《唐宋词通论》[⑦]从理论方面综合探讨了唐五代词，建构出词学研究的整体框架。在综论五代词的论文中，姜超的《西蜀词风与南唐诗意》[⑧]则将蜀地词与南唐词的整体风貌进行了比较，并分析了其中的原因。

80年代开始，在中西思想的融合下，学界也开始思考新的词学研究方法。随着“文化热”的兴盛，也产生了不少从文化学角度研究唐五代词的论著。如葛兆光《瑶台梦与桃花洞——论道教与晚唐五代文人词》[⑨]，就是其中的代表之一。也有人喜从意识、心态、主题、意象、意境及艺术表现手法等方面，来探讨唐五代词的艺术风格。其中成果最丰硕的学者当是杨海明

① 唐圭璋《唐宋词鉴赏辞典》，江苏古籍出版社，1986年版。

② 《文史知识》编辑部《古典诗词名篇鉴赏集》，中华书局，1984年版。

③ 唐圭璋《唐宋词简释》，上海古籍出版社，1981年版。

④ 夏承焘《唐宋词欣赏》，百花文艺出版社，1980年版。

⑤ 刘永济《唐五代两宋词简析》，上海古籍出版社，1981年版。

⑥ 杨海明《唐宋词史》，江苏古籍出版社，1987年版。

⑦ 吴熊和《唐宋词通论》，浙江古籍出版，1985年版。

⑧ 姜超《西蜀词风与南唐诗意》，《语文月刊》，1987年第3期。

⑨ 葛兆光《瑶台梦与桃花洞——论道教与晚唐五代文人词》，《江海学刊》1988年第4期。

先生。其代表性的论文有《试论唐宋词中的“南国情味”》[①]《爱情意识与忧患意识的“交互”与“交替”——论晚唐五代词兼及两宋词的“主思潮”》[②]等。除了从唐五代这个整体语境中关注南唐词之外，对于南唐词的个体研究也成果可喜。在冯延巳词研究方面，相继出现了杨海明的《论冯延巳词》[③]、张自文的《开宋词风气之先的关键人物——冯延巳》[④]、《冯延巳词的审美价值》[⑤]等论文，探讨了冯词的美学价值。在南唐二主词研究方面，主要有施蛰存的《南唐二主词叙论》[⑥]、蔡厚示的《李璟李煜词赏析》[⑦]、《从审美角度看李璟李煜词》[⑧]等，论述了二主词的艺术魅力，创造出了能供绝大多数人以审美愉悦的艺术珍品。此外，对于李煜个人词作的探讨依然是学界的焦点。在研究李煜生平经历、思想性格方面，有田居俭《绝代才人薄命君王——南唐后主李煜新传》[⑨]、李印勤《风流才主误作人主——南唐后主李煜的悲剧人生》[⑩]、区潜云的《李后主与牵机药》[⑪]等。关于李煜词

① 杨海明《试论唐宋词中的“南国情味”》，《文学遗产》，1987年第1期。

② 杨海明《爱情意识与忧患意识的“交互”与“交替”——论晚唐五代词兼及两宋词的“主思潮”》，《江海学刊》，1987年第1期。

③ 杨海明《论冯延巳词》，《文史哲》，1985年第2期。

④ 张自文《开宋词风气之先的关键人物——冯延巳》，《湘潭大学学报》，1989年第2期。

⑤ 张自文《冯延巳词的审美价值》，《文学遗产》，1989年第第5期。

⑥ 施蛰存《南唐二主词叙论》，《中华文史论丛》，1980年第3辑。

⑦ 蔡厚示《李璟李煜词赏析》，《江海学刊》，1982年第6期。

⑧ 蔡厚示《从审美角度看李璟李煜词》，《诗词拾翠》2集，海峡文艺出版社，1989年版。

⑨ 田居俭《绝代才人薄命君王——南唐后主李煜新传》，《文史知识》，1987年第7期、1988年第10期。

⑩ 李印勤《风流才子误作人主——南唐后主李煜的悲剧人生》，《文史知识》，1987年第4期。

⑪ 区潜云《李后主与牵机药》，《学术研究》，1983年第6期。

作的研究，有张桂贤的《试谈李煜词的意境》[①]、乍丹的《试论李煜词结构与意象的开拓》[②]、杨宝林的《试论李煜变“伶工词”为“士大夫词”》[③]等论文探讨李煜词之意境美。有赵丽艳《李煜词艺术魅力审美初探》[④]、樊维刚与徐枫《李煜词艺术魅力探微》[⑤]等论文，专门从艺术形式和表现手法方面，探讨李煜词在人们审美情感上所留下的轨迹。此外，还有一些文章将李煜和其他词人比较，如张文生的《李清照与李煜词的异同》[⑥]、宋培效的《纳兰词与李煜词之比较》[⑦]等，在对比中揭示词风演变的历程。

进入90年代以后，学界在以往研究的基础上，呈现出新态势。研究者们普遍采用新视角、新思路对唐五代词进行更深入细致的研究，并且注重学科的交叉与整合、借用社会学、文化学以及现代西方的一些文学理论，在唐五代词的研究方面颇有创获。在词集整理方面，标志性之一的成果就是曾昭岷、曹济平、王兆鹏、刘尊明主编的《全唐五代词》[⑧]的出版。该著体现出很高的学术水平，是到目前为止最为权威的唐五代词集。此期，也出现了大量的词学工具书，如王洪主编的《唐宋词百

① 张桂贤《试谈李煜词的意境》，《锦州师范学院学报》，1987年第4期。

② 乍丹《试论李煜词结构与意象的开拓》，《语文学刊》，1988年第6期。

③ 杨宝林《试论李煜变“伶工词”为“士大夫词”》，《辽宁大学学报》，1987年第3期。

④ 赵丽艳《李煜词艺术魅力审美初探》，《齐齐哈尔师院学报》，1986年第3期。

⑤ 樊维刚、徐枫《李煜词艺术魅力探微》，《文学遗产》，1989年第2期。

⑥ 张文生《李清照与李煜词异同》，《锦州师范学院学报》，1984年第2期。

⑦ 宋培效《纳兰词与李煜词之比较》，《承德师专学报》，1986年第4期。

⑧ 曾昭岷等编《全唐五代词》，中华书局，1999年版。

科大辞典》[①]，王洪、刘扬忠、乔力、王兆鹏主编的《唐宋词精华》[②]、钟振振注释的《唐圭璋推荐唐宋词》[③]、潘慎主编的《唐五代词鉴赏辞典》[④]、孙克强的《唐宋人词话》[⑤]、史双元主编的《唐五代词纪事汇评》[⑥]等，尤其是马兴荣、吴熊和、曹济平编著的《中国词学大辞典》[⑦]，最具百科性质，是一部不可多得的词学研究必备工具书。在词史研究方面，也取得了一定的成绩，如谢桃坊《中国词学史》[⑧]、萧世杰的《唐宋词史稿》[⑨]、方智范等人主编《中国词学批评史》[⑩]、杨海明《唐宋词美学》[⑪]、刘扬忠的《唐宋词流派史》[⑫]、刘维治的《唐宋词研究》[⑬]等论著，从词学理论的角度，对词的本质等诸多问题作了深入探讨，其中刘扬忠的《唐宋词流派史》还从地域文化特点分析了南唐词形成的内在动因。此外，还有田居俭的《李煜传》[⑭]、蔡厚示、黄拔荆的《南唐二主暨冯延巳词传》[⑮]等专著，也对唐五代重要词人进行了细致分析。另外，80年代以来，从意识、心态、主题、意象、意境方面研究唐五代词

① 王洪主编《唐宋词百科大辞典》，学苑出版社，1990年版。

② 王洪等《唐宋词精华》，学苑出版社，1991年版。

③ 钟振振注释《唐圭璋推荐唐宋词》，辽宁少年儿童出版社，1992年版。

④ 潘慎主编《唐五代词鉴赏辞典》，北京燕山出版社，1991年版。

⑤ 孙克强《唐宋人词话》，河南文艺出版社，1999年版。

⑥ 史双元主编《唐五代词纪事汇评》，黄山书社，1995年版。

⑦ 马兴荣等《中国词学大辞典》，浙江教育出版社，1996年版。

⑧ 谢桃坊《中国词学史》，巴蜀书社，1993年版。

⑨ 萧世杰《唐宋词史稿》，华中师范大学出版社，1991年版。

⑩ 方智范等《中国词学批评史》，中国社会科学出版社，1994年版。

⑪ 杨海明《唐宋词美学》，江苏教育出版社，1998年版。

⑫ 刘扬忠《唐宋词流派史》，福建人民出版社，1999年。

⑬ 刘维治《唐宋词研究》，辽宁师范大学出版社，1996年版。

⑭ 田居俭《李煜传》，当代中国出版社，1995年版。

⑮ 蔡厚示等《南唐二主暨冯延巳词传》，吉林人民出版社，1999年版。

的新方法，在90年得到进一步拓展，涌现出大量的研究论文。如杨海明先生的《论唐宋词的“享乐意识”》[①]、《唐宋词中的“言理”和“理趣》[②]、《唐宋词中的“富贵气”》[③]、《试论唐宋词的“以艳为美”及其香艳味》[④]、缪钺的《唐宋词中“感士不遇”心情初探》[⑤]、邓乔彬的《唐宋词的伤春主题及原型意义》[⑥]、张仲谋的《论唐宋词的“闲愁”主题》[⑦]、王兆鹏的《唐宋词的审美层次及其嬗变》等。再有，从文化学角度研究唐五代词也进行得如火如荼。其中的代表当是刘尊明先生的《唐五代词的文化观照》。其他学者这方面的研究成果如庆振轩的《唐五代道教词简论》[⑧]、杨海明的《“妙在得于妇人”——论歌妓对唐宋词的作用》[⑨]，余恕诚的《晚唐五代词与商品经济》[⑩]等。

90年代，对南唐词独立的研究也取得了很大的成绩，这主要集中在对二主词及冯延巳词的探析上。在冯词研究方面，如

① 杨海明《论唐宋词的“享乐意识”》，《西南师范大学学报》，1991年第3期。

② 杨海明《唐宋词中的“言理”和“理趣”》，《文史知识》，1995年第2期。

③ 杨海明《唐宋词中的“富贵气”》，《文学遗产》，1995年第5期。

④ 杨海明《试论唐宋词的“以艳为美”及其香艳味》，《齐鲁学刊》，1996年第5期。

⑤ 缪钺《唐宋词中“感士不遇”心情初探》，《四川大学学报》，1990年第4期。

⑥ 邓乔彬《唐宋词的伤春主题及原型意义》，《中华词学》1辑，1994年版。

⑦ 张仲谋《论唐宋词的“闲愁”主题》，《文学遗产》，1996年第6期。

⑧ 庆振轩《唐五代道教词简论》，《西北民族学院学报》，1993年第2期。

⑨ 杨海明《“妙在得于妇人”——论歌妓对唐宋词的作用》，《中国典籍与文化》，1995年第2期。

⑩ 余恕诚《晚唐五代词与商品经济》，《安徽教育学院学报》，1993年第2期。

黄进德的《冯延巳及其词考辨》[①]、陈如江的《冯延巳词论》[②]、黎烈南的《亡国之音哀以思：冯延巳词的风格及其成因》[③]等论著，探讨了冯词的风格及其词史地位。在二主词研究方面，李煜仍然是最大的焦点。詹幼馨的《南唐二主词研究》[④]考据与论述一体，引人注目，可供治二主词者参考。田居俭的《李后主新传》[⑤]，赵梦昭、李问理的《词魂——南唐李后主》[⑥]、杨抱朴《南唐后主李煜》[⑦]等文章，对李煜生平经历、创作过程进行了比较详细的研究。邓启华的《似幻犹真梦中情——李煜写梦词简评》[⑧]，黎烈南的《李煜词中的春花与秋月》[⑨]、杨海明的《"赤子之心"加"成人之思"——借用旧说来论李煜词》[⑩]等论著，着重探讨李煜词的造境之妙。在李煜与其他词人比较方面，有姜澄清《论孟昶、李煜、赵佶》[⑪]、吴帆《当行本色的二李词——论李煜、李清照词的艺术个性》[⑫]、柳文

---

① 黄进德《冯延巳及其词考辨》，《中华词学》第二辑，东南大学出版社，1995 年版。

② 陈如江《冯延巳词论》，华东师范大学出版社，1992 年版。

③ 黎烈南《亡国之音哀以思：冯延巳词的风格及其成因》，《首都师范大学学报》，1998 年第 3 期。

④ 詹幼馨《南唐二主词研究》，武汉出版社，1992 年版。

⑤ 田居俭《李后主新传》，吉林文史出版社，1991 年版。

⑥ 赵梦昭、李问理《词魂——南唐李后主》，湖北人民出版社，1994 年版。

⑦ 杨抱朴《南唐后主李煜》，春风文艺出版社，1994 年版。

⑧ 邓启华《似幻犹真梦中情——李煜写梦词简评》，《思茅师专学报》，1991 年第 5 期。

⑨ 黎烈南《李煜词中的春花与秋月》，《文史知识》，1993 年第 7 期。

⑩ 杨海明《"赤子之心"加"成人之思"——借用旧说来论李煜词》，《文史知识》，1994 年第 4 期。

⑪ 姜澄清《论孟昶、李煜、赵佶》，《贵州大学学报》，1990 年第 4 期。

⑫ 吴帆《当行本色的二李词——论李煜、李清照的艺术个性》，《中华词学》第二辑，东南大学出版社，1995 年版。

耀的《句秀、骨秀、神秀之我见：温、韦、李三家词说》[1]，昌美生《以孤独解构诗美——陈子昂、李煜比较一例》[2]、冯艳红《李煜与晏几道词之比较》[3]等，从比较中凸显李煜词的艺术特质。

进入21世纪以来，一股学术史回顾反思的热浪兴起，学者们开拓新的研究视野的同时，也开始对20世纪唐五代词研究历程做总结，大量综述类的文章不断涌现。刘尊明、赵晓涛的《本世纪唐五代词研究述略》[4]运用大量数据统计资料，对20世纪唐五代词研究的热点、难点、重点等问题，做了比较详细的论述。王兆鹏、刘尊明《本世纪唐五代词的文献整理与研究概观》[5]等文章重点描述了唐五代词辑录整理的工作的发展历程。另一方面，在取得新的研究突破方面有刘尊明的《唐五代词史论稿》[6]、沈松勤的《唐宋词社会文化学研究》[7]等著作；论文方面有乔力的《涵蕴辉煌：唐五代词概论》[8]、邓乔彬的《词的由中唐至宋初之变与文化转换》[9]、黎冬梅的《晚唐五代词和士人心态》[10]、张兴武的《唐末五代词人心态与词风的

① 柳文耀《句秀、骨秀、神秀之我见：温、韦、李三家词说》，《上海师范大学学报》，1998年第3期。

② 昌美生《以孤独结构诗美——陈子昂、李煜比较一例》，《文史知识》，1995年第3期。

③ 冯艳红《李煜与晏几道词之比较》，《齐齐哈尔社会科学》，1997年第5期。

④ 刘尊明、赵晓涛《20世纪唐五代词研究述略》，《古典文学知识》，2000年第5期。

⑤ 王兆鹏等《本世纪唐五代词的文献整理与研究概观》，《文献》，1999年第2期。

⑥ 刘尊明《唐五代词史论稿》，文化艺术出版社，2000年版。

⑦ 沈松勤《唐宋词社会文化学研究》，浙江大学出版社，2000年版。

⑧ 乔力《涵蕴辉煌：唐五代词概论》，《东岳论丛》，2001年3月。

⑨ 邓乔彬《词的由中唐至宋初之变与文化转换》，《文史哲》，2004年第4期。

⑩ 黎冬梅《晚唐五代词和士人心态》，《三峡大学学报》，2003年第1期。

嬗变》[①]、张晶的《晚唐五代词装饰性审美特征》[②]等，分别从社会、文化、审美等多个方面对唐五代做了深入讨论。

21 世纪对南唐词的研究，宏观方面有余恕诚的《南唐词人的创作及其在词史演进中的地位》[③]，盛莉、徐安琪的《试论南唐词的儒家文化意蕴》[④]、周彩虹的《浅论南唐、北宋词家的忧患意识》[⑤]、张兴武的《乱世江南著雅音——南唐妓乐与南唐词》[⑥]、李静的《南唐词的抒情模式位移》[⑦]，李红霞的《西蜀词与南唐词辨异》[⑧]、王晋建的《试论西蜀、南唐词的异同》[⑨]等论文。词人研究方面有邹华的《源于“花间”，超越“花间”——论冯延巳词的悲剧美感》[⑩]，胡淑慧的《冯延巳、晏殊词异同辨》[⑪]、孙维城的《论李煜词近于太白七绝风调》[⑫]等，尤其是王秀林、刘尊明的《“亡国之音”穿越历史时空：

---

① 张兴武《唐末五代词人心态与词风的嬗变》《杭州师范学院学报》2003 年第 6 期。

② 张晶《晚唐五代词装饰性审美特征》，《文学评论》，2005 年第 3 期。

③ 余恕诚《南唐词人的创作及其在词史演进中的地位》，《安徽师范大学学报》，2000 年第 3 期。

④ 盛莉、徐安琪《试论南唐词的儒家文化意蕴》，《天中学刊》，2002 年第 4 期。

⑤ 周彩虹《浅论南唐、北宋词家的忧患意识》，《佛山科学技术学院学报》，2005 年第 1 期。

⑥ 张兴武《乱世江南著雅音——南唐妓乐与南唐词》，《西北师大学报》，2001 年第 1 期。

⑦ 李静《南唐词的抒情模式位移》，《北方论丛》，2002 年 4 期。

⑧ 李红霞《西蜀词与南唐词辨异》，《渭南师范学院学报》，2000 年第 3 期。

⑨ 王晋建《试论西蜀、南唐词的异同》，《连云港职业技术学院学报》，2003 年 4 月。

⑩ 邹华《源于“花间”，超越“花间”——论冯延巳词的悲剧美感》，《云南民族学院学报》，2002 年第 4 期。

⑪ 胡淑慧《冯延巳、晏殊词异同辨》，《北京理工大学学报》，2005 年第 3 期。

⑫ 孙维城《论李煜词近于太白七绝风调》，《中国韵文学刊》，2002 年第 1 期。

李煜词的接受史探赜》[①]更是从接受美学的角度讨论李煜词穿越时空的艺术魅力。

通过以上粗略的整理分析，我们可以得出：20世纪以来对南唐词的研究主要沿着两个方面进行：一是在唐五代词的整体背景下，对南唐词进行观照；一是对南唐词进行相对独立的研究；两条线相互交错、相互补充，共同形成了南唐词研究的繁荣局面。在这两条主线下，又分为词籍的整理、个体词人的研究、词作赏析等几个板块。20世纪80年代以来，在“鉴赏热”“文化热”的影响下，在西方文学理论的影响下，学者们开始从整体上观照南唐词，南唐词的研究呈现出新的态势，并取得了丰厚的成果。据刘尊明先生统计，在20世纪词学研究方面，唐五代词是仅次于宋词的一个研究重点。而二十世纪八九十年代，传播学与接受美学相继成为研究者们研究古典诗词的新方法。这种新方法的应用，开拓了古代文学研究者的学术视界，相信也会硕果累累。

三、基本构想

词学研究是中国古代文学研究中的重点，迄今为止已取得了比较丰厚的成果。20世纪80年代西方文学理论的引入，对词学研究注入了新的活力。传播学、接受美学作为一门学科，传入我国的时间不是很长，但它以其鲜明的理性特色迅速渗透到各个研究领域，成为文学研究较为可取的新工具、新方法、新思路。从传播与接受的视角，分析和研究古代文学，有助于梳理古典文学的传承流传，从而在纵向方面将古代文学研究推向深化。

---

① 王秀林等《“亡国之音”穿越历史时空：李煜词的接受史探赜》，《江海学刊》，2004年第4期。

20世纪90年代，在文学文本研究走向衰微之际，文学的传播与接受研究逐渐的受到广大学者的青睐，并取得了一定的研究成果。主要有陈文忠先生《中国古典诗歌接受史研究》（安徽大学出版社，1998年），尚学锋、过常宝、郭英德《中国古典文学接受史》（山东教育出版社，2000年）、台湾学者杨文雄《李白诗歌接受史研究》（五南图书出版公司，2000年），尚永亮《庄骚传播接受史论》（文化艺术出版社，1999年），王友胜《苏诗研究史稿》（岳麓书社，2000年），李剑锋《元前陶渊明接受史》（齐鲁书社，2002年），刘学锴《李商隐诗歌接受史》（安徽大学出版社，2004年），王玫《建安文学接受史论》（上海古籍出版社，2005年），朱丽霞《清代辛稼轩接受史》（齐鲁书社，2005年），查清华《明代唐诗接受史》（上海古籍出版社，2006年）等。在唐宋词传播接受研究方面，有陈水云等著《唐宋词在明末清初的传播与接受》（中国社会科学出版社，2010年），谭新红《宋词传播方式研究》（武汉大学出版社，2010年），钱锡生《唐宋词传播方式研究》（复旦大学出版社，2009年）等著作；还有一些博士学位论文，如杨金梅《宋词接受史研究》、陈福升《柳永、周邦彦词接受史研究》、邓子勉《宋金元词籍文献研究》、李冬红《明代〈花间集〉接受史论》、凌天松《明编词总集述评》、于翠玲《朱彝尊〈词综〉研究》、赵晓辉《清人选唐宋词研究》、李睿《清代词选研究》等。

本书选择用传播与接受的角度作为研究南唐词的视角，第一是试图打破文献、创作、理论相隔离研究的作法，想通过传播与接受的视角将三者的研究相打通；第二是试图改变词史上先后代序的研究思路，将南唐词与后代词学放在同一个研究平台上进行综合考察，做到古今贯通，还原文学史原貌。这样，一方面可以看到南唐词在后世的传播情形；另一方面也可以了解南唐“词统”是怎样影响后代“词统”的？本书将在前人研究成果的基础上，尝试消化、吸收西方文艺传播学、接受美学等理论，运用阐释学、统计学方法，对现有文献史料归纳整理，细致分析，考察南唐词传播与接受的过程与特点，以期清晰地再现南唐词在后世的影响与地位，从而加深对南唐词更为全面的认识。

一般来说，人们对艺术作品的接受可区分为互相联系的三个层面：作为普通读者的纯审美的阅读欣赏；作为评论者的理性的阐释研究；作为创作者的接受影响和模仿借用。与此联系，古典诗歌接受史研究也可朝三个方面展开：以普通读者为主题的效果史研究；以评论家为主题的阐释史研究；以诗人创作者为主题的影响史研究。[①]对于南唐词的传播与接受研究，本书也准备从读者、词评家（词选家）、后世词人这三个方面考察。关于读者方面，主要讨论南唐词的版本刊刻情况及在民间的影响；从词评家（词选家）方面，主要考察后世对南唐词的评价及入选选本情况；从历代词人方面，主要想说明后世词人在创作上对南唐词的模仿与借鉴等。

全书按时代顺序，对南唐至清朝每个时代的不同时期进行动态的考察，研究接受者在不同时代以不同方式接受南唐词的历史过程。传播接受研究的范围相当广泛，本书主要结合名篇及代表词人的接受，点线面结合进行考察。全书将由绪论、上篇、中篇、下篇四个部分组成。绪论简要说明南唐词学术研究史及本书的写作意图、价值意义和论文框架。上篇分为四章，主要研究南唐词在古代的传播与接受情况。中篇三章，主要研

① 陈文忠《中国古典诗歌接受史研究》，安徽大学出版社，1998年版，第13至14页。

究南唐词在现代的传播与接受情况。下篇则从现代众多的词话中汇辑出专门谈论南唐词的文献，以此为研究南唐词的传播与接受提供可将史料。

第一章探讨南唐词在晚唐五代时期的传播与接受。词在五代时期还只是文人们娱乐的工具，其传播的方式主要是歌妓的口头传播。正是由于歌妓“新声巧笑于柳陌花衢，按管调弦于茶坊酒肆”[①]，才使这些优美的歌词迅速而广泛的流行于市井百姓间。但是南唐词是贵族文学，也是宫廷文学，所以其传播的范围还是主要集中在宫廷内的宴私生活中。此外，由于五代词人以填词为游戏，边写边扔，这对南唐词的文本传播带来了一定的困难，所以在当时以动态的口头传播为主。但是，口头传播毕竟只能满足一时的需要，从流传久远的角度考虑，书写下来才有保证。南唐词传到北宋，就有人将其收拾成册，以便流传。

第二章考察南唐词在宋代的传播与接受。北宋初期，天下归一，歌舞升平，以晏殊、欧阳修为代表的台阁词人群，以填词为乐，以听曲为尚，南唐词中的“富贵气象”更是受到他们的喜爱。相反，作为政治胜利者的帝王们却更能品味出南唐词中读出的“亡国之音”。北宋后期，苏轼主盟文坛，其门下就有苏门四学士、苏门六君子、后四学士等。因此苏轼对南唐词的接受态度显得至关重要。但是，苏轼仍然是从儒家道统的角度评价南唐词，尤其对李煜“挥泪对宫娥”的行为甚为不满，并由此引发了连锁反应。传播学认为，把一个问题定义为有争议的问题，导致人们通过媒介对那个问题有更多的了解。[②]苏

① 孟元老《梦华录序》，孟元老撰，伊永文笺注《东京梦华录》，中华书局，2006年版，第1页。

② 【英】丹尼斯·麦奎尔、【瑞】斯文·温德尔著，祝建华、武伟译《大众传播模式论》，上海译文出版社，1997年版，第85页。

轼的评价无疑也从另一个方面促进了李煜词的传播。南宋时期，词体成熟，词人们开始对词这一文体进行反思和总结，大量有关南唐词的词话、词集随之涌现，南唐词以其独特的艺术魅力成为李清照口中“本色”词作的代表之一，陆游、辛弃疾等人也不同程度地接受了南唐词的艺术养分。当然，此期也有人对南唐词持批评的态度。朱熹从道学家的立场出发，认为南唐之所以会亡国是因为道学不明、人心不正，这对南唐词的传播应该是有一定影响的。总结以上，我们可知，两宋时期对于南唐词的接受主要还是集中在“亡国之音”的品味上。

第三章研究南唐词在金元、明代的传播与接受。金元时期，苏学盛行，词风接续豪放一派，而有宋一代词的艺术成就已然璀璨夺目，所以很少有词人留意南唐词的艺术成就。但是，以元好问为代表的部分词人还是直接或间接地接受了南唐词的影响。明代是词的中衰期，虽然如此，明代的词话、词选在南唐词的传播中起到了不可忽视的作用。词话、词选具有鲜明的接受导向功能。这些词话品味李煜词之“情”、之“恨”，自然会引发人们对李煜词阅读的兴趣和了解的愿望，因此李煜词之经典化的历程也势必受到明代词话、词选的影响。

第四章讨论南唐词在清代的传播与接受。清代词学兴盛，相继经历了云间派、阳羡派、浙西派、常州词派等，这些词派各有所尊，对前代词作也有所取舍。相对来说，云间派、常州词派对南唐词更是偏爱一些。他们论词偏向婉约，不管是陈子龙的“亡国之恨”还是张惠言的“比兴寄托”，都可以看出对南唐词的接受。阳羡派推崇苏辛词风，喜爱豪放之音，但是陈维崧仍然将李白和李煜定为婉约之正宗，后辈李清照等人也是无法比肩的。浙西词派论词虽然也推尊婉约，但是却主南宋姜夔、张炎清空一路，是别样的婉约。尽管朱尊彝对南唐词没有做太多的评价，但是后期浙派词人对李煜词的评价还是比较高的。此外，纳兰性德和王国维对南唐词的接受也是不容忽视的。纳兰性德对李煜词的接受可谓彻底，他不但肯定李煜词之艺术美，甚至也接受了李词的悲剧美，并且创造出了深得李煜神韵的词作，在词史上深有影响。王国维结合中西文艺理论，对南唐词做出极高的评价，而这些评价影响直至现在。再有，清代的词话、词选也收获颇丰，这对南唐词的传播也是厥功甚伟。

上篇部分，最后的结论是在以上研究分析的基础上，进行理论性的梳理和总结。南唐词之所以千百年来受到人们的普遍喜爱，主要原因是它建立一种新型的艺术范型，抒写了人类普遍的审美情感，因而很容易引起人们的共鸣。其在后代的传播是与当时的社会环境密不可分的，由此说明南唐词的传播与接受对中国词学发展的影响，以期更准确地定位南唐词的历史地位。

第五章主要对南唐词接受文献进行专门地文献目录考察。主要而按照研究论文、研究专著、文学史（词史、诗史）、话体批评文献（词话、笔记、札记）、词体创作等文本方式类型来考录。由此为大家提供可靠的研究信息与线索。

第六章主要在南唐词各种传播方式产生的文献考索的基础上对南唐词的历史、特点与作用、南唐词与流派、南唐词作经典化、李后主的人品与人生、李后主的词品与影响等四大热点进行透视与描述。

第七章专门阐述南唐词在现代的传播与接受这一问题所包含的文化意蕴。它既是新思潮冲击的反映，也是新的文学文体观念、新文学（现代文学）观念影响的结果。既是乱世文化的一个体现，也是当时快餐文化的要求。当然还是江南文化与国都文化的折中反映，更是词史发展过程的源头效应。

下篇，即第八章为专门的南唐词话辑录，属于文献整理。本人通过各种方式考索与汇辑出相关文献近130余篇，近200则。由于数量较多，我们在考录时，采取汰粗取精的原则。按照词话、词论、词谈、词说等类型来排序，每类再按词话发表的时间先后来编排，以见人们论南唐词的观点与观念的源流。由此弥补人们在研究民国以前有关南唐词研究时对当时词话文献重视不够的遗憾。对著作如《词学通论》《词学概论》之类、词史之类、文学史之类等中所涉及南唐词论述者，以篇幅有限，于此割爱。对各种与南唐词相关的词选、词籍笺注以及序跋等也暂不录述。随着相关文献的继续发现，一定还有词话论及南唐词者。容以后有机会再补入。

中篇与下篇，为本人在从前研究的基础上重新增加的部分。此部分集中于南唐词在现代的传播与接受。因属于一个新的领域，有不少文献史料需要我们去发掘、汇辑、考辨以及分析、阐释与研究。当然，按总体的学理来讲，还当有南唐词在当代的传播与接受问题。我们在绪论部分中有所描述，但还不够深入。如20世纪50年代的后主词大讨论中共鸣说的提出、当代对南唐词的整理与研究著作及其学者等，都需要我们进行个案专题式的研究。且容以后再出续篇。

上篇

南唐词在古代的传播与接受

第一章 南唐词在五代时期的传播与接受

第一节 南唐词在五代时期的传播与接受环境

根据传播学理论，传播就是“社会信息的传递或社会信息系统的运行”[①]。人类社会的传播活动是在一定的社会关系中进行的，是一定社会关系的体现。环境因素作为社会关系的一个方面，是传播活动的基础与条件。信息传播是不能够脱离信息传播者与信息接受者共处的具体环境。法国史学家兼批评家丹纳在《艺术哲学》一书中说：“要了解一件艺术品，一个艺术家，一群艺术家，必须正确地设想他们所属的时代的精神和风俗概况。这是艺术最后的解释，也是决定一切的基本原因。”王兆鹏先生也说过我们在考察古代文学传播时，应该考虑到传播环境的作用。因此我们考察南唐词，是不能也不应该忽视它传播兴起的“环境”的。

（一）政治与经济环境

晚唐五代时期，社会动荡不安、战火连绵，政治混乱黑暗。而蜀地、南唐各自凭借优越的地理位置而自成一统，远离中原战火，生产力基本没有遭到严重的破坏，相反却出现了相对的繁荣，其社会环境也相对稳定。南唐地处江南，历来经济繁荣，尤其是扬州和金陵，并且南唐在其烈祖李昪的苦心经营下，“东

① 郭庆光《传播学教程》，中国人民大学出版社，1999年版，第5页。

暨衢、婺，南及五岭，西至湖湘，北拒长淮，凡三十余州，广袤数千里”[①]。“内外寝兵，耕织岁滋，文物彬焕，渐有中朝之风。”[②]是南方割据诸国中最有实力者。事实证明，经济的发达有利于文学的传播，人们既有经济实力传播文学，也有更多的物质条件来接受和消费文学，而文学消费能力的提高又反过来促进文学的传播。

此外，由于唐末五代战乱频仍，北方文士的命运加剧恶化，武夫悍将肆无忌惮的血杀文士，政治情势一片血腥恐怖。这样的环境，迫使北方文士大批南迁，南唐宽松的政治氛围，烟水迷绕的江南风景，再加上原有尚文好士的风气，这一切就成为饱经战乱沧桑的北方文士理想的栖身之地。南唐对这些“北来之客”更是采取了热烈欢迎的态度。大批词作家群聚金陵，为南唐词的创作繁荣提供了有利的条件，也为南唐词的传播奠定了基础。

（二）文化与娱乐环境

南唐重视教育，大力培养人才，在当时诸国中是十分突出的。烈祖李昪虽出身卑微，但是却笃志向学：“时江淮初定，州、县吏多武夫，务赋敛为战守，昪独好学，接礼儒者。”[③]在其辅吴之际，“于所居第旁创为延宾亭以待四方之士，遣人司守关徼，物色北来衣冠。凡形状奇伟者必使引见。语有可采，随即升用，以至北土士人闻风至者无虚日”[④]。及南唐建国之后，放手招贤，于淮水之滨设立太学。公元940年，又在庐山白鹿洞建立学馆，时号

① 薛居正《旧五代史》，中华书局1976年版，第1787页。

② 史虚白《钓矶立谈》，王云五主编《丛书集成初编》，商务印书馆1935年版，第5页。

③ 欧阳修《新五代史》中华书局1999年版卷62。

④ 史虚白《钓矶立谈》，王云五主编《丛书集成初编》，商务印书馆1935年版，第3页。

庐山国学。庐山国学招收学生，形式不拘一格，对身份要求也不是十分严格，学员来源十分广泛。例如卢绛“不事事，常以博弈角纸为务，乡里鄙之。绛渐愤，入庐山国学”[①]。这样宽松的条件对南唐的教育文化事业起着极大的推动作用。庐山上下，遍布公私之学，人才荟萃，成为当时中国文化胜地。到了宋代，白鹿洞就成了四大书院之一，对宋代文化的繁荣，也发挥了重要作用。除了兴办公私之学，南唐实行科举取士，也为诗词的创作提供了有利的环境氛围。南唐一直非常重视取士，后主李煜在位时期，尤为甚之。传说李煜在宋兵围城之时，还若无其事地举行了最后一场科举考试。科举取士在很大程度上推动了南唐文化事业的发展。

南唐国内文化气氛异常浓烈，与统治者的提倡是密不可分的。李璟承其父儒雅之风，精通诗词，“多才艺、好读书、便骑善射”[②]。李煜更是学识渊博，才华横溢，“幼而好古，为文有汉魏风”[③]，“精究六经，旁综百氏”[④]，他“洞晓音律，精别雅郑”[⑤]、“凡度曲莫非奇绝”[⑥]。在南唐二主这种情调的影响下，朝廷更是重用文吏，使文墨之习浸染朝野。李煜就曾劝近臣：“卿辈从公之暇，莫若为学为文。”[⑦]因此，不仅文臣博学，武将亦喜弄墨。南唐朝廷录用文士不仅采取科举考试，也实行献策考试。那些通过自奋自励而被拔擢的士人也是很多的。

① 马令《南唐书》卷22，王云五主编《丛书集成初编》，商务印书馆1935年版，第147页。

② 陆游《南唐书》，《四部丛刊续编》本卷二。

③ 陈彭年《江南别录》，《学海类编》本。

④ 徐铉《李煜墓志铭》，《徐公文集》，《四部丛刊初编》本。

⑤ 徐铉《李煜墓志铭》，《徐公文集》，《四部丛刊初编》本。

⑥ 邵思《雁门野说》，《说郛》，宛委山堂本。

⑦ 董诰等编《全唐文》卷881，徐铉《御制杂说序》，中华书局影印本1985年版。

南唐三主均风流儒雅，好舞文弄墨。君臣之间相互酬唱，宴会活动非常频繁。最能表现南唐宴会盛况的莫过于《韩熙载夜宴图》。据《宣和画谱》记载，后主碍于君臣之礼，不便亲自参加韩熙载家的夜饮，便命令画师顾闳中夜至韩宅，窃窥之，目视心记，图画其事以观；可以说，如果李煜不是南唐国主，那么《韩熙载夜宴图》中就应该有他的身影。南唐词作中有很多就写到了当时的欢宴情况，如李煜的《浣溪沙》（红日已高三丈透），写南唐兴盛时，宫中的歌舞情况。冯延巳的《鹊踏枝》（叵耐为人情太薄）反映了纵情享受、及时行乐的心态。关于南唐君臣欢宴的记载还有很多。如“元宗宴于别殿，宋齐丘以下皆会。酒酣，出内宫声乐以佐欢。齐丘醉狂，手扶内人于上前，众人之悚栗，而上殊不介意，尽兴而罢”[①]。君臣同乐，可以想见其纵情声色的享乐主义态度。

词本身就是一种合乐而歌的诗体，它的创作环境大多都是在歌舞酒席之间，是一种“酒席文学”，其目的是供贵族士大夫们聊佐清欢的。所以文化娱乐活动的昌盛，特别是宴会活动的频繁，对词的创作与传播更是功大于过。而晚唐五代文人在面对岌岌可危的社会政治形势下形成的那种纵情声伎、及时行乐的普遍心理，在这种饮宴娱乐文化的极度发达下，最终促使了南唐词的繁荣，也促进了南唐词的传播。

第二节　南唐词在五代时期的传播与接受

词体产生之初是可以歌唱的，这就决定了词的传播方式既有与诗文传播相同的一面，而又有自己的特点即传之歌喉、播

① 王兆鹏主编《唐宋词汇评（唐五代卷）》，浙江教育出版社，2004年版，第470页。

之管弦。其传播的途径也必然分为两种：一种是以文本为媒介的静态传播模式；二是以歌妓为中心的动态传播范式。在静态传播模式中，文本显得尤为重要。但是五代时期，词体地位十分卑微，当时的文人似乎并不注重词集选本的编排。与后来词被视为案头文学不同，词在五代时期即为歌妓之演唱，讲求其可歌性及音乐性，这就使口耳相传的动态传播模式成为当时的主要形式。所以与诗文不同，词的受众在当时除了士人阶层外，还拥有大规模的民间受众，包括歌妓、乐工及平民百姓等。由于同一时期不同阶层的读者的文化水平、知识结构、生活经验、审美观念等不同，从而表现出不同的审美趣味，对词的接受也存在明显的差异。而接受主体、传播环境的不同，使得南唐词在同一时期的传播与接受中表现出不同的境遇。

（一）南唐词人群体与词作特点

南唐词人群是以二李一冯为主体的君臣宫廷文学创作群体。除了李璟、李煜及冯延巳之外，还有韩熙载、徐铉、徐锴、潘佑等人。甚为惋惜的是因为五代战乱，上述大多数作家的作品并没有流传下来，现今看到的只有散见的为数不多的作品。不过，由此也可以推断出，南唐词人远不止上述几位，南唐词的数量也远比传世的多。据统计，现今流传下来的南唐词中，冯延巳 112 首，李煜 34 首，李璟 4 首。南唐词的创作背景主要是围绕在宫廷内外，有比较明显的贵族特征。这种创作环境，与以宫廷为创作中心的蜀地花间派，乃同出一辙而别无二致。蜀地锦城向来有名，割据以后，文化较晚唐时更加偏离雅正，朝向以娱乐消遣为中心的世俗化方向发展。南唐则不同，其首都金陵为六朝故都，文化中雅正传统的影响比蜀地深，君臣也都有很高的文学修养，所以词到南唐渐趋雅化，也是自然而然的事情。而事实上，南唐词的创作成就高于蜀地之词。虽然两者都是宫廷文学，其传播的范围却是有着一定的差异。

西蜀、南唐词的繁盛，与统治阶层的率先垂范，身体力行是分不开的。但是两者各有特点。南唐词的兴起稍晚于蜀地，那时，蜀地词的创作刚好处于高峰阶段，并且“花间鼻祖”温庭筠的《金筌集》已在社会上广为流传，这两大潮流，对地处江南的南唐君臣来说，应该是不无影响的。更何况，南唐词与蜀地词有着相似的创作背景。所以南唐词仍“不失五代风格”①。但是南唐词又有着自己的特点。这其中的标志性特点就是词作中涉及了更多人物心理的变化，从而升华了文人词的艺术品味与审美情趣。当然南唐词更有其创造性的一面，那就是有意识地融入了词人们的文人心态、感情色彩、思想理念、审美趣味等内容，使“伶工之词”于渐变中开始走向“士大夫之词”，增强了文人词的抒情深度与浓度。除了抒情特质的深化之外，南唐词的特点还表现在对即物起兴表现手法的大量运用与雅丽清畅、疏朗有致的艺术风貌两个方面。另外，南唐所处的地缘政治环境与即将亡国的危机形势，又使得李璟、李煜、冯延巳等词人产生了鲜明的忧患意识。例如李璟的两首《摊破浣溪沙》就是在写春恨秋思之时融入了国势飘摇的忧患心情，这是《花间词》中所没有的。南唐词作为一种文学现象的存在，标志着这一时期的词体艺术在词人们的共同努力下，已经上升到新的高度。

南唐词从一开始，就备受人们的喜爱，对它的传唱经久不衰，五代以来便有许多人传诵和模仿它。南唐词开拓了词的题材范围，扩大了词的艺术境界，尤其是李煜的后期词作，更是

① 王国维著、徐调孚校注《人间词话》，中华书局，2009年版，第10页。

突破前人多写男女相思或奢侈生活的格局，提升了抒发感情的能力，融入身世之感，凸显主题情感，增加了士大夫情怀。正如王国维《人间词话》中说的：“词至李后主而眼界始大，感慨遂深，遂变伶工之词而为士大夫之词焉。”而这一点被后来的苏东坡充分理解、吸收、认同，遂进一步改变词风，扩大词境，最终发展为词的全面改革，形成了与花间“艳科娱人”传统并列的，另一种独立的“传情娱己”的传统。这个“情”不是只局限于男女之情，而是现实人生中感慨激发的多种复杂之感情。

（二）歌妓在南唐词的传播中担任的角色与影响

在很长时间内，词的主要传播方式是歌妓的口头传唱。因此，唐、五代、宋初之词与其说是语言艺术，倒不如说是歌唱艺术：“则有绮筵公子，绣幌佳人。递叶叶之花笺，文抽丽锦。举纤纤之玉指，拍按香檀。不无清绝之辞，用助娇娆之态。”（欧阳炯《花间集序》）在这种环境和背景下，歌妓在词的传播过程中就承担着至关重要的作用。近人胡适在《词的起源》中就曾说“我疑心以曲拍作长短句的歌调这个风气，是起源于民间，起源于乐工歌妓”，的确是很有见地的。

南唐所辖江淮平原、江南平原及江南丘陵[①]三个区域，交通便利，商贾往来、妓乐发达。最繁华的当属扬州。林语堂在《中国人》中说：“妓女在中国的爱情、文学、音乐、政治等方面的重要性是怎么强调都不过分的。”在中国古代，歌妓的身份卑微，地位低下，这使得她们被文人士大夫阶层作为娱宾遣兴的工具，佐酒侑觞，吟风弄月。这虽然是中国文化不成熟

① 江淮平原：包括今安徽省及江苏省的江、淮之间的土地；江南平原：包括今苏南西部；江南丘陵：包括今皖南地区及江西全部。

的一面，但是在词体兴起与发展的过程中，妓女却从另一个侧面成全了词的繁荣。词作为跨越音乐与文学这两大领域的音乐文学现象，不管是“选词以配乐”还是“因声以度辞”，其创作与传播必定于某种特定的妓乐条件密切相关。晚唐词之于北里教坊，蜀地词之于市井歌妓，莫不如此。五代时期，歌妓唱词侑觞与文人遣兴填词共同构成了词文学的原生状态。在南唐词的多种传播方式中，歌妓作为传播中介，以及歌妓唱词作为口头传播方式，为南唐词的广泛传播做出了不可磨灭的贡献。作为口头传播方式的具体操作者，歌妓具有独特的角色特征：她们往往同时扮演很多角色，不仅是词的演唱者和词的传播中介，而且也是词的作者或词人歌咏的对象，增加了词的创作素材。歌妓唱词，既促进了南唐词的创作与发展，又影响着南唐词的题材取向和风格基调的形成。在南唐词的传播中，歌妓作为传者、中介、受者，是与词人、受众之间三维互动的。歌妓传播南唐词的特点也是很鲜明的，即传播范围的广泛性，传播过程的互动性，传播效果的即时性。词这种具有文学性和音乐性双重特点的文学体裁，通过歌妓声口相传，使词的艺术魅力和审美价值得到充分的展现，成为当时最流行的歌曲，深受人们的喜爱。也正是因为有大量的歌妓存在，南唐词才能通过她们的演唱，不仅流传于帝王将相和文人、士大夫之间，也流传于贩夫走卒、市井民众之间。当然，上述歌妓之特点，在词这种音乐文学作品的传播中具有共同性和普遍性。

（三）南唐词在当时的传播

南唐词的创作群体是以帝王为中心，以宫廷为主要创作环境，所以它的传播必定首先是从宫廷内发生的。南唐二主都是工于音律、熟悉辞章的风流天子，平日里就颇喜欢诗词。南唐元宗李璟“神采精粹，词旨清畅，临朝之际，曲尽资质”，又“其天性雅好古道，被服朴素，宛同儒者，时时作为歌诗，皆出入风骚，士子传以为玩，服其新丽”[①]。由此不但可以窥见南唐宫廷生活的一角，更能了解李璟的风雅作风。他不但爱写词，而且很快会被文人士子互相传阅、互相赏玩，其词传播之快，受众之喜爱，可见一斑。也正因为统治者的提倡，所以南唐文人辈出，词作繁华。

南唐二主曾频繁与群臣唱和诗词。史载：元宗有乐府词云：“小楼吹彻玉笙寒”，延巳有“风乍起，吹皱一池春水”之句，皆为警策。元宗尝戏延巳曰：“吹皱一池春水’干卿何事？”延巳曰：“未若陛下’‘小楼吹彻玉笙寒’。”元宗悦。[②]这条记载后来成为词林佳话。南唐君臣之间互相唱和，品评词作，推动了南唐词的传播，同时也是南唐词传播的重要形式之一。后主李煜时期宴会活动更是频繁，而在宴会当中即兴填词更是免不了的事情。据载潘佑就曾进词云：“楼上春寒三四面，桃李不须夸烂漫。已失了东风一半”。据说，后主为此还罢宴。足见此词影响之大。“词能如此，何减奏章”。关于这首词之本事，后代作者真可谓众说纷纭，见仁见智，传播也可谓源源不断。

除了君臣唱和，与乐工歌妓的娱乐消遣也是重要的传播形式之一。南唐词是宫廷文学，那么宫廷歌妓、乐工就理所当然地成为重要的传播者与接受者。南唐开国之初便设立了教坊，以专管乐事。史籍记载唐宋歌妓主要依靠她们的技艺而得以入乐籍。南唐现在有名可考的御用乐工有杨花飞、王感化、杨名

① 史虚白《钓矶立谈》，王云五主编《丛书集成初编》，商务印书馆，1935年版，第12页。

② 马令《南唐书》卷21，王云五主编《丛书集成初编》，商务印书馆，1935年版，第140页。

高、李家明、曹生等人。她们的身份虽然至微至贱，但由于常处君侧，往往会得近水楼台之宠。因而她们也成为词作传播的重要媒介。据马令《南唐书》所载：王感化，建州人。善讴歌，声韵悠扬，清振林木。初隶光山乐籍，后入金陵，系乐部为“歌板色”，保大中绝有宠。[①]又载：元宗尝作《浣溪沙》二阕，手书赐感化，“菡萏香销翠叶残”与“手卷真珠上玉钩”是也。后主即位，感化以词札上，后主感动，优赏之。[②]胡寅《向芗林〈酒边集〉序》也说：“文章豪放之士，鲜不寄意于此者，随意自扫其迹，曰谑浪游戏而已也。”在当时的情况下，元宗并没有意识要将其词作汇编成册，“随意自扫其迹”，填词只是为了增加娱乐气氛，他的词也多半传播于帷幕之后的宴私生活。这其中，歌者王感化作为词之有声传播的媒介作用也是一目了然的。元宗有词赐王感化，后主也手书词赐宫人庆奴。“南唐宫人庆奴，后主以词赐之云‘风情渐老见春羞。到处芳魂感旧游。多见长条似相识，强垂烟穗拂人头。’”[③]除此之外，我们也可以知道，词体在唐五代时期的卑微地位，仅仅是供文人雅士消遣的玩物，“方之曲艺（谓小技），犹不逮也。”这也给词的文本传播造成了一定的困难。关于歌妓的媒介作用，陆游《南唐书》也有同样的记载：“有宫人流珠者，性通慧工琵琶。后主演《念家山破》及昭惠后所作《邀醉舞》《恨来迟》二破。久而忘之。后主追念昭惠，问左右无知者。流珠独能追忆，无所忘失。后主大喜。”这则材料可与上面王感化的记载相印证，其歌妓的传播媒介作用也是不言而喻的。

① 马令《南唐书》卷25，王云五主编《丛书集成初编》，商务印书馆，1935年版，第167页。

② 王兆鹏主编《唐宋词汇评（唐五代卷）》，浙江教育出版社，2004年版，第483页。

③ 沈雄《古今词话·词品》卷上，唐圭璋《词话丛编》，中华书局，1986年版，第755页。

李煜在位之时，国势日下，享乐主义空气更是有增无减。他曾多次与后宫嫔妃填词助兴。史载昭惠后；“通书史，善音律，尤工琵琶”[①]，虽然在妙龄，却妇顺母仪，宛若老成。盛唐时《霓裳羽衣曲》，因遭罹乱，其音遂绝。李后主独得其谱，乐工曹生略作改编，粗得其声。昭惠后祛除谬误，颇去淫哇，繁手新音，重新使其清越可听。又“后主尝演《念家山》旧曲。后复作《邀醉舞》《恨来迟新破》，皆行于时。”[②]又云：“南唐后主精于音律，凡度曲莫非奇绝。开宝中，国将除，自撰《念家山》一曲，既而广为《念家山破》，其谶可知也。宫中民间日夜奏之，未及两月，传满江南。”[③]

以上材料都说明南唐后主词在当时是十分受欢迎的。李煜与周后饮酒作乐，填词唱曲，后主写《念家山破》，而周后也作《邀醉舞破》《恨来迟破》以此助兴。这些词由乐工、歌妓演奏，声闻于外，传播四方。不过上面提到的词作现今已经不传，但是我们由此也可以设想后主其他词作的传播情况，应该也类似于此。当然，李煜写给小周后的词，更是大多都传于市井。如《菩萨蛮》是描写后主与小周后幽会之事：“花明月暗笼轻雾。今朝好向郎边去。刬袜步香阶。手提金缕鞋。　画堂南畔见。一晌偎人颤。奴为出来难。教君恣意怜。”据马令《南唐书》书记载此词多传于宫外，而李煜与小周后之间的情事也引起了大臣们的不满：“后主继室周后，昭惠之母弟也。警敏有才思。神采端静。”又云“后主乐词有‘刬袜步香阶，手提金缕鞋’之类，多传于外。至纳后，乃礼成而已。翌日，大宴

① 马令《南唐书》卷六，王云五主编《丛书集成初编》，商务印书馆，1935年版，第39页。

② 马令《南唐书》卷六，王云五主编《丛书集成初编》，商务印书馆，1935年版，第39页。

③ 邵思《野说》，《说孚》卷四十，涵芬楼本。

群臣，韩熙载以下皆为诗以讽焉，而后主不之谴。”[①]

到了宋代就有人模仿此词。李调元《雨村词话》就曾记载说杜安世抄袭此词，不顾礨耻：“杜安世词多袭前人，《寿域词》一卷，殊无足观。如《菩萨蛮》：‘花明月暗朦胧雾。此时欲往侬边去。划袜下香阶。手携金缕鞋。 药阑东畔见。执手偎人颤。奴为出家难。从君恣意怜。’此南唐李后主词，为小周后而作也。脍炙人口已久，略改数字，窜入己集，不顾礨耻。”[②]而且，后世人还画有《小周后提鞋图》，并有鉴赏家题咏。可见此词的传播之广，影响之大。

至于宫廷外的传播，这里主要指通过在士大夫家里的唱曲填词活动，而流传到街头巷尾的传播过程。词在石代时期，只是朝廷宫闱，文人学士的雅玩，南唐君臣好尚妓乐，且二主均好文学，精音律，工书画，并以文人自居，这对南唐词的传播与兴盛非常有利。他们除了在宫廷内唱曲消遣，而且很多时候也“出门”消遣。后主李煜就曾“出门”消遣过。据记载：李煜在国，微行倡家，遇一僧张席。煜遂为不速之客。僧酒令讴弹吹，莫不高了。见煜明俊蕴藉，契合相爱重。煜乘醉大书右壁曰：“浅斟低唱，偎红倚翠大师；鸳鸯寺主，传持风流教法。”久之，僧拥妓之屏帷，煜徐步而出，僧伎竟不知煜为谁也。煜尝密谕徐铉，铉言于所亲焉。[③]由此可见，李煜作为一国之主，有时候也“出门”消遣，而且还醉后题词，这极有可能将其写作之词传于市井，而事实上，李煜的很多词也流于宫外，如上面提到的，他写给小周后的许多词作。

① 马令《南唐书》卷六，王云五主编《丛书集成初编》，商务印书馆，1935年版，第43页。

② 李调元《雨村词话》卷二，唐圭璋《词话丛编》，中华书局，1986年版，第1407页。

③ 王兆鹏主编《唐宋词汇评（唐五代卷）》浙江教育出版社，2004年版，第506页。

像李煜这样的国君都这么风流蕴藉，大臣们更不在话下。史载：“韩熙载初不为烈祖所视，元宗爱其词章，且为东宫旧僚也，极骤见任用。”又说：“其后房蓄声妓，皆天下妙绝。弹丝吹竹，清歌艳舞之观，所以娱侑宾客者，皆曲臻其极。是以一时豪杰如萧俨、江文蔚、常梦锡、冯延巳、冯延鲁、徐铉、徐锴、潘佑、舒雅、张自之徒，举集其门。”[①]词本是花间樽前娱宾遣兴的工具，由文人士大夫在歌舞宴会中即兴而作，再由歌妓现场演奏，以助兴。南唐大臣们群聚欢唱，这么大动作，其在宴会期间填词写曲是非常自然的事情，而其词作的流出也是极有可能的。清人谢章铤云：“迨至五代，风流弥劭。孟蜀花间，南唐兰畹，或沿波于初造，或寻涤于后时。小楼吹彻，水殿风来，君臣闲作，互相嘈斗。以至深宫划袜之辞、秘监欹梳之作，莫不流播旗亭，传歌酒肆。”[②]南唐词在当时的传播盛况，可以用此概之。

此外，在南唐词的书面单篇传播中，题画、题扇等是几种特殊的传播方式。据刘道醇《五代名画补遗》记载，南唐李后主曾为内供奉画家卫贤所绘《春江钓叟图》题词，李煜的这两首《渔父》词是迄今所见文献所提到的最早题画词。词人将词题在扇、画等这些传播媒介上，以今天的眼光看，既为艺术品增色，同时也使词得到传播。

（四）南唐词在五代时期的结集情况

词体在初期，是沿着两路发展：一是民间曲子词，一是诗客曲子词。民间曲子词主要在民间传唱，不太可能有个体的词

① 史虚白《钓矶立谈》，王云五主编《丛书集成初编》，商务印书馆，1935年版，第26至27页。

② 谢章铤《赌棋山庄词话》，唐圭璋《词话丛编》，中华书局，1986年版，第3358页。

人专集。而诗客曲子词，也是刚刚萌芽，处在模仿和尝试阶段。到了五代，词体还没有得到文人的认同，最多只是边缘化的文学。在这样正统的文学观念里，文人也不可能有意收拾自己的词作编成专集，大多可能是作为歌本而流播四方。宋仁宗嘉祐三年（1058），冯延巳外孙陈世修《阳春录序》，对冯延巳词的创作背景、创作心理与词集编排情况作了比较全面的评价：公以金陵盛时，内外无事，朋僚亲旧，或当燕集，多运藻思，为乐府新词，俾歌者倚丝竹而歌之，所以娱宾而遣兴也。日月浸久，录而成编。

再者，晚唐五代之际，印刷术尚处于发明试用阶段，大量书籍的传播还要靠手工抄写，这也给文学专集的保存和传播带来了一定的困难。晚唐五代大多数词选，多是乐工和无名氏操持选政，选词的目的也在于方便歌唱。现存的 24 种唐五代词别集，绝大多数是近人后来编成的。陈匪石《声执》“全唐诗附词”条：“五代惟李煜、冯延巳有别集，然均晚出，非编者所及见。”可见，南唐数十年间，并没有正式的词集。所以，相对于动态的歌妓传播，静态的文本传播在五代时期并不占主要的地位。

第二章 南唐词在宋代的传播与接受

第一节 南唐词在北宋的传播与接受

公元960年，赵匡胤发动陈桥事变，建立赵宋王朝。之后又平定了蜀、江南等地，结束了五代十国分裂割据的战乱局面，基本上实现了中国的统一。赵匡胤由兵变得天下，又鉴于五代之乱，于是，“杯酒释兵权”，不断加强中央集权。同时，又鼓励朝廷士大夫们“多积金帛田宅以遗子孙，歌儿舞女以终天年”[①]。要他们尽情享乐。由于统治者的提倡与鼓励，北宋的娱乐氛围空前繁盛，在这种花间樽前的享乐气氛中，词作为娱宾遣兴的工具格外发达。因此，南唐词的传播境遇相对来说较为顺利。同时，由于北宋初年，天下一统，歌舞升平，所以，在此期间，南唐词宰相冯延巳的词中的那种“雍容富贵”更适合这种氛围，出现了被大量品评与传诵的热潮。相比之下，宋初，对于李煜则更多的倾向于亡国之君的政治败绩的品味上。

（一）北宋初期台阁词人群对南唐词的接受

北宋仁宗时期，活跃于词坛的是晏殊为首，宴门师友和同僚为核心骨干，基本上是以京官为主体的名公宰执词人群。但是由于君王的退出，以往词坛的宫廷色彩也已经褪去。其创作与蜀地、南唐（尤其是南唐）可以说有明显的嫡系血缘关系，只是词作更加强化了士大夫官员的个人精神生活色彩。此时，

① 脱脱《宋史·石守信传》卷250，中华书局，1977年版，第8810页。

南唐词的传播，近人龙榆生《唐宋名家词选》说的甚为明白：“延巳在五代为一大家，与温（庭筠）、韦（庄）分鼎三足，影响北宋诸家者尤巨。南唐歌词种子，向江西发展，辄迹可寻，冯氏实其中心人物，治词史者所不容忽也。”

晏殊与欧阳修同为北宋高官，又同为江西人，是北宋台阁词人群的代表。晏殊有词集《珠玉集》，收词136首。欧阳修说“晏公小词最佳，诗次之，文又次之”。由此可见，晏殊在文学上是以词闻名的。他的词继承了晚唐五代词多写女性，以创作小令为主。对晏殊词影响最大的莫过于冯延巳。“晏元献尤喜江南冯延巳歌词，其所自作，亦不减延巳乐府。”①虽然南唐词在境界和气象方面有了较大的开拓，而风格上却情致缠绵，尤其冯延巳之词。如《鹊踏枝》（谁道闲情抛掷久），往复盘旋，委婉尽致，忠爱缠绵。而晏殊词这方面正好继承了冯词的特点。例如晏殊之词作《浣溪沙》（一曲新词酒一杯），《蝶恋花》（昨夜西风凋碧树），这种缠绵的思致、优柔不迫的风度，可谓冯词的“嫡传”。王国维说冯词是“和泪试严妆”，叶嘉莹先生也说晏殊之词是“霜前月下，斜红淡蕊，明媚欲回春”，其实都是指一种隐藏在词中的感伤。《阳春集》与《珠玉词》两者取材范围仍不脱“花间”，也都是在写伤春怨别的“闲愁”，但都崇尚雅致。晏词借鉴了冯词的词境、词法、词情，在因循之中有创新，终开北宋一代词风。

欧阳修也为江西人，一生著述繁富，成绩斐然，曾拜晏殊为师。南唐时，冯延巳曾在江西做节度使，这在地域上就造成了冯延巳与晏、欧之间的联系。刘熙载《词概》说“冯延巳之词，晏同叔得其俊，欧阳永叔得其深”是很有见地的。例如欧

① 刘攽《中山诗话》，何文焕《历代诗话》本，中华书局，1981年版，第292页。

词《玉楼春》中“直须看尽洛阳花，始与东风容易别”，那种豪宕中的执着，与冯词甚为相通。冯延巳有十四首《鹊踏枝》，多写思妇愁怨。如《鹊踏枝》（几日行云何处去）这首词，俞陛云、陈秋帆先生都认为欧词与冯词的意境、情思甚为相似。俞陛云评此词：“前半首专写离人，后半首乃言己之情思，孤客凭阑，无由通讯，陌上归来燕子，或曾见芳踪。永叔《洛阳春》词‘看花拭泪向归鸿，问来处逢郎否’，与此词皆无聊之托思。”[①]陈秋帆云：“永叔之‘双燕归来细雨中，梦断知何处’‘江天雪意云撩乱’，元献之‘凭栏总是销魂处’‘垂杨只解惹春风，何曾系得行人住’等句，均由此脱化。北宋词人得《阳春》神髓，如此之类不胜枚举。”[②]而且冯词与晏词、欧词在一些文集中常常相互混淆，互见的现象也很严重。例如《蝶恋花》（六曲阑干偎碧树）既见冯延巳《阳春集》，又见晏殊《珠玉词》，又见欧阳修《欧阳文忠公近体乐府》卷二。这种著作权相混的情况，也从侧面说明他们的词在风格上的相似。晏殊、欧阳修之词作，深得冯延巳之神笔。

晏、欧深受冯词影响，极为推崇冯词的原因大概有两点：一是三人的地位、经历、遭遇相似。二是冯延巳曾在江西做官，他的词作在那一带多有传唱。所以二人所作词颇受冯词影响，“文忠家庐陵，而元献家临川，词家遂有西江一派。其词与元献同出南唐，而深致则过之。”（冯煦《宋六十一家词选例言》）晏欧并为宋词婉约派的开山之祖，他们的词作在内容和风格上都沿袭南唐遗风，尤承冯延巳词。古代词话里有很多关于他们词风相近的言论，而像《木兰花》《鹊踏枝》这样抒写男女情

① 王兆鹏主编《唐宋词汇评（唐五代卷）》，浙江教育出版社，2004 年版，第 435 页。

② 王兆鹏主编《唐宋词汇评（唐五代卷）》，浙江教育出版社，2004 年版，第 435 页。

事的词作在晏欧词集中占三分之二多，并且他们也如冯延巳词一样，在闺怨离情的描写中非常含蓄的流露出对时光易逝、盛时难久的感叹，字里行间隐藏着一种“忧患意识”。

张先也是北宋初期有名的词人。现存词165首。其词善写影，被时人称为“张三影”，他自己也为此而自鸣得意。他与晏殊交往甚密。他们经常互相唱和词曲，切磋词艺。晏殊于皇祐五年（1053）十月，自永兴军徙河南，兼西京留守，迁兵部尚书，封临淄公。张先是时自汴京受命知渝州，经长安赴蜀，在长安作《玉连环》（都人未逐风云散）为晏殊送别。可见，他们的私交甚好。晏殊词学南唐，张先也是承南唐而来。夏敬观手批《张子野词》云：“子野词凝重古拙，有唐、五代遗音。慢词亦多用小令作法。后来涩体，炼词炼句，师其法度，方能近古。”具体来说，张先词跟晏殊词一样深得南唐遗韵。如他的《天仙子》（水调数声持酒听）所写的那种“闲愁”是与冯延巳《鹊踏枝》“昨夜笙歌容易散。酒醒添得愁无限”一样，都是写乐极悲从中来，感叹时光流逝，青春不再的闲愁。而且词的韵味更是极为相近。

晏殊之子晏几道，有《小山词》。词风哀感缠绵、清壮顿挫。晏几道自幼潜心六艺，旁及百家，尤喜乐府，文才出众，深得其父同僚之喜爱。他的词作也深受南唐词的影响，并有意学习南唐词。其在《乐府补亡自序》说：“叔原往者浮沉酒中，病世之歌词，不足以析酲解醒，试续南部诸贤绪余，作五、七字语，期以自娱。不独叙其所怀，兼写一时杯酒间闻见，及同游者意中事。”这段话中的“南部诸贤”就是指冯延巳、李璟及李煜等南唐词人。晏几道作词，同他的父亲一样，也多用五代小令，词风甚似南唐，“晏氏父子，具是追配李氏父子”（毛晋《小山词跋》）。“晏氏父子，嗣响南唐二主，才力相敌。”

（夏敬观《评小山词跋尾》）这些评论都符合晏几道自序所言词学渊源。

由以上可知，冯延巳“阳春一派”对宋初词坛的巨大影响。与冯延巳的词接受情况稍有不同，李煜词在北宋初期也曾受到文人的喜爱，但是李煜毕竟是亡国之君，他的词作在思想上不是很符合当时那种天下一统的政治局面，宋代人接受李煜词更多的是从艺术性方面考虑。

李煜归宋后，宋太祖一日小宴，要求李煜作诗。“煜沉吟久之，诵其《咏扇》云‘揖让月在手，动摇风满怀。’上曰：‘满怀之风却有多少？’他日复燕煜，顾近臣曰：‘好一翰林学士。’”又云：“李煜若以作诗功夫治国事，岂为吾虏也？”[①]宋太祖对李煜及其词作的态度是十分矛盾的。一方面，军人出身的宋太祖对江南亡国之主李煜的文学才华不无欣赏之意，因此有“好一个翰林学士”的称誉。另一方面，作为有着政治雄才的开国者，宋太祖对李煜的为人为政则持贬斥的态度。他将李煜的文学才华与误国亡国联系起来，将其词视为与历史上陈后主、隋炀帝同类的所谓“亡国之音”。由此可见，宋太祖不满李煜的政治作为，但是对其词的艺术特色还是很认可和接受的。这就为宋代李煜词接受树立了批评典范，有宋一代文人士大夫基本上也持这种观点。

宋太宗也是这样，作为李煜词的接受者之一，他最先品出的也是李后主词中的“亡国之音”：“后主在赐第，因七夕命故伎作乐，声闻于外，太宗闻之大怒。又传‘小楼昨夜又东风’及‘一江春水向东流’之句，并坐之，遂被祸云。”[②]李煜《虞美人》（春花秋月何时了）一词，“感怀故国，悲愤已极”。

① 叶梦得《石林燕语》卷四，中华书局，1984年版，第60页。

② 胡仔《苕溪渔隐丛话前集》卷59引《西清诗话》，文渊阁《四库全书》本。

作为有着高度政治敏感性的宋太宗，自然也能品出词中的故国之思。这对于作为胜利者的大宋皇帝来说，当然不是一件很开心的事情。因此才有赐牵机药酒之事。其实，宋太宗也并非不懂文学艺术，他赐杀李煜是有着更深层的文化心理。“或问词盛于宋，而宸翰无闻，何也？余谓钱俶之‘金凤欲飞遭掣搦’为艺祖所赏。李煜之‘一江春水向东流’为太宗所忌。开创之主，非不知词，不以词见耳。”[①]这就说明宋太宗毒杀李煜是有双重心理作用的。

不管是宋初的台阁词人群还是后来的豪放词人群，都或多或少地受到李煜词的影响：“南唐中主、后主皆有文。后主一目重瞳子，乐府为宋人一代开山祖。盖温、韦虽藻丽，而气颇伤促，意不胜辞。至此君方是当行作家，清便宛转，词家王、孟。”[②]确是这样。李煜将词的创作推向了一个新的发展阶段，开拓了词的境界，呈现出了唐宋词发展的曲线轨迹，给宋代词坛以很大的影响。

“后主词，凄艳出飞卿之右，晏欧之祖也。”[③]欧阳修曾写《新五代史》，其中《南唐世家》对李煜的事记载非常详细。在谈到词的创作风格与词人身世经历关系时，他引李煜的词说：“诗，原乎心者也，富贵愁怨见乎所处。江南李氏据富，有诗曰“红日已高三丈透，金炉次第添香兽，红锦地衣随步皱。佳人舞点金钗溜，酒恶时拈花蕊嗅，别殿遥闻箫鼓奏’与‘时挑野菜和根煮，旋斫生柴带叶烧’异矣。”[④]欧阳修对李煜词

① 王铚《默记》卷上，文渊阁《四库全书》本。

② 沈雄《古今词话》，唐圭璋《词话丛编》，中华书局，1986年版，第759页。

③ 胡应麟《诗薮·杂编》卷四，上海古籍出版社，1979年版，第291页。

④ 王兆鹏主编《唐宋词汇评（唐五代卷）》，浙江教育出版社，2004年版，第521页。

的这种理解，运用到他的创作中，使其词表现出一种“富贵气象”。而欧阳修在作词时也有化用李煜词作。例如李煜有“离恨恰如春草，更行更远还生”（《清平乐》）、“问君能有几多愁，恰似一江春水向东流”。欧阳修就有“草熏风暖摇征辔，离愁渐远渐无穷。迢迢不断如春水”（《踏莎行》），清代陈廷焯就指出欧阳修的“离愁渐远渐无穷”二语是从李煜词句中脱胎而出的。

王安石从文以明道、经世致用的立场出发，对“永依声”的填词现状颇不满，并且讥笑晏殊喜作小词有辱身份。不过他对优美的词作也颇具艺术鉴赏力。他也曾对南唐词认真学习钻研过：“荆公问山谷云：‘作小词曾看李后主词否？’云：‘曾看。’”荆公云：‘何处最好？’山谷以‘一江春水向东流’为对。荆公云：未若‘细雨梦回鸡塞远，小楼吹彻玉笙寒。’又‘细雨湿流光’最好。”[①]不同的接受主体的审美标准不一样，他们对李煜词美妙之处也有不同的理解。虽然欣赏角度不同，但是也可以看出宋代文人在作“小词”时，学习和研究李煜词是一种必修课，不但个人仔细琢磨，而且还互相交流学习心得。王安石虽然表面上认为词为小道、难以登大雅之堂，但是仍然流露出了对南唐词的喜爱之情，足见南唐词的艺术魅力之大。

柳永的词多描写城市风光和歌妓生活，尤工羁旅行役之词。语言通俗，音律协婉，在当时流传极其广泛。当时人称“凡有井水处，皆能歌柳词”。自他以后，词坛上一直是雅俗并存。在宋词的发展史上可以说是厥功甚伟。他的有些词作也显示出学习南唐词的痕迹。如他的名作之一《蝶恋花》：“伫倚危楼风细细。望极春愁，黯黯生天际。草色烟光残照里，无言谁会

① 胡仔《苕溪渔隐丛话》卷一，唐圭璋《词话丛编》，中华书局，1986年版，第162页至163页。

凭栏意。拟把疏狂图醉。对酒当歌，强乐还无味。衣带渐宽终不悔，为伊消得人憔悴。”这首词写词人登高望远，一种莫名的“春愁”油然而生。与李煜词“离恨恰如春草，更行更远还生”直言恨如芳草不同，柳永却是倒过来写的。李煜是由近及远写愁之多，柳永直接由远处落笔，写愁起在“草色烟光残照里”。但是，“望极春愁，黯黯生天际”与李煜写愁的“更行更远还生”，倒是很有默契。柳永写愁从“草色烟光残照里”触发而来，相比较而言，柳词对愁的描写更有出蓝之色。

（二）苏轼对南唐后主词的阐释及接受

苏轼的词“自是一家”，风格多样，有些“婉约”之作也曾受到南唐词的影响，尤其是李煜之词。后主有词《玉楼春》（晚妆初了明肌雪）“归时休照烛花红，待放马蹄清夜月”之句，苏轼就深得其中三昧。他的《西江月》“可怜一溪明月，莫教踏碎琼瑶”即由此而来。明代沈际飞以为“总是爱月，可谓生瑜生亮”。另外，我们来对读苏轼的《卜算子》“缺月挂疏桐，漏断人初静。谁见幽人独往来，缥缈孤鸿影。 惊起却回头，有恨无人省。拣尽寒枝不肯栖，寂寞沙洲冷。”与李煜的《相见欢》“无言独上西楼，月如钩，寂寞梧桐深院锁清秋。剪不断，理还乱，是离愁，别是一般滋味在心头。”苏词里面有两个很重要的意向：缺月、疏桐。梧桐是古诗词中最常见的意象之一。而本词中却多了一弯残月。意象稍异，意境也不同于只写梧桐的诗词。那么“缺月疏桐”的意象从何处寻找呢？其实，就是从李煜《相见欢》中提炼而来。李词是作者入宋被囚之后，写的一篇代表作，道出了天翻地覆之后内心不可言说的愁苦滋味。词中缺月疏桐的意象，正好与苏轼不谋而合。虽然苏轼对李煜作为一国之君，不能承担起拯救天下苍生的责任而痛恨，但是他对李煜词的艺术性还是非常肯定的。苏轼的这类缠绵悱恻之作，与李后主的词款曲暗通。李煜和苏东坡都是以性情、学问、襟抱在创作，作为传递生命情感的词作当然会有相似之处，这也不排除苏轼对李煜词的继承和发展。

苏轼对李煜词，不但学习借鉴，而且还有批评，有《书李主词》两篇。其中最重要的就是由他评李煜《破阵子》（四十年来家国）而引起的连锁反应。苏轼《东坡题跋》卷三曰："李后主词云'三十余年家国（略）'。后主既为樊若水所卖，举国与人。故当恸哭于九庙之外，谢其民而后行。顾乃挥泪宫娥，听教坊离曲何哉！"苏轼的这一评论得到很多人的认同。如洪迈《容斋随笔》、胡仔《苕溪渔隐丛话》等就引用苏轼的话，表现出一种认同之感。还有人因此而怀疑词作非出于李煜之手。如袁文《瓮牖闲评》卷五说："余谓此词绝非后主词也，特后人附会为之耳。"宋代之后，便有许多批评家对围绕这一问题发表了不同的意见，如清代梁绍壬就认为"若以填词之法绳后主，则此泪对宫娥挥为有情，对宗社挥为乏味也。"[①]就是到了近代也有人对苏轼的评价表示异议。郑振铎先生就不同意苏轼对李煜"挥泪宫娥，听教坊离曲"的指责，认为"不知此正后主至情流露处。他心里不愿哭庙谢民，便不哭庙谢民。此种举动，实胜于虚伪的做作万万。好的作品，都是心里想什么，便写什么的"[②]。可见影响之深远。对一首词的不同阐释本身就是词作广泛传播与接受的具体表现。

此外，李煜词中透露出的某种佛家思想也对苏轼产生过影响。苏轼在跋李煜词时曾云："李主好神仙腾遁之词，岂非遭罹多故，欲脱世网而不得者耶？"只是苏轼在遭遇重重打击之

① 王兆鹏主编《唐宋词汇评（唐五代卷）》，浙江教育出版社，2004年版，第559页。

② 郑振铎《李后主词》，《小说月报》，1923年1月。

后，在儒释道三种思想的平衡下，比起李后主更加豁达而已。

苏辙也曾对李煜词作过揣摩。对江南李后主《临江仙》（樱桃落尽春归去），苏子由题云："凄凉怨慕，真亡国之音也。"[①]很明显，苏辙也是从词的思想性上对李煜词进行了阐释，是对李煜词"亡国之音"的体认，这正是宋太祖、太宗批评李煜之词的回响。

北宋后期，苏门人物成了文学领域一支最大的力量。其中最著名的要数苏门四学士，即黄庭坚、张耒、晁补之和秦观。在这些人里面，黄庭坚的成就最高、影响也最大。黄庭坚是江西诗派的领袖，而且也喜作小词。现存词作一百八十多首，大都收在《山谷琴趣外篇》。他和王安石互相交流探讨李后主之词，此前我们已经提到，而且他的一些小词，则更接近欧、晏清隽委婉的风格。比如他的一首《清平乐》（春归何处），仔细品味，其风格特征实属"阳春一派"。

在苏门中，秦观是最为出色的词人。他的词作风格用他的一句词来形容的话就是"纤云弄巧"。而这种风格主要承袭南唐及北宋初期晏、欧一脉，正如蔡嵩云《柯亭词论》中说"少游词，虽间有花间遗韵，其小令深婉处，实出自六一，仍是阳春一派。"不过他在传承中已有创新。比如他的名作之一《八六子》（倚危亭），这是秦观于元丰三年写的一首怀人之作，词写恋人别后的相思之情，在对昔日柔情的回味中透出无限惆怅。而此词由情切入，突兀而起，更是赢得很多人的好评。而词作首句"倚危亭，恨如芳草，萋萋刬尽还生"正是承袭李煜《清平乐》"离恨恰如春草，更行更远还生"。而李煜的《清平乐》也是一首怀人之作。秦观本人性格柔弱，感情细腻，再加上身世坎坷，心中就总有悲愁缠绕。"愁"也成为他词作中最常见

① 陈鹄《西塘集耆旧续闻》卷三引，文渊阁《四库全书》本。

的主题。不过他描写愁之多，也曾化用李后主之词句。如他的《千秋岁》（水边沙外）的结句“春去也，飞红万点愁如海”。陈师道在《后山诗话》中认为：“今语例袭陈言，但能转移尔。世称秦词‘愁如海’为新奇，不知李国主已云‘问君能有几多愁？恰似一江春水向东流’，但以‘江’为‘海’尔。”除此之外，在他的《江城子》（西城杨柳弄春柔）一词的末尾也写道“便做春江都是泪，流不尽，许多愁”。其实，这句也是化用李煜《虞美人》之末句，这一点《草堂诗余》正集卷二也有同样的记载。对于秦观之词，清人冯煦说的最是准确：“少游以绝尘之才，早与胜流，不可一世。而一谪南荒，遂丧灵宝。故所为词，寄慨身世，闲雅有情思。酒边花下，一往而深，而怨悱不乱，悄乎得《小雅》之遗。后主而后，一人而已。”不但指出少游词之特点——寄慨身世、一往情深，而且也说明了少游与后主词共同的感伤特质。

贺铸与“四学士”交往甚密，有《东山词》。北宋词人大多是儿女情长，英雄气短。唯有贺铸是英雄豪气与儿女柔情并存。贺铸作词，“满心而发，肆口而成”（张耒《东山词序》），直接抒写自我的人生感慨和愁苦情怀。不过，他的词的主打风格，却是较多的承袭了五代花间、南唐一路。比如他的《木兰花》词就以“江水”比喻“愁”，云“慢将江水比闲愁，水尽江头愁不尽”。而贺铸此句就是对李煜“问君能有几多愁，恰似一江春水向东流”的创新运用。二人均以江水比作愁，李煜词是愁绪恰如江水，贺铸词是闲愁多似江水。贺铸虽化用前人词句，但凭借奇特的想象，加以夸张的修饰，把闺中幽怨绵绵不绝的特色表现得淋漓尽致，可谓青出于蓝而胜于蓝。贺铸词中写“闲愁”的词作实有很多。再如他的名作《青玉案》（凌波不过横塘路）的结尾“试问闲愁都几许？一川烟草，满城风絮，梅子黄时雨”。他还因此而被称为“贺梅子”。贺铸在这首词中表达的“闲愁”，正与“阳春一派”词人所写的“闲愁”有某种联系。而且李煜《望江梅》（闲梦远）中也写道“满城风絮滚轻尘”。由此不难看出贺铸对南唐词的学习。

综上所述，我们不难看出，由于时代的关系及政治风气的影响，南唐词在北宋之传播接受脉络，相对来说还是比较清晰的。从宋初晏殊为代表的台阁词人群、以苏轼为首的文学圈及其他接受群体，在南唐词的接受上呈现出积极的态度，只是冯词和李词的接受情况还稍有不同。冯词的“富贵气象”受到士大夫的青睐，而李词的“亡国之音”更能激起接受者的异议。

第二节　南唐词在南宋的传播与接受

徽宗宣和七年（1125）金兵南下入侵中原，至孝宗隆兴二年（1164）形成宋金对峙的稳定局面。这一时期，社会动乱，歌舞伎人也四处逃散，词乐因此也不被人重视。同时，社会局面的大动荡，开始带来主体意识的改变，以及审美标准、创作观念的变化。时代要求贬斥一向流行的香艳软弱之风，转而要求浩然正气和阳刚正气。词逐渐脱离音乐，歌唱与娱乐的功能弱化，词人也适应时代需要，有意识地改造词体，强调词的功利价值，要求词“有补于世”。词的社会价值和实用价值得到前所未有的重视。词的传播也发生了极大的变化，这种变化表现为词的文本传播更是受到重视，以歌妓为中介的口头传播逐渐消退。这种政治环境的变化，对南唐词的传播也产生了一定的影响。

南渡而来的李清照是继李煜而来婉约派代表词人，被论者称为词中“二李”，同是不可多得的纯粹的抒情词人。“男中李后主，女中李易安，极是当行本色。”[1]王士祯也指出：“诗余者，古诗之苗裔也。语其正则南唐二主为祖，至漱玉、淮海而极盛。”由此可以看出“二李”之间的某些相似。这种相似当然包括李清照向前人学习的结果。李清照也自己在《金石录后序》中说：“南唐写本书数箧，偶病中把玩，搬在卧内者，岿然独存。”由此可知，她对南唐文学的热爱。也是在这种对后主词的揣摩与研习中形成了李清照与李煜词风格特征的相似。李清照曾写过一篇《词论》提出“词别是一家”的观点。在这篇词论她也对南唐词有很高的赞誉，说：“五代干戈，四海瓜分豆剖，斯文道息。独江南李氏君臣尚文雅，故有‘小楼吹彻玉笙寒’‘吹皱一池春水’之词。语虽甚奇，所谓‘亡国之音哀以思’也。”虽然她也认为南唐词是亡国之音，但是还是从艺术上给南唐词很高的评价。她自己在写词时也曾吸取南唐词的养分。比如下面这首《点绛唇》：“蹴罢秋千，起来慵整纤纤手。露浓花瘦，薄汗轻衣透。　见客入来，袜刬金钗溜。和羞走。倚门回首，却把青梅嗅。”据说此词是李清照作，描写一个闺中少女游戏及躲避客人的情景，惟妙惟肖地刻画出她那天真活泼、娇羞而又有几分顽皮的神态，可谓妙笔生花。其中“袜刬金钗溜”一句与南唐后主李煜《菩萨蛮》“刬袜步香阶，手提金缕鞋”有异曲同工之妙。然而，国破家亡的惨痛使李清照忧愤深广。她在既保持了南唐以来抒情词的传统的同时，也根据时代背景的变迁，表现了个人深沉的感受和巨大不幸，在两宋词人中独树一帜。

陆游作为一位满腔热血的诗人，他的有些词作却写得细腻宛转，明代杨慎就曾说过陆游的词纤细处似秦观，雄慨处似苏

---

① 沈谦《填词杂说》，唐圭璋《词话丛编》，中华书局，1986 年版，第 631 页。

轼的话。如他的《沁园春》（一别秦楼）就写的十分婉约。陆游写有《南唐书》，可以肯定，他对南唐的历史、文化等有非常深刻的认识。同样在这本书中，他对冯延巳及其所属的南唐词有很客观的评价："延巳工诗，虽贵且老不废，如'宫瓦数行晓日，龙旗百尺春风'，识者谓有元和诗人气格。尤喜为乐府词。……时丧败不支，国几亡，稽首称臣于敌，奉其正朔，以苟岁月，而君臣相语乃如此！"而其在另外一本书《避暑漫抄》中也曾谈到李煜之死的原因，同时对李煜后期词中佳句也多有称赞。由此可见，陆游不但对南唐的历史比较熟悉，对南唐的文学也有自己的认识。而这种熟悉和认识最终会转变为创作中的一种潜意识的影响。

比起冯延巳，后主李煜词的艺术魅力对南宋文人影响更是巨大，就连以豪放著称的辛弃疾也曾受到过他的感染。辛词代表作之一《摸鱼儿》（更能消几番风雨），此首词作曾受到近人梁启超的高度赞扬说："回肠荡气，至于此极。前无古人，后无来者。"而近代词学大师唐圭璋在其《唐宋词简释》中也说："所以'独自莫凭阑'者，又引起无限伤心也。此与'心事莫将和泪说，凤笙休向泪时吹'，同为悲愤已极之语。辛稼轩之'休去倚危阑，斜阳正在、烟柳断肠处'亦袭此意。"但是，同样是关于对《摸鱼儿》的阐释与评价，梁令娴《艺衡馆词选》乙卷引梁启超评语却说此词承自冯延巳《鹊踏枝》（谁道闲情抛弃久），其原评说："稼轩《摸鱼儿》起处从此夺胎，文前有文，如黄河伏流，莫穷其源"。对于辛弃疾的"婉约"之作，宋人刘克庄在《辛稼轩集序》更是说其"秾纤绵密处，亦不在小晏、秦郎之下"。总之，不管辛弃疾是借鉴李煜之词意还是冯延巳之词风，由此都可以导出，辛弃疾豪放之外的"激情"收敛之作，正是从南唐词中来。而清代谭献认为李煜词之艺术在稼轩之上。他曾在《词辨》卷二评李煜《浪淘沙令》（帘外雨潺潺）说："雄奇幽怨，乃兼二难。后起稼轩，稍伧父矣。"

以上除了词人们积极的接受南唐词之外，道学家们也对南唐词有过评价。朱熹，理学集大成者，也曾站在道学家的立场对李煜之诗词作过阐释。在作家作品评论上，他以是否合道为标准。他曾批评李煜"以无生混茫者亡其国，何哉？道学不明，人心不正，诚淫邪遁之说肆行，而莫之禁也"[①]。这说明不同的接受群体对文本的解读是不一样的，而且道学家也是从思想内容着眼，来品味李煜亡国之"因"的。其实，朱熹的这一思想并不是没有渊源的，早在宋初宋太祖、太宗对李煜政治作为的不满，以及苏轼等人对李煜之词的品评，都已经在说明李煜之词是"一种哀音兆亡国"了。虽然这些都属于负面的评价，传递的是一种消极的信息。但是，读者并不会因为这些负面信息而丧失阅读的动机，相反还有可能激发他们更大的阅读兴趣。苏轼对"挥泪对宫娥"的评价引起的连锁反应，就是这样的。

概而言之，南渡以后，经过北宋词的繁荣发展，由于词的流行性的特点，大多数词人对"本朝乐章"更感兴趣，而靖康之变的历史动荡，使词的"言志"功能得到更进一步的发挥，词坛吹起豪放之风，南唐词的传播在这一历史变迁中，虽受影响，不如北宋时期接受那么明显、积极，但是南唐词的影响还是存在的，李清照"词别是一家"的论点更是有利于南唐词的接受。歌舞艺人的离散，使得这一时期南唐词的传播主要是以作品文本接受为主。

---

① 朱熹《朱子全书》第24册，上海古籍出版社、安徽教育出版社，2010年版，第3861页。

第三节　南唐词在宋代的编定与结集情况

作为接受主体的宋代文人必须通过一定的媒介才能够与接受对象发生联系。除了有声传播之外，接受南唐词的前提就是阅读南唐词。其实，南唐词的有声传播也只是在南唐时期真正发生过作用，除了李煜入宋后所写词作，以后各代就主要是词的文本传播了。一方面由于词作为娱乐工具，“新声”似乎更容易让人喜欢。另一个方面，词的本质既有诗的特性，也有音乐的属性，但随着词体地位的提高，词的作为“诗”的一面的作用逐渐被人们所重视。人们更习惯用词来表达心中的“志”。所以词集的编订和流传对词的传播就显得至关重要。词集作为传播的媒介是词人词作持久而广泛的产生影响的一个标志。就目前的文献资料来看，南唐词在宋代是没有总集的，只有个人别集。

冯延巳《阳春集》，一作《阳春录》。冯氏子孙原有家藏本。大概北宋元丰中，崔公度亦有家藏手抄本，具不传。现今传世之本，原为嘉祐三年戊戌（1058）延巳曾外孙陈世修所编。陈世修《阳春集序》谓，自宋平江南之后，“旧帙散失，十无以二，今采获所存，勒成一帙，藏之于家”。今传最早之《阳春集》，收入明吴讷《唐宋名贤百家词》本中。卷首有陈世修序，当源自陈世修辑本。[①]可知，冯延巳的《阳春集》在北宋已广为流传，词集的形成有助于词的传播与接受。

李煜词集，在北宋时未见有文字记载。到了南宋时，即有《李后主词》专集。南宋尤袤《遂初堂书目》乐曲类首见《李后主词》书名，该本未传。此后，其词多与中主李璟词合编为《南唐二主词》。南宋陈振孙是第一个提到该词集的人。他在

① 王兆鹏《词学史料学》，中华书局，2004年版，第155页至156页。

《直斋书录解题》歌词类卷二十一云："《南唐二主词》一卷，中主李璟、后主李煜撰。卷首四阕：《应天长》《望远行》各一，《浣溪沙》二，中主所作。余词皆重光作。"此书约成书于孝宗乾道三年丁亥，即1167年以后，可能是由书肆辑录完成。由此可知，后主词在北宋时的流传还是比较零散的，到南宋时才有专集的编订与流传。

除了冯延巳、李煜词专集的编订外，我们还可从宋人所编词选来了解南唐词的接受情况。宋代词选主要有《尊前集》《梅苑》《乐府雅词》《草堂诗余》《唐宋以来诸贤绝妙词选》《阳春白雪》《绝妙好词》等七种，其中《尊前集》《草堂诗余》和《唐宋以来诸贤绝妙词选》分别收录了南唐词。具体情况如下:

选本名称	选者	卷数	词选特点	收录南唐词
尊前集	佚名	一卷	以人为序编次，录唐五代词家36人词作289首	收录李煜词10首；李璟词2首；冯延巳词8首
梅苑	黄大舆	十卷	共录唐五代至北宋末南宋初咏梅词412首，为现存最早的专题咏物词选	0
乐府雅词	曾慥	三卷 拾遗二卷	共收词作932首，为南渡诸家词的最早选本	0
草堂诗余	南宋书坊所编	原为二卷	所录作品共367首，上自五代，下迄南宋，以北宋人为最多。以婉约风格为主	收录李煜词4首，李璟1首，冯延巳1首

续表

唐宋以来诸贤绝妙词选	黄昇	十卷	入选唐五代及北宋词人 134 家词作 523 首	收录李煜词 6 首；李璟词 1 首；冯延巳 2 首
阳春白雪	赵闻礼	八卷外集一卷	全书收词 671 首，除 18 首无名氏之作不计外，共录词人 231 家，其中以南宋词人居多	0
绝妙好词	周密	七卷	全书收词人 133 家，收词 384 首	0

以上词选中，除《尊前集》外，其余六部均成书于南宋。《尊前集》成书于北宋，从词集的名称来看，编选的遵旨应是供宴席歌唱的歌本。相对来说，更重视词作的可歌性。《草堂诗余》是宋元之间流行的唐宋词选本，其中以周邦彦词入选最多，共 58 首，秦观次之。此书也是为应歌之需而辑录的唱本。《唐宋诸贤绝妙词选》第一卷收录唐五代词，始于李白，终冯延巳。首论云："凡看唐人词曲，当看其命意造语工致处。盖语简而意深，所以为奇作也。"可见选家倾向。周密的《绝妙好词》一部断代词选，只收录南宋词。《梅苑》只收咏梅之作。《乐府雅词》是一部宋代词选，而编者选词以雅词为尚，"涉谐谑者则去之"，故以"雅词"为名。《阳春白雪》以南宋词人居多，赵闻礼以"阳春白雪"命名，意在说明书中所选皆高雅精妙之词，非浅陋鄙俗之篇。可见当时词坛"崇雅"倾向。前三种词选，意在广收众家词，或为了宴会场所的娱乐消遣，或为了使读者了解词坛风貌，且都收有南唐词。但不能显示出南唐词的主要成就。后四种词选基本都是专题词选，或是断代词选，或是咏物专选，或为"崇雅"词选，且都没有收录南唐

词，可见南唐词在编者心中并不高雅。

另外，宋代词学兴盛，不少笔记、词话中有大量篇幅论及南唐词，唐圭璋先生《词话丛编》收录宋代词话十一部。即《时贤本事曲子集》《古今词话》《复雅歌词》《碧鸡漫志》《能改斋词话》《苕溪渔隐词话》《拙轩词话》《魏庆之词话》《浩然斋词话》《词源》《乐府指迷》等，其中记载南唐词本事及评点资料的共有七部。宋代文人分析和批评南唐词主要着眼于记词本事，即挖掘词作背后所发生的故事。西方传播学家认为："以说故事的方式向人们提供的信息更容易被理解和记忆。因为这种方式让人放松，让人觉得有趣，以这种方式整合过的新闻素材将更加有效地吸引读者。"[①]考察这些词话，可以看出其中记录最多有：李后主与大、小周后的故事；内廷歌伶王感化与南唐二主的故事；李后主破城之词《临江仙》（樱桃落尽春归去）之本事；李后主之死的故事；中主李璟与冯延巳填词之故事等。这些词话在增加读者对南唐词理解的同时，无疑也扩大了南唐词的传播。

综上所述，南唐词在有宋一代可谓深有影响。从宋初的台阁词人群对南唐词的接受，到宋代帝王对李煜词的品味，再到文学天才苏轼对南唐词的解读及影响，等等，都显示出南唐词在当时拥有很广泛的受众。南宋虽然词的整体已经转向"言志"，但是严格恪守词之本色的人大有人在，在"本色"与"非本色"的对抗中，南唐词还是以它动人的思想内容与艺术魅力赢得许多词家的青睐，这无疑给南唐词的传播推波助澜，在南唐词的传播史留下重重的一笔。当然，除了那些留名史册的词作家之外，南唐词还拥有大量的普通接受者，而这正可以见证南唐词

① 谭新红著《宋词传播方式研究》，武汉大学出版社，2010年版，第226页。

巨大的魅力。如南唐冯延巳有一首词《薄命女》（春日宴），在宋代，有人将其改为《雨中花》："我有五重深深愿。第一愿且图久远，二愿恰如雕梁双燕，岁岁得长相见。三愿薄情相顾恋。第四愿永不分散，五愿奴哥收因结果，做个大宅院。"这种模仿从一个侧面证明了冯词巨大的影响力，但是这种"粗俗"的模仿之作，也遭到词评家的批评。吴曾就曾批评道："味冯公之词，典雅丰容，虽置在古乐府，可以无愧。一遭俗子窜易，不惟句意重复，而鄙恶甚矣。"[①]另外，类似的记载也见于清人毛先舒《南唐拾遗记》中："词女紫竹爱缀词。一日，手书李后主集。其父问曰：'后主词中何处最佳？'答曰：'问君能有几多愁，恰似一江春水向东流。'"以上可见，南唐词的受众之广，影响之深远。

① 吴曾《能改斋词话》卷二，唐圭璋《词话丛编》，中华书局，1986年版，第152至第153页。

第三章 南唐词在金元明的传播与接受

第一节 金元词坛对南唐词的接受

金、元词学理论推崇雄放劲健的创作风格，批评唐五代的“萎靡”词风。元代的两部词话吴师道《吴礼部词话》、陆辅之《词旨》中都没有论及南唐词。元好问作为金元词坛的巨擘，他主张以性情论词，反对斤斤于工拙。因此，他批评唐五代词多为宫体冶艳之作，并且又都“极力为之”，显现出雕琢化、技艺化的缺点。但是，他对一些言情佳作还是非常肯定的。他评价《花间集》中皇甫松词说：“皇甫松以《竹枝》《采莲排调》擅长，而才名远逊诸人。《花间集》所载亦止小令短歌耳。”元好问欣赏的是花间词中清新自然的词风，而对其只是小令短制不是十分满意。同样，他评价魏承班词“俱为言情之作，大旨明净，不更苦心刻意以竞胜者。”赞赏魏词言情自然，语言明净，不刻意雕琢，同样表明论者对情调健康、质朴清新之词的喜爱。“问世间、情为何物，直教生死相许”，元好问对“情”的推崇由此可见一斑。而他对南唐词更是别有情怀。冯延巳有词《鹊踏枝》（几日行云何处去）中有“双燕飞来，陌上相逢否”之句。元好问就曾在他的《清平乐》一词中取其意而翻新。元词云“飞去飞来双乳燕，消息知郎近远”，用冯延巳“双燕飞来，陌上相逢否”句意。“彼未定其逢否，此则直以为知，唯消息近远未定耳，妙在能变化。”[①]此外，元好问还直接引用李煜词句。如他的《临江仙》：“今古北邙山下路，黄尘老尽英雄。人生长恨水长东。幽怀谁共语，远目送归鸿。 盖世功名将底用，从前错怨天公。浩歌一曲酒千钟。男儿行处是，未要论穷通。”这首词是元好问于金宣宗兴定五年，赴京应试，登第后，返乡途经北邙山而作。抒发了其由人生无常之感而生的旷达超迈之思。而其中“人生”句，就是直接用李煜《相见欢》（林花谢春红）中的成句。还有元好问的《谒金门》“罗衾薄，帘外五更风恶”及“乌啼残月落，憔悴何郎东阁”都是化用李后主《浪淘沙令》（帘外雨潺潺）里的词句。这些都可见元好问对南唐词的青睐。

在金代皇室贵族中也有不少汉化程度较高的成员，接受了南唐的“词统”。如被元好问称为“百年以来，宗室中第一流人”的完颜琇（1172—1232）的有些词作就属阳春一派。完颜琇的一些抒发怀古之意的词作，写的颇为清新俊逸，在“阳春一派”的柔婉风神之中，又参之东坡的明朗疏快。金章宗完颜璟（1168—1208）是一位汉化极深的女真君主，善书法，知音律。陶宗仪《南村辍耕录》卷二七引《燕南芝庵先生唱论》，把金章宗与唐玄宗、后唐庄宗、南唐后主、宋徽宗并列为“帝王知音者五人”。诗词写得都很不错，词笔清雅柔婉，情思幽微，韵致悠长。徐釚《词苑丛谈》卷三称许金章宗为“南唐李氏父子之流也”。

诗词俱为元代一大家的张翥，其词尤为后人所称道。翥“长于诗，其近体、长短句尤工”（《元史》），被誉为“元代词宗”[②]。

---

① 况周颐《惠风词话》卷三，唐圭璋《词话丛编》，中华书局，1986年版，第4466页。

② 叶申芗《本事词》卷下，唐圭璋《词话丛编》，中华书局，1986年版，第2381页。

他作词也有借鉴李煜词的地方。李后主词有“梦里不知身是客，一晌贪欢”。而张翥就有词句：“客里不知身是梦，只在吴山。”可以看出他对李煜词的模拟与翻新。

概而言之，金元时期，“苏学盛行”推崇豪放之风，这种环境对南唐词的接受，产生了一定的负面影响。但是随着金国的灭亡，元好问等人更能理解南唐的“亡国之音”与此同时，南唐词的“淫言媟语”也有广泛的影响。元好问《新轩乐府引》描述了唐五代词在当时的传播情况：“《麟角》《兰畹》《尊前》《花间》等集，传播巷里，子妇母女交口教授。淫言媟语，深入骨髓，牢不可去，久而与之俱化。”虽含贬义，但是也可以证明南唐五代词在当时拥有广泛的受众。

第二节 明代词学家对南唐词的不同评价

词发展到明朝，创作相对进入低谷时期。上不如宋，下不如清。明词衰落的原因是多方面的。一是文学代胜，注定了明词的历史命运；而科举“以经术程士”，消耗了文人的创作热情。再有，明代的生产力水平大大提高，商品经济迅猛发展，这促使了城市的更加繁荣，市民阶层也随之得到壮大。这一切表现在文学方面则是市民文学的扩大。戏剧、说唱、小说等市民文学空前繁盛，吸引了文人、大众的注意力，削弱了词的创作；与此同时，“雅文学”为了迎合市民阶层的口味，也积极向市民文学靠拢。词学内部，词乐消亡，不再应歌，限制了受众范围，拉大了与新兴文艺的距离。创作态度上，明人以词学为宾雁之具，余力为之，随手挥洒。词的创作托体不尊，词格日下；形式上粗浅纷杂，“体段虽存，鲜能当行”[①]，或格调乖舛，或词曲不分。正如清代朱彝尊所说：“词自宋元以后，明三百

① 钱允治《国朝诗余序》、卓人月《古今词统》，辽宁教育出版社，2000年版。

年无擅场者。排之以硬语，每与调乖；窜之以新腔，难与谱合。”[①]明词不振的第三个原因是因为《花间集》《草堂诗余》对明词的影响。《花间集》是五代时期的一部词集，它集中而典型的反映了早期文人词创作的主体取向，审美情趣，体貌风格和艺术成就。其风格特点是艳丽而香软。这些词作都是文人贵族为歌台舞榭享乐生活的需要而写，绮筵公子、绣幌佳人眉眼传情，当筵唱歌，辞藻极尽软媚香艳之能事。《草堂诗余》是一部南宋词选。选了唐、五代、两宋词380多首，入选词人120人左右。选录多为北宋词人，其中周邦彦、秦观、柳永、苏轼等人为最多。南宋只有辛弃疾一人，而也只选取其婉约之作。可见其厚北宋而薄南宋，厚婉约而轻豪放的明显倾向。《草堂诗余》在宋元两朝并未特出，到了明代却极度繁荣起来。其应歌的“实用价值”与明人社会享乐风气相适应。“《草堂》一集，盖以征歌而设，故别题春景、夏景等名，使随时即景，歌以娱客。题吉席庆寿，更是此意。其中词语，间与集本不同。其不同者，恒平俗，亦以便歌。以文人观之，适当一笑，而当时歌妓，则必需此也。”（宋翔凤《乐府余论》）。由此可知，明代士大夫文人的审美价值取向。美国社会学家黛安娜·克兰说：“一个社会系统的成员彼此在进行传播的时候，在接受了创新的个人要去影响那些还没有接受创新的个人的社会系统中，就发生了个人之间的‘传染’作用。”[②]随着《花间集》《草堂诗余》在社会上的日益流行，这种“传染”作用就发生了效应，最终形成一种文学接受心理定势，从而有力地支配着文学创作、文学欣赏及文学评论等各种文学接受活动。最后一个原因也是最重要的即词体未被推尊。词是“小道”“雕虫小技”等观念，是这一抒情文体被导向衰竭的潜在因素。

① 朱彝尊《水村琴趣序》，《曝书亭集》卷四十，乾隆刻本。

② 【美】黛安娜·克兰《无形学院——知识在科学共同体的扩散》，华夏出版社，1988年版。

但是，明代的词学思想也有自己的特色。而这种词学思想对南唐词的接受是十分有利的。金、元人对南唐词的接受资料较少，而明人对南唐词的接受却十分积极，进而确定了李后主“词之正宗”的历史地位。在张扬个性、宣泄情欲的哲学思潮、文学风气的影响下，明代词论家普遍宣扬绮靡言情的风尚。他们给予唐五代词颇高的评价，体现出崇柔丽婉约、抑慷慨豪放的审美取向。在唐五代词中，他们更加肯定南唐词的“清便宛转”，对花间温、韦之词的“艳而促”“气颇伤促”，则提出了些许不满。

在南唐词传播的过程中，除了歌妓的有声传播之外，词话以及词集序跋的介绍与评说是一个不容忽视的重要载体。它以简洁经济的方式记叙作品的本事、品评词人的优劣、议论词体的功能及文本的得失，进而影响词体文学的流播。唐圭璋先生《词话丛编》收录明代词话共四部，即陈霆的《渚山堂词话》、王世贞的《艺苑卮言》、俞彦的《爰园词话》、杨慎的《词品》。除了俞彦《爰园词话》之外，其余三部都有收录对南唐词的品评。崇尚性情是明代词学批评的一个重要理论。“大抵人自情中生，焉能无情。”[①]沈际飞在《草堂诗余序》中也说：“文章殆莫备于是矣！非体备也，情至也。情生文，文生情，何文非情？而以参差不齐之句，写郁勃难状之情，则尤至也。”他认为词体的形式最宜于把人内心的情感表现得委曲尽致，在这一点上词胜于任何文体。因为对词体言情特质的高度重视，明代词论家多以此作为论词的标准。

明代词风重言情，故而词评家对于南唐词言情之作较多褒扬。如王世贞在《艺苑卮言》中就高度评价李后主词云：“‘归

① 杨慎《词品》，唐圭璋《词话丛编》，中华书局，1986年版，第467页。

来休放烛花红，待踏马蹄清夜月。’致语也。‘问君能有几多愁，恰似一江春水向东流。’情语也。后主直是词手。”这是从言情的角度给李煜词以肯定。他还从词之正宗与变体分析了李煜词云：“花间以小语致巧，世说靡也。草堂以丽字取妍，六朝逾也。……李氏、晏氏父子、耆卿、子野、美成、少游、易安至矣，词之正宗也。”直接将李煜词推之正宗之位。可见明人对李煜词的喜爱。作为明代“后七子”之一的王世贞，现存有《弇州山人词》一卷，收词近九十首。其中也有对南唐李煜之词的借鉴。如《望江南》：“歌起处，斜日半江红。柔绿篙添梅子雨，淡黄衫耐藕丝风。家在五湖东。”清人胡薇元曾评此词云：“太仓王世贞元美《望江南》亦胜余子。犹有南唐二主风韵。”[①]证明王世贞也曾规模南唐之词。

当然，李煜词中描写“恨”的词句凄婉动人，感人肺腑，更是明代文人品评和鉴赏的一个焦点。明代评点南唐李煜词者有很多。卓人月与徐士俊合辑《古今词统》十六卷。徐士俊评价词，最看重气度格调，因此他推崇李白为词林鼻祖。对李煜词也很关注。“后主、易安直是词中之妖，恨二李不相遇。”并且能够深切体悟李煜词渗透出来的亡国之音，在评述当中给予很多同情和感慨。例如评《一斛珠》（晓妆初过）：“天何不使后主现文士身而必予以天子位，不配才，殊为恨恨。”又评《浪淘沙》（帘外雨潺潺）：“花归而人不归，寓感良深。”明朝后期，沈际飞编撰有《沈评〈草堂诗余〉》正集六卷、别集四卷等，其中对后主李煜之词多有评价，对他的人生悲怨颇多感触：“后主、炀帝辈，除却天子不为，使之作文士荡子，前无古，后无今。”并且评析李煜词《浪淘沙》“梦里不知身

① 胡薇元《岁寒居词话》，唐圭璋《词话丛编》，中华书局，1986年版，第4037页。

是客，一晌贪欢”之句，云；“语妙，那知半生富贵，醒亦是梦耶？”末句“流水落花春去也，天上人间”，“可言不可言，伤哉！”这种对“愁”“恨”的细致品味，表现出明代人对李后主词感人价值的认同与接受，也体现出明代人细腻的艺术感受。

除了对李煜词中悲怨的品评外，明代人还从艺术的角度给予后主词很高的评价。沈际飞就曾评李煜《乌夜啼》（无言独上西楼）云：“七情所至，浅尝者说破，深尝者说不破。破之浅，不破之深，‘别是’句妙。”茅瑛编选《词的》四卷，其中也有对李煜词的简单评述。如他评述李煜《菩萨蛮》（花明月黯笼轻雾）云：“竟不是作词，恍如对话矣。如此等，《词的》中亦不多得。”评其《乌夜啼》（无言独上西楼）云“绝无皇帝气。可人，可人。”充分体会出李煜词丰富的内涵和真率情感。

明后七子之一的李攀龙对南唐二主词也有论说。他评价李璟《摊破浣溪沙》（手卷真珠上玉钩）：“写出阑珊春色，最是恼人天气。”评价李煜《阮郎归》（东风吹水日衔山）：“似天台仙女，伫望归思，神思为阮郎飘荡。”评其《采桑子》（辘轴金井梧桐晚）：“观其愁情欲寄处，自是一字一泪。”潘游龙《古今诗余醉》评价李后主《一斛珠》（晓妆初过）云：“描画精细，绝是一篇上好小题文字”。

杨慎《评点草堂诗余》卷二评李后主《玉楼春》（晚妆初了明肌雪）：“何等富丽侈纵。观此，那得不失江山。”话虽如此，不过他自己作词也曾杜撰李后主词。《蕙风词话》载：“杨用修席芬名阀，涉笔瑰丽。尝云：李后主《捣练子》‘深院静’‘云鬓乱’二阕，曩见一旧本，并是《鹧鸪天》：‘塘水初澄似玉容。所思犹在别离中。谁知九月初三夜，露似珍珠月似弓。深院静，小庭空。断续声随断续风。无奈夜长人不寐，数声和月到帘栊。’虽重光复起，宜无间然。或犹讥其向壁虚造，宁非固钦”。

与崇情的词学观念相联系是，是明人趋向浅俗与香弱的词体审美观。“盖六朝诸君臣，务裁艳语，默启词端，实为滥觞之始。故词须宛转绵丽，浅至儇俏。挟春月秋花于闺幨奏之。一语之艳，令人魂绝；一字之工，令人色飞，乃为贵耳。至于慷慨磊落，纵横豪爽，抑亦其次，不可作耳。作则宁为大雅罪人，勿儒冠而胡服也。宁为大雅罪人。”[①]也不要矫情伪饰，丢弃词的本色。王世贞认为词体的本色是“香弱”这一论点得到清人沈曾植的肯定与赞赏，他在《菌阁琐谈》中说：“此弇州妙语，自明季国初诸公，瓣香《花间》者，人人意中拟似一境而莫能名之者矣，公以‘香弱’二字摄之，可谓善于侔色揣称者矣。”而这种审美观念无疑促进了南唐词的传播与接受。

第三节　明人所编词集词选对南唐词传播的作用

李璟、李煜词，自宋以来，皆以《南唐二主词》合刻本传世。今传最早之本为明吴讷《唐宋名贤百家词》。另有明万历庚申（1620）吕远刻本，近人龙沐勋谓此本“虽所采亦颇杂他人之作，兼有讹误，要为现存《二主词》之精椠。”此本为谭尔进十七岁时所校录，稿本现存上海图书馆。谭氏将书画上与他人所辑等与南唐二主有关的词作，一一校对，并判定归属权。实为南唐二主词之功臣。他在自序中称叹二主词：“读之皆凄怆悲恸，亦复幽闲跌宕如多态女子、如少年书生，落调纤华、

① 王世贞《艺苑卮言》，唐圭璋《词话丛编》，中华书局，1986年版，第385页。

吐心婉挚。”[①]一方面，他在校录的同时，说明词作版本的来龙去脉，墨迹在何处，传自何人，录自何书；一方面，录前人诗话、笔记之类文献以佐证，同时还加按语。

明人辑录词选很多，有通代词选，也有断代词选。就体系看，明词选很明显的分为两大阵营，《草堂诗余》系列，及逸出《草堂》之外的词集。《草堂》系列流播最广。《草堂》一出，应者云集，独步选坛达一百五十余年。明代最流行的两种词选当是《花间集》和《草堂诗余》，正如徐士俊所言：“《草堂》之草，岁岁吹青。《花间》之花，年年逞艳。”明代词选编选的标准从纵向历史来说是唯宋词是瞻；横向来说是以随俗为尚；纵横结合的审美选择便是婉丽流畅。论词以“婉约”为“本色”，时代以唐五代、北宋为尚，词人属意于欧、柳、秦、周等人。《草堂诗余》在明代的翻刻不下十几种，宗旨唯在随俗。但是唐五代词选录十首以上的只有温庭筠一家，南唐词人词作甚至没有多出五首，因选择数量少，故对南唐词的传播作用不大。《花草粹编》是明代规模最大的一部唐宋词选。因“是刻以《花间》《草堂》而起，故以‘花草’命编”。风格虽未脱“花草”习气，但从选词的开拓性上来说，与《草堂》系列还是差异较大。其搜逸补遗之功应该得到肯定。其广收众家词，上溯开天，下迄宋末，共收800余调，3280余首。此选正能反映出明代词坛的审美倾向。但是它也只是作为供读者了解词坛风貌的词选，依然不能显示南唐词的主要成就。《古今词统》是明末大型词选。共选录唐五代宋金元明词人486家，词作2030首。其中选录李煜词17首，李璟词2首，冯延巳1首。沈际飞的《草堂》四集，也是明末的一部庞大词选，其中选录

① 谭尔进校录《南唐二主词》，明万历庚申（1620），稿本，藏上海图书馆。

李煜之词 15 首。这两个明末词选收录南唐李煜词是相对较多，也可看出明人推崇李煜词为“词之正宗”的历史过程。

总结以上，有明一代由于“俗”文学的兴盛，词的创作的相对沉寂。而明人创作个性意识的觉醒，文学批评都比较偏向重情一面，这就对南唐词尤其是李煜词之纯情有更高的评价，也比较容易接受南唐词的哀感缠绵之风格。其实在明初之际，便有人模仿南唐冯延巳之词。号称“明初诗文三大家”之一刘基作《谒金门》词就曾学习过冯延巳。“《秋晚曲·寄谒金门》，刘伯温作也。首云：‘风弱弱。吹绿一庭秋草’为语亦佳。然即‘风乍起，吹皱一池春水’格耳。以二言细较，刘公当退避一舍。”[①]此后，在明王朝灭亡之际，夏完淳(1631—1647)所作之词，也大有亡国之感，例如他的《满江红》(无限伤心，吊亡国，云山故道)，更能看出这位英才少年对李煜之词的共鸣。

① 陈霆《渚山堂词话》，唐圭璋《词话丛编》，中华书局，1986 年版，第 354 页。

第四章 南唐词在清代的传播与接受

第一节 清初词坛南唐词的传播与接受

清人陈廷焯《白雨斋词话》云："词兴于唐，盛于宋，衰于元，而再振于我国初。"这句话高度概括了词的盛衰史。清代是词学全面复兴的时代，近三百年的清代词坛，作家辈出，宗派林立，创作上成绩斐然，取得辉煌了成就。与此同时，清初，明代后期兴起的云间词派也过渡入清，词人们吸取明朝灭亡的惨痛教训，开始反思明词的淫哇之弊，词学批评风气也随之发生了很大的变化。南唐词的阐释史也揭开了新的一页。

云间派是在明中叶以来词学宗风倾坠的情况下寻觅"词统"，以期廓清环宇。他们所标举的是南唐、北宋之旨意。对此，陈子龙在其《幽兰草·题词》中有明确说明："自金陵二主以来至靖康，代有作者，或秾纤婉丽，极哀艳之情；或流畅淡逸，穷盼倩之趣。然皆境由情生，辞随意启，天机偶发，元音自成，繁促之中尚存高浑，斯为最盛也。南渡以还，此声遂渺。……元滥填词，兹无论已。"陈子龙认为词体创作的最高成就，当在南唐、北宋，南渡以降则斯风日下。他认为，词是言情的，并将南唐二主词推尊为词之"最盛"的代表之一。陈子龙自作词之风格更接近李煜。最早把陈子龙和李后主放在一起比较的，是清末词论家谭献。他在《复堂词话》中说："重光后身惟卧子足以当之。"谭献之所以认为陈子龙（字卧子）是李后主（字重光）的转世后身，是因为他们的词在精神气质方面有非常一致的地方。

近代著名国学家钱基博先生也直接指出了陈子龙与南唐词之间的承袭关系："子龙之词，则直造唐人之奥宇。惟陈子龙之《湘真阁》《江蓠槛》诸词，风流婉丽，足继南唐后主，则得于天者独优也。观其所作，神韵天然，风味不尽，如瑶台仙子，独立却扇时；而《湘真》一刻，晚年所作，寄意更绵邈凄恻，言内意外，已无遗议。"[①]陈子龙身为烈士与英雄，诗歌中兼有英雄与才子气，但是词却是风流婉丽、意蕴极深的婉约词，与豪放词无关。他作于明亡之后的词作，凄凉感伤，大有"故国乔木之悲"的特点，直追南唐二主。如《望仙楼·夜宿大蒸庄》："满阶珠露溢啼痕，闲坐空庭凄绝。今夜鹃声偏咽，红透花枝血。自惭虺尹匡持，回首山河残缺。灯烬乍明还灭，肠断谁堪说！"清陈廷焯认为此词"凄丽近南唐二主，词意亦哀以思矣"。

陈子龙中晚期词受李后主词影响至深，究其原因，一方面是词人的遭遇使陈子龙对李煜词产生"萧条异代不同时"的认同；另一个方面他对花间"气颇伤促，意不胜辞"的雕词弊习有所认识，对"藻丽、明艳"的词风有所改变，不仅融入了更幽怨、更婉转的情思，而且由"琢词"而进入"琢意"的阶段，一改藻饰美人玉貌为以外物烘托人物心情，词亦渐入自然之境。如李煜《虞美人》（风回小院庭芜绿）与陈子龙《虞美人》（枝头残雪余寒透），两首都写春闺思妇，可以看出，陈词因袭后主神韵，模仿之迹淡若无痕。在描绘风月生活方面，陈子龙的写法，与后主相得之处，首先在于一种"富贵气象"（语见宋陈善《扪虱新话》）。如李煜《浣溪沙》（红日已高三丈透）和陈子龙《天仙子》（十二画屏围楚岫），就有相似的"富贵气象"，不过，陈词略显雕琢，生气不足。明亡之后，陈子龙如李煜一样，有"天上人间"的怨恨，这就使得陈子龙在感情

① 钱基博《中国文学史》，中华书局，1993年版，第924页。

上更能和李后主取得共鸣。作词也喜欢营造一种凄迷冷清的意象，而这一点正是南唐词的成功之处。其中，尤以陈子龙的绝笔词《二郎神·清明感旧》最为神似，“东君无主，多少红颜天上落，总添了数抔黄土。最恨你，年年芳草，不管江山如许。”悲怨至极，大有李煜“流水落花”之慨。

云间词派的蒋平阶（字大鸿）著有《支机集》，论词尊崇陈子龙。他借闺情写哀怨的小词，赋予词作以难言的亡国隐痛，增加了其词作表意功能的暗示性与审美境界的深度。他的许多词都别有寄托。如他的《临江仙》（禁苑花残春殿闭）一词，亡国之恨昭然若见。再如他的《山花子》（杨柳凄迷晓雾中），这首词中的“杜鹃”意象，从近处来说是陈子龙《点绛唇·春日风雨有感》“春无主，杜鹃啼处，泪洒胭脂雨”的共鸣；从远处来说是李煜《临江仙》“子规啼月小楼西”的承袭。毛奇龄说：“予乡曩有创为西蜀南唐之音者，华亭大鸿也。”（《倚玉词序》）

作为云间三子之一的宋征舆（1618—1667）也有“南唐词风”的作品。他的词的创作分为三个阶段。第一个阶段是崇祯七年至十年，与陈子龙、李雯的唱和时期，并结集为《幽兰草》。此期，受世风影响多写艳情，侧重在接受五代、北宋。宋征舆早年多作小令、中调，题材上多为咏叹节序，也有少数咏怀之篇。从《幽兰草》的格调看，大多词作表现的是秋暮的伤感，春光的骤逝，红叶的凋零等凄冷意象。如《菩萨蛮·秋怨》（夕阳千里黄云卷），总体上给人一种感伤的印象。这与冯延巳“天长烟远，凝恨独沾襟”（《临江仙》）的表达方式是一脉相承的。宋征舆中后期的词作，随着时代的变迁，交际圈的改变，个人经历的变化，作词取径范围出现了由唐五代拓展到南北两宋，风格也趋向多样化。顺治五年，他为其兄宋征璧所编《唐宋词选》一书为序，在这篇序中他表明了自己推崇婉约派的观点，而其推尊的对象是“三李”，即李白、李煜、李清照。这也表明他的学习范围已有很大扩展。

清代词家，多为学人或诗人，故有“学人之词”与“诗人之词”。要论“词人之词”当首推纳兰性德。纳兰性德（1655—1685），满族正黄旗，清初词人，从言情的立场出发，对唐五代词深予赏爱。其词缠绵婉约，出语天然，不事雕琢，词风类似南唐李后主。他主张以美丽自然的语言来抒发真情实感，所以他对李后主之词倍加赞赏：“《花间》之词如古玉器，贵重而不适用，宋词适用而少贵重。李后主兼有其美，更饶烟水迷离之致。”[①]在纳兰性德心目中，花间、宋代之词都是不完美的，只有南唐李煜能够兼有“贵重”与“适用”之美，并且更富烟水迷离的韵致，是完美的。当然，纳兰性德自身创作的词，悲凉凄艳的风格，更加接近李后主，也更能激起创作情感的共鸣。《饮水词》凄艳而真挚自然，悼亡诸篇最称典型，“北宋以来，一人而已”[②]。而把李后主与纳兰性德放在一起比较的，如清初著名词人陈维崧认为：“《饮水词》哀感顽艳，得南唐二主之遗。”周稚圭也说“或言纳兰容若，南唐李重光后身也”（《箧中词》卷一）。梁启超也曾评纳兰性德之词云：“容若小词，直追后主。后主有亡国苦痛，容若有时代哀音，因此二人为词，眼界大而感慨深。”况周颐《蕙风词话》云：“饮水词人所以为重光后身也。”吴梅《词学通论》“容若小令，凄婉不可卒读。……究其所诣，洵足追美南唐二主。”近人唐圭璋《纳兰容若评传》也说：“成容若雍容华贵，而吐属哀怨欲

① 纳兰性德《渌水亭杂识》卷四，见孙克强《唐宋人词话》，河南文艺出版社，1999 年版，第 104 页。

② 王国维《人间词话》，唐圭璋《词话丛编》，中华书局，1986 年版，第 4251 页。

绝，论者以为重光后身，似不为过。”总之，他们都指出了纳兰性德与李后主在词风上的相似相近，也指出了纳兰性德承袭南唐后主词风格的特征。且沈惟贤在《片玉山庄词存词略序》中说：“明末乃有陈卧子《湘真词》，上追六一，下开纳兰。”更说明了陈子龙、纳兰性德词之间的关系。他们的词风之所以相似，就是因为本自南唐李煜。

李煜词对纳兰性德的影响首先是词的悲剧美。“最美丽的诗歌是绝望的诗歌，有些不朽的篇章是纯粹的眼泪。”（缪塞《五月之夜》）李后主的词可谓“绝望的诗歌”，可称“纯粹的眼泪”。他的词具有一种悲剧美，因而千百年来一直被人们学习和传诵。在这种悲剧情感上，纳兰词承袭后主词是比较多的。李煜和纳兰性德都是极为善感之人，加之自身生活经历的影响，因此更容易因花落泪，见月伤情。“李重光风流才子，误作人主，至有入宋牵机之恨。”[①]纳兰性德“常有山泽鱼鸟之思”却偏偏是“缁尘京国，乌衣门第”。两人不仅有相似的生活经历，也有共同的文学爱好。虽然两人都是造化弄人，但这也是纳兰性德更容易接受李煜词的一个侧面原因。纳兰性德的词有意向李后主学习，这使他们的词作风格更加接近。试看李煜《浣溪沙》“转烛飘蓬一梦归，欲寻陈迹怅人非。天教心愿与身违。 待月池台空逝水，荫花楼阁漫斜晖。登临不惜更沾衣”与纳兰性德《浣溪沙》“道飘零不可怜？旧游时节好花天，断肠人去自经年。 一片晕红才著雨，几丝柔绿乍和烟，倩魂销尽夕阳前”，这两首词都善于用白描的手法抒情，自然流转，没有雕琢的痕迹，很少对事件进行铺叙，使词作以抒发情感为主，因此很容易打动人心，引发读者的共鸣。从表现手法和艺术风格上来看，纳兰性德和李煜的相似之处在于“语浅

① 余怀《玉琴斋词序》，国学图书馆影印本，1928 年。

意深”，用近于白描的手法，写出超越时空的人生感受。李煜词的家国兴亡之感也在纳兰词中出现过，但已褪去了后主词的那种浓郁的情感色彩，更多的是一种深沉的历史感慨，确切的说是，应该是一种富有哲理性的兴衰之感。

再有，纳兰性德的一些词作是直接或间接的化用李煜词句。如《好事近》（何路向家园），其中的“隔年花”之典，就是用李后主事。他如李煜有“别时容易见时难”（《浪淘沙》），纳兰就有“人生别易会常难”（《浣溪沙》）；李煜有“画堂南畔见，一晌偎人颤”（《菩萨蛮》），纳兰就有“曲阑深处重相见，匀泪偎人颤”（《虞美人》）；李煜有“小楼昨夜又东风，故国不堪回首月明中”（《虞美人》），纳兰就有“东风回首尽成非，不道兴亡命也，岂人为”（《南歌子》），等等。这些都说明纳兰性德对李煜词的认可与接受。

唐圭璋先生辑《词话丛编》，收入清初词话十余种，主要有李渔《窥词管见》、彭孙遹《金粟词话》、沈谦《填词杂说》、贺赏《皱水轩词筌》、王士禛《花草蒙拾》等，清初这一批词论家大多数是由明过渡入清的，故论词多承袭明代余绪，吴梅论清词“其始沿袭明季余习，以花草为宗”，可谓知言。清初，诸词家论词大多以“婉约”为宗，广泛的论述了由词之初起的唐、五代至清代的各家各派，这种环境有利于南唐词的传播。

此一时期，词坛盟主为王士禛，虽然他的词作词论并未臻上乘，但却对词坛产生了重要影响。王士禛从尊体的角度出发，重述了“词为《诗》裔”的说法，证明“词代诗兴”乃是历史必然。他尊崇南唐二主、李清照、秦观等人为词之正宗，苏轼、辛弃疾等人为词之变体，体现了他词主婉约的倾向。王阮亭的词集《衍波词》，曾有人为此集作序云：“极哀艳之深情，穷倩盼之逸趣，其旖旎而秾丽者，则璟、煜、清照之遗也。其芊绵而俊爽者，则淮海、屯田之匹也。”不管是说王士禛之词像李璟、李煜、李清照、秦观、柳永，还是说他的词有“哀艳”“倩盼”“旖旎而秾丽”“芊绵而俊爽”之特色，都是婉约一派，得南唐遗风。

西泠词家沈谦也非常地认可李煜之词的艺术特色。“红杏枝头春意闹”“云破月来花弄影”，俱不及“数点雨声风约住，朦胧淡月云来去”，“予尝谓李后主拙于治国，在词中犹不失为南面王，觉张郎中、宋尚书，直衙官耳。”[①]贺裳《皱水轩词筌》评南唐词，继承前代“亡国之音哀以思”的观点。对李煜和宋徽宗进行了比较：“南唐主《浪淘沙》曰：‘梦里不知身是客，一晌贪欢。’至宣和帝《燕山亭》则曰：‘无据。和梦也有时不做。’其情更惨矣。呜呼，此犹《麦秀》之后有《黍离》也。”感叹李后主和宋徽宗赵佶的词都是抒发出凄婉悲怨之意，是典型的亡国之音。贺裳与清代曲坛圣手李渔对李煜词词句“烂嚼红绒，笑向檀郎唾”各有赏爱。贺裳对李煜词的精妙艺术深致赞赏：“词家多翻诗入词，虽名流不免。吾常爱李后主《一斛珠》末句云：‘绣床斜凭娇无那。烂嚼红绒，笑向檀郎唾。’杨孟载《春绣》绝句云：‘闲情正在停针处，笑嚼红绒唾碧窗。’此却翻词入诗，弥子瑕竟效颦于南子。”[②]而李渔却对李煜词之艳媚之语提出了尖锐的批评：“李后主《一斛珠》之结句云：‘绣床斜倚娇无那。烂嚼红绒，笑向檀郎唾。’此词亦为人所竞赏。予曰：‘此娼妇倚门腔，梨园献丑态。’”[③]李渔指出李煜《菩萨蛮》等词作属于渲染俗媚之作，而“后之

① 沈谦《填词杂说》，唐圭璋《词话丛编》，中华书局，1986年版，第632至第633页。

② 贺赏《皱水轩词筌》，唐圭璋《词话丛编》，中华书局，1986年版，第696页。

③ 李渔《窥词管见》，唐圭璋《词话丛编》，中华书局，1986年版，第551页。

读词者，又止重情趣，不问妍媸，复相传为韵事”，这些都是非常荒谬的。可见，李笠翁尚雅黜俗的词学观点，也是比较严守诗词曲界限的。

当然，清初也有人对南唐词人提出批评，这主要是针对其人品的好坏而论，呈现出别样的接受效应。如尤侗（1618—1704）在《三十二芙蓉词序》中说：“《花间》《兰畹》所载，和凝、韦庄、冯延巳之流，皆一时卿相，而《谒金门》《小重山》诸阕传为佳话，要其人不足道也。”尤侗注意到冯延巳等词人的人品与词品的差异性，在对词品肯定的同时，对人品却颇多诟病。而尤侗自己的词则是典型的才子之词，自然生新，情文颇能互称。

要言之，清代前期论词沿袭明代之习，论词较倾向于婉约一派，论词重“情”“自然”，推崇李后主、秦观、李清照诸人词“本色”，这种环境对于南唐词的传播是有益的。而其中纳兰性德对李煜词的心领神会，真可谓入木三分，而他的词作在有清一代甚至中国词学史上也占有一个重要的位置。清代前期对南唐持认可态度的人还有很多。如彭孙遹（1631—1700）在广陵词坛上与王士禛齐名，且二人多有唱和。有《延露词》三卷，以惊艳著称。谢章铤认为他的词深得温、李真髓，谭莹赞为“开国填词第一人”（《论词绝句》）。但也有人对彭氏的“艳”词，持有非议。现代词学家卢前评说：“绝艳公然推独步，若言持律已迷方。岂可拟南唐？”卢氏以南唐词为参照，对彭氏之词提出不满，也说明了南唐词之正宗。除此之外，在清初，还有一些词家追和李后主之词。余怀（1616—1696 后）是清初主要的词家之一，著述繁富，最著名的是《板桥杂记》三卷，有《秋雪词》一卷，并有手抄《玉琴斋词》传世。他曾写《虞美人·吴门感旧和李后主》（鹦哥报道花开了）词，流露出悲慨之音。

由以上所考述，我们可知，清初大多数词家由于经过了明亡的苦痛，李后主凄凉感伤的“亡国之音”更能引起读者的心理与情感上的共鸣，当时对南唐其他词人的词作的阐释相对比较沉寂。

第二节 清代阳羡派、浙西派对南唐词的阐释

清朝康熙、雍正、乾隆三位皇帝在位期间，国家疆域辽阔，政局稳定，经济发展，文化繁荣，史称“康乾盛世”。在这样的时代背景下，以陈维崧为代表的阳羡派和朱彝尊为代表的浙西词派先后登上词坛。朱、陈二人，年龄相仿，又为词友，曾合刻《朱陈村词》，流传禁中。浙西词派推尊南宋姜夔、张炎，着意构建“醇雅”词境，正好符合统治者宣扬的“盛世之音”的主旋律，因此浙西词派迅速成为创作主流，朱彝尊也就成了词坛盟主，浙西词派在后世的影响也大大超过阳羡词派。

阳羡派对南唐词的反映相对冷淡。此派是17世纪下半叶最具影响力的词派，是清初社会动荡的历史背景下聚合起来的一个既有鲜明的政治倾向，又带有浓厚乡土色调的词派。其论词主豪放一派，尊东坡与稼轩词风，针对清初二三十年间“矜香弱为当家，以清真为本色”[①]的风气，“敢拈大题目，出大意义”，从根本上否认“词乃小道”的传统观念，开尊立派。正是在这种理论观念的指导下，他们对南唐词的关注不是很多，也没有做太多阐释。严迪昌先生《阳羡词派研究》分析了阳羡词风形成的历史渊源：苏轼“楚颂”神思的孕化与蒋捷“竹山”情韵的脉承。对于阳羡派的形成，也指出其早期接续“云间”而远绍“花间”

① 谢章铤《赌棋山庄词话》，唐圭璋《词话丛编》，中华书局，1986年版，第3423页。

的传统，到成熟期摆脱“云间”而鼓荡“稼轩风”的过程。阳羡派盟主陈维崧少从陈子龙学诗填词，受陈子龙影响，填词也宗法五代。早年所作收录在邹祗谟的《倚声初集》中，多婉约妩媚之作。陈维崧在词风上发生变化是在顺治十三年，其父陈贞慧逝世后。词风的转变当然来自现实境遇的变化。父亲去世，家道中落，科场失利，让陈维崧心有郁结，而无处迸发，这正与稼轩有满腔报国热情无处施展相似，于是他转学稼轩。陈维崧接受稼轩往往能熔豪、婉于一炉而别具一格。当然，陈维崧本人对婉约词并不是一概否认的，在《金天石吴日千词稿序》中说：“自名花倾城，供奉擅俊逸之才；金缕提鞋，后主秉绮罗之质。词有千家，业归二李。斯则绮袖之端门，红牙之哲匠矣。若易安之婉娈清新，屯田之温柔倩媚，虽为风雅之罪人，实则闺房之作者”。这段文字中的“二李”即李白和李煜，论者认为他们是婉约之正宗，后辈的李易安、柳永可与之相比。

浙西词派词论可分为前、后二期。浙西词派前期论及南唐词不是很多。“浙派”登上词坛之际，正值大清王朝提倡“醇雅”学风，朱彝尊独尊南宋“姜、张”，倡“清空、骚雅”之风，正符合统治者尊道学、崇儒雅的政治口味，所以能够很快风靡词坛。朱彝尊初期仕途坎坷，词作多抚今追昔的感叹和飘零寒居的苦怨。此期词作多收于《江湖载酒集》中。朱彝尊初学填词，取径宽泛，注意广取博采，转益多师，唐五代、南北两宋皆是其接受的对象。后期仕途较为顺利，但是几次贬官，使朱彝尊也心灰意冷，开始意识到自己不过是清王朝安抚汉族知识分子的棋子。这种心冷的感觉使他更有意接受姜夔词风，而他本人作词也非常重视词律和词谱。叶嘉莹先生曾总结过朱彝尊欣赏姜、张的原因，概括起来有三条：第一，南宋与明末清初大的时代背景相似，造成的词人对故国的怀念。第二，长期羁旅生涯漂泊与不得志而形成的“于我心有戚戚焉”的知音之感。第三，一段没有得到的或者说只有思念的悲戚爱情。“清空”之美确是一种“可望而不可即”的感伤之美。因此，浙西词派前期在朱尊彝的领导下，大倡写“清空”“醇雅”之词风，对南唐词的关注是不够的。朱氏的艳情词（写其与妻妹的情事者）则受南唐词作影响较大。

继朱彝尊、汪森之后的浙西词派词人与词论家厉鹗，在《论词绝句二十首》中虽然对唐五代词露出了相当的好感，但是只限于对花间词的品评与欣赏。浙西词派后期词论家王昶、郭麟、吴衡照等人相继也对唐五代词有过论述。其中郭麟不仅赞誉花间词的“风流华美”，对李煜词的深情绵邈也非常赞赏：“绵邈飘忽之音，最为感人深至，李后主之‘梦里不知身是客，一晌贪欢’，所以独绝也。”[①]相比之下，吴衡照则是从帝王角度评价李煜词的。他比对五代十国君主之词，尤其推崇李煜词的突出地位：“十国时风雅才调，无过于南唐后主。次则蜀两后主，又次则吴越忠懿王。”[②]可以看出，浙西一派从独尊南宋姜、张一路，到后学之人融会各家，南唐词的地位也慢慢提升，但是他们的总论还是不脱离婉约一派的。

“浙派”之外，许昂霄对朱彝尊《词综》所收唐至金、元部分词作进行评点和注疏，编撰成《词综偶评》，其中也不乏对南唐二主词的精到评论。他评李璟《山花子》（即《摊破浣溪沙》）（菡萏香销翠叶残）“‘细雨’二句合看，乃愈见其妙”；评李后主《浪淘沙》（帘外雨潺潺）“全首语意惨然”，《子夜》（即《菩萨蛮》）（花明月黯笼轻雾）“情真景真，

① 郭麟《灵芬馆词话》卷二，唐圭璋《词话丛编》，中华书局，1986年版，第1535页。

② 吴衡照《莲子居词话》，唐圭璋《词话丛编》，中华书局，1986年版，第2455页。

与空中语自别”。这些评语，都点明了南唐二主词的特点与情韵。

清代中期编有大型词话，其中以徐釚《词苑丛谈》、沈雄《古今词话》、王弈清《历代词话》等为代表。徐釚的《词苑丛谈》收录了历代词人故实以及词作评论，但是对南唐词的评述却很少，只提及南唐中主李璟《摊破浣溪沙》二词“情致如许，当是叔宝后身”。而沈雄在《古今词话》对南唐词倒是有不少评述。他在论述词调产生的来历之时云：“江尚质曰：后主归宋，作乐，声闻于外，已犯兴王之忌，不应以词招祸。如‘故国不堪回首月明中’‘恰似一江春水向东流’，词则佳矣，其如势去何。曾记王弇州云：‘归来休照烛花红’‘待踏马蹄清夜月’，致语也。‘小楼昨夜又东风’‘问君还有许多愁’，情语也。后主是一词手。”他还对南唐词的艺术特色有论及。尤其是给李煜词之精妙字法给予很高的赞赏，李后主词句“酒恶时拈花蕊嗅”为“写景入神者”；又云：“李后主词‘奴为出来难，教君恣意怜’，可见词家本色，但嫌意态之不文矣。”[①]在《古今词话·词评》中评冯延巳词云：“《蓉城集》云：‘宫瓦数行晓日，龙旗百尺春风’，殊有元和气象。阳春词尚饶蕴藉，堪与李氏齐驱。”这些评语也比较中肯。

王弈清《历代词话》辑自前人杂著及评论，多为词人、词作本事的记述和评论。“可谓集词话之大成，备骚坛之盛事矣。”其中引汤显祖《玉茗堂集》所论，对蜀地、南唐词给予了高度评价云：“词至西蜀、南唐，作者日盛，往往情至文生，缠绵流露。不独为苏、黄、秦、柳之开山，即宣和、绍兴之盛，皆兆于此矣。”[②]虽然，总括蜀地、南唐，但同时也流露出对五

① 沈雄《古今词话·词品》，唐圭璋《词话丛编》，中华书局，1986年版，第849页、第852页。

② 杜文澜《憩园词话》卷一，唐圭璋《词话丛编》，中华书局，1986年版，第2851页。

代之词的崇敬。

除此之外，清代中期的一些词集序跋里也有对南唐词的评述。王时翔《莫荆琰词序》论述了唐五代、北宋词风的演变云："词自晚唐温、韦主于柔婉，五季之末李后主以哀艳之辞倡于上，而下皆靡然从之。入宋号为极盛。"由此可见，整个北宋词坛几乎都笼罩在花间、南唐，尤其是南唐的词风之下。

总结以上，清代中期南唐词的传播与接受，虽没有完全沉寂，但是也并不明显。其中原因有很多。严迪昌先生认为，任何文学流派的形成与发展都根源于特定年代的社会政治文化背景。艺术倾向与审美情趣的变更，总是直接间接的受命于时代的要求。阳羡词派与浙西词派先后登上词坛，有其特定的时代背景。阳羡派盟主陈维崧在明清异代之际，遍尝家国之恨，流离颠沛之苦辛，论词推崇苏、辛，词风也必然转向豪放悲凉。而浙西词派主盟词坛之时，正值大清王朝王化归一、政权趋稳之际。词风也相应的由重"意志"转变为求"韵趣"，从讲气势笔力变为倡导醇雅章法，从"实"转"虚"。这些转变必然会影响对南唐词的接受与阐释。然浙西词派论词偏婉约的总体趋势还是比较有利于南唐词的接受，虽然所论不是很多，但是在当时还是有其积极的意义的。除此之外，此期还有一些人学习南唐词，如钱谢庵《微波亭词》"步武南唐，神韵超绝"[①]。

第三节　南唐词在清代后期的接受

到了嘉庆、道光年间，清朝国势由盛转衰，社会动荡不定，忧患意识笼罩朝野。浙西词派"醇雅"词风衰退，流弊逐渐暴

① 郭麟《灵芬馆词话》，唐圭璋《词话丛编》，中华书局，1986年版，第1526页。

露。金应珪《〈词选〉后序》中说："近世为词，厥有三蔽：……揣摩床笫，污秽中篝，是谓淫词，其一蔽也；猛起奋末，分言析字，诙嘲则俳优之末流，叫啸则市侩之盛气，……是谓鄙词，其二蔽也。……连章累篇，义不出乎花鸟；感物指事，理不外乎酬应。虽既雅而不艳，斯有句而无章，是谓游词，其蔽三也。"金应珪指出的正是浙西末流词之"三蔽"："淫词""鄙词""游词"，是浙西派后期词家力纠其蔽而无法改变的。因此，常州派有感于浙派末流这些弊端，起而矫之，主张以尊古复古的手段，自觉向儒家道统和温柔敦厚的诗教靠拢，追求意内言外、比兴寄托、深美闳约的词学境界，欲以此来改变词坛之风。常州派自立派起，即与浙西词派标举南宋不同，改宗北宋，并重唐五代之源流，"逊清之季，词学昌盛，词家蔚起，探索本原，多崇冯氏"[①]。

常州派是继阳羡派、浙西派以后起而代之的词派，创立于嘉庆，大倡于道光，影响所及，直到现代。常州派创始人为张惠言、张琦兄弟。他们嘉庆二年（1797）编选录唐五代、宋词四十八家，凡116首。张惠言（1761—1802），字皋文，常州武进（今属江苏）人。著有《茗柯词》，存词40余首。他在《词选序》中开宗明义提出推尊词体的主张，并以《风》《骚》的文学精神作为词的创作典范，以此来品评南唐词作："五代之际，孟氏、李氏君臣为谑，竞作新调，词之杂流，由此起矣。至其工者，往往绝伦。"论者斥责南唐君臣词为谑浪之作，乃"词之杂流"，贬斥其内容绮艳，有伤风雅。所以相比之下，他更推尊花间温庭筠的词，并誉之为"深美闳约"。不过，他在"有所寄托"的前提下对南唐冯延巳之词，也给予了较高的评价。如在评冯

① 陈秋帆《阳春集笺序》卷首，合编《词选》，上海南京书店排印本1933年版。

延巳《鹊踏枝》（六曲阑干偎碧树）（莫道闲情抛掷久）（几日行云何处去）三词云："忠爱缠绵，宛然《骚》《辨》之义。"这样的评价似有牵强附会之嫌，因此王国维《人间词话删稿》云："固哉，皋文之为词也！飞卿《菩萨蛮》、永叔《蝶恋花》、子瞻《卜算子》，皆兴到之作，有何命意？皆被皋文深文罗织。"

常州派中坚周济（1781—1839），字保绪，一字介存，号未斋，晚号止庵，荆溪（今江苏宜兴）人。编有《宋四家词选》等著作。周济论词，从总体上还是在"兴、观、群、怨"的范畴之内观照文艺功能的，对张惠言所阐扬的儒家诗教的某些关涉"忠爱"教化内容，周济是没有异议的。不过他还是将张的词论进一步推衍、修正、完善，在《宋四家词选》中，周济举王碧山、辛稼轩、吴梦窗、周清真四家为典范，有突破"南北宋"及"正变"之界限的意义，可见，他对传统狭隘的词学观念还是有清醒的认识的。其《介存斋论词杂著》中对南唐李后主之词有很深入的评价："李后主词，如生马驹，不受控捉。毛嫱、西施，天下美妇人也。严妆佳，淡妆亦佳。粗服乱头，不掩国色。飞卿，严妆也。端己。淡妆也。后主，则粗服乱头矣"。周济的评价能够贴近词人的实际风格，较之张惠言一味地比附《诗》《骚》之说，更为合理，并且对王国维《人间词话》产生了明显的影响。

鸦片战争后，常州词派进一步发扬光大，涌现了谭献、冯煦、"清末四大家"等著名词家。他们对南唐词的分析研究更加深入和细致，这对南唐词的阐释产生了重要影响。在《复堂词话》中，谭献接受前辈周济"有寄托入，无寄托出"理论的影响，并依此标准高度评价冯延巳词《鹊踏枝》（六曲阑干偎碧树）："金碧山水，一片空濛，此正周氏所谓'有寄托入，无寄托出'也。笔墨至此，能事几尽。"同时，谭献提出了"于忧生念乱之时，寓温厚和平之教”的审词标准。在此原则下，他评价李煜之词，一方面极力推崇李后主之词“足当太白诗篇，高奇无匹”；另一方面也指出其《浪淘沙》（帘外雨潺潺）“雄奇幽怨，乃兼二难，后起稼轩，稍伧父矣”。通过批评辛弃疾之词，来抬高李后主词的地位，也可体现出谭献的论词倾向。

冯煦曾得到谭献的器重，编有《宋六十一家词选》等。他论词尤其推崇南唐冯延巳。其《阳春集序》云：“词法导源于李唐……南唐起于江左，祖尚音律。二主倡于上，翁和于下，遂为词家渊丛。翁俯仰身世，所怀万端，缪悠其辞，若显若晦。揆之六义，比兴为多。……翁负其才略，不能有所匡救，危苦烦乱之中，郁不自达者，一于词发之。其忧生念乱，意内而言外。迹之唐五季之交，韩致尧之于诗，翁之于词，其义一也。”其《唐五代词选序》也说：“晚唐五季，……抑思之，吾家正中翁，鼓吹南唐，上翼二主，下启晏、欧。实正变之枢纽，短长之流别也。”这些褒扬冯延巳的评论，淋漓尽致地运用了常州词派的基本观点：即“若显若晦”“比兴为多”；即“旨隐词微”“意内言外”；即“忧生念乱”、等等。但是，与前人相比，冯煦的词论更强调于“国势岌岌”之中“有所匡救”。生活在同治以后的晚清末世，冯煦之所以对冯延巳之词特别欣赏，即是考虑到冯延巳所处五代黑暗、动乱的环境，抒发出沉郁悲痛的家国之痛，并借此宣扬其“忧生念乱”的词论。

常州派后期词论家陈廷焯在前辈词论的基础上，提出了“温厚以为体，沉郁以为用”的词学观念。在晚唐五代词人中也是首推冯延巳的：“正中词为五代之冠。正中词高处入飞卿之室，却不相沿袭；雅丽处，时或过之。”又云：“正中词如摩诘之诗，字字和雅，晏、欧之祖也。”[①]他特别推崇冯延巳

① 王兆鹏《唐宋词汇评（唐五代卷）》，浙江教育出版社，2004年版，第427页。

之词能够"貌不深而意深"，颇富沉郁顿挫之致。例如评价《鹊踏枝》（谁道闲情抛掷久）云："可谓沉着痛快之极，然却是从沉郁顿挫来，浅人何足知之。"同时，他还注意到冯延巳人品与词品的差异，并反对人品决定词品的偏颇之论："诗词原可观人品，而亦不尽然。冯正中《蝶恋花》四章，忠爱缠绵，已臻绝顶。然其人亦殊无足取，尚何疑于史梅溪耶？诗词不尽能定人品，信矣！"①

陈廷焯对南唐二主之词也给予很高的评价。例如评价中主李璟《应天长》（一钩新月临妆镜）："'风不定'三字中有多少愁怨，不禁触目伤心也。结笔凄婉，元人小曲有此凄凉，无此温婉。古人所以为高。"又称《摊破浣溪沙》（菡萏香销翠叶残）词："沉之至，郁之至，凄凉然欲绝，后主虽善言情，卒不能出其右也。"陈廷焯也从感情的角度评价李后主词，"五代词，犹初唐之诗也。李后主情词凄婉，独步一时"②。但是，在整个五代词坛，陈廷焯终是推崇冯延巳之词："词至五代，譬之于诗：两宋犹三唐，五代犹六朝也。后主小令，冠绝一时，韦端己亦不在其下；终五代之际，当以冯正中为巨擘。"③从中也可见，陈廷焯的词学观点与倾向。

此外，其他的词话著作中也有对南唐词的零星评论。例如陈锐《抱碧斋词话》对李后主《浪淘沙令》的评析："《古诗》'行行重重行行'，寻常白话耳；赵宋人诗，亦说白话，能有此气骨否？李后主词，"帘外雨潺潺'，寻常白话耳，金、元

① 陈廷焯《白雨斋词话》，《唐宋词汇评（唐五代卷）》本，浙江教育出版社，2004年版，第437页。

② 陈廷焯《词坛丛话》，《唐宋词汇评（唐五代卷）》本，浙江教育出版社，2004年版，第427页。

③ 陈廷焯《云韶集》，《唐宋词汇评（唐五代卷）》本，浙江教育出版社，2004年版，第520页。

人词亦说白话，能有此缠绵否？”[1]杨希闵《词轨》卷二也对南唐词作了很高的评价：“二主词读之使人悄怆失志，亡国之响也。然真意流露，音节凄婉，善学者，宜得意于形迹之外。”揭示出南唐二主词之真情流露的感人效果。樊增祥《东溪草堂词选自叙》亦云：“五季之世，二李为工。后主思深理约，致兼风雅。匪惟一朝之隽，抑亦百世之宗。”这些阐释虽各有侧重，但这些词学观念，对南唐词的接受是有影响的。

清代光绪、宣统年间，出现了世称“清末四大词人”的王鹏运、况周颐、朱祖谋、郑文焯四位倚声大家，他们对南唐词的批评尤具特色。王鹏运（1849—1904），今人李微指出其词“追摹常州词派”[2]，并说明《味梨集》奠定了王鹏运的词坛地位，《庚子秋词》和《春蛮集》可以说是用眼泪和热血写成的。在《半塘老人遗稿》中对李后主之词虚灵、超逸的境界给予高度评价，称赞李煜为“词中之帝”，以为：“莲峰居士（李煜别号）词，超逸绝伦，虚灵在骨。芝兰空谷，未足比其芳华；笙鹤瑶天，讵能方兹清怨？后起之秀，格调气韵之间，或月日至，得十一于千百。若小晏，若徽庙，其殆庶几。断代南渡，嗣音闵然。盖间气所钟，以谓词中之帝，当之无愧色矣。”对南唐冯延巳之词，王鹏运也是很推崇的，并有追和之作，被王国维评为最佳：“《半塘丁稿》中，和冯延巳《鹊踏枝》十阕，乃《鹜翁词》之最精者。‘望远愁多休纵目’等阕，郁伊惝恍，令人不能为怀。定稿只存六阕，殊未为允也。”[3]

况周颐论词，阐发“重、拙、大”之旨。但是他也赞赏冯延巳词瑰丽、醇朴的境界：“《阳春》一集，为临川、珠玉所宗，

① 陈锐《抱碧斋词话》，唐圭璋《词话丛编》，中华书局，1986年，第4201页。

② 李微《晚清词人王鹏运》，《学术论坛》，1980年2期。

③ 王国维著、徐调孚校注《人间词话》，中华书局，2009年版，第54页。

愈瑰丽，愈醇朴。南渡名家，沾丐膏馥，辄臻上乘。冯词如故番锦，如周、秦宝鼎彝，琳琅满目，美不胜收。词之境诣至此，不易学，并不易知，未容漫加选择，与后主词实异曲同工也”。也对李煜的“精细描摹”之功表示欣赏，他评李煜《捣练子》（云鬓乱）云：“尤能以画家白描法，形容一极贞静之思妇。绫罗间之暖寒，非深闺弱质，工愁善感者，体会不到。”另外，在况氏所著其他词话中还对南唐词人进行多方面的考索、品评。

总结以上，清末时期的南唐词传播，冯延巳之词似乎胜过李煜词，这是因为清代末期常州词派主盟词坛，而他们论词又专主“寄托”，论词要合乎儒家敦厚之旨，而李煜之凄楚悲切，明白晓畅，不太符合他们的审美标准。但是随着国势的衰落，“亡国之音”又重新抬头，这显然对李煜词的接受更为有利。清代末期词坛对南唐词之接受与阐释对后世读者产生了更为深远的影响。当然，除了评价南唐词之外，清代后期也有许多词人词家追和李后主词。谢章铤《赌棋山庄词话》中记载：“《虞美人·吴门感旧和李后主》云：‘鹦哥报道花开了。春事知多少。玉箫吹出一江风，昨夜美人携手曲栏中。银塘珠箔依然在。梦境何曾改。愁人禁受许多愁，却忆十年零落泪空流。’”又云：“芑川又素爱李后主词，每读其词，辄太息。尝与余立题分咏，余颇訾南唐之失政，艺川见之，愠曰：‘若此多情人，岂可不从未减乎？’乃以自填《黄金缕》示予曰：‘重瞳又见江南李。垓下悲歌，变出柔肠里。懊恼小楼风又起。天涯何处黄花水。撮襟题遍澄心纸。好个翰林，可惜为天子。流水落花春去矣。断肠犹说鸳鸯寺。’组织往事，意在言表，真咏古之妙则。甚愧余之褊且腐也。牵连书之，以俟后之续《词苑丛谈》者。”[①]总之，不管是词评家不同阐释，还是创作者的学习追

① 谢章铤《赌棋山庄词话》，唐圭璋《词话丛编》，中华书局，1986年版，第3418页。

和，我们都能感受到南唐词强大的艺术生命力。

此外，清代后期，还有一些词家，也受南唐词的影响。如周之琦（1782—1862），字稚圭，河南祥符（今河南开封）人。他是一个亲眼目睹清王朝由盛而衰的词人。有《金梁梦月词》，多闲情之作，影响较大。正如他在《陌上花》词序中所说，因为和南唐李煜同月同日生，故乐府小令也“瓣香李氏”。而他自己对李煜之词也有很高的评价：“予谓重光天籁也，恐非人力所及。”

清代编有通代词选 27 种，唐五代断代词选 1 种。其中大部分词选都录有南唐词，对南唐词的保存和传播功不可灭。部分词选收录南唐词情况如下：

选本名称	选者	卷数	词选特点	收录南唐词情况
词综	朱尊彝、汪森	36 卷	共辑唐词 20 家 68 首，五代词 24 家 148 首，宋词 376 家 1387 首，金词 27 家 62 首，元词 84 家 257 首；汪森补辑六卷，收词 370 首。	李璟词 2 首，李煜词 11 首，冯延巳词 20 首。
词综补遗	陶梁	20 卷	共录唐宋金元词人 454 家，词作 1326 首。	0
词选、续词选	张惠言、张琦、董毅	各二卷	《词选》为学词规范，以授诸生。其中入选温庭筠词最多，共 18 首。	《词选》收录李璟词 4 首；李煜词 7 首；冯延巳词 5 首。《续词选》录冯延巳词 3 首。
《词辨》	周济	原十卷，存二卷	录有温庭筠、李煜、冯延巳等 14 家词人 94 首词作。	收录冯延巳词 5 首，李煜词 9 首。

续表

选本名称	选者	卷数	词选特点	收录南唐词情况
《历代诗余》	沈辰垣、王弈清等	120卷	为清代大型官书之一，共录唐宋元明词9009首。	收录李煜词28首，李璟2首，冯延巳词57首。
《词则》	陈廷焯	24卷	共选词2360首，词人470多家。多有眉批评点，议论有见地。	《大雅集》收录李煜词5首，李璟词3首，冯延巳词13首。《别调集》收录李煜词8首，冯延巳词17首。《闲情集》收录李煜词3首，冯延巳词3首。
《艺衡馆词选》	梁令娴	五卷	分甲乙丙丁戊五卷，其中甲卷选唐五代词31家111首，以明渊源。	收李璟词3首，李煜13首，冯延巳词14首。
《唐五代词选》	成肇麟	三卷	全书以人编次，共录词人49家347首。	收录冯延巳词54首，李璟词4首，李煜词27首。

清代词学兴盛，词选繁多。在现存的27种通代词选中，按照选择标准可分为三类，一是以唐五代北宋词为主；一种是选录南宋词居多的；一种是广收众家词。鲁迅先生说：“选本可以借古人的文章，寓自己的意见。”所以说词选本身就具有批评性。词选体现了选家一定的审美倾向和词选观点。运用词选诠释词学观念，是清代词学的突出特点。《词综》36卷，是朱彝尊、汪森辑录。朱、汪二人均推重南宋姜夔、张炎词风，所录皆主清空骚雅，目的是为了给当时词坛创作提供范本，被

浙西词家奉为圭臬。《词选》是张惠言所编，推尊五代北宋词，选词标准较严，力主比兴寄托，并推举温庭筠词为典范。《词辩》为周济选编，其论词受张惠言词影响，故也推举温庭筠词为词家止境。《历代诗余》是官修词选，广收众家词。《词则》陈廷焯编选，所选词作，多有眉批评点，议论极有见地。重在扶雅放郑，主沉郁顿挫之说。《艺衡馆词选》梁令娴辑，以为“词之有宋，如诗之有唐，南宋则其盛唐也”，故选词偏于南宋，甲卷选唐五代词以明渊源。断代词选《唐五代词选》成肇麐辑，“删削俚亵之词，归于雅正”，其中选录冯延巳词最多。以上词选或在标举五代、北宋，或在标举南宋，或广收众家词，虽也选录了南唐词，但是不能真正显示出南唐词的主要成就与特色，对南唐词的传播有普及的作用，且这些词选大有总结的意味，针对性不明显。

有清一代南唐词的传播此起彼伏，但尽管如此依然有脉可寻。清初词坛沿袭明代之风重婉约一路，从观念上有利于南唐词的传播，其中以陈子龙与纳兰性德为最努力。之后阳羡派与浙西词派相继登上词坛，阳羡派论词主豪放但是也不废婉约，所以对南唐也有中肯阐释。浙西派朱彝尊论词虽然最重南宋格律一派，但其主要还是比较重婉约的，而该派后期之词论家更是不独尊南宋，而是推及五代、北宋，对南唐词的评价亦有可取之处。清代末期，常州词派主盟词坛，其影响一直波及近代。其论词虽分为三个阶段，但都重比兴寄托，对南唐冯延巳之解读更是匪夷所思，虽有穿凿比附之嫌疑，但是本质上还是认可南唐词之思想与艺术的。尤其是南唐词中的忧患意识，分析的可谓精辟入理。而“清末四大家”的王鹏运更是有模拟冯词之作，这也大大增加了南唐词的影响。此外，一些词家的读书笔记也有对南唐的“哀思”。如王筠《读〈词综〉书后二十首》：

“南唐凄婉太痴生，吞吐春月不自明。一拍一杯还一梦，直地亡国为新声。”李其永《读历朝词杂兴》“无限思量去故宫，岂知双燕意难通。居然小令南唐好，一晌贪欢是梦中。”郑方坤《论词绝句》：“梧桐深院诉情惊，夜雨罗衾梦尚浓。一种哀音兆亡国，燕山又寄恨重重。”沈道宽《论词绝句》：“南朝令主擅风流，吹彻寒笙坐小楼。自是词章称克肖，一江春水泻春愁。”王僧保《论词绝句》：“落花流水寄唏嘘，如此才情绝世稀。谁遣斯人作天子，江山满目泪沾衣。”等等。这些读书心得不但道出了李煜词之无限魅力，也表达了对李煜之才情的惋惜。更可见，南唐词在后代的深远影响。

当然，论及清末对南唐词的接受，我们不得不提及国学大师王国维。《人间词话》是王国维的一部很重要的文学批评著作，其中多有评价五代之词。据研究，王国维本人也比较偏爱五代词中的南唐词，所以在此讨论王国维对南唐词的阐释就有显得更有意义了。

首先，王国维自作小词颇学南唐词作。“正中词难学，在其轻描淡写不用力处。近代王静庵《人间词》，接武欧、晏，其实晏、欧仍自阳春出。”[①]人间词中，蝶恋花调最多，亦最佳，即鹊踏枝也可知，王国维有意学习南唐及晏、欧一脉词作的创作审美取向。

其次，王国维的对南唐词的评价更是大大提高了南唐词的历史地位，这对南唐词的在后世的传播无疑起了推波助澜的作用。我们先来看一下《人间词话》中对南唐二主、冯延巳等人的评价部分辑录：

张皋文谓：飞卿之词“深美闳约”。余谓：此四字唯冯正

① 蔡嵩云《柯亭词论》，唐圭璋《词话丛编》，中华书局，1986年版，第4910页。

中足以当之。温飞卿之词，句秀也。韦端己之词，骨秀也。李重光之词，神秀也。

词至李后主而眼界始大，感慨遂深，遂变伶工之词而为士大夫之词。……客观之诗人……主观之诗人不必多阅世，阅世愈浅则性情愈真，李后主是也。

尼采谓：一切文学余爱以血书者。后主之词，真所谓以血书者也。

冯正中词虽不失五代风格，而堂庑特大，开北宋一代风气。

从以上可知，王国维对南唐词多有褒扬。在《人间词话》中，王国维提出了一个很重要的命题即“境界说”。而对于境界说的理解，学术界有不同的阐释。有论者认为，王国维境界说的精神核心就是一个“真”。以此为据，我们可以知道，王国维何以对李煜词大加赞赏，就是因为李煜词感情真挚。且王国维以“境界说”评价五代之花间、南唐词，从中更能见出王国维偏爱南唐词的倾向。对此他还有明确的表态说五代之词他比较喜欢李后主与冯正中，而不喜欢花间诸作。“予于词，五代喜李后主、冯正中而不喜《花间》。”而且静安论词以“意与境浑”为作词之最高境界。而他认为只有三个人才到如此境界，那就李白、李煜及冯延巳。其实，从他推许的三人来看，王国维是很欣赏气象浑厚而且有悲剧色彩的词作的。当然，从《人间词话》中还可以看出，其实王国维所赞许的北宋欧、秦、周词及南宋之辛弃疾词，也是以“有意境”见长。且他们词之特点，与李煜、冯延巳等相近。从总体上来说，他对五代词还是比较认可的。王国维在中西理论结合的观照下，如此肯定南唐词的审美价值，很显然，有利于南唐词的传播。

余论

任何事物的发展都有一个过程，当词体刚刚出现的时侯，它仅仅是作为文人娱乐遣兴的工具，因此也可以说，词是社会经济高度发展之后的一种产物。随着时代的改变，词体地位的慢慢上升，最终可以和诗一样，名正言顺地作为士大夫们“言志”的工具。这当然也和词本身长于抒情的特点并不矛盾。词作为一种新的文学样式，且花间词和南唐词作为我国古代文人词的重要源头，其传播模式的建构有很多相通的地方。

首先，南唐词和花间词开始的传播都是在“词主侧艳”的观念下进行的，但是任何传播过程都离不开传播的五要素即：传播者、传播信息、传播媒介、受传者、传播效果。至此，我们可以从这个五个方面着手分析南唐词传播的过程。美国学者拉斯维尔在《传播在社会中的结构与功能》中第一次将传播过程模式化：传播者—讯息—媒介—受传者效果，虽然这是一种静态的传播模式，但却是任何其他传播模式建构的基础。本书所讨论的南唐词的传播就是在此基础上，而呈现出复杂性。

一、南唐词的传播要素

南唐词的传播者，毋庸置疑，主要是词的创作者，主要即二李一冯。受传者的情况比较复杂，不同的时代，情况都不太一样。但都大体离不开酒席宴会上的诗客文人、乐工伶人及市井民众等几个群体。五代时期，南唐词作为宫廷文学的一种，也有其“宫廷”的范围局限，但这并不是说，仅限于宫廷。像后主李煜的很多词作都流传宫外，被市井民众所传唱。到了宋代，南唐词的乐谱保存下来的已经不多，即便是有传唱，词的娱乐性也决定了会有大量新词曲代替旧的词曲，所以南唐词就成为文人案头阅读把玩的作品，那么，与此相应，词的受传者也就由主要的歌儿舞女转变为文人士大夫。宋代以降，南唐词的传播模式也就基本上和诗文一样主要依靠文本传播了。文本传播中，词集是很重要的传播媒介之一，也即五代时期的词之“歌本”。除此之外，对于词之初期的传播中的口头传播，媒介主要是歌者。其他如题扇传播、字画传播等也是传播的媒介。王兆鹏先生在《中国古代文学传播研究的六个层面》一文中讲到的第四点便是传播内容，追问传播什么，即我们这里所说的传播信息。南唐词的传播内容包括作品文字本身之外，还有词谱、词律的传播，这当然也是任何词的传播内容。至于传播效果，情况就更为复杂了。南唐词在五代的传播，就是有点纯娱乐的性质，并没有尊体尊派的主体意识，到了后代，随着词的兴盛，词人们对词的研究也越细致化了，这就出现了雅俗之争，尊体立派，“百家争鸣”的现象。南唐词的传播效果也呈现出此起彼伏的状况。词作传播的效果，首先主要取决于词作的内容及艺术特色。五代时期，南唐词是文人文学，也是贵族文学，更是不为文人重视的“游戏”文学，南唐词的传播效果有其局限的一面，但是其有声传播的效果要超过书面传播效果。至宋代，对于南唐词的接受主要集中在李煜“亡国之音”的品味上，及冯延巳词中的雍容富贵上，但其传播的范围已经局限在文人士大夫中，是案头文学了。其传播效果也主要只能波及“文人”。至元明两代，南唐词的传播也仅限于文人圈，再者，在明代学术文化的大背景下，词体本身就处在边缘位置，而且词经过有宋一代的发展成熟，以取得很丰厚的成果，对后世影响更大，一般情况，除了标举正本清源，开尊立派之外，很多后世文人还是倾向于规模宋代之词，所以南唐词的传播在此时期基本处于“阐释”与总结时期，学习它的人倒是不多见了。到了清代，词学中兴，南唐词的传播相对顺利。但是，清代的词学以明显有“派别”之分，像云间词派、阳羡词派、浙西词派、常州词派等，它们都是标举一家或数家，所以推举的词风标准不同，其关注的焦点也是不同。一般来说，从追寻词学渊源方面看，一般词论家还是比较推重南唐词的。或从整个词学发展变化看，南唐词也是占有举足轻重的位置，故而也为词论家所标举。

二、南唐词的传播途径

南唐词的主要传播途径分为歌妓和文本两种，但是以文本形式为主。文本包括南唐词的各种刻本、注本、钞本，历代词选、词话、序跋、笔记等。五代时期，南唐词是为歌妓传唱而作，没有正式的词集。北宋时，冯延巳的《阳春集》已在社会上广泛流传，而二主词也有零散的传播。南宋时南唐词已有很多刻本、选本等，传播的作用也大为增强。南宋也出现了专门的词话专著，大量诗话、笔记中也记载了南唐词及其本事。这些词集序跋或者从词人的形象入手，或是直接对作品进行评价，或是采用对比的手法，对南唐词进行着有效的传播。不管采用哪种传播方式，这些词集序跋在品评南唐词的同时，又不自觉地建构了同时代的词学理论。明代印刷业繁荣，词集选本翻刻数量剧增，这有力地促进了南唐词的传播。但是，由于书商急功近利，南唐词误传的风险也大大提高，出现了南唐词著作权相混、伪作或者在传抄印刻时改动字句等。这又使得南唐词的传播比较浑乱。清代词话、词选蔚然大观，对于消费者而言，词集序跋的作者正扮演了传达信息的角色，是作品传播的中介人。从清初云间派至清末常州派，他们都是通过词选、序跋或者词话表明各自的词学观念，对南唐词的接受也表现出不同的态度。除了以上两种传播方式之外，诵读也是一种有效的传播手段。南唐词演唱的主体是女性歌妓，诵读的主体则是男性文人。在南唐词的诵读传播中，人们更多地是吟诵南唐词的名篇佳作，而在词乐消失之后，这种诵读方式就是主要的口头传播方式了，与文本传播有十分密切的关系。就口头传播方式而言，演唱的目的是为了娱人，而诵读更多的则是为了自娱。

三、南唐词广泛传播的原因

南唐词千百年来被人们一直传播接受，经久不衰。究其原因是因为其创造了很高的艺术成就，体现了人类普遍的审美心理，引起无数读者的艺术与情感的共鸣。首先，南唐词建立了一种新的艺术范型。南唐词不但巩固了花间温庭筠、韦庄等人已经形成的带有类型化意义的创作模式和审美倾向，并在创作手法上转为雅丽清畅，而且在同一题材如少女思妇伤春别怨中，南唐词已另有所寄，融入更多的俯仰人生的叹息与无尽的家国身世之感慨。这种新的审美范式的建立对后世影响颇大。相对于花间表现单纯的词旨，南唐词补充了花间艳科娱人的传统，又融入了抒怀寄寓、托物比兴的手法，创立了一种较为习见的艺术范型。对后来所谓的“婉约派”词作产生了深远的影响。从晏、欧、秦、周直到姜、吴、张等诸家，一直以深婉含蓄、沉挚绵邈为其词作的总体特征。而李煜后期的词作更是“东坡范型”的直接源头。其次，南唐词抒写了一种普遍的人生情感。南唐词已不再是纯粹的“男子作闺音”，或者代他人言情。南唐君臣具备深厚的文化素养和高度敏感的诗人气质，而且古代士大夫本身就具有“忧生之嗟”的传统，所以当其面临岌岌可危的家国颓势之时，南唐词人便免不了染上忧患意识，他们的词作中也就自然多了一些感伤色彩。近人刘永济先生说：“词中表达之情极复杂。有猜疑者，有希冀者，有留恋者，有怨恨者，有放荡者，而皆能随意写出，艺术甚高。”具体而言，南唐词主要表现为悲怨和惆怅两种情绪特质。例如冯延巳的两首《鹊踏枝》（梅花繁枝千万片）（秋入蛮蕉风半裂）；李璟的两首《浣溪沙》（手卷真珠上玉钩）（菡萏香销翠叶残）；李煜的《清平乐》（别来春半），《临江仙》（樱桃落尽春归去）等虽为相思怀人、怨别恨离之作，但是在这些反复描绘的物象中，已经融入了某种典型的主观意味，所以总是缭绕着一种难以掩饰的感伤意绪。而这种因为无法改变人生的某种缺憾而触发起的无可奈何的悲凉感，正是我们人类的普遍情感。因此会让读者很容易接受，引起共鸣。

四、南唐词被接受的契机

时代的更替及词人经历的坎坷往往是南唐词被接受的契机。南唐词被广泛传播是在五代时期，但是那时只是为了娱乐，接受可以说是无意识的。到了宋代，士人们开始有意识地选择自己的喜爱的词之风格。北宋初期台阁词人群对南唐词“富贵气象”的喜爱及帝王们对“亡国之音”的不满，都是时代风气在南唐词接受史上的烙印。改朝换代的历史转折，也使得一些词派如云间词派、常州词派等词派更容易接受南唐的“亡国之音”。一些文人们的飘零身世，坎坷仕途也使得他们对南唐词之“凄楚”感更加敏感。如秦观对愁的描写，纳兰性德对悲剧美的塑造等，都是鲜明的例子。文人们在经历痛苦和挫折时，更容易与李煜词取得共鸣，成为南唐词自觉的接受者。

五、南唐词被阐释的焦点

从前文的论述中，我们知道，在南唐词的传播与接受过程，并不是每首词作在后世都是很受欢迎的。其中有些词作是比较容易产生影响，而有些词作问津的人却是很少。根据我们统计发现，在李煜现存的34首词中，以他的后期之作《虞美人》（春花秋月何时了）及《浪淘沙令》（帘外雨潺潺）为后世文人阐释最多。除了上面两首之外，其他如《一斛珠》（晓妆初过），《临江仙》（樱桃落尽春归去），《清平乐》（别来春半），《菩萨蛮》（花明月黯笼轻雾），《浣溪沙》（红日已高三丈透），《玉楼春》（晚妆初了明肌雪），《破阵子》（四十年来家国），《乌夜啼》（无言独上西楼）等，都是流传后世的佳作。后世词人的接受与认可也正是一首词经典化的不可缺少的条件之一。李璟词流传下来的有四首，其中有两首为后世词人甚是喜爱，即《摊破浣溪沙》（手卷真珠上玉钩）（菡萏香销翠叶残），后一首更是被王国维誉为大有“美人迟暮之感”。冯延巳的词中以《谒金门》（风乍起）最为后世喜爱。其他如《鹊踏枝》（庭院深深深几许）（几日行云何处去）（谁道闲情抛弃久）（六曲阑干偎碧树）及《南乡子》（细雨湿流光）等也是后人注意的焦点。这些词作不仅写出了南唐的盛衰，也表现出了词人内心的悲伤情感。丰富的思想内容及精湛的艺术水平是南唐词在后世流传经久不衰的秘方。南唐词确为中国词学史上一朵奇葩。

中篇

南唐词在现代的传播与接受

伴随着当前对现当代旧体文学研究的深入，人们于现代词学史的研究也更加着力。这就需要我们将南唐词在现代的传播与接受问题也提上日程。由于为粗线条的宏观的把握以及集中对重要词学家、重要地域的词学进行批评探讨，对南唐词的接受与研究问题，仅仅部分涉及并且不够全面、不够深入。于此我们专门对南唐词特别是李煜（后主）的接受问题进行专门探讨，以接续南唐词研究史的同时，对现代词学史有更深入的开拓。此篇由三大部分组成。第一部分主要对南唐词接受文献进行专门地文献目录考察。主要而按照研究论文、研究专著、文学史（词史、诗史）、话体批评文献（词话、笔记、札记）、词体创作等文本方式类型来考录。由此为大家提供可靠的研究信息与线索。第二部分在南唐词各种传播方式产生的文献考索的基础上对南唐词的历史、特点与作用、南唐词与流派、南唐词作经典化、李后主的人品与人生、词品与影响等四大热点进行透视与描述。第三部分专门阐述南唐词在现代的传播与接受这一问题所包含的文化意蕴。它既是新思潮冲击的反映，也是新的文学文体观念、新文学（现代文学）观念影响的结果。既是民国时期“乱世文化”的体现，也是当时“快餐文化”的要求。当然还是江南文化与国都文化的折中反映，更是词史发展过程的源头效应。

随着人们对现当代旧体文学研究的不断拓展，人们对现代词学史也有更多的成果出现，对南唐词的研究也有所涉及。如黄霖先生所主编的《20 世纪古代文学研究史》，专门对文论、小说、戏曲、词学、散文等方面的研究进行了较全面的梳理与考察。其中曹辛华先生所撰《词学卷》，由于为粗线条的宏观的把握以及集中对重要词学家、重要地域的词学进行批评探讨，就暂时缺少了 20 世纪研究古代词人、断代词等个案专题，对南唐词的接受与研究问题，仅仅部分涉及。而崔海正先生所主编的《中国历代词研究史稿》，对唐五代、北宋、南宋乃于明清词的研究历史进行了全面梳理、探索，其中高峰先生所著《唐五代词研究史稿》，有大量的篇幅对南唐词的研究史进行论述，但是由于当时条件，对现代的南唐词研究论述还不够全面。又由于现代词学文献相当庞杂，人们对现代词学上古典词人专门的研究还不够深入。于此我们专门对南唐词特别是李煜（后主）的接受问题进行专门探讨，以接续南唐词研究史的同时，对现代词学史也有更深入的开拓。

第五章 南唐词现代传播与接受相关文献考述

要研究南唐词在现代的传播与接受，必须先对与之相关文献进行全面考察。这些文献按其载体或传媒的类型，约可分为现代报刊、图书、课堂教学、诗词创作等四大类。其中诗词创作对南唐词的接受，属于创作研究范畴，课堂教学则属于教育层面。此二者于此以其非单纯的研究或学术性质，我们暂时不做专门的考察。而按照其研究成果的文本方式分，则有研究论文、研究专著、文学史（词史、诗史）、话体批评文献（词话、笔记、札记）、词体创作等。于此，我们将按文本方式类型来予以考述。

（一）报刊所见综合论及南唐词之论文考录

现代有不少论文论及南唐词，就目力所及，凡116种（含专论李璟、冯延巳、张泌者）。这些论文或刊于当时的期刊，或当时的报纸。有些为比较成熟的综合式的现代论文，有些则属断章、感想、随兴式的文章。此类论文，或在论述词的起源时，强调南唐词的促进作用；或在论及词的发展与演进时，专门对南唐词进行描绘。也有少量的论文在谈词的流派或特质时对南唐词予以专门概述。这些综合论文中，论及李后主李煜者尤多。而论及中主李璟、冯延巳、张泌者则不多，专论者就更少。这与后面目录所考索的论李后主的论文数量相比，就更微不足道。

1.《词学在中国文学上的地位》，顾名讲、云水记录，《燕大周刊》，1923 年第 29 期。

2.《词在中国文学史上的地位》，张振佩，《学风》，1934 年第 4 卷第 8 期。

3.《在今日将成绝响的词的研究》，（上、下），谋道，《大学之道》，1942 年 7、8 月第 9 期。

4.《词的发展》，李素，《民族杂志》，1935 年第 3 卷 7 月第 12 期。（又有《妇女新运》，1942 年第 4 卷第 9 期，1943 年第 5 卷第 2、5、6 期，二者同）

5.《词的发展史》，徐慰慈，《文友》，1944 年第 4 卷第 11 期。

6.《词的演变》，文瑞华，《绥远旅平学会半月刊》，1934 年第 7 卷第 1 期。

7.《词之演进》，戴能杰，《北极光》，1935 年第 1 卷第 2 期。

8.《词的正变》，王季思，《战时中学生》，1939 年第 1 卷第 11 期。

9.《词的演变和派别》，刘缉熙，《新东方》，1940 年第 1 卷第 8 期。

10.《词学源流及学词之始基》，贾亚民，《西京日报》，1946 年 4 月 6 日。

11.《谈“词”》，缦云，《东方时报》，1925 年 11 月 6、7、8 日。

12.《谈词》，叔明，《新天津》，1935 年 2 月 28 日。

13.《谈词及词人》，君明，《正气月刊》，1947 年第 1 卷第 4 期。

14.《谈词——词筌之一章》，《新疆日报》，1949 年 4

月 15 日。

15.《词的起原》，胡适，《大公报》（天津），1925 年 4 月 28、29、30 日，5 月 1、2、3、4、5、6 日。

16.《词的起源和发展》，方欣庵，《一般》，1927 年第 3 卷第 3 期。

17.《词的起原》，胡适，《词选》，商务印书馆，1928 年 5 月再版。（又《清华学报》，1924 年第 1 卷第 2 期）

18.《词源》，铃木虎雄著，汪馥泉译，《语丝》，1929 年第 5 卷第 16、17 期。

19.《论词起源》，陈天险，《中国学术研究季刊》，1929 年第 1 期。

20.《词的启源》，郑振铎，《小说月报》，1929 年第 20 卷第 4 号。

21.《原词》，张君达，《国专学生自治会季刊》，1930 年第 1 期。

22.《词的原始与形成》，姜亮夫，《现代文学月刊》，1930 年第 1 卷第 5 期。又见姜亮夫《词选笺注》（附录），北新书局，1933 年。

23.《词的起原》，鹓雏，《兵专》，1931 年第 1 期。

24.《词的起源和在文学上的价值》，冰然，《塔铃》，1931 年第 2 期。

25.《词之起源》，孙荪荃，《百科杂志》，1932 年第 1 卷第 1 期。

26.《词的起源》，胡云翼，《现代学生》，1933 年第 2 卷第 7 期。

27.《词的兴起》，郑振铎撰，见王伯祥《开明国文读本》（第三册），上海开明书店发行，1933 年。

28.《词的起原》，沈忱农，《江苏学生》，1934年第5卷第2、3期合刊。

29.《词之起源考》，鸣佩，《中华周刊》，1934年第490期。

30.《词之起源的探讨》，乎子，《明德旬刊》，1934年第9卷第5月6期。

31.《词的起源及其流变》，申占德，《七师期刊》，1934年第2期。又见《中学生国文成绩》，1934年。

32.《“词”是怎样发生和发展的》，卢冀野，《文学百题》，生活书店，1935年7月初版。

33.《词学起源的时间考》，华连圃，《北强月刊》，1935年第2卷第1期。

34.《论词之起源》，支抱拙，《沪江附中季刊》，1935年创刊号。

35.《论词之起源》，许梦因，《中央日报》，1936年6月4日。

36.《词源流考》，目加田诚撰，于式玉译，《文学年报》，1937年第3期。

37.《词之起源》，云端，《华东联中季刊》，1939年第1期。

38.《词的演化》，杨执政，《沪江大学月刊》，1930年第19卷第4期。

39.《词曲之兴起》，见王德华《中国文化史略》，正中书局，1939年。

40.《词的起源及令词的发展》，吴烈，《文学研究》，1940年第1卷第5期。

41.《词之起源及其演变》，时中，《经纶月刊》，1942年第3卷第1期。

42.《论词之起源》，萧涤非，《国文月刊》，1943年第

1 卷第 26 期。

43.《词学源流及学词之基础》，振华，《中南报》，1947 年 10 月 17、18、19、20、21 日。

44.《论词之起源》，许梦因，《中央日报》，1947 年 6 月 4 日。

45.《词之起源及其境界》，慧之，《前线日报》(1945 年 9 月—1949 年 4 月)，1948 年 11 月 24 日。

46.《零墨新笺：论词的起源》，杨宪益，《新中华复刊》，1946 年第 4 卷第 19 期。

47.《词之起源——词筌之一章》，佘毅恒，《新疆日报》，1949 年 5 月 13、27 日。

48.《词与词话》，郑振铎，时间不详，录自《郑振铎文集》，第 7 卷。

49.《词之成立时期》，孙荪荃，《百科杂志》，1932 年第 1 卷第 1 期。

50.《词体之建立》，洪言训，《严中校刊》，1936 年第 39 期。

51.《从“填词”说起》，潘玄，《鹭花》，1934 年第 1 卷第 4 期。

52.《慢词的发达及豪放婉约词派的流衍》，吴烈，《文学研究》，1940 年第 2 卷第 1 期。

53.《再从词的起原谈到花间集》，徐调孚，《中学生》，1947 年第 191 期。

54.《论乐工之词变而为文学家之词》，郑师许，《大陆杂志》（《大陆评论》），1933 年第 2 卷第 5 期。

55.《胡乐之输入与词的起源》，管本篱，《宇宙风》，1941 年第 112 期。

56.《词之起源与音乐之关系》，沤盦，《政治月刊》，

1943 年第 5 卷第 2 期。

57.《词之起源与其特质》，方冲之，《国学举隅》，聂中丞公学消费合作社，1943 年。

58.《词之起源与唐代政治》，李嘉言，《文艺复兴》，中国文学研究号 1948 年上期。

59.《关于词格底长短句发达的原因》，青木正儿撰，汪馥泉译，《语丝》，1929 年第 5 卷第 19 期。

60.《论词起源》，陈天险，《中国学术研究季刊》，1929 年第 1 期。

61.《词之研究》，徐其玉，《晏成》，1929 年第 4 卷第 2 期。

62.《我对于词的认识》，崔兆福，《市一中学生丛刊》，1936 年第 5 期。

63.《词的发展史》，徐慰慈，《文友》，1944 年第 4 卷第 11 期。

64.《词的演变和派别》，刘缉熙，《新东方》，1940 年 1 卷 8 期。

65.《谈词及词人》，君明，《正气月刊》，1947 年 1 卷 4 期。

66.《词人笔下的愁》，吴穑，《中央日报》，1946 年 7 月 1 日。

67.《致夏瞿禅先生论李后主词书》，卢兆显，《正声》，1944 年第 1 卷第 2 期。

68.《由诗到词发展的径路》，陈子展，《读书杂志》，1933 年第 3 卷第 7 期。

69.《由诗至词由词至曲》，钱南扬，《战时中学生》，1940 年第 2 卷第 3 期。

70.《中世纪我国的新文学——词》，李冰若，《国民文学》，1935 年第 6 期。

71.《唐代词坛的鸟瞰》，吴其作，《师大国学丛刊》，1931年第1卷第1期。

72.《唐宋文学述评》，谢忠鉴，《新叶》，1949年第4卷第1期。

73.《唐宋两代蜀词》，唐圭璋，《文史杂志》，1944年第5、6期合刊。

74.《论唐五代词及其发生》，耿亮庐，《采社杂志》，1929年第4期。

75.《唐五代的词》，黄颖燊，《二中周刊》，1931年第60期。

76.《唐五代词述略》，黎，《效实学生》，1933年第4期。

77.《晚唐五代北宋几个词家的认识》，涣岷，《沧中双周》，1935年第6、7期。

78.《唐五代词述要》，王玉章，《绸缪月刊》，1935年第1卷第4、5期。

79.《评唐五代词》，张文宬，《国立四川大学周刊》，1935年第3卷第39期。

80.《唐五代词略述》，叶鼎彝，《师大月刊》，1935年第22期、1936年第26期。

81.《唐五代歌词四论》，叶梦雨，《风雨谈》，1943年第3期。

82.《五代文学》，郑振铎，《小说月报》，1929年第20卷第5期。

83.《五代词述》，仲殊，《江苏省无锡中学校刊》，1930年第1卷第4期。

84.《中国诗词所表现的中国民族特性》，欧阳士夔，《南中》，1935年。

85.《五代的词》，容鼎昌、刘学向，《南开高中》，

1936 年第 10 期。

86.《五代词选释》，俞阶青，《同声月刊》，1941 年第 1 卷第 5、6、7 号。

87.《五代词之发展及其社会背景》，卓天祺，《中国公论（北京）》，1941 年第 5 卷。

88.《论南唐词与宋初词的关系》，黄元瀠，《述学社月报》，1929 年第 3 卷第 2 期。

89.《五代的文学一瞥》，作舟，《益世报（北京）》，1925 年 4 月 19 日。

90.《五代词在词史上的贡献》，也人，《东南日报》，1937 年 1 月 23 日。

91.《五代词中的小姐生活》，绿茵，《三六九画报》，1939 年第 1 卷第 14 期。

92.《五代词与宋词的美人描写》，李业勤，《新光杂志》，1940 年第 1 卷第 3、4 期。

93.《晚唐五代的四大词人》，董金非，《真光》，1934 年第 4 卷第 3 期。

94.《文学史抄：曹操和李后主》，阿宕，《民报》，1934 年 1 月 12 日。

95.《荒淫文学三教主：陈后主、李后主、隋炀帝》，黎明，《时代日报》，1934 年 6 月 6、8 日。

96.《西蜀六词人合论》，苏鸿瑀，《集美周刊》，1935 年第 18 卷第 6、10 期。

97.《帝王的写作·几个帝王词人》，上青，《写作与阅读》，1937 年第 2 卷第 1 期。

98.《论南唐词与宋初词的关系》，黄元，《述学社月报》，1929 年第 3 卷第 2 期。

99.《南唐北宋两词人·李后主李易安之身世与作品》，杨紫宸，《中华时报》，1947年12月16、17、19、20日。

100.《唐代词坛的鸟瞰》，吴其作，《益世报（北京）》，1930年10月29日、11月5、12、19日。

101.《唐词研究》，知文，《益世报（北京）》，1925年10月5、6、7、8、9日。

102.《五代词坛的鸟瞰》，吴其作，《益世报（北京）》，1930年12月10日；1931年2月4日。

103.《五代的文学一瞥》，作舟，《益世报（北京）》，1925年4月16、19日。

104.《五代词在词史上的贡献》，也人，《东南日报》，1937年1月23日。

105.《五代词之发展及其社会背景》，卓天祺，《中国公论（北京）》，1941年第5卷第5期。

106.《读五代词》，丁南，《南京新报》，1940年10月30日。

107.《读五代词》，刘一犁，《新蜀报》，1946年9月14日。

108.《五代时中国词人中的两位外国作家》，明聪，《基本国文·韵文》，（顾名编），教育编译馆，1935年。

109.《李中主词解说》，詹幼馨，《中央日报》，1946年12月19日。

110.《冯延巳与欧阳修：落叶之第十七》，万曼《绿波周报》，1924年第10期。

111.《评五代冯延巳词》，陈作楫，《新命月刊》，1939年第1卷第7期。

112.《论冯延巳词》，郑骞，《景午丛编》，1946年。

113.《张泌·词家简述之四》，艾治平，《经世日报》，1947年11月29日。

（二）报刊所见专论李后主之论著考录

民国期刊报纸上刊登发表了不少研究、论说李后主（李煜）的论著。目前我们搜辑到的有130多篇。这些论著或以单篇载于期刊，或以系列方式连载于报纸。涉及的内容包括考述李后主的生平、家世、行迹与生活，考察其著作版本，校理、笺释其作品，赏析、评论其词作特征与艺术，抒发阅读后主词的感受等。这些文章有的为科普读物式，有的则学术性极强，均对后主词的传播有一定的影响。

1.《谈旧诗：李后主词之评语》，思绮，《孤吟》，1923年第5期。

2.《诗歌讲义十一·五代词人李后主》，吴江沈昌直述，《无锡新报》，1924年3月19、20日。

3.《南唐后主词》，天行，《晨报副刊》，1926年第62期。

4.《李后主的著述及其版本》，曹雨群，《浙江图书馆报》，1927年第1卷。

5.《李煜的词》，剑庵，《复旦》，1928年第1期。

6.《词人李重光》，《晨报》，1928年1月22、29日，2月3、5、7、8、10、14、15、17、18、19日。

7.《一个“挥泪对宫娥”的词主》，詹祝南，《二师月刊》，1929年第1卷第1期。

8.《词人李后主》，庞翔勋，《江苏省立无锡中学校刊》，1930年第1卷第4期。

9.《李后主词研究》，《培正青年》，1930年第4期。

10.《李后主的词》，修，《南开双周》，1930年第5卷第2期。

11.《李后主》，赵伯屏，《京报（北京）》，1931年2月4、

12、13、14、15、16、20、21、22、23、24、26、27、28日，3月1、2日。

12.《李后主补遗》，赵伯屏，《京报（北京）》，1931年3月7、8、9、10、14、15、18、28、29日。

13.《李煜的词》，胡云翼，《海潮》，1932年第9、10期。

14.《李后主和梦》，高雁云，《培正学生》，1933年第1期。

15.《亡国词人李煜》，逸鸿，《国立中央大学校风》，1933年第80、82期。

16.《李后主》，许白雁，《涛声》，1933年第2卷第43期。

17.《论李后主及其词》，陈子展，《涛声》，1933年第2卷第15期。

18.《李后主及其词》，《大同报》，1935年5月17日。

19.《李后主及其词》，《东亚晨报》，1942年5月18、19日。

20.《李后主及其词》，徐士亮，《读书通讯》，1947年第136期。

21.《我也谈李后主》，何如，《申报》，1933年12月5日。

22.《李后主亡国诗词辨证》，弓英德，《励学》，1934年第1卷第2期。

23.《李后主词·论词》，胡云翼，《李后主词》，上海亚细亚书局，1934年。

24.《词人李煜》，知任，《青年文化》，1935年第1卷第4期。

25.《关于李后主的词》，王延杰，《正中》，1935年2卷4、5期。

26.《一双帝子作词家》，枕绿，《抗联月刊》，1935年第132期。

27.《谈谈李后主》，曹恋，《中央日报》，1935年5月16日。

28.《读李后主“浪淘沙”词有感》，迎春馆主，《中央日报》，1935年5月24日。

29.《关于李后主》，张树柏，《铃铛》，1936年。

30.《李后主和他的周后》，明志，《中央日报》，1936年10月16日。

31.《后主词研究》，江昌绪《新世界》，1936年第87期。

32.《谈谈李后主的词》，王健民，《大夏期刊》，1931年第2期。

33.《李后主》，张柏年，《铃铛》，1937年。

34.《李后主诞生千年纪念》，逸珠，《艺文月刊》，1937年第11卷第1期。

35.《漫话南唐李后主》，柯在实，《协大艺文》，1938年第9期。

36.《李后主词》，念麟，《自修》，1939年第53期。

37.《李后主词》，骆星，《益世报（北京）》，1935年9月2日。

38.《风流词圣说南唐李后主——值得描述的李后主序言上》，大风，《东方日报》，1941年5月12、13、14日。

39.《李后主》，秀水，《福尔摩斯》，1937年6月19日。

40.《风流皇帝李后主》，徐大风，《迅报》，1938年12月11、12、13、14、15、16、17、18、19、20、21、22、23日。

41.《风流词圣南唐李后主》，大风，《东方日报》，1941年5月15、31日，6月1、30日，7月1、31日，8月1、3、4日。

42.《论李后主词之真伪与后主之死》，泳先，《国风》，1940年第2卷8月第9期。

43.《李后主之死》，孟适，《益世报（重庆版）》，1946年2月26日。

44.《死于牵机药的李后主》，萧亢石，《上海报》，1936年9月11日。

45.《词家李煜之研究》，《新天津》，1940年12月14日。

46.《李后主的生平》，刘春华，《金声》，1941年第23期。

47.《李后主与史的教训》，文贯之，《时代妇女》，1941年创刊号。

48.《李后主的生活琐记》，《江西青年》，1941年第3卷第2期。

49.《唐诗之四季：冬之灵魂——李煜》，吴经熊著、徐诚斌译，《宇宙风乙刊》，1941年第38期。

50.《“亡国之音”一谈——李后主及其词》，羊驹，《中央日报扫荡报联合版》，1942年7月11日。

51.《“亡国之音”二谈——五代蜀主等的词》，羊驹，《中央日报扫荡报联合版》，1942年7月16日。

52.《屈原与李后主》，唐圭璋，《时事新报·学灯》，1943年4月。

53.《诗人李后主的生平和作品》，沈凤，《风雨谈》，1943年第8期。

54.《李后主与小周后》，沤盦，《杂志》，1943年第10卷第6期。

55.《难得糊涂》，何之，《文史半月刊》，1944年第1期。

56.《李煜的生平及其作品》，邵西镐，《新青年》，1944年第9卷第1期。

57.《李煜的生平及其作品》，新，《益世报（北京）》，1926年9月3、4、5、6、7、8、10、11、12、13、14、15、

16、17、18、20、21日。

58.《李后主的词》，苏丹，《原子》，1947年第1卷第7期。

59.《谈李后主的〈破阵子〉》，萧涤非，《新生报》，1946年11月25日。

60.《李后主“临江仙”词校勘记》，詹幼馨，《中央日报》，1946年11月30日。

61.《李煜“清平乐”词之产生时期》，詹幼馨，《中央日报》，1946年10月3日。

62.《悲哀是李后主词的生命》，金启华，《新中国月报》，1946年新1第3期。

63.《李后主绝命词考证》，詹幼馨，《中央日报》，1946年10月24日。

64.《李后主词解说》，詹幼馨，《中央日报》，1947年1月19、20、21、30日，2月2、4、10、11日，3月22日。

65.《说〈相见欢〉》，詹幼馨，《中央日报》，1947年4月5日。

66.《李后主的梦与亡国之痛》，明仁，《民报》，1937年8月9日。

67.《李后主的亡国恨》，幼馨，《新上海》，1947年第65期。

68.《刘禅与李煜亡国之君·两种性格》，文落，《力报(1937－1945)》，1945年6月5日。

69.《两人遭遇迥不相同李后主与宋徽宗》，梓如，《申报》，1941年3月20日。

70.《荒淫文学三教主陈后主李后主隋炀帝》，黎明《时代日报》，1934年6月6、8日。

71.《文学史抄：曹操和李后主》，阿宕，《民报》，1934年1月12日。

72.《李后主信佛》，紫凤，《力报（1937－1945）》，1945年6月23日。

73.《李后主信佛》，卜贝，《立报》，1949年2月21日。

74.《李后主佞佛》，圭璋，《中央日报》，1947年4月10日。

75.《李后主的书法》，求幸福斋主，《海报》，1942年12月。

76.《李后主之书法》，唐圭璋，《中央日报》，1947年4月14日。

77.《李后主之画》，唐圭璋，《中央日报》，1947年4月28日。

78.《李后主书金心经赐乔宫人：限虞韵稊园击钵》，闇公，《铁路协会会报》，1925年第150—151期。

79.《李后主〈捣练子〉辩》，胡念贻，《中央日报》，1947年5月16日。

80.《李后主知音》，唐圭璋，《中央日报》，1947年6月1日。

81.《李后主之天性》，唐圭璋，《中央日报》，1947年6月20日。

82.《李后主之豪侈》，唐圭璋，《中央日报》，1947年8月10日。

83.《李后主的悲欢》，金启华，《中央日报》，1947年6月11日。又有《李后主的悲哀》，金启华，《宇宙文摘》，1947年第1卷第3期。

84.《后主词的另一面》，拾名，《四川晨报》，1934年10月29日。

85.《评李后主的词风雨草·图书二期》，李桢著，文艺风月刊社，1947年。

86.《李后主的“生死恨”》，废人，《中华时报》，

1948 年 7 月 2、3 日。

87.《问君能有几多愁？李后主的心境》，江城子，《大公报（香港）》，1949 年 7 月 15 日。

88.《南唐北宋两词人李后主李易安之身世与作品》，杨紫宸，《中华时报》，1947 年 12 月 16、17、19、20 日。

89.《福履理路诗话（一四）李后主与温飞卿》，胡寄尘，《金刚钻》，1935 年 3 月 31 日。

90.《李后主与纳兰容若词底生活的研究》，江上清，《和平日报》，1946 年 7 月 28、30 日。

91.《关于李煜词二三事》，萧涤非，作于 1947 年，见《解放集》，山东人民出版社，1959 年 9 月。

92.《记敦煌新出的菩萨蛮》，王重民，《中央日报》，1948 年 1 月 26 日；后收入《敦煌遗书论文集》，中华书局版。

93.《谈南唐李后主》，林达祖，《京报（北京）》，1934 年 12 月 25、26、27 日。

94.《谈“南唐李后主”》，林达祖，《大公报（天津）》，1934 年 11 月 2 日。

95.《词圣李煜》，微末，《益世报（天津版）》，1948 年 8 月 17 日。

96.《贺新娘（读后主词有感）》，顾兰荪，《游戏杂志》，1915 年第 12 期。

97.《读李后主词后感赋》，贻勋，《湖南大学季刊》，1935 年第 1 卷第 1 期。

98.《读李后主词偶记》，李范之，《真实半月刊》，1936 年创刊号。

99.《读后主词偶得》，魏兆炘，《协大艺文》，1939 年第 10 期。

100.《读李后主词感赋》，周昭怡，《湖南大学季刊》，1936 年第 2 卷第 2 期。

101.《历史小品：逝：黄昏时候了，四下里像撒了一张灰色的网（读南唐后主词作）》，张镐林，《中大学生（南京）》，1941 年第 6 期。

102.《后主词之研究》，江昌绪，《新世界》，1936 年第 87 期。

103.《词圣李煜（未完）》，胡云翼，《岳云周刊》，1931 年第 10 期

104.《研究：词圣李煜研究》，史奇生，《江苏学生》，1936 年第 7 卷第 2 期。

105.《论南唐后主李重光词》，豫戡，《益世报（北京）》，1926 年 6 月 10、11 日。

106.《李萍倩改编李后主》，员外，《铁报》，1947 年 1 月 25 日。

107.《读李后主词》，华雍，《约翰声》，1923 年第 34 卷第 3 期。

108.《读李后主词书后》，韩书文，《津逮》，1931 年第 1 卷第 1 期。

109.《读李后主词书后》，李大防，《文史丛刊》，1935 年第 1 卷第 1 期。

110.《读李后主词后感赋》，贻勋，《湖南大学季刊》，1935 年第 1 卷第 1 期。

111.《读李后主词偶记》，李范之，《真实半月刊》，1936 年第 1 期。

112.《读李后主词感赋》，周昭怡，《湖南大学季刊》，1936 年 2 卷 2 期。

113.《读后主词偶得》，魏兆炘，《协大艺文》，1939年第10期。

114.《李后主的教训（读书随笔）》，林林，《大公报（香港）》，1948年12月27日。

115.《读李后主词想起》，芳棣，《前线日报（1938.10—1945.9)》，1942年1月23日。

116.《步李后主词》，征垣，《大公报（天津）》，1946年12月30日。

117.《书李后主词后》，唤应，《东亚晨报》，1939年12月28日。

118.《李后主评传》，石田，《益世报（天津）》，1932年6月3日。

119.《李后主评传》，朱肇洛，《细流》，1934年第2期。

120.《李后主评传》，唐圭璋，《读书顾问》，1934年第1期。

121.《李后主传论》，顾学颉，《国立西北师范学院学术季刊》，1946年第2期。

122.《南唐后主李煜年谱（五代词人年谱之一）》，衣虹，《新文化》，1934年第1卷第1期。

123.《南唐族世考略》，弓英德，《励学》，1935年第3期。

124.《南唐二主世系》，詹幼馨，《中央日报》，1946年12月24日。

125.《南唐二主词》，肃冬，《晨报》，1938年6月21、23、24日。

126.《南唐二主词笺补正》，刘继增校笺、卢前补正，《金陵周刊》，1927年第4期。

127.《南唐二主词叙论》，龙沐勋，《词学季刊》，1936年第3卷第2号。

128.《南唐二主词叙论（文摘）》，江宗植转摘、龙沐勋著，《文摘》，1937年第1卷第1期。

129.《南唐二主词辑述》，俞阶青《同声月刊》，1941年第1卷第10、11号。

130.《南唐二主词释》，唐圭璋，《中国学报》，1943年第1卷第2期。又有《南唐二主词释》，唐圭璋，《中央日报》，1948年1月9、12、15、16、23日。

131.《书评：南唐二主词笺》，卢兆显，《正声》，1944年第1卷第1期。

（三）专门研究南唐词及李后主之著作考录

当前可见现代专门研究南唐词的学位论文仅有3篇。而专门校勘、整理、笺注南唐二主词者有4种，撰述与考证其年谱或年表以及著作者5种（其中有些还是附于整理式著作中）。总量来看，这些著作虽少，但学术性极强。这些著作也为南唐词特别是二主词的研究奠定了学术基础。

1.《南唐词人及其词》，陈仰贤著，燕京大学学位论文，1931年6月。

2.《晚唐五代的四大词人》，谢球著，燕京大学文学院国文学系学士毕业论文，1932年。

3.《五代词对于宋词的影响》，郭竽著，燕京大学文学院国文学系硕士毕业论文，1937年。

4.《南唐二主全集》，管效先编，商务印书馆，1930年。

5.《南唐二主诗词》，贺扬灵校，光华书局，1930年5月出版印行。

6.《南唐二主词笺》，刘继增笺，北京大学出版组，民国铅印本。

7.《南唐二主词汇笺》，唐圭璋著，正中书局，1936年12月。

8.《南唐二主诗词》（标点精校普及本），贺扬灵选辑，中央书店，1936年。

9.《李后主词》，戴景素著，商务印书馆，1921年7月。

10.《南唐二主年谱》（见《南唐二主全集》），管效先著，商务印书馆，1930年。

11.《南唐二主年谱》，夏承焘著，初刊《词学季刊》，1935年2卷4期；修订后收入《唐宋词人年谱》中，今以《唐宋词人年谱》，商务印书馆2013年本为准。

12.《南唐二主年表》（附《南唐二主词汇笺》），唐圭璋著，正中书局，1936年12月。

13.《李后主诗词年谱》，章崇义著，南京书店，1933年3月。

14.《李后主著作考》，季灏著，上海民治出版社，1947年9月。

（四）论及南唐词之词学专著考录

现代出现的词学专著颇多，然论及南唐词者仅18种。其中诸如刘坡公《学词百法》，（世界书局1928年版）、顾宪融《填词门径》（中央书店1936年版）之类的作词法仅是涉及李煜在词调格律方面的作用。其他则或述南唐词特别是李后主在词的发展、演进中的表现与影响，或评价后主词的特点与艺术。由于此类著作为精于词学者所著，其观点与论断影响较大，传播面也较广。像胡云翼就撰有多种词学专著，这些专著有教科书性质。虽然胡氏于词学创作方面与旧体文学方面并非尤擅者，但由于他用当时新的文学观念与学术理念来撰述，影响力极大。

南唐词的新面孔很大程度上由胡氏“重塑”。

1.《学词大意》，傅君剑，《艺林旬刊》，1925年第11期。后转载于《明社丛刊》（第二集），1925年。

2.《词学大意》，绍兴寿玺（石工父），《艺林月刊》，1930年第8期。

3.《词讲义》，徐珂撰，稿本，上海图书馆藏，有陈谊整理本，载《历史文献第13辑》，上海图书馆历史文献研究所编，上海古籍出版社，2009年6月。

4.《词学概论》，刘德成著，《东北丛刊》，1930年第8期。

5.《词学概论》，蒋梅笙著，《沙磁文化》，1941年第1卷第2—5期。

6.《词曲概论讲义》，徐珂著，商务印书馆函授学社国文科，1925年。

7.《词学ABC》，胡云翼著，世界书局出版1930年。

8.《词学概论》，胡云翼著，《中国文学讲座》，世界书局1935年。

9.《词学通论》，吴梅著，据1933年商务印书馆国学小丛书本。

10.《词学通论》，孙人和著，中国大学讲义，1941年前后。

11.《词学》，梁启勋著，京城印书局排印本，1985中国书店据此影印。

12.《词学常识》，徐敬修编，大东书局，1933年。

13.《词史要略》，龙榆生著，上海图书馆藏国立暨南大学讲义本，现据《龙榆生全集》，第二卷所收手稿本补录。

14.《中国词史大纲》，胡云翼编，北新书局，1933年。

15.《宋词研究》，胡云翼著，中华书局，1926年。

16.《宋词通论》，薛砺若著，上海开明书店，1947年本。

又有上海开明书店印刷1937年7月本。

17.《学词百法》，刘坡公著，世界书局，1928年。

18.《填词门径》，顾宪融著，中央书店，1936年。

（五）论及南唐词之文学史考录

根据我们目前所汇辑的192种中国文学史、概论、常识、国学等著作，发现有121种论及南唐词与李后主。统计下整理相关的字数，达10万。这些论述均为论词部分。虽然有一些为辗转相袭、陈陈相因（如谭正璧一人就著有多种文学史、国学著作），但多数能以不同的方式、不同的观念重新来论说南唐词在词史上的地位。特别是对李后主、冯延巳在词的起源、词的发展与演进中的情形与作用予以述论，同时也对各自的特点、词作内容与艺术有所评价。文学史有不少是作为大学教材，其传播面相对广泛。这样，其中所包含的南唐词论见也得到了广泛地传播。

1.《中国文学史·论词》，王梦曾著，商务印书馆，1914年8月初版；1923年11月17版。

2.《中国文学史·论词》，吴梅著，北京大学石印本，1917年。

3.《中国大文学史·论词》，谢无量著，中华书局，1918年10月版；又有1940年2月18版。

4.《中国文学史要略·论词》，朱希祖著，北京大学刊本，1920年。

5.《中国文学史词论》，葛遵礼著，会文堂书局，1921年4月再版。

6.《新著国语文学史·论词部分》，凌独见著，商务印书馆，1923年6月再版。

7.《中国文学史·词略》，刘毓盘著，上海古今图书店，1924 年 8 月初版。

8.《中国文学源流·词》，胡毓寰著，上海商务印书馆，1924 年 9 月初版。

9.《中国文学史略论·论词》，龚道耕著，成都薛崇礼堂刻本，1925 年。

10.《中国文学史大纲·论词》，谭正璧著，光明书局，1925 年 9 月初版。

11.《中国文学史·论词》，曾毅著，泰东图书局，1925 年 10 月 6 版。

12.《国语文学史·论词》，胡适著，北京文化学社 1927 年 4 月版。

13.《中国韵文通论·词论》，陈钟凡著，中华书局，1927 年 2 月初版。

14.《诗史·论词》，李维著，石棱精舍，1928 年出版。

15.《中国文学沿革一瞥词论》，赵祖抃著，光华书局，1928 年 1 月初版。

16.《唐代文学概论·论词》，朱炳煦著，上海群众图书公司，1929 年。

17.《中国文学史略·词论》，胡怀琛著，大新书局，1929 年 6 月 10 版。

18.《中国文学 ABC·词论》，刘麟生著，世界书局，1929 年 8 月再版。

19.《中国文学进化史·论词》，谭正璧著，光明书局，1929 年 9 月版；1930 年 2 月版。

20.《中国文学概论讲话·乐府与填词》，盐谷温著，开明书店，1931 年。

21.《中国文学精要书目词类》，王浣溪著，建设图书馆，1930 年 2 月再版。

22.《中国文学史·论词》，钱基博著，20 世纪 30 年代作；又有中华书局，1993 年本。

23.《中国文学提要·论词》，王羽著，南京书店，1930 年 12 月初版。

24.《中国文学论略·论词》，陈彬龢著，商务印书馆，1931 年 1 月初版。

25.《中国文学·词论》，儿岛献吉郎著，世界书局，1931 年 6 月再版。

26.《文学常识·论词》，周毓英著，神州国光社，1931 年 10 月初版。

27.《中国学术大纲·唐宋五代词》，蔡尚思著，启智书局，1931 年 10 月初版。

28.《中国文学史大纲·词论》，陈冠同著，上海民智书局，1931 年 11 月初版。

29.《中国文学史·词论部分》，郑振铎著，该文为商务印书馆 1930 年中世卷第三篇上。

30.《中国文学史·词论》，曾毅著，上海东泰图书局，1930 年 9 月再版。

31.《中国文学史略·论词》，苏雪林著，国立武汉大学出版，约 1931 年。

32.《中国文学概论》，儿岛献吉郎著、隋树森译，胡行之译本，北新书局，1930 年 5 月初版；世界书局，1931 年 2 月初版；1943 年 11 月新一版。

33.《文学概论讲述·论词》，姜亮夫著，上海北新书局，1933 年初版。

34.《中国文学史纲·词论》，欧阳溥，上海商务印书馆，1933年2月初版。

35.《中国文学史纲要·词论》，贺凯著，新兴文化研究会，1933年12月初版。

36.《中国文学流变史》，郑宾于著，北新书局，1933年11月初版。

37.《中国文学史纲》，童行白著，上海大东书局，1933年4月初版；1947年2月版。

38.《国文入门必读·诗词入门·词学》，谭正璧著，中华书局，1938年。

39.《中国妇女与文学》，陶秋英著，北新书局，1933年4月初版。

40.《中国诗史·近代诗史·论词》，陆侃如、冯沅君著，大江书铺，1931年12月。

41.《中国文学史表解·词论》，刘宇光著，上海光华书局，1933年6月初版。

42.《中国纯文学史·论词》，金受申著，文化学社，1933年9月。

43.《新著中国文学史·论词》，胡云翼著，北新书局，1933年9月5日版。

44.《中国文学史纲·论词》，徐扬著，神州国光社，1932年6月。

45.《中国文学史讲话·论词》，胡行之著，光华书局，1932年6月初版。

46.《中国文学史解题·论词》，许啸天著，上海群学社，1932年7月初版。

47.《插图本中国文学史·词论》，郑振铎著，北平朴社出版部发行，1932 年 12 月初版。

48.《中国文学史讲话·论词》，陈子展著，上海北新书局，1933 年 9 月初版。

49.《中国文学体系·论词》，马仲殊著，上海乐华图书公司，1933 年 11 月初版。

50.《中国文学史·论词》，苏雪林著，武汉大学，1934 年。

51.《中国诗词概论·论词》，刘麟生著，世界书局，1933 年。

52.《诗赋词曲概论·论词》，丘琼荪著，中华书局，1934 年。

53.《中国文学史纲要·论词》，郑作民著，合众书店，1934 年 4 月。

54.《宋文学史·论词》，柯敦伯著，商务印书馆，1934 年 4 月。

55.《中国文学史话·词论》，梁乙真著，元新书局，1934 年 7 月初版。

56.《中国文学史·词论》，林之棠著，北平华盛书局，1934 年 9 月。

57.《中国文学史简编·论词》，陆侃如、冯沅君著，上海开明书店，1934 年 10 月再版。

58.《中国文学史分论·叙词》（第三编），张振镛著，商务印书馆，1934 年 10 月。

59.《开明国文讲义·论词》，夏丏尊、叶圣陶著，开明书店，1934 年 11 月初版。

60.《中国文学通论（中卷）·诗余》，儿岛献吉郎著，孙俍工译，商务印书馆，1935 年版。

61.《中国文学通论（下卷）·论词》，日人儿岛献吉郎著、孙俍工译，商务印书馆，1935 年版。

62.《中国文学史发凡·论词》，柳村任著，文怡书局，

1935 年版。

63.《中国纯文学史纲·词论》，刘经庵著，上海书店，1935 年 1 月版。

64.《中国韵文史·论词》，龙榆生著，商务印书馆，1935 年 5 月版。

65.《中国历朝文学史纲要·论词》，朱子陵著，炳林印书馆，1935 年 5 月版。

66.《中国文学泛论·词》，刘麟生著，世界书局，1935 年版。

67.《五代文学·论词》，杨荫深著，商务印书馆，1935 年 10 月版。

68.《中国音乐文学史·词论》，朱谦之著，商务印书馆，1935 年 10 月版。

69.《我们的文艺·歌词（第二章）》，胡云翼著，正中书局，1936 年版。

70.《近古文学概论·论词》，徐嘉瑞著，北新书局，1936 年版。

71.《中国文学史新编·论词》，赵景深著，北新书局，1936 年 1 月版。

72.《中国文学史纲要·词论》，赵景深著，上海中华书局，1941 年 1 月版。

73.《文学概论讲话·词论》，谭正璧著，光明书局，1936 年 9 月版。

74.《中国文学史读本·论词》，龚启昌著，乐华图书公司，1936 年 9 月版。

75.《中国文学小史·论词》，赵景深著，大光书局，1937 年版。

76.《中国文学常识·词论》，薛建吾著，大华书局，

1937 年版。

77.《青年文学知识·词》，郭虚中著，商务印书馆，1937 年。

78.《中国文学史大纲·词论》，杨荫深著，商务印书馆，1938 年 6 月版。

79.《中国韵文概论·词概论》，梁启勋，商务印书馆，1938 年 7 月版。

80.《中国文学家列传·词人列传》，杨荫深著，中华书局，1939 年 3 月版。

81.《中国文学批评史·词评》，陈钟凡著，中华书局，1940 年 2 月 6 版。

82.《中国文学史讲义·论词》，刘绍衣著，约 1940 年出版。

83.《中国韵文演变史·词论》，吴烈著，世界书局，1940 年 10 月初版。

84.《中国文学史讲话·论词》，施慎之著，世界书局，1941 年 8 月版。

85.《文学源流·论词部分》，谭正璧著，世界书局，1941 年 12 月版。

86.《诗歌文学纂要·论词》，蒋祖怡，正中书局，1946 年 11 月版。

87.《中国文艺思潮史略·论词》，朱维之著，开明书店，1946 年 12 月版。

88.《中国文学史新编·论词》，张长弓著，开明书店，1947 年 3 月版。

89.《中国文学史简编·论词》，宋云彬著，文化供应社，1947 年 3 月版。

90.《中国文学史·论词》，林庚著，国立厦门大学丛书，1947 年 5 月版。

91.《中国文学史·词论》，谭正璧著，光明书局，1948年5月版。

92.《中国文学源流纂要·论词》，余锡森著，培正中学国文科编印，1948年版。

93.《中国文学史略·词论》，鲍文杰著，中国文化出版社，1948年6月版。

94.《中国文学史略·词论》，葛存悆著，北平大同出版社，1948年12月版。

95.《中国文学史大纲·词论》，容肇祖著，开明书店，1949年4月版。

96.《中国文学发展史（下卷）·论词》，刘大杰著，中华书局，1949年1月版。

97.《国学问答汇编·论词》，唐津梁著，文光书局，1925年版。

98.《国学概要·论词》，王韶生著，知用中学，1930年11月版。

99.《国学常识·论词》，沈庆侅著，杭州长兴信记印刷公司，1933年版版。

100.《国学大纲·论词》，徐英著，上海华通书局，1933年版。

101.《国学概论·论词》，王敏时著，上海新亚书店，1933年版。

102.《国学入门·论词》，蒋梅笙著，正中书局，1947年2月版。

103.《国学述要·论词》，尤墨君著，新新文记印刷公司，1933年10月版。

104.《国学问题五百·论词》，李时著，君中书社，1934

年1月版。

105.《国学常识述要·论词》，李冷衷著，北京书局，1935年4月版。

106.《国学常识答问·论词》，张振镛著，商务印书馆，1935年6月版。

107.《国学常识答问续编·论词》，张振镛著，商务印书馆，1936年版。

108.《国学要览·论词》，储祎著，东方书店，1936年2月版。

109.《国学丛论·论词》，黄毅民著，北平燕友学社，1936年4月版。

110.《中国国学概论新编·论词》，谭正璧著，北新书局，1936年8月版。

111.《国学常识·论词》，谭正璧著，上海大东书局，1937年版。

112.《国学大纲·论词》，汪震、王正己著，北平人文书店，1937年1月3版。

113.《国学表解·论词》，谢苇丰著，上海学生书局，1939年5月版。

114.《国学概论讲话·论词》，谭正璧著，光明书局，1940年2月7版。

115.《国学入门·论词》，阎若雨著，晨民书店，1943年12月版。

116.《国学概论·论词》，蒋逸雪著，上海学生书局，1946年版。

117.《国学常识问答·论词》，刘明水著，商务印书馆，1947年版。

118.《国学常识问答·论词》，李侠文著，正中书局，1947年版。

119.《国学概要·论词》，陶庸生著，龙门联合书局，1947年8月版。

120.《国学常识·论词》，曹朴著，光文书店，1948年版。

121.《国学常识问题·论词》，谭正璧主编，上海北新书局，1948年版。

（六）选录南唐词之词选考录

现代出现了大量的词选，其中通代词选、唐宋词选部分选录南唐词者凡33家。这些词选有的属于词作选辑整理者，如王国维的，有的为整理、笺注者，如丁寿田、丁亦飞选注《唐五代四大名家词》；有的属于翻刻前人词选，但是又增加整理、笺注内容者，如这些词选则为南唐词中优秀作品在民国的传播提供了途径。当时还有的为故事、抒情、离别、爱情、民族等专题词选，其中则选录有南唐词与之相应的作品。从入选次数或数量来论，李后主的词作居于前列。

1.《唐五代二十一家词辑》，王国维编校，六艺书局，1932年印行。

2.《唐五代宋词选》，龙沐勋选注，商务印书馆，1934年发行。

3.《唐五代词选》，谢秋萍编，文力出版社，1946年印行。

4.《唐五代四大名家词》，丁寿田、丁亦飞选注，商务印书馆，1941年。

5.《唐宋词选笺》，曲滢生选笺，我辈语社，1935年。

6.《唐宋名家词选》，龙沐勋辑录，开明书店，1938年。

7.《唐宋词选》，胡云翼编，中华书局，1940年发行。

8.《唐宋词选注集评》，余謇编，青年图书出版社，1945年发行。

9.《唐宋词录最》，夏承焘辑、蓝江注，华夏图书出版公司，1948年。

10.《名家词选笺释》，韩天锡编，大华书局，1935年发行。

11.《韦斋活叶词选》，易韦斋选，民智书局，1930年发行。

12.《艺蘅馆词选》，梁令娴编，中华书局，1908年初版、1936年再版兼印行。

13.《故事词选》，胡云翼编，中华书局，1937年印行。

14.《分类写实恋爱词选》，刘季子编，南京书店，1933年发行。

15.《新式标点正续词选》，张惠言录，启智书局，1934年印行。

16.《抒情词选》，胡云五编辑，亚细亚书局发行。

17.《白话词选》，张友鹤编，中华书局，1930年8月出版兼印行。

18.《注释白话词选》，张友鹤、吴廉铭编，中华书局，1936年印行。

19.《民族词选注》，赵景深选注，商务印书馆，1940年出版兼印行。

20.《离别词选》，王君纲编，良友图书印刷公司，1933年。

21.《历代词选集评》，徐珂选辑，商务印书馆出版兼印行。1928年。

22.《中华词选》，孙偎工、孙怒潮编，中华书局，1933年出版印行。

23.《词选》，胡适选注，商务印书馆，1927年发行。

24.《词选》，胡云翼编辑，亚细亚书局，1932年11月发行。

25.《词选》，施瑛编编，启明书局，1949年2月发行。

26.《新式标点正续词选》，（清）张惠言、董毅编辑，扫叶山房，1926年发行。

27.《新式标点词选》，朱太忙标点，大达图书供应社1934年出版。

28.《续词选笺注》，（清）董毅选录，北新书局，1934年发行。

29.《词选》，龙榆生编，暨南大学，1941年印。

30.《词选》，中华书局函授学校编，私立中华书局函授学校，1926年。

31.《词选续词选校读》，李次九校读，中国科学公司，1936年9月印刷。

32.《词选笺注》，姜亮夫笺注，北新书局，1933年6月总发行。

33.《词式》，林大椿编，商务印书馆，1935年发行。

（七）论及南唐词及李后主之词话、笔记等目录

现代涌现出大量的词话（含论词笔记、札记、随笔等），据曹辛华教授所纂“全民国词话”目录知，各种形式的词话已有1104种（其中纯粹的词话已达446种；论词绝句195种；笔记杂谈类393种；词学类70种）。如此多的词话文献中论及南唐词者，有140多种。这还不包括词学专著类。其中论及李后主的词话、笔记又占较大的比重。可以这样说，也正是因词话、笔记不断地话及南唐词特别是李后主，其传播面才更广阔。后文将有部分汇辑“南唐词话”。

1.《绾春楼词话》，杨全荫，《妇女时报》，1912年第7期。

2.《淮海先生诗词丛话》，《淮海先生诗词丛话补遗》，秦国璋，无锡秦氏嘉会堂刊本，1914年。

3.《倚琴楼词话》，周焯，《夏星》，1914年第1期。

4.《镜台词话》，病倩（陈去病）著，《女子杂志》，1915年第1期。

5.《竹雨绿窗词话》，碧痕，《民权素》，1915年第9期。

6.《红藕花馆词话》，哲庐，《小说新报》，1916年第1期。

7.《裒香簃诗词丛话》，檗子，《民国日报》，1916年10月9日。

8.《乢簃词话》，闻野鹤，《民国日报》，1917年11月1日。

9.《天问庐词话》，成舍我，《民国日报》，1917年4月3日。

10.《根香山馆词话》，滕若渠，《先施乐园日报》，1918年12月19日。

11.《餐樱庑词话（续）》，况周颐，《小说月报》，1920年第11卷第12期。

12.《小梅花馆词话》，冷芳，《消闲月刊》，1921年。

13.《怀兰拜石轩词话》，丐鱼，《时报》，1922年2月27日。

14.《词征》，张德瀛，刊于1922年，《词话丛编》本，其中卷一、卷二、卷三又见《民国》，1914年第1卷第3、4、6期。

15.《爱莲轩词话》，林子和，《新世界》，1923年8月12日。

16.《仄韵楼札记·词话（十三）》，金受申，《益世报》，1925年8月30日。

17.《重阳词话》，朱剑芒，《申报》，1925年10月26日。又见《黄报》，1925年11月4日。

18.《守诚斋词话》，稚侬，《小说新报》，1922年第7

卷第7期。

19.《怡簃词话》，翁麟声，《华北画刊》，1929年第11、14、16、19、22、24、25、27、35、37、39、43、45、46、49、50期，1930年第55、56、60、62期。

20.《天际思仪盦词话》，吴兴宋训轮，《星洲日报周年纪念册》，国立中央大学商学院，1929年11月。

21.《漱玉集·诗词话》，李文绮辑，见《漱玉集》，卷五《冷雪盦丛书》，1931年2月

22.《可竹轩词话（上）》，紫真，《益世报》，1932年3月16日。

23.《留月轩词话》，田紫真，《益世报》，1932年3月30日。

24.《摩诘盦词话》，王泽浦，《益世报》，1932年5月3日。

25.《丽白楼诗词话》，林庚白，《晨报》，1933年7月6日—11月23日。又见《丽白楼遗集》，林庚白，中国人民大学出版社，1996年7月。

26.《也是词话》，张友仁，《安徽学报》，1933年第1期。

27.《词话》，林瑞良，《津汇月刊（天津）》，1934年创刊。

28.《蕙风词话续编（未刊本）》，临桂况周颐（夔笙）；又见《蕙风词话》，况周颐著、孙克强辑本《蕙风词话、广蕙风词话》，中州古籍出版社，2003年11月。

29.《汇辑宋人词话》，夏敬观，《同声月刊》，1942年第2卷第3、4、7、8、9、10、11期，1943年第2卷第12期，第3卷第2、3、9期，1944年第3卷第10、11、12期。

30.《自然室诗词杂话》，冯振，《学术世界》，1935年第1卷第1期。

31.《词话拾零》，世民，《中央日报》，1935年4月17日。

32.《秋闺词话》，业辉，《中央日报》，1936年9月8、

10日。

33.《伤别词话》，业建，见《益世报》，1937年3月5日。又见《伤别词话》，陈能训，《晨报》，1943年11月7日。

34.《词坛逸话》，林世堂，《南报》，1937年6月19、20日，7月3日。

35.《蕉窗词话》，林丁，《北平晨报·艺圃》，1937年7月12日。又见《蕉窗词话》，林丁，《大中时报》，1937年7月15日。

36.《淡泊斋词话·李后主与李清照词》，李冰人，《艺文大阪每日》，1938年创刊号。

37.《星槎词话（续）》，厉星槎，《国学通讯》，1940年第1、2、4、6期。

38.《宋词史话》，杨剑花，《永安月刊》，1941年第82期。

39.《填词丛话》，赵尊岳撰，《词学》，1985年第5辑本。

40.《女性词话》，谭正璧，上海中央书店，1934年。

41.《词话》，（续），词客，《三六九画报》，1942年第13卷第13期。

42.《词话》，（续），靖梅，《三六九画报》，1942年第15卷第15期。

43.《沤盦词话》，沤盦，《杂志》，1942年第10卷第2、3、5期，第11卷第1期。

44.《怀人词话》，子文，《中央周刊》，1942年第4卷第47期。

45.《梦桐室词话》，圭璋，《中央日报》，1936年9月12、14日，10月7、30日；1937年1月6日，3月7日，6月15日，8月3日。又见《中国文学》，1947年8月15日。又见《中央日报（永安）》，1947年9月12日。

46.《词之话》，钦德，《叔苹月刊》，1945年1卷11期。

47.《无禁斋词话》，雪庐，《滇西日报》，1946年11月13日。

48.《红岩词话（一）》，周锟，《大公晚报》，1949年12月11日。

49.《闺秀词话》，雷瑨、雷瑊辑，民国扫叶山房石印本。

50.《补近词丛话》，徐珂撰，有葛渭君《词话丛编补编》，辑本。

51.《分春馆词话》，朱庸斋，广东人民出版社，1989年刊本。

52.《耐充室词话》，陈应群撰，1930年，稿本，中山大学图书馆藏。

53.《丛碧词话》，张伯驹，油印本，1961年；又有《词学》本，第1辑，1981年本；刘梦芙编，《现代词话丛编》，黄山书社，2009年本；《张伯驹集》，上海古籍出版社，2013年本；又有屈兴国《词话丛编二编》，浙江古籍出版社，2013年本。

54.《驼庵词话》，顾随，《词话丛编续编》本。

55.《海棠秋馆词话》，裘廷桢撰，稿本，现藏南京图书馆。又有《词话丛编续编》，整理本。

56.《古今词曲品》，天虚我生，《著作林》，1900年第1、5、6、7、8、9、10、11、12、13、14、15期。

57.《续古今词曲品》，天虚我生，《著作林》，1900年第19、20、22期。

58.《况夔笙先生香海棠馆词话》，况周颐，《大陆报》，1904年第6、7、8、9期。

59.《小三吾亭词话》，冒广生，1908年发表于《国学萃编》，又有《词话丛编》本；《冒鹤亭词曲论文集》，上海古籍出版社，1992年8月。

60.《抱碧斋词话》，陈锐，《国粹学报》，1909年第55期、1910年第65期、1911年第82期。

61.《病倩词话》，陈去病，《民国日报》，1917年9月15日。

62.《从军词话》，陶骏保，《南洋兵事杂志》，1910年第42期。

63.《人间词话》，王国维，有手稿本藏国图（今依佛雏整理本）。

64.《读〈人间词话〉札记》，刘永潜，《东南日报》，1946年11月21日。

65.《旧时月色斋词谈》，倦鹤，《生活日报》，1914年4月26日。

66.《云溪词曲谈》，朱清华，《国论》，第15期。

67.《秋天谈词》，白杰，《文艺战线》，1933年第2卷第33期。

68.《谈词》，憾庐，《人间世》，1934年第16期。

69.《闲话谈词》，史幼云，《民德月刊》，1936年第4、5期。

70.《谈词》，何家炳，《约翰》，1937年第48期。

71.《云窗词谭》，陈人，《奋报》，1939年8月10日。

72.《枫叶谈词》，枫叶，《改造》，1939年第10期。

73.《词史卮谈》，西神，《同声月刊》，1941年第1卷第5、7号。

74.《谈词及其选集》，雨缨子，《南京新报》，1941年4月29日。

75.《今古一炉室谈词》，郝少洲，《和平日报》，1946年10月1日。

76.《一叶厂语词》，澹云，《益世报》（北京），1928

年9月2、3、18日。

77.《白茶斋说词》，松如，《正中校刊》，1936年第36期。

78.《词牌脞说》，斯文，《文心》，1939年第1卷第6期。

79.《说词韵语》，杨仲谋，《钟声月刊》，1947年第10月12期。

80.《词心笺评》，邵祖平，复旦大学出版社，2007年8月；邵氏此文曾于1948年《东方杂志》，第44卷第11号上刊出。

81.《词说》，徐昂，《诗词一得》，翰墨林书局，1949年。

82.《论词》，舍我，《民国日报》，1916年11月20日。

83.《论词杂记》，闻野鹤，《民国日报》，1917年11月1日。

84.《词论》，张文宬，《国立四川大学周刊》，1935年第3卷第30期。

85.《评唐宋词人》，录自胡适《词选》，商务印书馆，1928年5月再版。

86.《唐宋词选识语》，汪东见《梦秋词》，附齐鲁书社1985年，民国期刊《正声》，录有温庭筠至晏几道等七人部分识语。此篇曾刊于《词学》，第二辑，为施蛰存整理，题作《唐宋词选评语》。

87.《唐宋词简释》，唐圭璋撰，朱崇才选录，《词话丛编续编》本。

88.《词籍批语》，郑文焯撰，有孙克强、杨传庆辑校《大鹤山人词话》，南开大学，2009年本。

89.《十大家词题词》，高旭，《中华新报》，1909年6月17日。

90.《读去国词讯李后主》，会昌，《金中校刊》，1930年第4期。

91.《题后主入宋前词》，《国立武汉大学四川同学会会刊》，

1935 年 2 卷 1 期。

92.《读李后主词后》，张逊之，《民铎》，1947 年第 1 卷第 14 期。

93.《说词韵语（续前）》，刘咸炘，《国立成都大学校刊》，1930 年第 4 期。

94.《读李后主词感赋》，柳亚子，《磨剑室诗词集・磨剑室诗初集》，卷七，民国刻本。

95.《词林摘艳》，企白，《先施乐园日报》，1918 年 10 月 23 日。

96.《词林语丝》，红豆轩主人，《上海洪声》，1948 年第 2 卷第 5—8 期。

97.《词林新话》，吴世昌著，有吴令华、施议对整理本，北京出版社 1991 版和 2000 年增订本，全集本。此书部分始创于现代，故收入。

98.《词渖》，孙人和（蜀丞），《细流》，1935 年第 4 期。

99.《词通（三续）》，徐棨，《词学季刊》，1933 年第 1 卷第 114 号。

100.《词屑》，采绿词人，《铁路协会月刊》，1930 年第 2 卷第 5、6、7、8、9 期。

101.《词逐》，夏承焘，《之江中国文学会集刊》，1936 年第 2 期。

102.《词释》，朱孝移，保定商务印书局，1937 年 4 月。

103.《词源疏证》，蔡嵩云，金陵大学中国文化研究所，1932 年。

104.《历代词人考略》，况周颐撰，稿本，南京图书馆藏。有全国图书馆文献微缩复制中心《历代词人考略》，影印本；又有《词话丛编续编》本。

105.《两宋词人小传》，季灏，上海民治出版社，1947年。

106.《蜀词人评传》，姜方锬编著，成都协美公司，1934年铅印本。又有成都古籍书店，1984年影印版。

107.《清代词女征略》，（存卷七—卷十三），吴克岐撰，稿本，南京图书馆藏。

108..《迷阳庐新词品（一）》，太昭，《益世报》（北京），1934年6月20日。

109.《词品》，陈永年，《河南政治》，1936年第6卷第4期。

110.《读词星语》，萧涤非，《清华周刊》，1929年第32卷第2期。

111.《读词杂志》，鲍传铭，《光华附中半月刊》，1933年第8期。

112.《读词一得》，洪生，《一师半月刊》，1934年第20期。

113.《读词杂记》，杨易霖，《词学季刊》，1935年第2卷第4号。

114.《读词闲话》，唐弢，《中华邮工》，1935年第4期。

115.《读词偶得》，张凤岐，《察省国民新报》，1936年4月11、12日。其中4月11日，部分又见《读词偶得》，凤岐，《益世报（北京）》，1936年9月19日。

116.《读词偶记》，壹东，《申报》，1940年8月12日。

117.《读词偶谈》，《扫荡报（桂林）》，1942年6月26日。

118.《读词偶得》，丁原新，《益世报》（重庆版），1943年3月9日。

119.《读词漫谈》，刘次箫，《星野》，1947年第1卷第4期。

120.《读词杂记》，王仲闻，《现代邮政》，1947年第1卷第3期。

121.《读〈读词偶得〉》，孙玄常，《国文月刊》，1948

年第 70 期。

122.《读词枝语》，陈声聪，见《填词要略及词评四篇》，广东人民出版社，1986 年。

123.《论词的读法》，吴世昌，《中央日报·文史周刊》，1946 年 9 月—1947 年 1 月。（又见《吴世昌全集》，第四册）

124.《漫墨·李后主》，惜阴轩主，《三六九画报》，1941 年第 7 卷第 4 期。

125.《闲话诗词》，寄瑛，《南京新报》，1941 年 7 月 18 日。

126.《沧海楼摘录词论》，刘景堂原著，黄坤尧辑稿，《刘伯端沧海楼集》本。

127.《福履理路诗话·（一四）李后主与温飞卿》，胡寄尘，《金刚钻》，1935 年 3 月 31 日。

128.《旧诗新话·论词》，刘大白，开明书店，1928 年 5 月。

129.《诗词杂话·论词》，冯振，作于 1929 年前后，附于《诗词作法举隅》，中央文献出版社，2005 年 3 月。

130.《湘绮楼说诗·论词》，王闿运，王简辑，成都书局 1934 年。

131.《眉庐丛话·论词》，况周颐，《东方杂志》，1914—1916 年。

132.《读书杂记·论词》，西谛（郑振铎），《小说月报》，1923 年第 14 卷第 1、3 期。

133.《读书杂记》，颉刚，《小说月报》，1923 年第 14 卷第 1 期。

134.《恬庐碎墨（三二）·词名考略》，杰民，《益世报（天津版）》，1927 年 6 月 8、13 日。

135.《萝月堂札记》，于孝纯，《中央日报》，1947 年 6 月 13 日。

136.《客窗漫录·由李后主的天性说到他的“破阵子”词》，冬父，《湘桂黔旬刊》，1948年第3卷第4、5期。

137.《花庵绝妙词选笔记》，刘毓盘，稿本，一册，上海图书馆馆藏。

138.《寄庵随笔·论词》，原载上海《新闻报》，副刊1949年1月6日至5月21日。又有汪东《寄庵随笔》，齐鲁书社，1987年版。又有薛玉坤《汪东文集》本，河南文艺出版社，2015年。

139.《柴室小品·论词部分》，卢前，作于1949年、1951年，录自《卢前笔记杂钞》，中华书局，2004年版。

140.《胡适诗话·论词》，胡适撰，辑自吴奔星、李兴华选编《胡适诗话》，四川文艺出版社，1991年版。

141.《曼殊室随笔·词论》，梁启勋，《曼殊室随笔》，1948年版。

142.《独出机杼之艳词》，寥，《新天津》，1941年9月3日。

（八）民国期刊报纸所见唱和李后主词作考录

民国期刊上刊登有不少唱和南唐词的词作，其中以各后主词者为多。这些词作或者用其韵，或者追和后主词作，或改写后主词。另外，还有重新刊登后主词作、题咏吊念后主词作。值得注意的是，《雅言》上刊登了黄侃、汪东联句追和后主词《未是草》，《社会日报》上刊登了周瘦鹃遍和后主词的《未是草》。这些是当时专门唱和后主者，可视作对后主词的接受与传播特殊案例。

1.《虞美人·南唐后主韵》，（清）张祥龄《子苾词钞》，《国学荟编》，1914年第5期。

2.《相见欢·秋感·用南唐后主体韵》，《游戏杂志》，

1915年第18期。

3.《浣溪纱·寒夜·用南唐后主体韵》，杨瑛青，《女子世界（上海）1914》，1915年第6期。

4.《望江南·用李后主韵东园扬州梦弹词》，绛珠，《小说新报》，1916年第2卷第11期。

5.《乌夜啼·用南唐后主韵》，东园，《小说海》，1916年第2卷第1期。

6.《一斛珠·和深仲有忆·用李后主韵》，陈墨农，《瓯海潮》，1917年第5期。

7.《浪淘沙·用李后主韵》，萧菲，《清华周刊》，1929年第32卷第5期。

8.《秋夜月·用李后主韵》，朱爱人，《持志》，1929年第3期。

9.《浪涛沙·用后主韵》，《清华周刊》，1929年第32卷第1期。

10.《相见欢·秋怀·用李后主原韵》，覃翰，《群言》，1930年第7卷第3—4期。

11.《乌夜啼·用李后主韵》，潘寄梦，《虞社》，1931年第171期。

12.《虞美人·月下感怀·用李后主韵》，潘清，《虞社》，1931年第177期。

13.《虞美人·用后主韵》，世冠，《新石门》，1936年第16期。

14.《和李后主韵·浪淘沙、减兰、菩萨鬘、秦楼月、巫山一段云、望江南》，王淩云，《校风》，1937年第493期。

15.《虞美人·和离垢·用南唐后主韵》，沈尹默，《民族诗坛》，1939年第3卷第3期。

16.《虞美人·秋感·用李后主韵》，沈达，《道南期刊》，1939 年第 11 期。

17.《浪淘沙·和离垢被薄不寐·用南唐后主韵》，《民族诗坛》，1939 年第 3 卷第 3 期。

18.《浪淘沙两阕·步后主原韵》，苕华，《新东方杂志》，1940 年第 1 卷第 4 期。

19.《和李后主词·金缕鞋提故宫梦断红罗亭圮帝子魂归垂泪而对》，陈倦鹤，《华侨杂志》，1913 年第 2 期。

20.《虞美人·和李后主》，高旭，《南社》，1914 年第 11 期。

21.《南社词录·虞美人·和李后主同天梅作》，陈世宜，《南社》，1914 年第 11 期。

22.《浪淘沙·秋思和李后主》，瘦蝶，《游戏杂志》，1914 年第 9 期。

23.《南社词录·虞美人·和李后主》，高旭，《南社》，1914 年第 11 期。

24.《虞美人·和后主》，叔雍，国风社，《国闻周报》，1930 年第 7 卷第 26 期。

25.《庚午春词·江南好和后主》，徐烈，《燕京月刊》，1931 年第 8 卷第 2 期。

26.《和李后主韵·浪淘沙、减兰、菩萨鬘、秦楼月、巫山一段云、望江南》，王凌云，《校风》，1937 年第 493 期。

27.《虞美人·和离垢·用南唐后主韵》，沈尹默，《民族诗坛》，1939 年第 3 卷第 3 期。

28.《浪淘沙·和离垢被薄不寐·用南唐后主韵》，《民族诗坛》，1939 年第 3 卷第 3 期。

29.《和李后主词·金缕鞋提故宫梦断红罗亭圮帝子魂归垂泪而对》，陈倦鹤，《华侨杂志》，1913 年第 2 期。

30.《和南唐后主词·临江仙》，黄侃、汪东，《雅言（上海）》，1914年第1卷第8期。

31.《和南唐后主词·清平乐》，黄侃、汪东，《雅言（上海）》，1914年第1卷第8期。

32.《和南唐后主词·虞美人》，黄侃、汪东，《雅言（上海）》，1914年第1卷第8期。

33.《和南唐后主词·破陈子》，黄侃、汪东，《雅言（上海）》，1914年第1卷第8期。

34.《和南唐后主词·锦堂春》，黄侃、汪东，《雅言（上海）》，1914年第1卷第8期。

35.《和南唐后主词·阮郎归》，黄侃、汪东，《雅言（上海）》，1914年第1卷第8期。

36.《和南唐后主词·一斛珠》，黄侃、汪东，《雅言（上海）》，1914年第1卷第8期。

37.《和南唐后主词·浪淘沙》，黄侃、汪东，《雅言（上海）》，1914年第1卷第8期。

38.《和南唐后主词·应天长》，黄侃、汪东，《雅言（上海）》，1914年第1卷第8期。

39.《和南唐后主词·喜迁莺》，黄侃、汪东，《雅言（上海）》，1914年第1卷第8期。

40.《和南唐后主词·木兰花》，黄侃、汪东，《雅言（上海）》，1914年第1卷第8期。

41.《和南唐后主词·望远行》，黄侃、汪东，《雅言（上海）》，1914年第1卷第8期。

42.《和南唐后主词·蝶恋花》，黄侃、汪东，《雅言（上海）》，1914年第1卷第8期。

43.《南唐后主词·未完》，天行，《晨报副刊》，1926

年 11 月 15 日。

44.《南唐后主词·续》，天行，《晨报副刊》，1926 年 11 月 17 日。

45.《李后主词七首》，吴柏根，《禊湖寄厂冯明权先生讲学专刊》，1935 年第 1 期。

46.《自修文选·李后主词》，念麟，《自修》，1939 年第 53 期。

47.《望江梅·和南唐李后主词》，王云笑，《秋霞诗社月刊》，1941 年第 2 期。

48.《乌夜啼·和南唐李后主词》，王云笑，《秋霞诗社月刊》，1941 年第 2 期。

49.《虞美人·改李后主词》，王韵清，《秋风》，1946 年第 9 期。

50.《南社词录·虞美人·和天梅·用南唐韵》，邵瑞彭，《南社》，1914 年第 11 期。

51.《相见欢·和南唐后主韵》，叶玉森，《学衡》，1924 年第 33 期。

52.《词七首·黄侃遗著·浣溪沙二首·和南唐中主》，《进德月刊》，1937 年第 2 卷第 10 期。

53.《三七草堂词剩·摊破浣溪纱·用南唐李中主璟韵·闺情》，无名氏，《县政研究》，1939 年，第 1 卷第 6 期。

54.《忆江南·秋闺·用李后主韵》，蘧园，《申报》，1913 年 8 月 27 日。

55.《和李后主同天梅作》，倦鹤，《生活日报》，1913 年 12 月 16 日。

56.《和李后主韵同天梅作·续》，倦鹤，《生活日报》，1913 年 12 月 19 日。

57.《和李后主词同天梅作蝶恋花》，倦鹤，《生活日报》，1913年12月21日。

58.《虞美人和李后主》，高旭，《民国日报》，1916年8月12日。

59.《虞美人·和后主》，叔雍，国风社，《国闻周报》，1930年第7卷第26期。

60.《和后主词》，张元群仁父，《中央日报》，1935年6月28日。

61.《浪淘沙回力球场记游·用李后主原韵》，古巴牛，《东方日报》，1939年5月21日。

62.《和李后主词·序·浣溪沙》，周瘦鹃，《未是草》，《社会日报》，1940年6月28日。

63.《和李后主词·玉楼春》，周瘦鹃，《未是草》，《社会日报》，1940年6月29日。

64.《和李后主词·更漏子》，周瘦鹃，《未是草》，《社会日报》，1940年6月30日。

65.《和李后主词四·菩萨蛮》，周瘦鹃，《未是草》，《社会日报》，1940年7月1日。

66.《和李后主词五·菩萨蛮》，周瘦鹃，《未是草》，《社会日报》，1940年7月2日。

67.《和李后主词六·菩萨蛮》，周瘦鹃，《未是草》，《社会日报》，1940年7月3日。

68.《和李后主词七·喜迁莺》，周瘦鹃，《未是草》，《社会日报》，1940年7月4日。

69.《和李后主词八·长相思》，周瘦鹃，《未是草》，《社会日报》，1940年7月5日。

70.《和李后主词九·一斛珠》，周瘦鹃，《未是草》，《社会日报》，1940年7月6日。

71.《和李后主词十·子夜歌》，周瘦鹃，《未是草》，《社会日报》，1940年7月7日。

72.《和李后主词十一·后庭花破子》，周瘦鹃，《未是草》，《社会日报》，1940年7月8日。

73.《和李后主词十二·渔父》，周瘦鹃，《未是草》，《社会日报》，1940年7月9日。

74.《和李后主词十三·渔父》，周瘦鹃，《未是草》，《社会日报》，1940年7月10日。

75.《和李后主词》，周瘦鹃，《未是草》，《社会日报》，1940年7月11日。

76.《和李后主词》，周瘦鹃，《未是草》，《社会日报》，1940年7月12日。

77.《和李后主词》，周瘦鹃，《未是草》，《社会日报》，1940年7月13日。

78.《和李后主词》，周瘦鹃，《未是草》，《社会日报》，1940年7月14日。

79.《和李后主词》，周瘦鹃，《未是草》，《社会日报》，1940年7月15日。

80.《和李后主词》，周瘦鹃，《未是草》，《社会日报》，1940年7月16日。

81.《和李后主词》，周瘦鹃，《未是草》，《社会日报》，1940年7月17日。

82.《和李后主词》，周瘦鹃，《未是草》，《社会日报》，1940年7月18日。

83.《和李后主词》，周瘦鹃，《未是草》，《社会日报》，1940年7月19日。

84.《和李后主词》，周瘦鹃，《未是草》，《社会日报》，1940年7月20日。

85.《和李后主词二十四·长相思》，周瘦鹃，《未是草》，《社会日报》，1940年7月21日。

86.《和李后主词二十五·谢新恩》，周瘦鹃，《未是草》，《社会日报》，1940年7月22日。

87.《和李后主词二十六·谢新恩》，周瘦鹃，《未是草》，《社会日报》，1940年7月23日。

88.《和李后主词二十七·临江仙》，周瘦鹃，《未是草》，《社会日报》，1940年7月24日

89.《和李后主词二十八·破阵子》，周瘦鹃，《未是草》，《社会日报》，1940年7月25日。

90.《和李后主词二十九·虞美人》，周瘦鹃，《未是草》，《社会日报》，1940年7月26日。

91.《和李后主词三十·虞美人》，周瘦鹃，《未是草》，《社会日报》，1940年7月27日。

92.《和李后主词三十一·望江梅》，周瘦鹃，《未是草》，《社会日报》，1940年7月28日。

93.《和李后主词三十二·望江梅》，周瘦鹃，《未是草》，《社会日报》，1940年7月29日。

94.《和李后主词三十三·望江南》，周瘦鹃，《未是草》，《社会日报》，1940年7月30日。

95.《和李后主词三十四·望江南》，周瘦鹃，《未是草》，《社会日报》，1940年7月31日。

96.《和李后主词三十五·相见欢》，周瘦鹃，《未是草》，《社会日报》，1940年8月1日。

97.《和李后主词三十六·乌夜啼》，周瘦鹃，《未是草》，

《社会日报》，1940 年 8 月 2 日。

98.《和李后主词三十七·相见欢》，周瘦鹃，《未是草》，《社会日报》，1940 年 8 月 3 日。

99.《和李后主词三十八·子夜歌》，周瘦鹃，《未是草》，《社会日报》，1940 年 8 月 4 日。

100.《和李后主词三十九·浪淘沙》，周瘦鹃，《未是草》，《社会日报》，1940 年 8 月 5 日。

101.《和李后主词四十·浣溪纱》，周瘦鹃，《未是草》，《社会日报》，1940 年 8 月 6 日。

102.《和李后主词四十一·浪淘沙》，周瘦鹃，《未是草》，《社会日报》，1940 年 8 月 7 日。

103.《和后主词》，仁父，《大同报》，1935 年 7 月 7 日。

104.《咏深闺女·步李后主虞美人》，北岛妖，《福建日报》，1946 年 12 月 2 日。

105.《虞美人·次南唐李煜韵》，冷巢，《晶报》，1934 年 6 月 27 日。

106.《捣练子·次南唐李煜韵》，冷巢，《晶报》，1934 年 7 月 25 日。

107.《乌夜啼·次南唐李煜韵》，冷巢，《晶报》，1934 年 7 月 26 日。

108.《虞美人·用南唐李煜韵》，冷巢，《晶报》，1934 年 7 月 30 日。

109.《全唐人词·全唐诗本·南唐嗣主李璟·三首、浣溪沙》，《国学荟编》，1914 年第 4 期。

110.《南唐二主词释·南唐中主二首、南唐后主九首》，唐圭璋，《中国学报·重庆》，1943 年第 1 卷第 2 期。

111.《多少恨？昨夜梦魂中·李后主词·画图》，《益世画刊》，1946 年第 6 期。

112.《流水落花春去也，天上！人间？·李后主词·画图》，《益世画刊》，1946 年第 6 期。

113.《台城路·吊李后主》，咸林解曜中，《工商日报（西安）》，1937 年 4 月 19 日。

114.《鼓棹词·后庭花·题南唐后主词集》，白毫子，《词学季刊》，1936 年第 3 卷第 2 期。

115.《题南唐后主词后·用原韵》，刘佩宜，《江浙同乡会——周纪念刊》，1940 年 5 月。

（九）《全民国词·第一辑》涉及李后主、南唐词人之词作

由于南唐特别是李后主词影响大而艺术精妙，民国词人在创作时也多有仿效、追和与题咏。目前曹辛华教授主编的《全民国词·第一辑》中，就发现不少和李后主词作与涉及南唐词人事迹的作品。这些作品也是南唐词在现代传播与接受的体现。

1. 王德方《滋兰馆词》，有《连理枝·饯春》《夏初临》《阮郎归·离席用南唐后主韵》。

2. 任方珩《爱吾庐词草》，有《相见欢·用李后主韵》。

3. 李大防《寒翠词》，有《高阳台·读李后主词感赋》《高阳台·伯韦子谊以七夕祭李后主词见示，赋此和之》。

4. 吴放《纳兰㲶词续》，有《贺新郎·述词》。

5. 何适《官梅阁诗余》，有《虞美人·次后主韵》，小序云："后主李煜字重光，五代南唐国主，有《李后主词》。"又有《一斛珠·次后主韵》。

6. 汪东《梦秋词》，有《菩萨蛮》三首。小序云："曩

与季刚连句和后主词，全稿散亡，并都不记忆。顷偶有所感，用韵复作三首。时移境易，不知与当日所言同异又如何也。”

7. 沈琇莹《寄傲山馆词稿》，有《浪淘沙·己未花朝菽庄即景有怀蟫窟公子和南唐后主》《相见欢·效南唐后主体》。

8. 沈曾荫《龙岩词钞》，有《应天长·依李后主四十九字体并用原韵，春晚感怀》。

9. 邵章《云淙琴趣》，有《虞美人·和南唐后主》二首；又有《忆江南·和南唐后主》四首。

10. 周应昌《霞栖词钞》，有《蝶恋花》二首，小序：“百洪月地观红梅，成二阕寄感，录稿索和。”其中有涉及后主事迹者。

11. 柳亚子《磨剑室词》，有《虞美人·题李后主词》。

12. 俞平伯《古槐书屋词》，有《浪淘沙·和后主》。

13. 高旭《箫心剑胆词》，有《虞美人·题李后主词》。

14. 高旭《鸳鸯湖上词》，有《相见欢·拟南唐后主作》。

15. 高燮《吹万楼词》，有《忆江南·题李后主词》。

16. 陈方恪《彦通词录》，《临江仙》小序云：“丁丑七夕，为南唐后主逝世千载之期，遐庵招同诸子设奠西斋。未及蒇事而兵祸骤作，座客俱仓皇罢去。明日遐庵出示此调，属余继声。”

17. 陈名珂《文无馆词钞》，有《浪淘沙·广李后主作》。

18. 孙正礽《忆香词》，有《一斛珠·美人口，和李后主香口韵》。

19. 孙景贤《梅边乐府》，有《浣溪沙》小序：“瀛台修禊，韵限南海二字，分赋平仄，各一阕。前阕唐宋人多作此体，后阕唯南唐后主有之。”

20. 黄协埙《宾红阁乐府》，有《菩萨蛮》。小序：偶读李笠翁《绣鞋词》，有“米大尖头，何处能栖凤”之句，戏反其意，谱为小词，非敢嘲时，亦为李后主忏风流罪过耳。

21. 叶玉森《荭渔待删稿·桃渡词》，有《木兰花慢·冒雨游清凉山，偕思岘、俊尘、泽芙，是日为地藏诞辰》。

22. 程学銮《他山词存》卷三，有《虞美人·咫社课题，限和李后主韵。李后主生日感怀，不限调》二首。

23. 汤执盘《粹玉词》，有《水龙吟·送春集词句》《鹧鸪天》。

24. 谢倬《敝帚集》，有《忆江南》《清平乐》《阮郎归》《一斛珠》《离亭燕》。

25. 夏绍笙《绮秋阁词集卷之廿二壶公词》，有《莺啼序·侄女明珰》词写及后主。

26. 《过龙门·松鹤山房》小序云“率倚南唐之声，聊仿后主之调，不自觉其为凄艳”。

27.《浪淘沙》二首，有小序云：李太夫人，况松同社之母也。丁忧三载，始能还家，卜葬雁峰之阳。拟建莲花之社，闻而欣喜，叹为爱才。迨及梵宇，相逢园林，长啸杯酒，对论欢愉，平生乐往悲来，恭挽太夫以联语，竟尤未尽，继之以词。效南唐之体裁，写李煜之哀怨。而才学不远，能无愧哉？况松天才轶群，中年储学，当有以正之。

28. 王兰馨《将离集》，有《南唐浣溪纱》二首。

29. 何适《官梅阁诗余》，有《摊破浣溪沙·用中主韵》有小序云“中主南唐王李璟，字伯玉，后主父，有词附《后主词》。”

30. 何适《官梅阁诗余》，有《满宫花·依子澄韵（子澄张泌字，南唐淮南人，后随后主归宋）》。

31. 邵章《云淙琴趣》，有《采桑子·和冯正中》二首。

32. 王芃生《莫哀歌草》，有《归国谣·本意并序，用冯延巳体》。

33. 王德方《滋兰馆词》，有《南乡子·惜春》。

34. 何适《官梅阁诗余》，有《醉花间·次正中韵》小序云："正中冯延巳字，南唐广陵人，有《阳春录》。"

35. 沈惟贤《平原村人词》，有《谒金门·和冯延巳》。

36. 顾随《积木词》，有《采桑子·和冯延巳》四首。

（十）现代歌曲涉及李后主者考录

现代由于传统音乐与西洋音乐逐渐融会，出现了不少流行歌曲。此时的学堂乐歌、歌舞乐曲以及电影插曲有选取后主词作重新谱曲歌唱的情形。这种方式，可以说为南唐词与时尚音乐相碰撞的结果。当前所见者，虽然不多，但也值得关注。

1. 《相见欢·男女四部合唱曲·歌曲》，李煜，李惟宁，《良友》，1940 年。

2. 《秋之讴歌·词·秋闺》，李煜，纫秋，《紫罗兰》，1943 年第 7 期。

3. 《浪淘沙·歌曲》，李煜，《大陆杂志》，1933 年，第 1 卷第 10 期。

4. 《相见欢·歌曲》，李煜，马思聪，《大陆杂志》，1933 年，第 1 卷第 7 期。

5. 《补红词谱：忆江南（南吕正曲）》李后主词，天虚我生曲，《女子世界（上海）》，1915 年第 6 期。

6. 《浪淘沙·歌曲》，李后主词，EllinorValesby 曲，《乐艺》，1930 年第 1 卷第 1 期。

7. 《虞美人·明星巨片"恐怖之夜插曲"》，李后主词，吴村曲，龚秋霞唱，《银花集》，1938 年第 3 期。

8.《浪淘沙（二部合唱歌曲）》，李后主词，崔嵚曲，《同声月刊》，1941 年第 1 卷第 2 期。

以上十个目录，归纳起来可分五类，每类即为南唐词的一种传播方式。其一，第一个目录与第二个目录为南唐词的报刊论文传播方式。这种传播方式是前代所未有。报纸、期刊为当时传媒除电报、播音等较快的一种，也是传播最快的纸媒。由于其大众传媒的性质，其中有关南唐词的观念与观点等，影响平民阶层尤多。由此而论，现代南唐词的传播具有新面孔。民国之前，李后主的“民间传播”多是依赖歌伎或戏曲，而现代报纸的发行，就为南唐词的民间传播提供了新方式。虽然仍限于识字的群体，或限于时空（报纸发行多在一时一地），但仍是当时“快捷”的途径。其二，第三个目录与第四个目录因均为专著类，属于专著式传播方式。此种传播虽然不如报纸期刊迅速，但由于其“图书”的稳定特征，以及著作多为学人群体所为具有“权威”“可信”特点，这就形成了南唐词的传播第二个重要的方式——著作传播。某种程度上，南唐词研究的深入，也正赖于学者采用现代的学术方式来著述。特别是正是这些汇辑南唐二主词之类成果与专门对南唐二主生平、年谱以及著作等进行研究的专著出现，才引发了更多人阅读与研究南唐词。现代的词学通论、词史著作的撰著，更是将南唐词置于词史或词学史这样的传播链条上。其三，文学史类著述虽然与专著式传播有交叉关系，但是由于其教科书的性质，又形成了南唐词传播的第三种传播方式——讲义式或教科书式传播。其传播对象尽管在大学或中学的学生，但由于撰述者与教授者为专门的学者，对南唐词特征、评价、影响等观点的固定化以及传承却有重要的作用。其传播链条比起专门的词史，又宽泛了些，与整个文学史传播相配合，进一步彰显了南唐史的文学史风貌。

其四，词话为南唐词的话体文学批评传播方式。这种方式在现代既是对传统的承继，又是词话在新的时代为适应报刊“补白”、编辑以及休闲等需求出现的新态。某种程度上，词话传播为南唐词的全面展示提供了易行路径。这四类传播方式，也是现代唐宋词传播必具常用的。第八、第九个目录，主要为现代人们在创作时如何受到李后主、冯延巳等人的影响来填词的情况。如“效后主体”“用后主词原韵”“读后主词有感”以及牵扯李后主故事与事迹者，这些词作不仅是李后主等南唐词人与词作的传播现象，还是南唐词艺术在现代词坛的影响表现。第十个目录，为当前所知，李后主词被谱入音乐，形成歌曲的情况。另外，当时还有电影《一江春水向东流》即取自李后主《虞美人·春花秋月何时了》词，而此词也被谱曲，成为电影插曲。至于李后主词被各种书法书写与画成图画的情况，当时也普遍存在。可以这样说，以李后主为中心的南唐词在民国从综合研究到专题研究、选本批评、话体式述说，乃至创作等各个层面被传播着，更有与当时流行音乐、电影等结合传播着。

第六章 南唐词现代传播与接受热点问题考述

前面我们将南唐词各种传播方式产生的文献予以大致地考索。仅从目录就可见，现代南唐词的传播所涉及的内容是相当广泛的。于此，我们先撇开追和南唐词、演唱后主词作等现象，专门对当时的论著、词话、文学史以及词选等涉及南唐词接受者予以论述，以见南唐词传播的“热点”。归结起来，其热点主要有：南唐词的历史、特点与作用，南唐词与流派，南唐词作经典化，李后主的人品与人生及其词品与影响等四大方面。

第一节 南唐词的历史、特点与作用

现代有不少现代论文、文学史著以及专门的整理著作所附的序言与评论文章综合论及南唐词历史、特点与作用。现代论文中综论南唐词较早者为耿亮庐《论唐五代词及其发生》（刊于《采社杂志》1929 年第 4 期），主要谈词的起源与音乐有着很大的关系。先是列出了关于词产生的种种说法，然后提出自己的意见：“我们讨论词的起源，应当顾及音乐的变迁，及唐代的五七言诗庶不致顾此失彼”，并从词与音乐的关系、词与诗的关系两个方面探讨了词的起源。最后得出“自唐代以来，与西域的交通大盛，胡乐传至中国，与中国的音乐结合，而起绝大的变动，影向波及诗歌：一方面倚声以制歌辞，一方面沿袭五七这诗之旧略，加以变化，词便是由这二方面来的”。此文仅仅涉及南唐词。而黄元燊,《论南唐词与宋初词的关系》(刊于《述学社月报》1929 年第 3 卷第 2 期）则专门谈南唐词与宋初词的关系。文章认为：“南唐的词和宋初最有关系的，是李后主的一部分和冯延巳的词,除作者描写自己特殊的环境外，南唐词和宋初词的风骨态度是一贯的，所以弄到后来那一首是冯延巳的词，那一首是欧阳修晏殊的词，都不能明白。”并列举了 16 例来证明。同时，说明了晏欧对冯李意境与辞句的继承关系并分析了“欧阳修是个严肃的冷酷的孔教徒的护道者，反能写出缠绵婉转的词”的原因。此文将南唐词在宋词成长中的作用揭示出来，并拎出来“风骨态度”一语来概括南唐词的特点。陈仰贤《南唐词人及其词》是首篇专门论述南唐词的学位论文（燕京大学学位论文，1931 年 6 月）。该论文分为四个部分：绪言、本意、结论、参考书目。“绪言”主要谈了南唐词之外形方面南唐词体裁之演成、文学之含义与体裁、南唐词之内质方面南唐词之特点。“本意”部分主要谈了南唐词人评传与南唐词。“结论”部分比较了五代南唐北宋词。而谢球《晚唐五代的四大词人》(燕京大学文学院国文学系学士毕业论文，1932 年)，于“绪论”部分谈了词的发生与词之早熟的原因。“正文”部分共四章，分别谈了温庭筠、韦庄、冯延巳、李后主的传略与词。“结论”部分谈了晚唐五代词的特点以及晚唐五代词与两宋词之比较。至于其他的综论的论文，如卓天祺《五代词之发展及其社会背景》［此文刊于《中国公论（北京）》，1941 年第 5 卷第 5 期］首先批评了关于词的起源的几种说法，认为“他们只注到词的形式方面而忽略了词的内容与本质”并列出了关于李白《菩萨蛮》与《忆秦娥》的商讨，得出“词的起源，由以上索引各家之言，已经很明显的可以看出，它产生的时期很晚了。”同时，按地区（蜀地、南唐、闽越、荆南、楚、南汉）讨论了五代词人的成就，得出“由以上而观，各地文物之盛，可谓极于一时。君率臣从，一并同心文艺，盖词所以兴盛之由也”。并分析了造成这种风气的原因。最后，概括了五代词的发展：“词的形式与格调，由伶人、歌妓之词，而变成词人学者的词，由浓艳的作风中，又生出凄婉、哀恺的作风，由男女私情，广而描为亡国之恨。其进步、发展之快，可谓一时硕果，而李后主晚年之作，特具情思。”

相对于现代论文发表时间较晚，文学史则比较早综合论及了南唐词的历史、特点与作用。其论南唐词呈由简而繁的态势。如王梦曾《中国文学史》（商务印书馆，1914 年 8 月初版）论词部分较早论到：“而南唐中主璟、后主煜所作，尤凄惋动人，其小令为千古绝唱。文人以词鸣者，蜀有韦庄，南唐有冯延巳。”吴梅《中国文学史》（北京大学石印本，1917 年）论词部分则说：“五季文运萎敝、他无可称，独词秾艳稳秀，后人高不可及。如后唐之庄宗、南唐之二主尤凄惋动人，其小令为千古绝唱。文人之以词鸣者，南唐有冯延巳、蜀有韦庄。正中之词，世所称为思深词丽、韵逸调新者也。所作蝶恋花四章，缠绵忠厚、宛然骚辨之遗。”谢无量《中国大文学史·论词》（中华书局，1918 年 10 月）论词部分说：“五代时词，以蜀与南唐为最盛。蜀有韦庄、牛峤、毛文锡、牛希济、薛昭蕴、顾敻、魏承咏、毛熙震、李珣、欧阳炯、孙光宪等。晋汉之际，和凝亦好小词。南唐诸主，多善为词，而后主尤工。当时冯延巳作，尤警丽可观也。蜀词赖花间集以传。南唐诸词，往往见于尊前集。”朱希祖《中国文学史要略·论词》（北京大学刊本，1920 年）则说，“五代之际，孟氏、李氏君臣为谑，竞作新词。词之杂流，由此起矣。然其工者，往往绝伦。亦如齐梁五言，依托魏晋，近古，故其体貌相似。初创则其气势未尽，时使然也。”

而胡适《国语文学史》（北京文化学社，1927年4月）论词部分则说：“五代十国是词的成立时期。这时代自然还有许多诗国的遗老——如罗隐、杜荀鹤等——但是那长短句的小词已打开许多新殖民地，可以宣告独立了。这些新殖民地，多在南方诸国。北方五代好像仍旧是遗老的势力范围。北方五六十年中只有一个和凝可算是一个词家。南方的蜀与南唐出了几个词人皇帝，（前蜀的王衍，后蜀的孟昶，南唐的李璟、李煜）故这两国的词最发达。荆南夹在两国之间，也出了一些好词。”然后结合前代文学与唐代文学诗歌史实指出：“但是当时的词的中心，不能不让给南唐。我们前回讲六朝的民间文学时，曾指出南朝文学的特性是恋爱，是缠绵宛转的恋爱。唐朝统一了三百年，南北民族的文学也混合起来，产生了唐朝的文学。盛唐时，南北文学的势力正平均。故英雄文学与儿女文学都有代表的作品。李白、杜甫都能有时做很细腻的儿女诗，有时做很悲壮的英雄诗。中唐以后，到了晚唐五代，这个平均的局面保不住了，儿女文学的势力便渐渐的笼罩一切了。当小词盛行的时代，南唐割据江南，正是儿女文学的老家，故南唐的词真能缠绵宛转，极尽儿女文学的长处；后来李后主（煜）亡国之后，寄居汴京，过那亡国皇帝的生活，故他的词里往往带着一种浓挚的悲哀。儿女的文学最易流入轻薄的路上去。儿女文学能带着一种浓挚的悲哀，便把他的品格提高了。李后主的词所以能成为词中的上上品，正是因为这个道理。”这可以说是研究史上首次将南唐词的历史、生成生态、成因及其特点细致的揭示。

新变派所著的专门词学中对南唐词的整体综论往往篇幅简短。如邹弢的《词学捷径》、谢无量《词学指南》、刘毓盘的《词史》、吴梅的《词学通论》等均简单述及南唐词的历史风貌后，例举重要词人词作。而胡云翼的《词学概论》则在例举词人词作后说起来，“纤艳轻浮”四个字，“不但是张泌词的毛病，晚唐五代词人通不免有这个毛病。晚唐五代原是文风纤艳的一代，词亦袭其流风：填词原出于民间歌辞，自亦不免轻浮。即如李后主，也是入宋以后才开始用词来书写悲哀的身世，才有深挚的感慨，当他在五代的时候，其作品还是纤艳一流。这是时代如此，无怪其然，绝不能因此而扁削五代词的价值。我们知道晚唐五代还是词的草创时代，并没有先进作家来做模范，他们只有凭着自己的天才去创造。而结果竟有这么一部好成绩出来，还有什么坏话好说。我们对于一个草创时代的成绩，是不能过分去吹求的，只要能够表现充分的创造精神，以开辟后时代发展的先路便是绝大的成功了，我们赞美晚唐五代的，也就是因为：晚唐五代是词的创造时代，他替宋词开辟了一条伟大的先路”。将晚唐五代词风的“纤艳”分析归纳出来。郑宾于《中国文学流变史》论词的发展云：五代词坛的作者，以蜀地最多，以南唐最好。中主、后主的诗材，较之王氏、孟氏，实又较高一筹。二李词坛，帝王之中，千古无匹。从社会情形言，当时蜀地虽说安静，然亦数历兵祸，几经丧乱；唯南唐则不然！屡世皆处于平安之中，未尝遭过兵革；直至宋太祖统一天下，始受波及。且“当小词盛行的时候，南唐即已割据江南，正是儿女文学的老家，故南唐的词，真能缠绵宛转，极尽儿女文学的长处”。有此数因，故当时的词的中心区域，又不能不让给南唐了。此书将南唐词的成因与特质揭示出来的同时，又将南唐词的地位彰显出来。

第二节　南唐词与流派的形成问题

现代还有论著论及南唐词与流派的形成问题，提出了“南唐词派”等命题。葛遵礼《中国文学史词论》（会文堂书局，1921年4月再版）在谈词的作法时云：“至五代韦庄、欧阳炯、冯延巳、南唐李后主。相次而制词之新体。然仅有五十八字以内之小令，尚无中调及长调。至宋熙宁中，立大晟府为雅乐寮。日制新曲，渐臻大成。至南渡后愈盛，而其派分为南北。南派婉约，词调蕴藉。北派豪放，气象恢宏。李后主即属于南派者也，苏东坡即属于北派者也。”首次将李后主列为南派代表。而童行白《中国文学史纲》（上海大东书局，1933年4月初版）在谈词之派别时云：“词有南北二派，南派婉约，北派豪放；婉约者欲其词调之蕴藉，豪放者欲其气象之恢宏。属于南派者为：李后主等人。”张振镛《中国文学史分论·叙词》（第三编）（商务印书馆，1934年10月）说：“论晚唐之词，惟飞卿一家，以秾艳胜。五代十国之词，则可为西蜀、南唐二派焉。西蜀以韦庄为首，南唐以后主为魁。西蜀以清丽胜，南唐以婉约胜。惟清丽故多寄托之辞，惟婉约故多凄咽之音。善寄托则意内言外，看似曲折而尚不免矫揉，多凄咽则直抒性灵，自然流露，不假雕琢，自有无限深情，奔赴笔端。此后主之词之所以能寓曲于直化刚为柔，而超于西蜀派之上也。故开两宋词家之先路者，当推李重光为主，温韦其辅弼也夫。”此处又提出了“南唐派”，并李后主为开两宋词家之先路者。储祎《国学要览》（东方书店，1936年2月版）沿袭之云：“论五代词的两大派云：五代词可分为西蜀、南唐二大派：西蜀派——韦庄为首，以清丽著名。南唐派——李后主为魁，以婉约著名。两派实开南北宋词人的先路。”薛建吾《中国文学常识》（大华书局，1937年版）说：“宋初词家，大都祖述南唐，以二主一冯为法。晏殊首出，父子齐名，毛晋欲以之追配李氏父子，其得名之盛，可以想见。欧阳修继之，而加以深致，故词家之有江西派，尤早于诗。”将南唐作为江西派的源头。陆侃如、冯沅君于《中国诗史·近代诗史·论词》（大江书铺，1931 年 12 月）中指出，此时词坛上表演着两个不同的宗派，一时词人大有“不入杨则入墨”之势。这两派皆始于 9 世纪。第一派的领导者是温庭筠，他的同派有牛峤、魏承班、欧阳炯、顾夐、和凝诸人。第二派的创始者是韦庄，他的同派有李珣、牛希济、孙光宪、李璟等，李煜则是这派的唱“压轴戏”者。这两派的异点约有四种：（1）就辞句上论，温派喜丽，韦派尚清疏。温庭筠的《菩萨蛮》与李煜的《相见欢》便是绝好的对照。（2）就内容上论，温派多限于男女相思，韦派则于男女相思外时兼写身世之感。如韦庄的《菩萨蛮》，李煜的《浪淘沙》《虞美人》诸词皆温派词人所没有的。（3）就年代上论，温派始于 9 世纪中年，终于 10 世纪中年，上下凡百年左右；韦派始于 9 世纪晚年，大成于 10 世纪中年，到 11 世纪晚年还保存着一部分势力，前后殆二百年。所以在 9 世纪末与 10 世纪初，韦派实不足与温抗，南唐冯李诸人出，韦派便抬起头来。大抵温派的演进有似所谓“虎头蛇尾”，温庭筠而下，多是些三等人材；韦派则与之殊，李煜后出，而地位却极高。（4）就地域上论，温派以蜀为主，韦派则重在南唐。但这两派也有些相同处。这些相同处，我们可认为词在这个时期的特点。陆氏、冯氏的这些观念后来被其他后学者所汲取。

对南唐词派问题，刘缉熙《词的演变和派别》（《新东方》，1940 年 1 卷 8 期）也有专门论述。他指出：“晚唐五代的词有两个重要的派别，是对立的，若加以比较，是很有趣味的，一藻丽，一清疏！一承旧，一新兴；一势力在西蜀，一势力在南唐；一始盛于衰，一始微终大；一腻涩浅，一似婉深；一似诗中之建安，一似诗中之正始。今以甲乙二字代二派。”他认为，乙派始于韦庄，以清隽胜。……南唐则有冯延巳，其近韦有二点：一、清疏不尚藻丽，如《采桑子》“满堤春风惆怅墙东，一树樱桃带雨红。”《清平乐》“披衣独立披香，流苏乱结愁肠，往事总堪惆怅，前欢更休思量。二、表现出决绝及倔强的态度，如《蝶恋花》“醉里不辞金爵满，《阳关》一曲肠千断。”“日日花前病酒，不辞镜里朱颜瘦。”与韦庄的《菩萨蛮》“此度见花枝，白头誓不归。”及“游人只合他乡老”大致相同。刘熙载评云“韦端己冯正中诸家，流连光景，惆怅自怜……”刘将韦冯并论，可谓巨眼。李璟的《摊破浣溪沙》“风里落花谁是主，思悠悠。”亦可谓清疏之至者矣。集此派之大成者为李煜；是个千古不朽的大词人，他的词据刘毓盘的辑本，存者凡四千余首；但其中有许多不是他的本来面目。他的词处处反映着他的身世，有的地方凄凉暗淡，有的地方顿挫无穷，更兼奔放无尽，情深于言，使我们自然而然的爱不忍释手了。但是这指他亡国后的词而言；他未亡国时的词只是些“烂嚼红绒，笑向檀郎吐”“眼色暗相钩，秋波横欲流”等艳词，充满了富贵浮佚。所以亡国虽可惨，然而成就了一个空前的词人。至于他的词真正好处在什么地方，是很难解答的，俞平伯先生说的最妙“揣摩后主词犹如登峭壁”，诚哉斯言也。不仅如此他于此文中还指出，由以上所述可知蜀地、南唐在当时于无形中变为两个文化中心；温飞卿派多属蜀地，是直接承唐的。南唐词家虽不多，然于其作风上及其特点于北宋来说，又可分为二派，李璟、冯延巳并而为一，开北宋甲派之先河。李煜别立一帜开北宋乙派之先河。……晚唐五代时期虽不久，然而他是一个文学承上启下的枢纽，是无可讳言的，花间派在这个期间一天比一天衰歇，而所谓清隽派则逐日膨胀，到了李后主已经发达到了极点。其中有使我们应注意的一点，就是花间派虽衰，更有一第三派起而代之，即南唐之李璟、冯延巳，北宋之晏殊、欧阳修等是也。这派在北宋很有势力，颇可与承李后主派的苏东坡等争雄。所以北宋正是这两派互相消长竞争的战场。刘氏于此不但将南唐立为一派，还将其细分为两派，由此再谈其流变与影响。此文为目前所见现代论述南唐词派及其对后来北宋词派形成问题的最有代表意义的文章。

第三节 南唐词作经典化

民国出现了各种各样的词选，选录编辑方式不同，收录南唐词人词作情况不一，既是南唐词接受与传播的又一重要方式，也是南唐词作经典化的反映。除专门汇辑整理南唐词的著作如贺扬灵校《南唐二主诗词》（光华书局，1931 年 5 月出版）、王国维编校《唐五代二十一家词辑》（六艺书局，1932 年 8 月印行）、管效先编《南唐二主全集》（商务印书馆，1930 年 12 月印行）等以外，当时的词选也选取南唐词人词作。具体情形如下。

胡适编《词选》（商务印书馆，1927 年版）第一编中，收南唐词共 22 首：张泌 4 首，为《江城子》（碧阑干外小中庭）、《蝴蝶儿》（蝴蝶儿）、《浣溪沙》（独立寒阶望月华）（钿毂香车过柳堤）二首；李璟（南唐元宗）一首，为《摊破浣溪沙》；冯延巳 9 首，为《归国谣》（江水碧）、《谒金门》（风乍起）、《阮郎归》（南园春半踏青时）、《蝶恋花》（六曲阑干偎碧树）（谁道闲情抛弃久）二首、《长命女》（春日宴）、《采桑子》二首、《临江仙》（冷红飘起桃花片）。李煜 8 首，为《长相思》（云一緺）、《采桑子》（亭前春逐红英尽）、《相见欢》二首、《临江仙》（樱桃落尽春归去）、《清平乐》

（别来春半）、《浪淘沙》（帘外雨潺潺）、《虞美人》（春花秋月何时了）。

胡云翼编《抒情词选》（亚细亚书局出版，1928 年版）收录南唐词共 14 首：张泌 2 首，为《江城子》（浣花溪上见卿卿）、《蝴蝶儿》（蝴蝶儿）；李璟 1 首，为《山花子》（菡萏香销翠叶残）；李煜 6 首，为《菩萨蛮》（花明月黯情轻飞雾）、《一斛珠》（晚妆初过）、《相见欢》（无言独上西楼）、《临江仙》（樱桃落尽春归去）、《浪淘沙》（帘外雨潺潺）、《虞美人》（春花秋月何时了）；冯延巳 5 首，为《长相思》（红满枝）、《罗敷艳歌》（小堂深静无人到）、《虞美人》（玉钩鸾柱调鹦鹉）、《蝶恋花》二首（庭院深深深几许）（谁道闲情抛弃久）。

龙榆生《词选》（暨南大学，1930 年版），五代词部分收录南唐词共 32 首。李后主 16 首，为《虞美人》（春花秋月何时了）、《子夜歌》（人生愁恨何能免）、《清平乐》（别来春半）、《喜迁莺》（晓月坠）、《蝶恋花》（遥夜亭皋闲信步）、《乌夜啼》（林花谢了春红）、《长相思》（云一緺）、《浣溪沙》（转烛飘蓬一梦归）、《浪淘沙》二首（窗外雨潺潺）（往事只堪哀）、《忆江南》四首、《相见欢》（无言独上西楼）、《虞美人》（风回小院庭芜绿）。冯延巳 12 首，为《采桑子》（花前失却游春侣）、《酒泉子》（芳草长川）、《谒金门》二首（风乍起）（杨柳陌）、《归自谣》二首（何处笛）（去艳艳）、《长命女》（春日宴）、《抛球乐》（酒罢歌余兴未阑）、《三台令》三首、《喜迁莺》（宿莺啼）；张泌 4 首，为《浣溪沙》二首（马上凝情忆旧游）（枕障薰炉隔绣帷）、《柳枝》（腻粉琼妆透碧纱）、《蝴蝶儿》（蝴蝶儿）。均附有作者小传，简要概括了词人的生平经历。

胡云翼编《词选》（亚细亚书局，1932年版）第一编唐五代词共收录101首，南唐词共26首：李璟1首，为《山花子》（菡萏香销翠叶残）；李煜9首，为《相见欢》二首（林花谢了春红）（无言独上西楼）、《子夜》（人生愁恨何能免）、《清平乐》（别来春半）、《浪淘沙》二首（帘外雨潺潺）（往事只堪哀）、《虞美人》二首（风回小院庭芜绿）（春花秋月何时了）、《临江仙》（樱桃落尽春归去）；张泌4首，为《江城子》二首（碧阑干外小中庭）（浣花溪上见卿卿）、《蝴蝶儿》二首（蝴蝶儿）（晚逐香车入凤城）；冯延巳12首，为《归国谣》（江水碧）、《长命女》（春日宴）、《罗敷艳歌》二首（马嘶人语春风岸）（小堂深静无人到）、《虞美人》（玉钩鸾柱调鹦鹉）、《蝶恋花》三首（六曲阑干偎碧树）（谁道闲情抛弃久）（几日行云何处去）、《采桑子》（花前失却游春侣）、《阮郎归》（南园春半踏青时）、《临江仙》（冷红飘起桃花片）、《谒金门》（风乍起）。

王君纲编《离别词选》（良友图书印刷公司，1933年4版）收录冯延巳1首，为《归国遥》（江水碧）；李煜1首《清平乐》（别来春半）。

孙俍工、孙怒潮编《中华词选》（中华书局，1933年2月出版）选南唐元宗词：《山花子》二首“菡萏香销翠叶残”“手卷真珠上玉钩”。选后主李煜词：《相见欢》二首“林花谢了春红”“无言独上西楼”、《浪淘沙》二首“帘外雨潺潺”“往事只堪哀”、《虞美人》一首“春花秋月何时了”。选冯延巳词：《罗敷艳歌》二首“马嘶人语春风岸”“小堂深静无人到”、《蝶恋花》三首“六曲阑干偎碧树”“谁道闲情抛弃久”“几日行云何处去”、《虞美人》一首“玉钩鸾柱调鹦鹉”、《谒金门》一首“风乍起”、《浣溪沙》一首“马上凝情忆旧游”。

选张泌词：《江城子》一首“碧阑干外小中庭”。

刘季子编《分类写实恋爱词选》(南京书店，1933年10月版)第一卷恋之憧憬中，收张泌《江城子》（浣花溪上见卿卿）一首；第四卷恋之缱绻中，收李煜《菩萨蛮》（花明月暗笼轻雾）（铜簧韵脆锵寒竹）二首。

徐珂选辑《历代词选集评》(商务印书馆，1934年2月出版)选中主李璟词：《摊破浣溪沙》一首“手卷真珠上玉钩”。选李煜词：《玉楼春》一首“晚妆初了明肌雪”、《相见欢》一首“林花谢了春红”、《清平乐》一首“别来春半”、《临江仙》一首“樱桃落尽春归去”、《浪淘沙》一首“帘外雨潺潺”、《虞美人》二首“风回小院庭芜绿”“春花秋月何时了”、《摊破浣溪沙》一首“菡萏香销翠叶残”、《捣练子》一首“深院静”、《鹧鸪天》一首“塘水初澄似玉”、《子夜》一首“花明月暗飞轻雾”。收冯延巳词：《蝶恋花》四首“六曲阑干偎碧树”“谁道闲情抛弃久”“几日行云何处去”“庭院深深深几许”、《浣溪沙》一首“马上凝情忆旧游”、《谒金门》一首“风乍起”。收张泌词：《南歌子》一首“柳色遮楼暗”、《梦江南》一首“兰烬落”。

龙沐勋选注《唐五代宋词选》（商务印书馆，1934年发行）中，收张泌词：《浣溪沙》二首“钿毂香车过柳堤”“马上凝情忆旧游”。收李璟词：《山花子》二首“菡萏香销翠叶残”“手卷真珠上玉钩”。收冯延巳词14首：《三台令》二首“春色”“明月”、《归国谣》二首“何处笛”“江水碧”、《抛球乐》三首“梅落新春入后庭”“尽日登高兴未残”“坐对高楼千万山”、《采桑子》三首“小庭雨过春将尽”“马嘶人语春风岸”“花前失却游春侣”、《谒金门》一首“风乍起”、《清平乐》一首“雨晴烟晚”、《临江仙》一首“冷红飘起桃花片”、《长命女》一首“春日宴”。收李煜词11首：《忆江南》三首“多少恨”“闲梦远”“闲梦远”、《捣练子》一首“深院静”、《相见欢》二首“林花谢了春红”“无言独上西楼”、《浣溪沙》一首“转烛飘蓬一梦归”、《清平乐》一首“别来春半”、《浪淘沙》帘首“帘外雨潺潺”“往事只堪哀”、《虞美人》一首“春花秋月何时了”。

曲滢生选笺《唐宋词选笺》（我辈语社，1935年6月印行）收南唐中主词：《浣溪沙》一首“风压轻云贴水飞”、《山花子》二首“菡萏香销翠叶残”“手卷真珠上玉钩”。收李后主词：《菩萨蛮》二首“铜簧韵脆锵寒竹”“花明月暗笼轻雾”、《玉楼春》一首“晚妆初了明肌雪”、《破阵子》一首“四十年来家国”、《临江仙》一首“樱桃落尽春归去”、《浪淘沙》一首“簾外雨潺潺”、《虞美人》一首“春花秋月何时了”、《相见欢》二首“林花谢了春红”“无言独上西楼”。收张泌词：《江城子》二首“碧阑干外小中庭”“浣花溪上见卿卿”。

夏承焘录《唐宋词录最》（华夏图书出版公司，1948年5月印行）收李煜词4首：《虞美人》一首“春花秋月何时了”、《蝶恋花》一首“遥夜亭皋闲信步”、《乌夜啼》一首“林花谢了春红”、《浪淘沙》一首“帘外雨潺潺”。收冯延巳词一首：《谒金门》“杨柳陌”。

韩天锡著《名家词选笺释》（大华书局，1935年12月发行）收冯延巳词：《谒金门》一首“风乍起”、《蝶恋花》三首“几日行云何处去”“六曲阑干偎碧树”“谁道闲情抛弃久”、《归国谣》一首“江水碧”、《临江仙》一首“冷红飘起桃花片”。收南唐中主词：《浣溪沙》一首“风压轻云贴水飞”、《摊破浣溪沙》一首“菡萏香销翠叶残”。收南唐后主词：《菩萨蛮》一首“花明月暗飞轻雾”、《一斛珠》一首“晚妆初过”、《虞美人》一首“春花秋月何时了”、《浪淘沙》一首“帘外雨潺潺”、《相见欢》二首“林花谢了春红”“无言独上西楼”、《破阵子》一首“四十年来家国”。

梁令娴编《艺蘅馆词选》虽然编成于清末，但在民国得以再版（中华书局，1936年8月出版）。收南唐嗣主词3首：《浣溪沙》一首“风压轻云贴水飞”、《摊破浣溪沙》二首“菡萏香销翠叶残”“手卷真珠上玉钩”。收南唐后主词14首：《忆江南》一首“闲梦远”、《捣练子》一首“深院静”、《相见欢》二首“林花谢了春红”“无言独上西楼”、《菩萨蛮》一首“人生愁恨何能免”、《清平乐》一首“别来春半”、《应天长》一首“一钩初月临妆镜”、《浪淘沙》二首“帘外雨潺潺”“往事只堪哀”、《木兰花》一首“晚妆初了明肌雪”、《虞美人》二首“风回小院庭芜绿”“春花秋月何时了”、《临江仙》一首“樱桃落尽春归去”、《蝶恋花》一首“遥夜亭皋闲信步”。收张泌词3首：《浣溪沙》一首“钿毂香车过柳堤”、《南歌子》二首“柳色遮楼暗”“岸柳拖烟绿”。收冯延巳词14首：《三台令》一首“明月明月”、《归国谣》二首“何处笛”“江水碧”、《长相思》一首“红满枝”、《采桑子》二首“马嘶人语春风岸”“花前失却游春侣”、《菩萨蛮》三首“金波远逐行云去”“画堂昨夜西风过”“娇鬟堆枕钗横凤”、《谒金门》一首“风乍起”、《清平乐》一首“雨晴烟晚”、《阮郎归》一首“南园春半踏青时”、《虞美人》一首“玉钩鸾柱调鹦鹉”、《蝶恋花》一首“萧索清秋珠泪坠”。

张友鹤编《注释白话词选》（中华书局，1936年版）。收录南唐嗣主（李璟）1首，为《浣溪沙》（一曲新词酒一杯）；南唐后主10首，为《渔夫》（浪花有意千里雪）、《捣练子》（深院静）、《忆江南》（多少恨）、《相见欢》（无言独上西楼）、《长相思》（云一緺）、《清平乐》（别来春半）、《虞美人》（春花秋月何时了）、《浪淘沙》（帘外雨潺潺）、《一斛珠》（晚妆初过）、《破阵子》（四十年来家国）；张泌2首，为《江城子》（碧阑干外小中庭）、《蝴蝶儿》（蝴蝶儿）；冯延巳4首，为《调笑令》（明月明月）、《长相思》（红满枝）、《长命女》（春日宴）、《忆江南》（去岁迎春楼上月）。

胡云翼编《故事词选》（中华书局，1937年11月印行）收冯延巳词：《谒金门》一首“风乍起”。收李煜词：《浪淘沙》一首“帘外雨潺潺”、《虞美人》二首“风回小院庭芜绿”“春花秋月何时了”、《临江仙》一首“樱桃落尽春归去”。收张泌词：《江城子》二首“碧阑干外小中庭”“浣花溪上见卿卿”。将与这些词相关的故事也叙述出来。这也是南唐词的故事化传播。

胡云翼编《唐宋词选》（中华书局，1940年6月发行）则收李煜词14首：《忆江南》二首“多少恨”“闲梦远”、《相见欢》二首“林花谢了春红”“无言独上西楼”、《浣溪沙》一首“转烛飘蓬一梦归”、《菩萨蛮》一首“人生愁恨何能免”、《清平乐》一首“别来春半”、《浪淘沙》二首“帘外雨潺潺”“往事只堪哀”《木兰花》一首“晚妆初了明肌雪”、《虞美人》二首“风回小院庭芜绿”“春花秋月何时了”、《临江仙》一首“樱桃落尽春归去”、《破阵子》一首“四十年来家国”。收冯延巳词10首：《归国谣》二首“何处笛”“寒山碧”、《长命女》一首“春日宴”、《酒泉子》一首“芳草长川”、《采桑子》二首“小堂深静无人到”“花前失却游春侣”、《思越人》一首“酒醒情怀恶”、《清平乐》一首“雨晴烟晚”、《虞美人》一首“玉钩鸾柱调鹦鹉”、《南乡子》一首“细雨湿流光”。收张泌词3首:《江城子》一首“碧阑干外小中庭”、《浣溪沙》二首“独立寒街望月华”“枕障薰炉隔绣帷”。

丁寿田、丁亦飞选注《唐五代四大名家词》(商务印书馆,1941年发行)是较早将温庭筠、韦庄与冯延巳、李煜相并称的词选。其中收冯延巳词54首:《鹊踏枝》十四首“梅落繁枝千万片”“谁道闲情抛掷久”“秋入蛮焦风半裂”“花外寒鸡天欲曙”“叵测为人情太薄”“萧索清秋珠泪坠”“烦恼韶光能几许”“霜落小园瑶草短”“芳草满园花满目”“几度凤楼同饮宴”“几日行云何处去”“庭院深深深几许”“粉映墙头寒欲尽”“六曲阑干偎碧树”、《菩萨蛮》八首“金波远逐行云去”“画堂昨夜西风过”“梅花吹入谁家笛”“回廊远砌生秋草”“娇鬟堆枕钗横凤”“西风袅袅凌歌扇”“沉沉朱户横金锁”“欹鬟堕髻摇双桨”《醉花间》二首“晴雪小园春未到”“林雀归楼撩乱语”、《上行杯》一首“落梅著雨消残粉”、《玉楼春》一首“雪云乍变春云簇”、《南乡子》一首“细雨湿流光”、《清平乐》二首“雨晴烟晚”“西园春早”、《谒金门》二首“风乍起”“杨柳陌”、《醉桃源》一首“南园春半踏青时”、《归国谣》二首“寒山碧”“何处笛”、《三台令》三首“春色”“明月”“南浦”、《长命女》一首“春日宴”、《采桑子》九首“马嘶人语春风岸”“西风半夜帘栊冷”“酒阑睡觉天香煖”“小堂深静无人到”“笙歌放散人归去”“昭阳记得神仙侣”“画堂昨夜愁无睡”“洞房深夜笙歌散”“花前失去游春侣”、《抛球乐》四首“酒罢歌余兴未阑”“梅落新春入后庭”“霜积秋山万树红”“坐对高楼千万山”、《浣溪沙》一首“春到青门柳色黄”、《虞美人》一首“玉钩鸾柱调鹦鹉”、《临江仙》一首“冷红飘起桃花片”。收李后主词22首:《虞美人》二首“春花秋月何时了”“风回小院庭芜绿”、

《浪淘沙》二首“往事只堪哀”“帘外雨潺潺”、《乌夜啼》二首“无言独上西楼”“林花谢了春红”、《清平乐》一首“别来春半”、《子夜歌》一首“人生愁恨何能免”、《喜迁莺》一首“晓月坠”、《临江仙》一首“樱桃落尽春归去”、《望江南》三首“多少恨”“闲梦远”“闲梦远”、《捣练子令》一首“深院静”、《乌夜啼》一首“昨夜风兼雨”、《浣溪沙》一首“转烛飘蓬一梦归”、《采桑子》一首“亭前春逐红英尽”、《醉桃源》一首“东风吹水日衔山”、《玉楼春》一首“晚妆初了明肌雪”、《浣溪沙》一首“红日已高三丈透”、《菩萨蛮》一首“花明月暗笼轻雾”、《长相思》一首“云一緺”。后面附收李中主词四首：《摊破浣溪沙》二首“手卷真珠上玉钩”“菡萏香销翠叶残”、《浣溪沙》一首“风压轻云贴水飞”、《望远行》一首“玉砌花光锦绣明”。

谢秋萍编辑《唐五代词选》（文力出版社，1946 年 11 月印行）收张泌词 10 首：《浣溪沙》三首“钿毂香车过柳堤”“马上凝情忆旧游”“翡翠屏开绣幄红”、《临江仙》一首“烟收湘渚秋江静”、《河传》一首“渺莽云水”、《酒泉子》一首“紫陌青门”、《南歌子》三首“柳色遮楼暗”“岸柳拖烟绿”“锦荐红鸂鶒”、《河渎神》一首“古树噪寒鸦”。收冯延巳词 52 首：《三台令》三首“春色春色”“明月明月”“南浦南浦”、《归国谣》二首“何处笛”“江水碧”、《长相思》一首“红满枝”、《抛球乐》六首“酒罢歌余兴未阑”“逐胜归来雨未晴”“梅落新春入后庭”“霜积秋山万树红”“尽日登高兴未残”“坐对高楼千万山”、《酒泉子》三首“庭下花飞”“芳草长川”“深院空帏”、《采桑子》九首“小庭雨过春将尽”“马嘶人语春风岸”“西风半夜帘栊冷”“小堂深静无人到”“画堂灯暖帘栊卷”“笙歌放散人归去”“画堂昨夜愁无睡”“洞房深夜笙歌散”“花前失却游春侣”、《菩萨蛮》八首“金波远逐行云去”“画堂昨夜西风过”“梅花吹入谁家笛”“回廊远砌生秋草”“娇鬟堆枕钗横凤”“西风袅袅凌歌扇”“沉沉朱户横金锁”“欹鬟堕髻摇双桨”、《谒金门》二首“风乍起”“杨柳陌”、《清平乐》一首“雨晴烟晚”、《更漏子》二首“风带寒”“夜初长”、《喜迁莺》二首“宿莺啼”“雾濛濛”、《阮郎归》二首“南园春半踏青时”“角声吹断陇梅枝”、《芳草渡》一首“梧桐落”、《虞美人》一首“玉钩鸾柱调鹦鹉”、《临江仙》一首“冷红飘起桃花片”、《蝶恋花》六首“窗外寒鸡天欲曙”“萧索清秋珠泪坠”“几度凤楼同饮宴”“几日行云何处去”“六曲阑干偎碧树”“谁道闲情抛弃久”、《思越人》一首“酒醒情怀恶”、《上行杯》一首“落梅暑雨消残粉”。收耿玉真词：《菩萨蛮》一首“玉京秋去人萧索”。

余謇编《唐宋词选注集评》（青年图书出版社，1945 年 3 月发行）。收南唐中主词 2 首：《摊破浣溪沙》一首“菡萏香销翠叶残”、《浣溪沙》一首“一曲新词酒一杯”（误收）。收南唐后主词 6 首：《长相思》一首“云一緺”、《清平乐》一首“别来春半”、《捣练子》一首“深院静”、《相见欢》一首“无言独上西楼”、《浪淘沙》一首“帘外雨潺潺”、《虞美人》一首“春花秋月何时了”。收冯延巳词四首：《蝶恋花》一首“六曲阑干偎碧树”、《谒金门》一首“风乍起”、《抛球乐》一首“霜积秋山万树红”、《调笑令》一首“明月”。收张泌词四首：《江城子》二首“碧阑干外小中庭”“浣花溪上见卿卿”、《浣溪沙》一首“枕障熏炉冷绣帷”、《蝴蝶儿》一首“蝴蝶儿”。

施瑛《词选》（启明书局，1949 版）收录南唐词共 16 首。南唐中主词 4 首，为《浣溪沙》二首（风压轻云贴水飞）（一曲新词酒一杯）、《山花子》二首（菡萏香消翠叶残）（手卷真珠上玉钩）；后主李煜5首，为《相见欢》（无言独上西楼）、《浪淘沙》二首（窗外雨潺潺）（往事只堪哀）、《虞美人》（春花秋月何时了）、《破阵子》（四十年来家国）；冯正中5首，为《蝶恋花》三首（六曲阑干偎碧树）（莫道闲情抛弃久）（几日行云何处去）、《虞美人》（玉钩鸾柱调鹦鹉）、《清平乐》（雨晴烟晚）。

现代还有一些翻印、重新整理张惠言等所编《词选》者。如朱太忙编《新式标点词选》（大达图书供应社，1934年版）、李次九编《词选续词选校读》（中国科学公司，1936年版）姜亮夫编《词选笺注》（北新书局，1933年版）等。这些虽是翻印，但由于为采取新的整理方式来编选的。其中所收南唐词人词作实际上已被赋予了新质。如姜氏所编，除收词作外，还包括作者、题解、笺注、词评等部分。这样就利于词人的传播。以上所列举词选，也正因为大多采取新的整理方式、采用新的理念与思想，使得南唐词在新的时代有了新的接受生态。除此之外，文学史著作中介绍、征引与赏析南唐词作对其经典化也有重要的意义。于此我们不再专门叙述。

第四节　李后主词的研究

现代的论著、文学史、词选等对李后主（李煜）词的研究尤为热烈。一方面，对后主的词作进行赏析与评价。此方面以文学史与李后主专论为多且全面。如凌独见《新著国语文学史》（商务印书馆，1923年6月再版）论词部分说：“讲到文学，五代当中的君臣，有一半是好好儿的作家，所以文坛上，并不因乱而岑寂，若看李后主的词，反因乱而益工。”又说：“五代都有好词，而以南唐和前后蜀为最盛，前蜀有韦庄、牛峤、李珣、薛昭蕴、毛熙震等人，后蜀有顾夐、欧阳炯、毛文锡、鹿虔扆、阎选等人；南唐有后主、中宗、张泌、冯延巳等人；就中尤以后主的词为最工。此外后晋有和凝，南平有孙光宪，后唐有庄宗和牛希济，也有极好的小词。”“上文说过，五代的词，要算后主的为最好，也可以说：有词以来要算后主的词最好，因此有人说：后主，是天纵词才，这也未免过分一点，其实后主不过比人家多情多才些罢了。元来后主和炀帝，同是风流天子，对于男女恋爱的经验，都特别丰富，所谓知之真，不觉言之切，言之愈切，天然动人愈深。后主的词，能够极尽缠绵宛转之致，也无非得力这一点。”与此同时，凌氏又指出：“做儿女恋爱的文学，最容易流入轻薄的路上去，南朝的《子夜歌》，就是好例子。后主在位的词，也免不了这个毛病，儿女恋爱的文学，能够避去轻薄，羼入厚重的真挚的悲苦的情操进去，就成了词中的上上品了，后主亡国之后的词，好过在位时节的词，就是因为他有这种倾向啦。这种倾向，不可学而能的，是境遇逼成的。人当困苦之极的时候，发出来的声音，是从心下涌上来的，一点没有虚伪做作，这就是穷而后工的意思。汉魏的诗，后主的词，好到极点，都是坐因于此，闲话说多了，且引词看罢，先举在位时候做的词。”“人情总是贫贱升到富贵，高兴的，富贵降到贫贱，难受的。后主以皇帝的尊荣，跌到乞丐的地步，当然是要悲伤！我们看了上面的词，可以推知他当日日哭夜哭的情形。上面的词，就是一面哭一面说的话。”这是文学史著作中较早详细剖析后主词作特点成因及地位者。

胡云翼《李后主词·论词》（上海亚细亚书局，1934 年版）是较早以李后主及其词为中心而全面研究的专著。此著主要谈后主词。目录为：一、谈谈李后主；二、后主词；三、后主诗文。后主的词如其为人，欲了解其作品，必先了解其个性及环境。因此，作者分三部分来介绍李后主其人及其作品。第一部分主要介绍李后主的生平际遇，后主失败于政治，在文学上却获得莫大的成功。正如沈谦说：“后主疏于治国，在词中犹不失为南面王。”第二部分主要谈后主词。受后主的生平际遇前后迥殊的影响，所作词的情调，也形成两个绝不相同的时期。前一个时期是后主贵为国君，居于深宫之内，处于妇女之丛，作品自然寄情声色以自娱。政治上的大失败，使其作风转入第二时期，作品成为自怨自诉的“亡国的哀音”。后主词之所以有超绝的成功，是由于他有绝世的天才和有波澜的生活，同时由于他有献身于文艺的精神。第三部分主要谈后主的诗文。后主诗文虽不及作者之词，但活跃地表现了作者的个性，是研究后主不可忽视者的重要内容。胡云翼又指出，后主的作品，篇幅不多，可每一首词都是超凡的圣品。因为后主阅世甚浅，阅世浅则性情愈真，愈保有赤子之心，愈有真情之流。后主词善作深入浅出的描写，自其表面观之，好像都是些浅近的文字；细读之，则“含思凄惋”（蔡绦语），“凄凉怨慕”（苏辙语），“高妙超脱，一往情深”（王闿运语），其才华照耀，绝世无伦。历代词话家对于李后主的批评，其批评得最好的是周济与王国维二氏的比较论。周济《论词杂著》说：“王嫱西施，天下之美妇人也，严妆佳，淡妆亦佳；粗服乱头，不掩国色。飞卿严妆也，端己淡妆也，后主则粗服乱头矣。”王国维《人间词话》说：“温飞卿之词，句秀也；韦端己之词，骨秀也；李重光之词，神秀也。”这两位学者的言论，都是深知后主词的伟大的。

文学史中论词部分均对李后主的词作则进行全面地概述。如郑振铎《中国文学史》（商务印书馆，1930 年）中世卷第三篇上论词部分指出："两汉隋唐的文艺中心点为国都所在地的中原，而五代的文艺中心点却不在中原，而在西蜀与江南诸地且不止有一个，而有了好几个的中心。下文即将依了这几个中心而逐一的讲述着。其重要的文艺中心有二，即西蜀与南唐。其他闽、浙、荆南皆不十分的重要。""换一句话，'花间派'的这个名词便可包括了'五代文人词'的全体。这一派中，也有高才惊代的作家，如写着：'砌下落梅如雪乱，拂了一身还满'（《清平乐》）'问君能有几多愁，恰似一江春水向东流'（《虞美人》）的李煜，也有写着直率浅露的'红粉楼前月照，碧纱窗外莺啼'。""南唐为西蜀以外最重要的文艺中心点。西蜀的前后二代，王氏与孟氏，其主皆好文而喜士，南唐亦然。中主李璟，后主李煜，其诗才皆绝代无匹。"认为后主李煜："诗不足论，词则可以雄视于《花间》诸作家；当世大诗人之称，非他莫属。他的词可以分为两个时代，一个时代是开宝八年之前，一个时代是开宝八年之后，换一句话，即前者为他宴安于富贵荣华之境时所作的，后者为他苟安偷活的俘虏时代所作的。这两个时代的作品，其情调相差至远。第一个时代是温馥柔美，无思无虑的少年帝王生活，有的是嬉笑欢乐，有的是密约私情，有的是'酒恶时拈花蕊嗅，别殿遥闻箫鼓奏'（《浣溪沙》），有的是'画堂南畔见，一晌偎人颤'（《菩萨蛮》），有的是'脸慢笑盈盈，相看无限情'（《菩萨蛮》），有的是'归时休放烛光红，待踏马蹄清夜月'（《玉楼春》）的生活。这一时期的作品，情绪自然还未深刻动人，然其词华则已有异于我们上面所历举的《花间》诸词人。他的用语遣辞完全不同。他不十分写'无可奈何'之离情别恨，因为他生在'眼色暗相钩，秋波横欲流'（《菩萨蛮》）的境界里，他不必作，也不能作什么伤春悲秋的调子。他的爱情，即有一点小周折，也仅足以增进他的情趣，而不以使他憔悴愁思。到了第二期他的生活便完全不同了：他如今已不是一个颐指气使的至尊了，他如今已是一位偷生苟活不知命在何时的囚徒了；他的辉煌煊丽的宫殿已不是他的了，他的娇憨秀美的宫娥都星散了，他已不复能回他的江南了；他住的是监狱似的府第，他的一举一动都有人监视着。他了一场美梦，醒来时还要惆怅不已，何况过去的美境乃是一个‘现实’呢？像他那样一个多感的诗人，一个不知低声下气以苟延残喘的诗人，自然免不得要高呼着‘故国不堪回首，月明中’（《虞美人》），‘烛残漏滴频欹枕，起坐不能平’（《乌夜啼》），‘故国梦重归，觉来双泪垂’（《子夜歌》）了！自然免不得要遭忌，要被害了！词——新体的诗——里，有的是柔情腻语，有的是豪迈潇洒的情调，而似重光那样的悲愤的痛词，则绝不多见，只有宋徽宗的词还有些相类，这当然因为境地相同，故不知不觉的会情调相同。至于南宋末年诸作家，如隐如现，如是如非的亡国痛语，却是很不足道的。”

郑宾于《中国文学流变史》（北新书局，1933年11月出版）为又一部论后主词较详尽的文学史著作。在论词的发展时讲：“五代词坛的作者，以西蜀最多，以南唐最好。中主、后主的诗材，较之王氏、孟氏，实又较高一筹。二李词坛，帝王之中，千古无匹。”在叙述南唐后主李煜生平与创作历程后指出：“妙于音律，兼能自谱乐府，故其词在《花间》诸作家中为最高。”“煜词因为前后环境不同之故，而显示出时代的差别：开宝八年（公历975年）以前，是他‘贵为天子’的时代；开宝八年以后，至宋太平兴国三年，是他作人臣仆的时代。”“文学是生活的写照，是环境的产儿；故李煜的词，完全被这两种生活支配着。”郑氏又指出，第一个时代所享受的是富贵荣华，温柔甜美；生于深宫之中，长于妇人之手。兼之正当青春年少，“有的是嬉笑欢乐，有的是密约私情”，（郑振铎语）为君虽其所短，作词却是其长。……第二个时代所处的境地是“亡国贱俘”，偷安苟活；有的是监禁牢狱，有的是离愁别苦。追怀故国，词调愈工；抚今思昔，能不怆恨！愁苦之词易工，欢娱之词难妙。王静安先生云：“尼采谓一切文学，余爱以血书者；后主之词，真所谓以血书者也。”亡国以后，李煜舍去那种浓情腻语之词，更以“悲歌慷慨”“潇湘豪迈”之气出之，“用悲哀的词来描写他那凄凉底身世，深厚的创痛，故遂抬高了他的词底价值。不但集唐五代的大成，而且还替后代的词人开一个新的意境。”（用胡适之的话）相对于两位郑氏的论述李后主及其词，其他文学史的论述篇幅较短，并且还有陈陈相因之处。

相对于文学史，专门研究李后主的论著则更为全面。如华雍《读李后主词》（《约翰声》，1923 年第 34 卷第 3 期）较早谈李后主词的评价问题的文章。作者以为李后主“富于情感，确有文学天才”，但毫无能力，以致亡国。作者将李后主词分为两类，一类未亡国前，以为此时“阅历尚浅，观察不深”，但音调圆美，情感细腻，以《浣溪沙》“红日已高三丈透”、《玉楼春》“晚妆初了明肌雪”、《菩萨蛮》“铜簧韵脆锵寒竹”、《菩萨蛮》“花明月黯飞轻雾”为例。另一类亡国后，以为“观察愈深刻，情感愈丰富”，音节谐婉，辞句自然，以《相见欢》“无言独上西楼”、《浪淘沙令》“帘外雨潺潺”、《虞美人》“春花秋月何时了”、《破阵子》“四十年来家国”为例。

而詹安泰（祝南）《一个“挥泪对宫娥”的词主》（《二师月刊》，1929 年第 1 卷第 1 期）是比较早运用新手段来研究李后主的论文。文章认为我国历来既能表情又长于想象和艺术的文学作品是很少的，李后主的词则真正做到了这一点。于是文章介绍了作者个人关于后主的研究。文章首先从前人的论述中得出了后主的六个性格："A. 天才很高。B. 天性很慈孝而感情很真挚。C. 很爱美而又很豪华。D. 行为很浪漫，不受旧礼教的束缚。E. 很有文学的修养，并参究佛典。F. 艺术的手段很高强。"然后，文章从四个方面介绍了后主的文艺背景；再其次文章谈论了关于他的作品的记载，认为他的词至多不过45首，但却在文学史上占有极其重要的地位。接下来，论文又从情感、想象、艺术三个方面谈论了他的作品并论述了他所拥有的常人不及的创造性。最后，文章谈论了后主的在词界的地位和影响。

贺扬灵校《南唐二主诗词》（光华书局，1931年5月出版）中，除了论中主李璟外，也专门对李后主及其词予以评价。其中云："后主是一个主观的词人，生于深宫之中，长于妇人之手，只知沉醉在相留的胭脂泪里，那知道人世间的酸苦风味？说起来，他阅世太浅，虽是人君的短处，但亦是他做词人的长处。因为阅世太浅，不失其赤子之心。所以他的性情亦愈真，做出来的词，更是他心坎中真情的流露。""李后主的词，一字一句，几乎都是以血泪构成的。他沉醉在艺术国里，就把自己的性命和国家断送了，亦所不惜！""后主的词可以说是他是牺牲性命与国家换来的。……他爱护艺术的心，实比他爱护自己生命的心还要深，亦管不得太祖的忌恨；燕饮声伎，彻于禁中，更管不得太祖的愠怒。他只知有艺术，不知其他。他亦无意绪做这个苟安江南的国主，宁愿戴上他艺术国里的皇冠。他沉酣在燕饮声伎中，原亦只有此才能美化其艺术创作的个性冲动。末后虽以此杀身，但是他的灵魂，仍永远寄在他血和泪的词里！"作者以为："他的词，完全是他生命的表白。……我们看后主在未亡国前的词，虽很绮艳但不见其淫鄙，并觉其亲切助人，精力弥满。”“后主有真情，所以他写出来的作品，亦都是真情的自然流露，能打动人家的情感，获得其共鸣作用。这可以说是这位词人的真情的伟大，同时亦可以说，是这位词人的艺术的伟大！”此文虽是序言，但于剖析后主词的特质方面，尤为细腻确切。

唐圭璋《南唐二主词总评》（载于1936年12月《南唐二主词汇笺》）作者以为二主词艺术高奇，超过《花间》，开宋一代先河，尤其是后主晚期的词自然真挚，感人至深。作者辑录胡应麟、王世贞、黄河清、徐釚、沈雄、纳兰成德、余怀、周稚圭、周济、吴衡照、周之琦、谭莹、沈初、江顺诒、谭献、陈廷焯、冯煦、王鹏运、王国维、刘毓盘、况周颐、吴瞿安对后主的词评，以征其妙。

至于民国期刊上所刊登论李后主及其词的论文还有不少，只不过篇幅相对短小简略，多是科普式的。如剑庵《李煜的词》（《复旦》，1928年第1期）认为：“有李后主的小令，才能引出北宋的慢词，才能使宋词达于盛境。”作者略述了李煜的生平，并从两个时期谈论了他的词。最后以自己的目光，加以批评，对文章做了结论。庞翔勋《词人李后主》（《江苏省立无锡中学校刊》，1930年第1卷第4期）论述了他凄凉的身世，认为“后主是一位柔情温存的词人，而不是一个如狼似虎的皇帝”，肯定了他在文学上的成功。龙沐勋《南唐二主词叙论》（《词学季刊》，1936年第3卷第2号）主要谈南唐二主的词，尤以后主为主。作者以为南唐二主一扫之前《花间词》浮艳的文风，尽抒身世之感与悲愍之怀，然其词境之高与身世环境有着紧密的联系。因中主的作品太少，故以后主为主。以为后主嗜好音律、书法、诗词，性情仁爱懦怯，信奉佛教，家庭融洽，皆笃好音乐，艺术氛围浓厚，这些培育了后主词境。

作者将后主作品分为前后两期来论述。

佚名《李后主词研究》（《培正青年》，1930年第4期）认为“后主的词，是他的血和泪的结晶品，是他精神的表现物”，并从“青春，苦闷，俘虏”三个大时期论述了他的词，最后总结了他在词坛上的地位，并借王国维批评后主的话作了结论。

修《李后主的词》主要借后主三阕作品：《菩萨蛮》“花明月黯飞轻雾”、《长相思》“云一緺，玉一梭”、《一斛珠》“晚妆初过”，论述其少年作品的特点——“旖旎风流，道尽闺情”。

逸鸿《亡国词人李煜》（《国立中央大学校风》，1933年第80—82期）主要谈了李煜的身世和才能，并从两个时期分析了他的词境。

张树柏《关于李后主》（《铃铛》，1936年）主要谈李后主词的分期与评价问题。从李后主词的分期、对于后主之批评、关于《破阵子》与《临江仙》两阕展开。他认为后主的死半因作乐，而大半却为了两阕词。他将后主词分为两期，第一期的为浓艳之词；被俘虏后划成了第二期作品，可分为两种：回忆旧时繁华的词和写自己心情的词。他评价：“李后主的词，情真而意深，词句颇自然。”上替飞卿支撑危局，下开两宋之词风。关于《破阵子》与《临江仙》两阕，《破阵子》可证明此词绝非出自后主之乎，实为后人伪作而误收入后主词集中者也；《临江仙》全词实出后主之手，当从《耆旧余闻》之说。

许白雁《李后主》（《涛声》，1933年第2卷第43期）主要谈了作者因失眠而回忆起李后主亡国前后行为举止的事。

当然，也有一些文章能选取较新颖或细腻的视角来论李后主及其词。如高雁云《李后主和梦》（《培正学生》，1933年第1期）一文绪论部分主要说明了梦是构成李后主伟大作品的主要元素；第二部分“什么是梦”主要说明什么是梦以及梦的种类；第三部分征引了李后主涉及梦的诗词来说明他的梦是什么，并探讨了造成他多梦的原因——身世的齐梁。结论部分对文章做了总结——李煜亡国后多方面的压抑，表现于梦中，发为歌词。

明仁《李后主的梦与亡国之痛》(《民报》,1937年8月9日)也论及李后主的梦与词的关系。李后主的词共存四十五首，有“梦”字的却有十七处之多。这些谈到梦的词，都是他亡国以后写的。李后主身受亡国惨剧，昔日的欢乐繁华不可复得，只有托之梦中，暂时得到一点安慰。这些梦使他痛苦，但从艺术见地说，没有这些梦，就不能成就其词的成功。梦和他的词，不可分离。

知任《词人李煜》（《青年文化》，1935年第1卷第4期）主要谈李煜政治失败对文学价值的影响。他认为站在艺术的立场上观察，政治失败于文学的价值丝毫没有损失。正因没有虚伪的政治手段，才能产生出至情流露的作品来。所谓“人君之所短”，便是“词人之所长”。

王延杰《关于李后主的词》（《正中》，1935年2卷4、5期）主要谈李后主的词的地位问题。他从李后主的生平、后主词的评价、后主词的分期、关于李后主这四部分展开，认为环境造就了李词。其地位正如《人间词话》评：“词至李后主而眼界始大，感慨始深，遂变伶工之词而为士大夫之词。”

明志《李后主和他的周后》（《中央日报》，1936年10月16日第9版）主要谈李后主文学的成功与周后的关系。他认为周后的生前能使后主做香艳的词，死后又影响后主做伤感悲切的词,这种功绩,是应该感谢一个被后主迷恋着的女人——他的周后的。

江昌绪《后主词研究》（《新世界》，1936年第87期）主要分写景与抒情两方面来研究后主词的内容。后主的词，一半是天才的流露，一半是环境的造成。他认为最成功的最能感动人的是其抒情的作品。抒情方面，可以分为两个时期：一是在江南做帝王时的欢乐之情，一是亡国后囚于宋都时的悲哀之情。

拾名《后主词的另一面》(《四川晨报》，1934年10月29日）主要谈李后主亡国后词中“独”字表现出他生活的另一面。作者以为李后主亡国后词中“独”字别有意味，反映了亡国后后主的形单影只，当年志同道合的人竟无人来看望、拜访他，只留孤独和寂寞。

关于李后主的生活与人生，现代有不少文章专门谈及。如佚名《词人李重光》（《晨报》，1928年1月22、29日，2月3、5、7、8、10、14、15、17、18、19日第5版）文章结合李重光不同阶段的词分别谈论了他的出生、他的妻子周娥皇和继承皇位、对妻子妹妹的苦恋、次子和妻子的离世、安葬周娥皇和母后去世、被宋师俘虏、俘虏生活、与徐铉见面、死亡，并在后面附录了他的年谱。

又如唐圭璋先生有一组文章流涉及了各方面。《李后主佞佛》（《中央日报》，1947年4月10日）主要谈李后主身为天子佞佛，如陈后主相似，受佛家影响深的问题。作者讲述了李后主和陈后主佞佛的事迹，以为他们受佛教的影响，皆亲民爱民，影响他人至深。《李后主之书法》（《中央日报》，1947年4月14日）主要谈李后主书法亦可“雄视一世”。作者以为李后主书法尤绝，亦为后世所倾倒。后主流传书法著作甚多，且其创造了金错刀等书法字体，根据传世文献记载，后主书法理论造诣颇深。《李后主之画》（《中央日报》，1947

年4月28日)主要谈李后主善画。作者以为李后主“天才卓绝”，画技亦高超精妙。李后主画不拘泥于一端，但尤善画翎毛、墨竹，传世的画皆不同凡响，为“奂世之珍”。《李后主知音》(《中央日报》，1947年6月1日)主要谈李后主通晓音律，善于音律。作者以为李后主知音乐的功用，欲以此转移风气；也善于音乐的创作，甚至可以修补遗失音乐，使之复现世间。总之李后主书画音乐无不精通，最终却不得善终，故作者表以哀痛。而《李后主之天性》(《中央日报》，1947年6月20日)主要谈李后主天性之真的问题。作者以为李后主天性真诚，对待父母，极尽孝道；友爱兄弟手足，及其妻子臣民，亦诚之爱之；甚至泽被鸟兽。其天性发之于文，乃知文章是天性之流露。《李后主之豪侈》(《中央日报》，1947年8月10日)主要谈李后主生活豪奢，纵情声色。作者以为因李后主日益奢靡，使得国库空虚，国家日益衰败。奢靡的日常起居，繁多的宫嫔妆饰，特制的香料种种均反映了后主的豪侈，而这使得国力日益不支。

金启华《李后主的悲欢》(此文刊于1947年6月11日的《中央日报》，同时又见《李后主的悲哀》于《宇宙文摘》1947年第1卷第3期)则主要谈李后主悲欢交织下的文学书写。作者以为“后主的悲哀是他词的生命，词是永恒的悲哀”，而“他的悲哀是由于他的欢乐产生出来的，因此他的悲哀更为深切沉痛”。李后主前半身豪奢的生活、温柔的爱情是他文学欢欣的来源。而后半生国破家亡，一切破灭，与之相伴的是凄凉的寂寞、孤独的悲哀、冷落的漠视，则是他永恒的悲哀，但这无疑为他带来了文学新的生命。

老仓《词家李煜之研究》(《新天津》，1940年12月14日)主要从政治、文学、社会方面探讨后主词。他认为后主词中思想艺术之细密为常人所不及。《虞美人》中“问君能有几多愁，恰似一江春水向东流”可谓千古绝句，鸟啼中“自是人生常恨水长东”感慨之深可代表后主人生观之一部分，于快乐时能写出整个之快愉生活，于困苦时能道出满怀之悲愤，实是词家妙手。文学生于苦恼中，唯苦恼中方可产生真正之文学，信哉后主实不幸而亡国，后主亦何幸而亡国。

值得注意的是，李后主的故事化或小说化在民国也是个新现象。如徐大风《风流皇帝李后主》（《迅报》，1938 年 12 月 11、12、13、14、15、16、17、18、19、20、21、22、23 日）主要谈“风流天子”李后主的生活与性格。李后主是一个多才多艺、一往情深的天才者，除在词上造诣极深外，他还工音乐书画，对于美人懂得怜惜。李后主虽然仁爱，但挽不回敌人的侵略野心，受降以后，“此中日夕，只以眼泪洗面”。这样一个爱民如子的皇帝，结果落得国破身死，推求其原因所在，便是“一个做人主的，一方面固应注重政治，一方面更应注重军事，如果政治方面弄得好，而军事方面弄得不好的话，结果定要蹈着李后主的覆辙”。

徐大风又有《风流词圣南唐李后主》（刊于《东方日报》1941 年 5 月 15—31 日，6 月 1—30 日，7 月 1—31 日，8 月 1、3、4 日）来谈李后主的生平故事：后主在读书之时，欢喜专攻词章，对于写字绘画，更有心得。在书法上多年精心研究，发明了三种独特的书法。后主天生爱好音乐，琴瑟琵琶样样都精。他性喜爱佛法，常常到各大寺里烧香，令僧人拜服无已。白日下朝以后，在脂粉队里混，再加上他的巧思慧心，各种上面都含有绝对的美术。李后主可算是“南朝天子爱风流”了。这些描述并不像学者那样考据，而像讲故事一样。他们在谈论后主故事时常抓住其“艳迹”与艳词。

如林达祖《谈南唐李后主》［《京报（北京）》，1934年12月27日］主要谈李后主的生活和性格。作者以为李后主是多才多情且风流人物，和大小周后有着旖旎的爱情，风流且销魂。后主在恶劣的命运到临之前，极尽享乐之能，美人、美酒、音乐、舞蹈贪而无厌。后主研究佛学，随着国事衰微，愈加虔诚。这一切随着城破，只留悲哀孤独度日至到与世长辞。

现代所出现新的“评传”文章中有涉及李后主者。石田《李后主评传》［《益世报》天津，1932年6月3日］主要评价帝王李后主词艺术的高妙。作者以为后主虽未跳出作家的范畴，但其作品是成熟的作品，拥有高妙的艺术。作者以为“艺术之产生，虽由个人之天才，环境却也有极大的关系”，故研究探讨李后主的生平，以为其作品以亡国为界限，前半生是享乐主义文学，后半生是感伤主义文学，其词真挚自然。作者以为李后主身为帝王虽贪图享乐，但也并没有置百姓不顾，并不算失职。

而朱肇洛《李后主评传》（《细流》，1934年第2期）主要评价李后主生平和作品。作者介绍了李后主主要生平事迹，以为后主受家庭影响很大，他的父亲、兄弟皆善诗词，前后两位皇后善歌舞，日常生活充满了艺术气息。作者以为后主天性纯孝，慈悲为怀，与大小周后感情甚笃，对儿子也爱护关切，友爱兄弟，笃信佛教，慈悲为怀，并且待臣子宫女，也犹如家人。作者以为后主的词“是他个人生命的表现，是血和泪的结晶，是牺牲国家所换来的生命之花”，是他赤裸裸真情的流露，而王国维对其词作评价最为贴切，后主文学史评论家大体都以亡国为后主作品的分界线。

唐圭璋《李后主评传》（《读书顾问》，1934年第1期）主要谈论作家李后主为人和词作。作者以为李后主在词学性灵方面当属第一人，而且各方面皆工。后主工音律，善书法，亦善画，并有所创造发明。后主生活豪奢，所用香器、香法，皆珍贵难得，宫嫔的妆饰，也是新奇雅致，总而言之尽情的享乐。作者同时以为“后主至性过人，对于家庭，对于人民，无不以仁爱为归”，爱自己的亲人、兄弟、妻子、儿女、臣民，甚至爱物，但终不免国破人亡的结局。作者介绍李后主词作的善本，并录沈偶僧、纳兰成德、余怀、周稚圭、谭献、陈廷焯、冯煦、王国维人的评论，以征李后主的伟大。作者将李后主词分为描写、抒情两项讨论，描写的以为“后主词有写人的，有写落花的，有写月的，有写山水的，各极其妙”，抒情的以为“所抒之情，不外在江南时欢乐之情，与在宋都时悲哀之情”。总之作者以为后主作品纯任性灵，空前绝后。

顾学颉《李后主传论》（《国立西北师范学院学术季刊》，1946 年第 2 期）主要谈李后主生平。作者根据历代传世文献，辑出了李后主生平，以为后主祖上乃唐室后裔，乃附会之说。作者以为“性聪悟而仁孝，好读书。文辞，书画，音律，无不精”，为政宽厚，笃信佛法，好声色，最终使得“法不胜奸，臧不克忧，国势日削”，最终国破家亡。作者以为“后主绮年才华，继世雄据，以翩翩文学，作少年国主，宴安逸乐，未睹艰屯。发于词者，承温尉之余绪。故缘情绮靡，体物浏亮之什兴焉”。以为词作并非绝对环境使然，还有后主以真性情举之。

除了篇幅较短小的小传、记传之外，还有专门的年表、年谱之类的著作，对李后主生平进行详实可信的考察。如章崇义《李后主诗词年谱》（南京书店，1933 年 3 月出版）主要述李后主所作诗词的年谱。作者以为研究词人作品，需要先了解其背景，故编成诗词年谱，以为后人读李后主词提供参阅。年谱中所集，共有三十阕，另有《喜迁莺》《长相思》《子夜歌》

《蝶恋花》《更漏子》《三台令》及《采桑子》二阕，《渔父》二阕，因不知年代，难以插入。李后主更多的文章，因为种种原因，大多亡佚，作者深以为憾。

贺扬灵选辑《南唐二主诗词》（中央书店，1936年出版，标点精校普及本）传略部分，详尽地叙写中主李璟和后主李煜生平，并辑录二主诗词。作者以为中主为君“慈仁恭俭，礼贤睦族”，然“寄任非人，折北不支，至于爱国降号，忧悔而殂，吁，可悲已！”

管效先《南唐二主年谱》是较早为中主李璟和后主李煜所作的现代年谱。作者辑录多家有关南唐先祖李昪的史料，有部分记载南唐王室乃李唐后裔，作者未加评论，接着作者详细的总结了南唐二主的年谱。

夏承焘《南唐二主年谱》（初刊《词学季刊》1935年2卷4期，修订后收入《唐宋词人年谱》中，今以商务印书馆2013年本为准）专门为中主李璟和后主李煜作年谱。作者叙述李璟传记，以为中主天性儒懦，然多才艺；接著叙述李煜传记，以为美风仪，幼而好古，然而豪奢，沉迷于声色，不恤民困，最终导致亡国。后主善画，尤工翎毛墨竹；且收藏丰富，冠绝一时；知音律；能弧矢，等等。

唐圭璋《南唐二主词汇笺》（1936年12月）中《南唐二主年表》主要谈中主李璟和后主李煜年表。作者先简略的叙述中主生平，以为“天性懦弱，寄任非人，遂致丧师辱国，忧悔而殂”，中主年表从唐昭宗天祐十三年丙子（916）中主生到建隆二年辛酉（961）中主四十六岁卒。叙述后主生平，以为“酷好浮屠，昧于威武，遂致被执而殂”，后主年表从升元元年丁酉（937）后主生到太平兴国三年戊寅（978）后主四十二岁卒。

衣虹《南唐后主李煜年谱（五代词人年谱之一）》（《新

文化》，1934年第1卷第1期）主要述李煜年谱。作者先概括总结李煜生平事迹，接着详细记述后主李煜年谱。作者以为，李煜为政尚可，殂后有巷哭者，善画，工书法。

现代还有不少论著对李后主生平及词作进行考辨者。如弓英德《李后主亡国诗词辨证》（《励学》1934，年第1卷第2期）主要辩证了《临江仙》《破阵子》《渡江诗》的创作时间和创作者。两词一诗作于一年，其年亡国之年也，因之曰“亡国诗词”。

又如曹雨群《李后主的著述及其版本》（《浙江图书馆报》，1927年第1卷）首先谈论了“李后主的集子在中国旧书堆里的过程”。其次谈论了李后主的《杂说》，认为其内容已不可知。最后作者认为李后主作品中最好的、最为人重视的是他的词。其词和其父的四首词合称《南唐二主词》，共有十种版本，作者分别谈了这几种版本的优劣。

赵伯屏《李后主补遗》分别刊于《京报（北京）》1931年3月7、8、9、10、14日，主要收录并考证、校对了《渔父》二首“浪花有意千重雪”“一棹春风一叶舟”、《捣练子令》“云鬓乱，晚妆残”、《杨柳枝》“风情渐老见春羞”、《相见欢》“林花谢了春红”、《长相思》“一重山，两重山”、《采桑子》“辘轳金井梧桐晚”、《忆王孙》“萋萋芳草忆王孙”、《鹜喜迁》“晓月坠，宿云微”、《蝶恋花》“遥夜亭皋闲信步”、《浣纱溪》“转烛飘蓬一梦归”、《乌夜啼》“昨夜风兼雨”、《更漏子》“金雀钗，红粉面“、《菩萨蛮》“蓬莱院闭天台女”、《三台令》“不寐倦长更”、《谢新恩》“金窗力困起还慵”、《谢新恩》“冉冉秋光留不住”、《应天长》“一钩初月临妆镜”、《望远行》“玉砌花光锦绣明”等词。

而陈子展《论李后主及其词》（《涛声》，1933年第2卷第15期）主要谈了南唐词兴盛的条件并对李煜遭人诋毁做了辩解，并于文章后面附录了曹礼吾先生来书。

佚名《李后主及其词》（《大同报》，1935 年 5 月 17 日）先是对世人认为李煜浪荡做了辩解，其次从三个时期观察了李煜的词。同时对宋太宗毒死李煜的传闻表明了自己的态度——不可信。最后列出李煜最有争议的词——《浪涛沙》“帘外雨潺潺”供人研究。

周泳先《论李后主词之真伪与后主之死》（《国风》，1940 年第 2 卷第 8—9 期）。主要谈李后主词之真伪与后主之死的问题。李后主传留下来的四十余首词中，颇多是他人之作或与他人互见之作。以《相见欢》五首由王静安补辑，可以分为决非后主所作及可疑的两类：第一类如《更漏子》（金雀钗）一首及王静安据《尊前集》所补的《更漏子》（柳丝长）一首，这两阕词并见《花间集》卷一，均作温飞卿作。第二类的十阕词，因没有确实的证据，故虽不能为确非后主的作品，但也不能就确指它们为后主的作品。后主的死因，向来的学者都以为是由于两点，他以为后主的死因，这在宋徐大焯《烬余录》中这一则更可信，云：“江南小周后，实昭惠后女弟。昭惠病，往视疾，后主遽幸之。昭惠薨，因以为后。归宋未几，太宗登位，月朔必令内朝，朝必留侍数日。后主有怨言，暴卒。小后入宫”。

卢前《（刘继增）南唐二主词笺补正》（《金陵周刊》，1927 年第 4 期）主要录吕刻本《南唐二主词》所选的后主词。作者梳理了《南唐二主词》的六种版本，以吕刻本为善，故以此为据，录后主词作。以为“吕刻本原有词三十五首，其中有来历者十七首，无来历者十八首”，一一指明见处。以为“全词计调名二十有六种，其中有异名同调者，有同名异调者，有同名异体者，核实则为调令二十有一，后主所首创者五焉”，指出异名同调者有五，同名异调者有一，同名异体者有二，后主创调者有五，后主创名者有六，后人别立新名，后回于后主词句者有三。

季灏《李后主著作考》（上海民治出版社，1947 年 9 月版）主要记录李后主著作，并根据不同版本的异文进行考释研究。作者以为李后主词“万古常新，咀嚼不尽”，千古不朽，然而他的作品流传下的不多，亡国之前的作品大抵焚毁了，亡国后的作品多赖时人辗转传抄以及记忆记载，故遗漏多，字句出入也大。作者将李后主作品分为三个时期，第一个时期从他年幼到大周后死亡为止，词风浪漫旖旎，生活安逸温柔；第二个时期从大周后死亡到亡国，词风颓废萎靡；第三个时期北从京师后的俘虏生活，词风悲苦。

现代出现了新式的考释加简析学术文体，其中有涉及李后主等人词作者。如俞阶青《南唐二主词辑述》（《同声月刊》1941 年第 1 卷第 10、11 号）主要分别辑录南唐二主的词，并逐个进行评述赏析。作者以为中主、后主“以国君而擅词手，秀压江东”，梳理各版本选中主、后主的词。作者先辑录中主李璟的词，录《应天长》“一钩初月临妆镜”、《望远行》“玉砌花光照眼明”、《浣溪沙》“手卷真珠上玉钩”、《前调》“菡萏香消翠叶残”、《浣溪沙》“风约轻云贴水飞”、《帝台春》“芳草碧色”，逐一赏析；辑录后主李煜的词，录《虞美人》“春花秋月何时了”、《乌夜啼》“昨夜风兼雨”、《一斛珠》“晚妆初遇”、《菩萨蛮》“人生愁恨何能免”、《更漏子》“金雀钗”、《临江仙》“樱桃落尽春归去”、《望江南》“多少恨”、《清平乐》“别来春半”、《浣溪沙》“红日已高三丈透”、《菩萨蛮》“花明月黯笼轻雾”、《浪淘沙》“往事只堪哀”、《采桑子》“辘轳金井梧”、《虞美人》“风回小院庭芜绿”、《捣练子令》“深院静”、《玉楼春》“晚妆初了明肌雪”、《蝶恋花》“遥夜亭举闲信步”、《阮郎归》“东风吹水日衔山”、《浪淘沙令》“帘外雨潺潺”、《采桑子》“亭前春逐红英尽”、《喜莺迁》“晓月坠”、《相见欢》“林花谢了春红”、《长相思》“一重山”、《浣溪沙》“转烛飘蓬一梦归”、《相见欢》“无言独上西楼”，逐一赏析。虽然赏析的篇幅还较短并且方式是以传统的文言，但开专门赏析二主词的先河。

唐圭璋《南唐二主词释》（《中国学报》，1943 年第 1 卷第 2 期，又见本文于《中央日报》1948 年 1 月 9、12、15、16、23 日）主要选释南唐二主可信的词，以供后人鉴赏。作者以为“二主词秀逸绝伦，世罕其匹。虽流传不多，然字字珠玑”，故择其可信词释之。择中主李璟二首：《摊破浣溪沙》“手卷真珠上玉钩”，《摊破浣溪沙》“菡萏香销翠叶残”；后主李煜：《一斛珠》“晓妆初过”、《浣溪沙》“红日已高三丈透”、《玉楼春》“晚妆初了明肌雪”、《菩萨蛮》“花明月暗飞轻雾”、《望江南》“闲梦远，南国正芳春”、《望江南》“闲梦远，南国正清秋”、《清平乐》“别来春半”、《乌夜啼》“昨夜风兼雨”、《望江南》“多少恨”、《破阵子》“四十年来家国”、《捣练子》“深院静”、《相见欢》“无言独上西楼”、《虞美人》“风回小院庭芜绿”、《子夜歌》“人生愁恨何能免”、《浪淘沙》“往事只堪哀”、《虞美人》“春花秋月何时了”、《浪淘沙》“帘外雨潺潺”。这是后主词赏析的“报纸”化体现。

还有一些文章考辨李后主单篇作品。如萧涤非《谈李后主的〈破阵子〉》（《新生报》，1946 年 11 月 25 日）主要谈李后主《破阵子》的鉴赏与真伪问题。一是欣赏问题。他认为后主此“泪”，宗庙之大痛和宫娥之私爱两方面的成分都有，只要统观全词和玩味“最是”二字便不难知道。国破家亡，楼空人去，种种感伤，都包含于此一泪之中。二是真伪问题。最早怀疑这首词的是宋人的《瓮牖闲评》：“苏东坡以为后主失国当恸哭于庙门之外，谢其民而后行，乃对宫娥听乐，形于词句。余谓此决非后主词也，特后人附会为之耳。观彬下江南时，后主预令宫中积薪，誓言若社稷失守，当携血肉以赴火，其属志如此。后虽不免归朝，然当是时，更有甚教坊？何对宫娥也？”近人任二北、戴景素亦以为非后主作，其论据约有四点：（1）旁观口气不真切；（2）“凤阙”二句粗卤；（3）《东坡志林》是伪书；（4）《破阵子》起源不可考。据此词失口而出，一字一泪，绝无丝毫旁观口气。

又如詹幼馨《李后主临江仙词校勘记》（《中央日报》，1946 年 11 月 30 日）主要谈《破阵子》一调，“云谣集杂曲子”的校勘问题。史料不足证明此词非后主作，后半缺三句，计共十六字，诸本多异文。据《西清诗话》《苕溪渔隐》《雪舟脞语》《墨庄漫录》、刘继增本《笺注》，皆未云后主完成也。惟据《耆旧续闻》则谓并无缺句，证其绝非后人所续，并说明遗墨之出处，一似确凿可靠者。又据《乐府纪闻》、复据《词综》，上二说皆附和《耆旧续闻》，并以《花间集》为旁证，确定为李后主之全作。

詹幼馨《李煜清平乐词之产生时期》（《中央日报》，1946 年 10 月 3 日）主要谈李后主的《清平乐》究为何时所作的问题。认为杨荫深李后主一书将其列入“第二时期的词”，说它“是纪念他的弟弟从善去宋不返的离恨词”，而断其为后主“二十九岁至三十九岁十年间”之作。就去年十月分别而言，则“别来春半”一语，恰甚吻合。但是仔细一看，“雁来音信无凭”，一定是见了雁子才有这种感触，而雁为候鸟，秋日自北来南，春日自南去北，如后主于金陵见之，当在秋日，则“别来春半”一语颇费解释。再看“路遥归梦难成”一语中的“归梦”二字，如说后主盼从善入梦归来，似近曲解。又考后主于开宝八年十一月投降，则“别来春半”一语，作追怀故国解，亦正可通，汴在北方，后主入汴之时，正值雁鸟自南去北之候，则“雁来音信无凭”一语，切合事情，而“路遥归梦难成”，正说出自己心情与实际处境，语意两顺。他认为此词当系亡国以后之作，时当开宝九年，后主年四十也。

詹幼馨《李后主绝命词考证》（《中央日报》，1946 年 10 月 24 日）主要考证了李后主绝命词的问题。研究后主词者，每以《浪淘沙》为其绝笔之作。近人唐圭璋亦谓“此词殆后主绝笔”其说是否可信，殊难臆断。但另有他据谓《虞美人》（春花秋月何时了）始为后主绝笔，说者较多，如：陆游《避暑漫钞》、王铚《默记》《蓉槎蠡说》《因树屋书影》《西堂全集》《唐余纪传》《乐府纪闻》《中华词选》，综观诸说，可知二事：1. 此词作于《浪淘沙》之后；2. 牵机药之赐予，实缘此词。由此考证可知《虞美人》一词为后主之绝笔也。

后来詹幼馨《李后主词解说》（《中央日报》，1947 年 1 月 19、20、21、30 日，2 月 2、4、10、11 日，3 月 22 日）主要对部分后主词的内容与情感进行解说。1.《浣溪沙》（红日已高三丈透）从正侧两面相互观着，可见当日宫中沉迷颠倒的情况。2.《玉楼春》（晚妆初了明肌雪）这首词意委简明，写出承平时宫中晚会的情形。3.《菩萨蛮》（花明月暗笼轻雾）这一首词值大周后寝疾，小周后入宫之时所作，据马令《南唐书》、陆游《南唐书》、《古今词话》可知此词实系后主与小周后偷情之实录也。4.《渔父》一词据说是题画之作，写得不吃力，词意很简单。5.《忆江南》这首词各家选本多附列“多少恨？昨夜梦魂中。还似旧时游上苑，车如流水马如龙，花月正春风”及“多少泪？沾袖复横颐。心事莫将和泪说，凤笙休向月明吹，肠断更无疑”两词之后，或竟曲解“闲梦远”三字，以为亡国以后之作。6.《捣练子》这首词大概是在宫中有所见而后感咏的，但也说不定是全凭臆误。文意简单，描绘出一个害相思病的少女的心情和体态。7.《采桑子》这首词大概是与人密约前期（或设想其事），久待不至，百无聊赖之时信笔而作。8.《破阵子》这首词是回忆亡国时的情景，感慨而作。9.《清平乐》这首词是亡国不久，追怀故国的作品。10.《忆江南》这一词是要倾泻内心无限的愁恨，但是不写愁恨的心情，却从昨夜梦中的景况描写，可知今天所有的愁恨全是由昨夜的梦所勾起的。于是吐出“多少恨”三个字来。11.《相见欢》（林花谢了春红）这首词是后主亡国后因看见落花而引起的身世之感。其《说〈相见欢〉》（《中央日报》，1947年4月5日）主要谈《相见欢》蕴含的亡国之痛。这一首词是写别离故国后的伤感的情绪。这无言的悲哀写不出，说不成。作者揣想到这里，流出同情之泪。

佚名《李后主的亡国恨》（《新上海》，1947年第65期）主要谈《破阵子》一词所蕴含的情感。这一首词是李后主回忆亡国时的情景感慨而作。头四句写出故国的富丽豪华，越是富丽豪华，越显得亡失的可恨。四句蓄足了力气，却接出“几曾识干戈”一句。这五个字，一面暗示歌舞升平时的优游自在，一面也显出兵临城下时的束手无策。就因为“几曾识干戈”，才使得三千里地的山河变色，四十年来的家国灭亡。

《李后主〈捣练子〉辨》主要辨李后主的《捣练子》是否原为《鹧鸪天》的问题。作者以为《鹧鸪天》乃杨升庵伪作，李后主《捣练子》是其原作。但不可一概否定《鹧鸪天》,《鹧鸪天》所增添的字句合全诗意境而言可谓天衣无缝,非常人能及,是不可多得的佳作。

萧涤非《关于李煜词二三事》(此文作于1947年,刊于1959年9月的山东人民出版社出版的《解放集》)解释了李煜词中"香屑""奴""金剑"的意思。作者根据文献记载,以为"香屑"是"以异香为屑"的意思,"奴"是小周后口述自称,"金剑"用典,"以寄其悲愤,意谓大势已去,无可奈何"。这些对后主词篇目的考证,为后主词研究的深化奠定了基础。

将李后主与其他作家或名人比较的论著也比较多。如唐圭璋《屈原与李后主》(《时事新报·学灯》,1943年4月)主要谈屈原与李后主文学上的异同之处。屈赋及后主词,纯任性灵,字字血泪。二人之个性不同,环境不同,故其所表现之文学,亦各异其情,各有真价。文学作品,有阳刚之美与阴柔之美两类。屈原为阳刚作家,后主为阴柔作家。况蕙风论词云:"'真'字是词骨。"二人之作,虽刚柔有异,然其所作不朽,亦全在一"真"字。在我国古代文学史上,自思想性方面观察,后主不能与屈原相提并论;但后主词纯以白描手法,直抒内心极度悲痛,其高超之艺术造诣,影响后来词学发展,此亦其不朽之处,不能完全否定。

又如文落《刘禅与李煜亡国之君·两种性格》[《力报(1937—1945)》,1945年6月5日]主要谈刘禅与李煜两位亡国之君的两种性格。他认为有些人生来一种性格:是治世的庸人,乱世的弱者。刘阿斗是一种典型,一心想做"安乐公",并不根究自己为什么也怎样活着。另外一种典型是李后主,和前者相反,很关心自己的生活遭遇,有悲有喜,只是为根性所限，只能顺着命运的安排。于是从这里感发出情感的火闪。纵使不当国家危亡之际，没有社稷之恨，后主也会为千种个人哀乐所占据着。梓如《两人遭遇迥不相同·李后主与宋徽宗》（《申报》，1941 年 3 月 20 日）以为李后主、宋徽宗多有相像之处。其中尤以后主亡国后所作《虞美人》“春花秋月何时了”和徽宗被俘所作《燕山亭》“裁剪冰绡”为代表，同为亡国之恨，凄凉哀婉，二者几乎被认为出自于一人之手。

枕绿《一双帝子作词家》主要谈宋初李后主、宋末钦宗二人遭际与作品的异曲同工之处。宋末钦宗有一阕词，与后主之作《虞美人》异曲同工，都充满着国破家亡不堪回首之感。他认为后主和钦宗“如果生长在寻常百姓之家，做一个道地词人，无关国运，岂不是好？无奈他们给天派定生在帝王家，要总揽一国的大权，便该就其本分干那整军、经武、治国、平天下的勾当，不容在干戈扰攘之际还想做个风流天子了！”

黎明《荒淫文学三教主：陈后主、李后主、隋炀帝》（《时代日报》，1934 年 6 月 6、8 日）主要讲述了三位将文学视为“欢娱消遣品”的荒淫皇帝，即陈后主、李后主、隋炀帝的事迹。作者以此借古喻今，认为现行不少官员行事如同以上三位亡国皇帝荒淫放诞，不顾民生疾苦，预示着亡国前夜的到来。

阿宕《曹操和李后主》（《民报》，1934 年 1 月 12 日）主要谈古文学史上少有帝王出身的文学家——曹操和李后主。作者以为曹操是建安文学的领导和倡导者，其诗有着浓厚的英雄主义色彩，风格沉雄悲壮，宛如西风，自由不羁；好似瀑布，势不可挡。作者以为李后主是无道的帝王，文学史上的有功大臣，词乃稀世珍品。

胡寄尘《福履理路诗话：李后主与温飞卿》主要从李后主和温飞卿相较，谈时代、环境和文人一切事的关系。作者以“李后主错生在帝王家”来告知评论李后主的各家，并指出环境和所生的时代对诗人的影响甚大，并以郑板桥为例。杨紫宸《南唐北宋两词人·李后主李易安之身世与作品》（《中华时报》，1947年12月16、17、19、20日）主要对比李后主、李易安身世和作品，体会二者共同因身世之变带来作品感情体验的变换（在“后主之性格”之后还应有篇章，今缺也，另外文章最后亦不全）。作者从二人身世、性格入手，概括对比二人诗词概况，把李后主和李易安的词因身世变化分为三个时期，各自概括不同时期词作的特点，最终概括对比二人的诗境。总结出，二人皆后期词作最为精妙，“人穷则诗益工，如后主与易安居士，虽身世不同，其处境则一。两家之词，真是超越绝伦，无与比拟矣”。

江上清《李后主与纳兰容若词底生活的研究》（《和平日报》，1946年7月28、30日）主要对比分析李煜与纳兰容若词底生活，发现二者殊途同归。作者以为李后主“崇尚虚无，而在诗词之中充满了厌苦繁华的苦闷”，与纳兰容若“爱好自然真情，实奔放如出一辙”。二人词同不染丝毫富贵气，不失赤子之心。并且李后主和纳兰容若后期作品均因逢人生大变，而言苦言愁、善感沉郁。并且他们有大相同处，“即他俩一样厌倦富贵，又因熏染文学的时间太久，生活就不惯于约束，而喜自然的奔放”。作者以为二人均文学天才，均脆弱敏感，情感充沛，并且都短命而死。

微末《词圣李煜》[《益世报（天津）》，1948年8月17日]以为自己对于李煜的词一见倾心，其将“苦情”融入到词中，让人潸然泪下。作者将李煜和贾宝玉相比，以为二者相似，指出李煜的词无论前后两期，皆空前绝后，为词家之圣。

现代还有不少与当时历史相结合来谈李后主者，并由此论其历史教训。如文贯之《李后主与史的教训》（《时代妇女》，1941年创刊号）主要谈李后主的一生境遇与“史的教训”。以帝王之尊的李后主，袭位之前是帝子风流，亡国之后却穷途潦倒。一生境遇，变幻不定。后主虽喜欢尽情享乐，同时他是一个至性的人。仁爱是他的本性，爱父亲兄弟妻子，同时爱臣民爱物。他以为“恕”字正是这大词人的个性，“少决断”也正是他亡国的重要症象。由这位伟大词人的身世，我们看到其投降后的痛苦，和平与不抵抗主义的结果。“史的教训”正是：“亡国奴的生活不是人做的！白流眼泪是没有用的！”

何之《难得糊涂》（《文史半月刊》，1944年第1期）主要谈李后主之死与其赋性之关系。在不幸而国破家亡的时候，作为君主的若没有“殉社稷”的勇气，一旦身为阶下囚，则越昏庸越没有心肝的似乎要多沾一点便宜。以李后主和刘后主为例，他认为这两位后主处同一的遭遇而会遭逢不同的下场，只因这两位后主赋性的不同或方法的不同。刘阿斗的昏庸卓绝千古，但却因昏庸而得保全首领，也许是刘后主“明哲保身”的一种手段。李后主则因颇有文才，而读书人的气质也颇重，因而在苦闷的时候便用文字来滥发，一再发泄，便招致杀身之祸。昏庸和精明，是相对的。因为精明总可以得点便宜。然而因精明而反遭受到什么，则不如“难得糊涂”。

林达祖《谈“南唐李后主”》［《大公报（天津）》，1934年11月2日］主要谈李后主的生活和性格。作者以为李后主是多才多情且风流人物，和大小周后有着旖旎的爱情，风流且销魂。后主在恶劣的命运到临之前，极尽享乐之能，美人、美酒、音乐、舞蹈贪而无厌。后主研究佛学，随着国事衰微，愈加虔诚。这一切随着城破，只留悲哀孤独度日至到与世长辞。

林林《李后主的教训》［《大公报（香港）》，1948年

12月27日］主要谈李后主亡国的教训。作者以为应从李后主的词反过来认识后主的心灵和以及带来的教训，以为后主不像岳飞的词，而是亡国后的哀音，给人同情或失败的教训。作者不尽认同王国维对李后主的评价，以为“赤子之心”的评价有些不周至，并非不阅世的作家才有真情，例如杜甫就有真情。以为李后主爱好文学，不顾政治实际而亡国的教训足以警示后人。

现代还有一批读后主词之后的感想式文章。这也是后主词传播与接受的反映。如迎春馆主《读李后主“浪淘沙”词有感》（《中央日报》，1935年5月24日）主要谈他读“浪淘沙”词的感悟。正是“旧词凄婉难重读，一读回思一泫然”。

豫戡《论南唐后主李重光词》［《益世报（北京）》，1926年6月10、11日］主要评论赏析李后主的词。作者以为词至李后主乃“尽其善美”，“蔚为大观”。作者依据李后主生平事迹，以资考证，以为“其富贵时之作，则清逸秀折，荡气私情。愁苦时之作，则缠绵悱恻，意深思苦”，皆可做到本色当行。并以《渔父》两首、《忆江南》四阕、《相见难》第二阕为例，进行赏析。

韩书文《读李后主词书后》（《津逮》，1931年第1卷第1期）主要谈李后主词以神韵致胜。作者以为李后主词精妙，耐人回甘，是因为注重神韵，故称其为“神韵派”。作者以为后主词还与环境有关，亡国前后作品相异，尤以亡国之后词为贵，感情真切，感慨亦深，无丝毫雕饰之迹。

李大防《读李后主词书后》（《文史丛刊》，1935年第1卷第1期）主要谈李后主词的博大气象和自然高妙。作者以为李后主词有博大气象，为后世词家所不能及，以数词、怨词、闲适词举例。并以为后主善说呆话，能工赋体，其词自然高妙，造诣自然，无斧凿痕迹，指出“虚字假陈之工，则千古无有能与之抗者”。

贻勋《读李后主词后感赋》（《湖南大学季刊》，1935年第1卷第1期）主要感慨李后主生平，爱其才也，怜其人也。作者以为李后主可谓是“咏手南唐第一雄”，前半阕极言其风流多情，安逸美满；后半阕直转其下，言其受辱多难，和前半阕对比鲜明。

周昭怡《读李后主词感赋》（《湖南大学季刊》，1936年第2卷第2期）主要谈对李后主生不逢时、坎坷遭遇的哀叹以及同情。作者运用典故，巧妙的化用李后主的词句，表达了对后主不幸遭遇的同情，对后主才高却生不逢时表达了叹惋之情。

而魏兆炘《读后主词偶得》（《协大艺文》，1939年第10期）主要赏析李后主词，谈读其所得。作者以为后主的词“之所以为后主”，在于其纯挚、真。以赏析《虞美人》“春花秋月何时了”为例，以为“意韵于言则有尽，情深乎词则无尽”；赏析《清平乐》“别来春半”，以为一波三折，章法精妙，情调完整，语出自然；赏析《相见欢》“林花谢了春红”，以为“行之以浑然无所，盖后主之气度雄肆有以致之也”；赏析《浪淘沙》“帘外雨潺潺”，以为多直抒胸臆，少寓情于景，衷情所行，解“莫”字为虚词。以为“流水落花春去也”，指相离之易；而“天上人间”，对相见之难。芳棣《读李后主词想起》［《前线日报（1938.10—1945.9）》，1942年1月23日］主要谈抗战失去的锦绣江山，别时容易，见时也不难。作者有感于李后主“无限江山，别时容易见时难”，以为失去的江山，虽别时容易，见时也不难。原因在于目前抗战有着许多必胜的因素，比如“我们却是以血以肉的干”，还有朋友的相帮，而当初李后主并无此法，但也需要引以为鉴。

征垣《步李后主词》[《大公报》(天津)1946年12月30日]。主要针对时事，表达渴望抗战的词。作者针对当时国人屡受外国人欺辱，有感而发，表达了词人强烈的抗争意识。作者以为若再步步退让，就要步入李后主后尘了。

以上我们逐一对现代有关南唐词的热点问题一一进行叙述。这是对南唐词的传播与接受的内容、史实、问题等较全面的剖析。人们不仅对南唐词的历史、特点与作用予以综合判定与评价，也对南唐词与流派、南唐词作经典化等问题均有深入地研究。李后主作为南唐词研究热点中的热点，当时人们倾注了极大的热情。对李后主的人品与人生、李后主的词品与影响等方面的探究与揭示，均促进了后主词的经典化完成。

第七章 南唐词现代传播与接受的文化意蕴

南唐词在现代的传播与接受，具有重要的文化意蕴。这既是新思潮冲击的反映，也是新的文学文体观念、新文学（现代文学）观念影响的结果。既是乱世文化的一个体现，也是当时快餐文化的要求。当然还是江南文化与国都文化的折中反映，更是词史发展过程的源头效应。于此，我们将前面考录与热点叙述的基础上，对这些文化意蕴一一阐述，以见其意义与影响。

第一节 西方文化新思潮影响的结果

南唐词在现代传播与接受首先是西方文化新思潮影响的结果。梁启超曾言："凡文化发展之国，其国民于一时期中，因环境之变迁，与夫心理相感召，不期而思想之进路，同趋于一方向，于是相与呼应汹涌，如潮然。……凡'思'非皆能成'潮'，能成'潮'者，则其'思'必有相当之价值，而又适合于其时代之要求者也。"[①]现代所出现的新的文学思潮，主要有学习西方的文学思潮、人文精神文学思潮、文学通俗化思潮以及文学复古思潮等。这些思潮从各方面影响着南唐词的接受，为其提供了的传播环境。黄人《中国文学史·总论》就明确指出"文学属于美文一部分"，"实为代表文明之要具，达审美之目的，而并以达求诚明善之目的"，"至若诗歌、小说，

① 梁启超《清代学术概论》第1页，东方出版社，1996年3月第1版。

实文学之特色”。他首次以“真”“善”“美”三标准将文学与科学、哲学、教育学、政治学、伦理学、宗教学等区别开来。严复把文学看成是“人性的需要，是人的生命的自然的流露”。认为诗词为“无用之物”，然而它又具有“无用之用”，供人“怡情遣日”或“移情遣意”。[①]王国维致力于打通中西思想，以为文学“不外知识与情感的交代之结果而已”，“在描写自然及人生”，其价值亦在描写人生、在审美，目的亦如此。其后胡适等人掀起新文化运动，倡导文学革命。如胡适奉“归纳的理论”“历史的眼光”“进化的观念”为三服“起死回生之神丹”。[②]这些受西方文学思潮冲击的观念对南唐词的接受有着极大的影响。如王国维受康德、叔本华等人的“天才论”影响较大。如康德所言“美术者，天才之制作也”[③]，叔本华所言“天才者，不失其赤子之心者也”[④]等言论，他都予以称扬并以之论列词人。他认为李后主在词史上的成功全在“不失其赤子之心”。王国维强调“夫美术之所写者，非个人之性质，而人类全体之质，而人类全体之性质也”，要将狭隘的“一己之感情”升华到人类之感情，从自鸣“不平”到担荷“人类全体之喉舌”。[⑤]在他看来，宋徽宗的词“不过自道身世之戚”，而后主之词“真所谓血书者”，“则俨有释迦、基督担荷人类罪恶之意”，可以从其感情抒发中领悟人生真谛。[⑥]黄人较早还采用了进化论的分期法，把文学史分为全盛期、华丽期、暧昧期、第二暧昧期、反动期，这种分期法为后来的文学史所常采用，词史亦然。1914年王梦曾所编《中国文学史》其中“词学之兴起”“词

① 严复《诗庐论》，《严复集》，中华书局，1986年版。
② 见《胡适的日记》第167页，中华书局，1985年。
③ 王国维《古雅在美学上之位置》，见姚本。
④ 王国维《叔本华与尼采》，见姚本。
⑤ 见王氏《人间嗜好之研究》，为姚本。
⑥ 见《人间词话》本编第十八则。

学之昌盛”“词之就衰”“词之复盛”“词家之驰骛”“词家之改进”数节即以文体盛衰的进化论观点来述词史，将南唐词视为“词学之兴起”。胡适等人则以进化的理论，将南唐词在词史上的进化作用拎出，彰显了李后主、冯延巳等人在词体的进化过程中的贡献。伴随着学习西方文学思潮的勃兴，晚清民国时期人文精神文学思潮也逐渐高涨。龚自珍继明人李贽以后再次将“童心说”提起，主张“宥情”“尊情”。至清末词论的“主情说”已形成共识。对擅长“艳情”的词人词作也开始有了公允评价。王国维更多地将人文精神运用在词作及其批评上。他还大胆肯定娼妇之词的真率自然。这样，就为李后主前期词作“香艳”之风的接受提供了契机。晚清到“五四”文学革命之际，通俗化文学思潮却一直贯穿其始终。由于晚清通俗化思潮的涌动使传统的雅俗观念失去了立足点，词体的地位遂得到真正提升。此前的“尊体”只是比附于诗教所致，而此时则是褪掉了“诗教”面纱，恢复其本来面目。词体之“俗”有了其存在的理论支撑。后主及其他南唐词人创作的明白易懂的“俗”词又有了存在接受的理由。由于雅俗观的变化，新的词史观念形成了。如王国维对南唐的激赏很大程度上是以通俗、自然、明白为审美标准。“五四”时期胡适进一步发展这一观点，他把唐宋词与元曲、明清小说等通俗文学的价值抬高到几乎超过诗文的地步。由此将南唐词的地位也被提升起来。[①]

第二节　新的文学文体观念的契机

伴随着新思潮，新的文学文体观念如“纯文学”“美文”“韵文”等为接受南唐词特别是后主词提供了契机。当然，南唐词

① 关于此问题可参见曹辛华《20世纪中国古代文学研究史·词学卷》第二章《晚清五大文学思潮与近现代词学研究的转型》所述。

也正好契合了新的文学观念的选择要求。一方面，南唐词的接受与“纯文学”观念的流行密不可分。前面已指出，清末民初，像黄人、徐念慈、严复、王国维等真懂西方文学及其理论者引进并融汇了西方文学、美学以及其他理论，并对文学的本质作了论述，才使人们开始有了和西方同一的“纯”文学概念。在西方文学里，首先使用“纯文学”这一名词较早出自法国的波德莱尔论埃德加·爱伦坡的文章里。他认为，所谓“纯诗”，是指一首诗其中没有“概念的陈述、教训的内容、道德的说教”。也可指一首诗中除了用散文可以充分解释的资料之外所剩下来的那一部分。王国维较早地提到了“纯文学”。他认为中国诗歌等多“惩劝”之旨，无“纯文学”。[①]如王国维的“境界”说是其对词人、词作的思想、艺术、审美、语言等要求的综合。他以这一新的眼光审视词的发展史，自然是在不否认词人词作的学术价值，重其文学史价值的同时，更侧重词的文学价值。他所推举的“最工”词人就是在思想价值、艺术价值、审美价值、语言价值各方面都达标的，而其他词人词作则均有所欠缺。如温庭筠单单“句秀”“精妙绝人”，深美闳约不够，韦庄词虽“骨秀”，比温有内在美，但在“神秀”一面不及后主，而且温韦缺乏后主词的“气象”等，这是他冲破了功利主义的词史观念，第一次重构出偏重“纯文学”价值意义上词史，是新的审美意义上的词史。将李后主的词史地位凸显出来。胡适《词选》序中就指出，“词至南唐词感慨较深，风格亦趋于纯任性灵，在抒写恋思别情时融入了深沉的人生感慨，从而导致了词整体美学品位的上升，提高了词的表现力。”后来金受申、刘经庵分别著有《中国纯文学史》亦标榜中国存在此种文学。金氏所著第六章谈五代词家云：五代词上承温李，下开两宋，是

① 参见梁实秋著《有舍有得是人生》，北京联合出版公司，2018年，第42页。

词的大盛时代。南唐二主、韦庄、冯延巳都是卓绝千古的作家。其余的韩偓、皇甫松、牛峤、和凝、牛希济、薛昭蕴、顾夐、鹿虔扆、魏承班、李珣、欧阳炯、阎选、张泌、毛熙震、尹鹗、孙光宪诸家，也能各鸣一时。而刘氏所著也将南唐二主、冯延巳等人的词作纳入其中。其论南唐的词人及其作品云："南唐的词和西蜀一样地发达。西蜀有王氏与孟氏皆好文而喜士，南唐的中主和后主亦然。若真个比较起来：西蜀二主的词，远不如南唐二主。"以为李璟"词虽不多，但甚高隽"，李煜"在文学上富有天才"，"不愧为一代大作家。除善作词外，又工书画，谙音律。……"冯延巳"词清新绮丽，而兼蕴藉浑厚，在五代词人中，除韦庄后主外，无有可与之比肩的。宋初的词人，如晏殊、欧阳修以及后来贺铸、晏几道等，都受过他词风的影响"。赞同王国维在《人间词话》所说："冯正中词虽不失五代风格，而堂庑特大，开北宋一代风气"。现在来看，南唐词之所以被纳入"纯文学"或"纯诗"之中，以其当时创作目的上"娱乐"、无功利以及作者心态——君臣的身份使其少"惩劝"动机有关。

另一方面，南唐词某种程度上契合了当时流行的"美文"观念。梁启超曾把中国古代歌谣、乐府、诗词统称为"美文"。他所撰著的《中国之美文及其历史》虽未完稿，有关词的一部分只留下"词的起源"一章，但是并不妨碍我们窥知他在"美文"视野中对词的卓见。他通过对美文自身的发展的分析研究，划分出"自然之美"和"人工之美"两个种类。他认为："好歌谣纯属自然美，好诗便要加上人工美。"[①]当以这两类"美"来考察南唐时，我们就可发现，二主词与冯延巳之作均有"美

① 以上引文均见《中国之美文及其历史》，《饮冰室专集》卷七十四。

文”的特质。他们处于词体成熟初期，与歌谣相去不远，其自然美与人工美兼具。

再一方面，南唐词的接受与现代的“韵文”观念流行也有很大的关系。当时人们从韵文表现艺术角度论及南唐词。梁启超《中国韵文里头所表达的情感》中曾以南唐李后主词为例论及其“回荡的”表情法。后来其弟梁启勋又将回荡的表情法分为两类四种：曼声类，螺旋式、引曼式；促节类，堆叠式、吞咽式。他标举李后主、辛弃疾，以为其“满腔悲愤都用词来发泄，所以那一种是元气淋漓，前前后后的词家都赶不上”。而对同样是“描写哀感”的李后主和柳永，他指出：“但二人描写的内容与方法绝对不同：李后主是由圣洁的挚情，极沉病的哀感，婉约地、简质地表现出来，这是李词；耆卿则由他那流浪的生涯，沉沦的痛苦，铺张地描写出来，这是柳词。二者创作方式不同，而词的成功却是一样。”不仅如此，当时各种韵文史中均专门论及南唐词。

陈钟凡《中国韵文通论》（中华书局，1927 年 2 月初版）论及“由五七言绝诗变为词者：离合五七言诗而为词者”以冯延巳《抛球乐》“逐胜归来雨未晴”为例；并指出：“五代之际，孟氏，李氏，君臣为谑，竞作新调。词之杂流，由此起矣。至其工者，往往绝伦。”又认为，南唐二主中主李璟有《山花子》，《浣溪沙》等词，王安石赏其“细雨梦回鸡塞远，小楼吹彻玉笙寒”一联，不知其起句“菡萏香销翠叶残，西风愁起绿波间”二语，不胜“众芳芜秽，美人迟暮”之感。其下复言“不堪看”，“何限恨”，尤觉顿挫有致，令人凄然欲绝。与后主之凄凉怨慕，真亡国之音者，亦复不同。盖后主身我囚虏，日夕只以泪洗面，怆怀故国，情难自已。故其遇愈惨，其情愈悲，而其词调愈凄惋也。……盖词至后主而语俊情真气象一变。观其吐属遗词，一字一滴泪，令人一读一怆神。“自是人生长恨水长东”，“流水落花春去也，天上人间。”世间习见语，一经道出，便有无限感慨，奔赴笔端，故非温韦诸家所能几及。

龙榆生《中国韵文史》（商务印书馆，1935年版）论令词在南唐之发展云：“南唐立国，近四十年；锦绣江山，免遭兵燹。中主李璟，既擅文词；后主煜继之，兼精音律，尝造《念家山》及《振金铃曲破》。（《五国故事》）其妻昭惠后周氏，‘通书史，善歌舞，尤工琵琶’，尝制《邀醉舞破》。（陆游《南唐书》）后主夫妇，并工度曲。一时风气所趋，故倚声而作之歌词，在南唐遂益发展。虽作者不及西蜀之众，而开创之精神，或有过之。南唐词境界日高，时复充分表现作者之个性，非《花间》词派之所得牢笼也。”又指出，中主词传世不过四阕，而《摊破浣溪沙》二阕为最著。后主生于深宫之中，长于妇人之手，性仁爱而颇懦怯，在位十五年，保境安民，有小康之象；因得寄情声乐，极意歌词。其前期作品，类极风流艳丽。二主之外，有冯延巳（字正中，广陵人），足为南唐词坛生色。延巳作词动机，由于“娱宾遣兴”。南唐之风尚，正同西蜀；而延巳所作，思深辞丽，时有“忧生念乱”之嗟，殆亦身世使然欤？近人冯煦称其“鼓吹南唐，上翼二主，下启欧晏，实正变之枢纽，短长之流别”（《唐五代词选序》）。

其影响北宋诸家，乃较《花间》为大。龙氏在论令词之极盛云：“令词自温庭筠之后，广播于西蜀、南唐，经数十年之发扬滋长，蔚为风气。宋初词接受南唐遗产。其直接南唐令词之系统者，则晏殊其首出者也。”这是韵文史中论述南唐词较充分者。

其他像泽田总清著、王鹤仪译《中国韵文史》（商务印书馆，1937年版）、梁启勋著《中国韵文概论》（商务印书馆，1938年7月版）、吴烈《中国韵文演变史》（世界书局，1940年版）等均将南唐词置于韵文的历史长河中进行论述。强调了南唐诸家词作在词体——这一新“韵文”演变中的作用。

第三节 新文学观念的刺激与影响

清末民初以来，人们将“活文学”“白话文学”“平民文学”等新文学（现代文学）观念运用于文学史的观照中，这对南唐词的接受也有重要的刺激与影响。如早在1915年的《胡适留学日记》中就提出了“活文学”这一命题。他所记“活文学之样本”中首当其冲的是词。如李煜《长相思·云一緺》、苏轼《点锋唇·独倚胡床》、黄庭坚《望江东·江水西头隔烟树》、辛弃疾《寻芳草·有得许多泪》、向镐《如梦令·谁伴明窗独坐》等七首词，因用“口语”或近“口语”写成。由此可知，南唐词的“活文学”因子，使得当时人们能被迅速地接受。与“活文学”相应的是“国语文学”与“白话文学”，南唐词在这些观念形成的文学史中就被赋予了新面目。如凌独见《新著国语文学史》（商务印书馆，1923年6月再版）中就论到：“五代都有好词，而以南唐和前后蜀为最盛，前蜀有韦庄、牛峤、李珣、薛昭蕴、毛熙震等人，后蜀有顾夐、欧阳炯、毛文锡、鹿虔扆、阎选等人；南唐有后主、中宗、张泌、冯延巳等人；就中尤以后主的词为最工。此外后晋有和凝，南平有孙光宪，后唐有庄宗和牛希济，也有极好的小词。”认为中宗《山花子》“菡萏香销翠叶残”“却结得极自然，尤妙出人意外”。张泌《蝴蝶儿》“把小儿女的态度，描写得活灵活现，这种极妙好词，真要令人叫绝”。认为：“有词以来要算后主的词最好，因此有人说：后主，是天纵词才，这也未免过分一点，其实后主不过比人家多情多才些罢了。元来后主和炀帝，同是风流天子，对于男女恋爱的经验，都特别丰富，所谓知之真，不觉言之切，言之愈切，天然动人愈深。”“做儿女恋爱的文学，最容易流入轻薄的路上去，南朝的《子夜歌》，就是好例子。后主在位的词，也免不了这个毛病，儿女恋爱的文学，能够避去轻薄，羼入厚重的真挚的悲苦的情操进去，就成了词中的上上品了，后主亡国之后的词，好过在位时节的词，就是因为他有这种倾向啦。这种倾向，不可学而能的，是境遇逼成的。人当困苦之极的时候，发出来的声音，是从心下涌上来的，一点没有虚伪做作，这就是穷而后工的意思。汉魏的诗，后主的词，好到极点，都是坐因于此。”凌氏的这些见解实际上受胡适影响极大，可以说是贩卖胡氏观点的产物。①

与“国语文学”相应，“白话文学”“平民文学”的观念也为南唐词的接受提供了催化剂。胡适《文学改良刍议》则提出文学“八事”，列举中国旧文学之八大罪状，提倡白话文，反对文言文；提倡新文学，反对旧文学。他最早以新文学观点和白话文体来撰写词史。他曾编著《词选》一书，并撰定了《词选序》《词的起源》等文章来表达自己的词史观与词审美观。他认为词起源于民间，又将词的历史划分为三大时期：词的自然演变时期（自晚唐到元初）为词的“本身”的历史；曲子时期（自元到明清之际），为词的“替身”的历史；模仿时期（自清初到今日），为词的“鬼”的历史。又将第一大时期的词分为“歌者的词”“诗人的词”“词匠的词”三类。1921 年，

① 胡适《国语文学史》（北京文化学社，1927 年）该书最初是胡适在由教育部举办的国语讲习所任教时的讲义。其中第二编第五章，第三编第四、第五章分述晚唐五代的词、北宋的词、南宋的白话词，可视为第一部“包孕式”白话词史。虽然正式出版较晚，但他讲学时间、成稿时间却是早于凌氏的。凌独见《新著国语文学史》（1922 年）是其从国语讲习所毕业后所写，自然吸纳了胡适的词史观念。

他著《国语文学史》，又将上述词史观尽行纳入。后来胡适专门著述《白话文学史》，也是将包括南唐词在内的词作列入。其所编选《词选》也以白话为准，其中选南唐词多家数十篇，究其由，以南唐词的白话特点较浓。后来张友鹤《注释白话词选》序言中谈及词的价值有二，“一为代表一时代的国语文学，二纯为抒发感情”，“南唐词兼而有之，而因纯为抒发感情之故，所以写来也觉得格外动人”。平民文学观念是与白话文学观念相呼应的，因此，当时对南唐词也有持平民文学来考察的。如胡适《词选》序中就指出：“南唐李后主与冯延巳出来之后，悲哀的境遇与深刻的感情自然抬高了词的意境，加浓了词的内容；但他们的词仍是要给歌者去唱的，所以他们的作品始终不会脱离平民文学的形式。这时代的词还有一个特征：就是大家都接近平民的文学都采用乐工娼女的声口，所以彼此的作品容易混乱。冯延巳的词往往拟作欧阳修的词，欧阳修的词也往往混作晏氏父子的词。”这里的“平民文学”主要是指用平民语言写成的。与其另一个义项“写平民者”不同。这样就绕开了南唐君臣为“贵族”的身份，与“平民”搭上了关系。后来，曹聚仁《中国平民文学概论》（1926 年）专门从“平民文学”出发来著史，论及南唐词时则从平民语言说起；容肇祖《中国文学史大纲》（开明书店，1949 年 4 月版）等肯定胡适先生所言李后主与冯延巳出来之后“他们的作品，始终不曾脱离平民文学的形式”。徐嘉瑞《近古文学概论》（北新书局，1936 年版）将唐五代及北宋分类为文人词平民化“时代”，其“代表人物”属南唐者有冯延巳、李璟、李煜等。论平民化之词时指出：唐和五代词中，还保存着平民词的两种优点：一、抒情的。二、明快的。“平民文学的第一期，都是抒情的诗歌。”“五代文人之词，这保存着平民词的原始状态：如冯延巳的《长命女词》：春日宴，绿酒一杯歌一遍，再拜陈三愿：一愿郎君千岁；二愿妾身长健；三愿如同梁上燕，岁岁常相见！”“这是无意中把平民词的影像透露出几分来。”并指出，北宋最初的词都是祖述南唐，仍然是抒情一派。引刘毓盘《词史》所说：“北宋之初，言词者大都祖述南唐，晏殊首出得之最先。”“幼子几道，能世其学；毛晋论词以晏氏父子追配李氏父子；欧阳修继之，其词亦出南唐而加以深致。”徐氏所论为当时对南唐词的“平民文学”特点揭示最为深入的。其阐释与胡适、凌独见等人从平民语言来定位南唐词的“平民文学”相比，又增加了“抒情”“明快”二者，有曲于圆说之嫌，但也有合理成分。即抓住了平民接受诗词的特点——以明快易懂为主。

要之，在各种文学观念的观照下，南唐词被当作文学演进过程的重要链条。人们从新的文学眼光、现代文学眼光、艺术眼光来发掘南唐词的魅力。南唐词作为词史的开启表现，其“源头效应”使人们不得不在各种言说中屡屡提及。如胡适在1919年《谈新诗》就将五代词当作诗体的第三次大解放的产物。他认为：“我们若用历史进化的眼光看中国诗的变迁，便可看出自《三百篇》到现在，诗的进化没有一回不是跟着诗体的进化来的”，《三百篇》到骚赋文学是一次解放，骚赋体变为五七言诗是二次解放，“五七言为正宗诗体以后，最大的解放莫如从诗变为词”，“五七言诗是不合语言之自然的，因为我们说话决不能句句是五字或七字。诗变为词，只是从整齐句法变为比较自然的参差句法。唐五代的小词虽然格调很严格，已比五七言诗自然的多了。如李后主的‘剪不断，理还乱，是离愁。别是一番滋味在心头’，这已不是诗体所能做到了。试看晁补之的《暮山溪》：‘愁来不醉，不奈愁何？汝南周，东阳沈，劝我如何？’这种曲折的语气，决不是五七言诗能写得出的，又如辛稼轩的《水龙吟》：‘落日楼头，断鸿声里，江南游子。把吴钩看了，阑干拍遍，无人会，登临意。’这种语气也决不是五七言诗体能做得出的，这是三次解放。”胡适又从文体对语言的适应程度即“自然表达”角度认为：“词变为曲，曲又经过几多变化，只是逐渐删除词体里所剩下的许多束缚自由的限制；又加上词体所缺少的一些东西如衬字套数之类”。指出词曲之间嬗变的幅度不够大，这是符合词曲演进事实的。终究有一个根本的大拘束，即“始终不能完全打破词调曲谱的限制”。胡适以此为据，得出新诗才是“第四次大解放”。于此可知，南唐词之所以被重视，也离不开“新诗”这一参照物。

第四节　“乱世文化”的典型

南唐词作为“乱世文化”的典型与民国时期的乱世隐然有着异代共通。乱世的南唐时代与李后主等亡国之音的形成密切相关。当时南唐偏安于东南一隅，李后主不思进取，却耽于诗词娱乐；而冯延巳等作为臣下不助力江山社稷，却迷乱朝堂。最终导致国破家亡。苏轼曾评李煜“最是仓皇辞庙日，教坊犹奏别离曲”有失人主之道，“当恸哭于九庙之外，谢其民而后行。顾乃挥泪宫娥，听教坊离曲哉！”苏辙评李煜《临江仙》（樱桃落尽春归去）云：“凄凉怨慕，真亡国之音也。”蔡絛《西清诗话》评李煜《浪淘沙》（帘外雨潺潺）“甚凄婉，脍炙人口”，但又曰：“亡国之音，气象太猥葸，一望而知也。”此点李清照《词论》中早就有指出：“五代干戈，四海瓜分豆剖，斯文道息。独江南李氏君臣尚文雅，故有‘小楼吹彻玉笙寒’‘吹皱一池春水’之词。语虽甚奇，所谓‘亡国之音哀以思’也。”明人杨慎评李煜词《玉楼春》（晚妆初了明肌雪）“富丽奢靡，哪得不失江山”。清人杨希闵《词轨》则评云：“读之使人悄怆失志，亡国之音也。然真意流露，音节凄婉。”黄苏《蓼园词选》评曰：“后主词自多佳制，第意兴凄凉惨憔，实为亡国之音，故少选之。”此种论调至晚清民国之际，尤时时为人论及。如况周颐就说，不必学五代词。俞陛云评李煜词《乌夜啼》（昨夜风兼雨）：“此词若出于清谈之名流，善怀之秋士，便是妙词。”当时贬五代词者多认为南唐国微民困，一国之君，当有所作为却以文艺小词误国、亡国。这是从社会政治功利角度来批评南唐词，视之为“亡国之音”。相对于社会批评，当时人们还能从“哀以思”角度来肯定南唐词——亡国之音的艺术感染力。俞陛云《五代词选释》评后主词“亡国失家，语最沉痛”。后主词真切地表达出个人情感，为词境之一大开拓，亡国后的哀思又凄婉悲怆，奔赴笔端，实足以动人。以上皆为肯定后主词“哀以思”的真挚情感。晚清民国尚晚唐五代词者，以王闿运、王国维、俞陛云、卢冀野、丁寿田等为代表。他们均能撇开“亡国之音”的成见，而从南唐词的艺术感染力出发来肯定其价值、说明其影响。人们在著词史时，也多由此为南唐词定位。如凌独见《新著国语文学史》（商务印书馆，1923年6月再版）曾指出：“讲到文学，五代当中的君臣，有一半是好好儿的作家，所以文坛上，并不因乱而岑寂，若看李后主的词，反因乱而益工。”刘经庵《中国纯文学史》以为李煜的词可分两个时期：一是未亡国前，耽于富贵荣华生活中的作品。一是亡国后，终日以泪洗面，忍辱含羞生活中的作品。前者是帝王时代所处的环境，是嬉笑欢愉，柔情蜜意；后者是俘虏时代所处的环境，是愁苦悲愤，监狱牢卒。二者相差有天渊之别。故前期的词不过风华绮丽，尚未到深刻工夫；后期的词就哀感凄艳，使人读之不禁为之掬一把伤心泪了。”冯延巳词“清新绮丽，而兼蕴藉浑厚，在五代词人中，除韦庄、后主外，无有可与之比肩的。宋初的词人，如晏殊、欧阳修以及后来贺铸、晏几道等，都受过他词风的影响”。南唐词的“亡国之音”与“哀以思”是乱世文化的反映。从诗经时代、三国时代、南朝梁陈时期所出现的作品有不少被称为“亡国之音”。不少作家身逢乱世或抒写“哀”思，或流连于歌场酒楼而为靡靡之音。五代时期也是如此，南唐更是如此。李后主亡国前后的词作正是此种情态的反映。至现代，中华民族处于生死存亡之境地，一方面出现了流行歌舞等文化；另一方面，有不少诗词家借创作来来抒发忧心；再一方面，有不少批评家借批评前代“亡国之音”来讽世。人们在批判南唐词人的亡国行为的同时，也对后主等人的“亡国之音”有更多的体味。

逸珠《李后主诞生千年纪念》（《文艺月刊》，1937年第11卷第1期）在谈后主成为词中之王的因素及其文学地位时认为：“后主能成就文学上伟大的天才，除秉于遗传外，也多由于个人生活环境所激发的。”“后主词的作风，以经历之不同，可分为两个时期：前期作品富丽堂皇，其词最可贵者，是亡国后的作品。他在词中能造就登峰造极的地位，实是受后期实际生活之所赐。”

柯在实《漫话南唐李后主》（《协大艺文》，1938年第9期）分析李后主成为伟大词人的原因：“1. 家学之渊源也。2. 文艺之天才也。3. 情感之浓厚也。4. 时代之影向也。5. 生活环境之影响也。6. 亡国之悲哀也。综以上各因，遂使后主成为古今之大词人。”

老仓《词家李煜之研究》（《新天津》，1940年12月14日第7版）主要从政治、文学、社会方面探讨后主词。他认为后主：“于快乐时能写出整个之快愉生活，于困苦时能道出满怀之悲愤，实是词家妙手。文学生于苦恼中，惟苦恼中方可产生真正之文学，信哉。”“后主实不幸而亡国，后主亦何幸而亡国。”

羊驹《“亡国之音”一谈——李后主及其词》（《中央日报扫荡报联合版》，1942 年 7 月 11 日）指出，五代的一些亡国君主们，是政治上的“昏君”，艺术上的“忠臣”。如吴越王、李后主、蜀主王衍、孟昶。最好的例，要算五代南唐李后主，为了“情语”中的“故国不堪回首”，把生命断送了。亡国之君是亡于淫乐，归为臣仆后也是“旧性依然”，终至断送了残生。

而沈凤《诗人李后主的生平和作品》（《风雨谈》，1943 年第 8 期）主要谈李后主的家世、遭遇、为人和作品。他认为后主之词历来被论者讥为“亡国之音”，受后人非难，但其作品之地位却永不摇动。真正的大诗人，中国文学史中，最特出的一家便是这位身负最大耻辱的江南国主李煜。他认为，为求中国历代诗人写下的真正的诗，应力为纠正“混事务与诗为一谈”的大错误。要去发现后主，当从其“有句有篇”而索寻之。若要欣赏后主的作品当着眼于诗中的丰厚的情感，要了解后主当着眼于他的诗人性格。由这些论述可见，南唐词中叹世事之艰、欢乐不永，感人生之无常、好景难驻。这就与民国词人之抒情有了共鸣之处。他们面临“国破山河在”的战乱环境，填词时也常将南唐词那种“忧生”“哀思”风气再次传达出来。

最后要补充的是，南唐词的接受与传播还是晚清民国时期出现的“快餐”式文化的反映，也是江南文化、国都文化的反映。现代大量的期刊报纸以及新的音乐、电影等媒体的出现，改变了从前仅靠图书来传播南唐词的局面。南唐代表词人李后主作为“有故事”的作家，一方面其独特的经历（如艳情故事、亡国之事、擅长音乐与填词）等很适合报纸消费群体的趣味；另一方面，由于南唐词多以小令为主，数量少而好，又明白通俗。清人刘熙载在《艺概·词曲概》中曾经指出：“齐梁小赋，唐末小诗，五代小词，虽小却好，虽好却小，盖所谓‘儿女情多，风云气少’也”。南唐词恰恰属于此种情况，故适合快速接受与传播。当时还出现一部电影《一江春水向东流》，其片名即来自李后主《虞美人》，其主题曲也是以此歌词。另外，南唐地处江南，其词作多“江南风情”“南国情味”，可以说是“江南文化”的代表。而晚清民国时期，江南为中国文化、诗词发展最为繁盛之地。地理空间上的共通，使得现代江南文人对南唐词的接受有亲切感。南京作为南唐与国民政府的都城，其首都文化也为人们情感认同某种程度上提供了契机。当时文人或游览南唐名胜，或浏览吟哦南唐词，或借南唐史事来兴发感叹填词。这些也是我们谈及南唐词文化意蕴时不可忽视的因素。

下篇

现代词话论南唐词文献考

此篇为专门的南唐词话辑录，属于文献整理。本人通过各种方式考索与汇辑出相关文献近130余篇，近200则。由于数量较多，我们在考录时，采取汰粗取精的原则。按照词话、词论、词谈、词说等类型来排序，每类再按词话发表的时间先后来编排，以见人们论南唐词的观点与观念的源流。由此弥补人们在研究民国以前有关南唐词研究时对当时词话文献重视不够的遗憾。现代出现大量的词话文献，其中论及南唐词（特别是李后主者）尤多。笔者在参与曹辛华教授编纂“全民国词话”课题时，通过各种方式考索与汇辑出相关文献近130余篇，近200则。由于数量较多，我们在考录时，采取汰粗取精的原则。对仅仅用典涉及者基本不收。如《抱香簃诗词丛话》中仅提及查他山《金陵杂咏》有“请看一部瓠芦史，也作南唐后主愁。世间好物不终保，抱器已辞周九庙。仕寿宫虚万象非，匹夫怀宝何足道。”[①]对发表稍后与他人重复过多者也不予辑入，但对如况周颐《历代词人考略》、夏敬观《汇辑宋人词话》等汇辑唐宋及后来词话中所涉及南唐词（特别是李后主）者，我们还是专门收录，以补我们在研究民国以前有关南唐词研究时对当时词话文献重视不够的遗憾。我们在整理、考录时，为方便学人研究，凡一种词话中所涉及南唐词者，均视为一种。于其后标明则数与出处。同时，笔者先按词话、词论、词谈、词说等类型来排序，每类再按词话发表的时间先后来编排，以见人们论南唐词的观点与观念的源流。由于晚清民国之际有少量词话论及南唐词（如王国维、况周颐之作），有的在现代也曾重新发表，为求其源渊所自，我们将此类置于纯粹词话之后。对民国诸如笔记、诗话、札记等论及南唐词的文献，酌情收录部

① 檗子《抱香簃诗词丛话》，《民国日报》，1916年10月9日。

分。对著作如《词学通论》《词学概论》之类、词史之类、文学史之类等中所涉及南唐词论述者，以篇幅有限，于此割爱。对各种与南唐词相关的词选、词集笺注以及序跋等也暂不录述。随着相关文献的继续发现，一定还有词话论及南唐词者。容以后有机会再补入。

一、1912—1922 年之间词话论南唐词

（一）

秀英女士《澹香楼》词中有数阕，无缝天衣，殆同己出。为录其寄夫子之作三章。其一《忆王孙》云："画堂深处麝烟微（顾敻），闲立风吹金缕衣（韩偓），红绡带缓绿鬟低（白居易）。落花飞（王勃），不见人归见燕归（崔鲁）。"其二《虞美人》云："庭前芳树朝朝改（李峤），尚有余芳在（韦庄）。年光背我去悠悠（沈叔安），恰似一江春水向东流（李后主）。 此时欲别魂俱断（韩偓），试取鸳鸯看（李远）。不挑红炉正含愁（郑谷），别有一般滋味在心头（李后主）。"其三《巫山一段云》云："丽日催迟景（杨亿），罗帏坐晚风（赵嘏），自盘金线绣真容（王建），翻疑梦里逢（戴叔伦）。离恨却如春草（李后主），满地落花慵扫（李珣）。思量长自暗销魂（韩偓），蛾眉向影颦（刘希夷）。"

——出自杨全荫《绾春楼词话》(《妇女时报》，1912 年第 7 期)

（二）

诗家有以山喻愁者，杜少陵云："忧端如山来，澒洞不可掇"，赵嘏云："夕阳楼上山重迭，未抵春愁一倍多"，是也；

有以水喻愁者，李欣曰：“请量东海水，看取浅深愁”，李后主云：“问君都有几多愁，恰似一江春水向东流”，秦少游云：“落红万点愁如海”，是也。（《鹤林玉露》）

《古今词话》以古人好词世所共知者，易甲为乙，称其所作，仍随其词牵合为说，殊无根蒂，不足信也。如秦少游《千秋岁》“水边沙外，城郭春寒退”，末云“春去也，飞红万点愁如海”者。山谷尝叹其句意之善，欲和之，而以海字难押。陈无已言此调，用李后主“问君那有几多愁，恰似一江春水向东流”，但以江为海耳。洪觉范和此词，题《崔徽真子》云：“多少事，都随恨远连云海”。晁无咎亦和此词，吊少游云：“重感慨，惊涛自卷珠沉海。”观诸公所云，则此词少游作，明甚。乃以为任世德所作。又《八六子》“倚危亭，恨如芳草，萋萋刬尽还生”者，《浣溪沙》“脚上鞋儿四寸罗”者，二词皆见《淮海集》。乃以《八六子》为贺方回作，以《浣溪沙》为涪翁作。皆非也。（《苕溪渔隐丛话》）

祥符周稚圭，为道咸间词学巨子，所选《心日斋词录》，自温尉至张蜕岩十六家词，后各系以诗判别流派，具有见地。秦观词后题云：“淮海风流旧有名，红梅香韵本天生。痴人不解陈无己，黄九如何得抗衡。”十六家者，温庭筠、李后主、韦庄、李洵、孙光宪、晏几道、秦观、贺铸、周邦彦、姜夔、史达祖、吴文英、王沂孙、蒋捷、张炎、张翥也。

秦少游：“家贫素无书，亲戚时肯见借，亦足讽诵。深居简出，不与人世相通。”又云：“乡闾士子，又皆从事新书，每有所疑，无从考订。”（《林下清录》）

《后山诗话》载：王平甫子斿谓秦少游“愁如海”之句，出于江南李后主“问君能有几多愁，恰似一江春水向东流”之意。余谓李后主之意又有所自。乐天诗曰：“欲识愁多少？高于滟滪堆。”刘禹锡诗曰：“蜀江春水拍天流，水流无限似侬愁。”得非祖此乎？则知好处前人皆已道过，后人但翻而用之耳。又，少游词有“天还知道，和天也瘦”之语，伊川先生闻之，以为媟黩上天。是则然矣。不知此语盖祖李贺“天若有情天亦老”之意尔。（《隐居诗话》）

少游以绝尘之才，早与胜流，不可一世；而一谪南荒，遽丧灵宝，故所为词，寄慨身世，闲雅有情思，酒边花下，一往而深，而怨悱不乱，悄乎得《小雅》之遗；后主而后，一人而已。昔张天如论相如之赋云：“他人之赋，赋才也；长卿，赋心也。”予于少游之词亦云：他人之词，词才也；少游，词心也。得之于内，不可以传。虽子瞻之明俊，耆卿之幽秀，独若有瞠乎后者，况其下邪？（《宋六十一家词》）

——以上五则出自秦国璋《淮海先生诗词丛话》《淮海先生诗词丛话补遗》（无锡秦氏嘉会堂刊本，1914年）

（三）

艳词最难，当以苦医俗，以境界医邪荡字眼，语气犹须细加详审。如梅溪之“恐凤鞋，挑菜归来，万一灞桥相见”，草山之“弹到断肠时，春山眉黛低”又“梦魂纵有也成虚，那堪和梦无”，六一之“算伊浑似薄情郎，去便下来来便去”，身分柔情，各得其正。若后主之“烂嚼红绒，笑闻檀郎唾”，人赏其丽，吾惊其荡。

纳兰容若所著之《饮水侧帽词》，继响南唐，齐名陈朱，最擅长小令。字字句句均系性情语，而悱凉天成，绵缠独到，如有神助，其得天也厚。故虽生长华膴，而不作一秾丽语。其涉世也浅，故不作一寒酸语；不知人间有不幸事，故不作一抑郁语；语语以真性情、真学问出之，故又不作酬酢语。盖惟文人最真，亦惟文人最假，其入世稍深，经历既广，所谓真性情者澌澌灭，而酬酢征逐之事乃多。故其为词非性情语，而市井语也。然其阅世至深，则又至真，盖能出世者也。其为词，则必如孤云野鹤来去无迹，而作真性情语，故不入世者固。真入世而出世者，亦真以真性情为词，则其词为个人之言，非众人之言，为独到之言，非肤浅之言。张玉田谓："作寿词最难，盖不难于用意措词，而实难于舍己从人作酬酢语也。非作酬酢语难，作酬酢语而见真性情实难。"作酬酢语而见真性情，吾于古今则未见，其人非不能也，实不可能也。然作出世语而真者，尚多作不入世语，而真者实少，千余年惟南唐后主及纳兰容若二人而已，学词者学清真、白石、梦窗、玉田易，学后主、容若实难，此其所以可贵也耶？

——出自周焯《倚琴楼词话》（《夏星》，1914 年第 1 期）

（四）

去病案：此篇于源流正变，推阐极致，其所评骘诸家，是非优劣，尤似老吏断狱，轻重悉当，洵乎深得词家三昧矣。沈东江谦尝云，男中李后主，女中李易安，极是当行本色，今日思之，斯言良信。

——出自病倩（陈去病）《镜台词话》（《女子杂志》，1915 年第 1 期）

（五）

"绣床斜倚娇无那，乱嚼红绒，笑向檀郎唾。"此李后主《一斛珠》词也。杨载春翻其意为《春绣诗》曰："闲情正在停针处，笑嚼红绒唾碧窗。"贺黄公谓弥子瑕竟效颦于南子，而笠翁乃谓"绣床斜倚嚼绒唾郎"，为淫娇行为，惟杨则含而不露，深得风人之旨。予不辨是非，亦曾翻其意作《望江南·春绣》云："停针凿，画永待如何。闲嚼彩绒无唾处，聊当红豆谎鹦哥。含笑敛双蛾。"自知狗尾续貂，不值识者一笑，尝秘而不宣。前阅某杂志，竟有变吾头尾三句为二句七言，中二句完全偷去，合为一绝。予知其人为小偷家，乃一笑置之。

南唐诸词家，以小语致巧，而后主尤胜。哀感顽艳，诚可称词中之南面王。今人往往学其"罗衾不耐五更寒，梦里不知身是客，一晌贪欢"等句法，动辄流入秽淫。予谓小语非李后主其人，不能曲尽其妙。

——以上二则出自碧痕《竹雨绿窗词话》（《民权素》，1915 年第 9 期）

（六）

哭庵又有《贺新郎》词，其小序云：泊舟江南，天已向暝。云影黏树，涛声啮沙。废苑荒城，模糊莫辨。惟有乱蛙代漏，愁月照人而已。触绪苍凉，率成此解。""憔悴江南客。问六代繁华去后，竟无消息。一片孤城斜照里，剩有青山半壁。听打岸寒潮正急。龙虎销残莺燕老，便英雄儿女皆陈迹。聊付与隔江笛。　　桃花暗抱脂痕泣。经几度移根换叶，嫩红犹湿。廿四桥边，眉样月，曾照琼娘夜立。更不管玉箫声寂。流尽旧家帘幕影，恨秦淮总是无情碧。摇画舫，到烟夕。"与李后主重光作《乌夜啼》一词，同为凄惋。后主之词曰："无言独上西楼，月如钩。寂寞梧桐深院锁清秋。　　剪不断，理还乱，是离愁。别是一般滋味在心头。"所谓其音哀以思也。诸如此类，均可为此人规模。

宋徽宗天才甚高，诗文而外尤工长短句，尝作《探春令》云："帘旌微动，峭寒天气，龙池冰泮杏花笑。吐香犹浅，又还是春将半。　　清歌妙舞从头按。等芳时开宴。记去年，对着东风，曾许不负莺花愿。”又有《聒龙谣》《临江仙·燕山亭》等篇，皆清丽凄婉。《燕山亭》者，徽宗北辕后赋杏花者也，哀情哽咽，仿佛南唐李后主，令人不忍多听，词曰：“裁剪冰绡，轻迭数重，冷澹胭脂注。新样靓妆，艳溢香融，羞杀蕊珠宫女。易得凋零，更多少、无情风雨。愁苦。闲院落凄凉，几番春暮。　　凭寄离恨重重，这双燕，何曾会人言语。天遥地远，万水千山，知他故宫何处。怎不思量，除梦里、有时曾去。无据。和梦也、有时不做。”

——以上二则出自哲庐《红藕花馆词话》（《小说新报》，1916年第1期）

（七）

尝谓李后主词不可无一，不可有二。以其气爽而不粗，语俊而不纤，皆无意为词而词自胜也。后人效之者众，然皆邯郸学步，匍匐而归，以逼肖称者，仅一成容若。虽盲从之子，比附传说，争为后主后身。然细按其词，则仅能清楚而已，外强中干，貌腴神索，其与后主终不能得万一也。

杨升庵学甚渊博，然僻诞不经。王元美称为失之耳目之前，求之天地之外，诚笃论也。如《诗话》中言：“杜工部《丽人行》‘头上何所有’，下又有‘足下何所有’二句句既不类，且诡称得之宋刻，实诬世耳。”又升庵《词品》云：“李后主《捣练子》二阕，常见一旧本，俱系《鹧鸪天》。其《云鬓乱》一阕，前段云：‘节候虽佳景渐阑。吴绫已暖越罗寒。朱扉日莫随风掩，一树藤花独自看。’《深院静》前段云：‘塘水初澄似玉容。所思还在别离中。谁知九月初三夜，露似珍珠月似弓。’”近人况夔笙驳之，谓《捣练子》平侧与《鹧鸪天》后半不同。升庵大儒，填词小道，何必自欺欺人。余谓其调之同否姑勿论。即此八句，分明是宋元绝句，与李后主词截不相类。曹邺诗曰："难将一人手，掩尽天下目。"敢为升庵诵之。

——以上二则闻野鹤《怬簃词话》（《民国日报》，1917年11月1日）

（八）

诗至唐而变为词，词至宋而变为曲，元以后之词家，颇不多觏，虽有二三作者，然其去宋远矣。有清一代，惟竹土、樊榭、复堂三人可以追踪前贤，而工力不足以副之。故不能恢廓堂皇，与张媲美，他若容若之《饮水词》，哀感顽艳，说者谓容若乃后主前身，语虽然无稽，然容若实后主同词也。

——出自成舍我《天问庐词话》（《民国日报》，1917年4月3日）

（九）

《竹眠词》若干卷，系武进黄仲则所著。仲则为有清一代之大诗家，世人但知其诗，而不知其词。而其词之豪放处有如辛稼轩，旖旎处有如李后主。如《贫也乐》云："一匹马，千金买，邯郸少年有声价。唱龙沙，拍胡笳，吾曹健儿不听筝琵琶。　　汉家边衅今朝始，去去同生复同死。天苍苍，野茫茫，一片秦时月挂边墙。"《点绛唇》云："瘦骨无情，年年此际恹恹病。小立风前，讨个伤春信。　　淡月微云，做出春宵景。斜还整，断无人凭，吊字阑干影。"即此可概其余。

——出自滕若渠《根香山馆词话》（《先施乐园日报》，1918年12月19日）

（一〇）

陈存熙有《相见欢·咏泪》云："月痕未到朱扉。送郎时。暗里一汪儿泪、没人知。　揾不住。收不聚。被风吹。吹作一天愁雨、损花枝。"其风情之绵密，字句之自认可，称绝唱然亦从李后主赋愁之"剪不断，理还乱，是离愁，别是一般滋味在心头"脱化出来者。

周稺圭先生《心日斋词录》凡十六家各系一诗。温飞卿云："方山憔悴彼何人，兰畹金荃托兴新。绝代风流干騠子，前生合是楚灵均。"李后主云："玉楼瑶殿枉回顾，天上人间恨未休。不用流珠询旧谱，一江春水足千秋。"韦端己云："浣花集写浣花笺，消得孤篷听雨眠。顾曲临川还草草，负他春水碧于天。"（以下略）

——以上二则出自况周颐《餐樱庑词话（续）》（《小说月报》，1920 年第 11 卷第 12 期）

（十二）

周介存《词辨》所选甚严，谓闺秀词惟李清照最优，究苦无骨，存一篇尤清出者。按：《词辨》以一卷为正，起温飞卿；二卷为变，起南唐李后主。清照《浣溪沙》词，列一卷之末，则固视以为优也。词录于下："髻子伤春懒更梳。晚风庭院落梅初。淡云来往月疏疏。　玉鸭熏炉闲瑞脑，朱樱斗帐掩流苏。通犀还解辟寒无。"

——出自冷芳《小梅花馆词话》（《消闲月刊》，1921 年）

（十三）

温飞卿《菩萨蛮》十四章全由楚骚变化而来，可为古今之极轨，唐代词人自以飞卿为冠。后主词凄婉悱恻、令人倾倒，是善言情者，却不及飞卿之厚。然南唐中宗《山花子》云“还与韶光共憔悴，不堪看”，可为沉郁之至、凄其欲绝，虽后主不能驾其上也。

——出自丐鱼《怀兰拜石轩词话》（《时报》，1922 年 2 月 27 日）

（十四）

词有与风诗意义相近者，自唐迄宋，前人巨制，多寓微旨。如李太白“汉家陵阙”，《兔爰》伤时也。张子同“西塞山前”，《考盘》乐志也。王仲初“昭阳路断”，《小星》安命也。温飞卿“小山重迭”，《柏舟》寄意也。李后主“花明月暗”，《行露》思也。韦端己“红楼别夜”，《匪风》怨也。张子澄“浣花溪上”，《绸缪》之缔好也。冯正中“庭院深深”，《苌楚》之悯乱也。潘逍遥“岛屿清秋”，《蒹葭》托踪迹也。……其他触物牵绪，抽思入冥，汉、魏、齐、梁，托体而成。揆诸乐章，喁于翾声，信凄心而咽魄，固难得而遍名矣。

李后主词：“梦里不知身是客，一晌贪欢。”张蜕岩词：“客里不知身是梦，只在吴山。”行役之情，见于言外，足以知畦径之所自。

《秋霁》调，始自李后主，宋胡浩然易为《春霁》，即此调也。杨升庵《词品》，谓《秋霁》词为陈后主所创，盖沿《草堂诗余》之误。

徐虹亭《词苑丛谈》一书，世称精博。其跋语云：“退食之暇，与同年秀水竹垞朱君、宜兴其年陈君互相参订。竹垞始谓余捃摭书目，必须旁注于下，方不似世儒剿取前人之说以为己出者。余韪其言，惜已脱稿，无从一一追溯，间取偶及记忆者，分注十之三四。”据此则知书中未经注明者不少。暇日循览是书既毕，记忆所及，附载于此。如“政和中无名氏赋《鱼游春水》”一条，见《复斋谩录》并《唐词纪》。……“李后主《乌夜啼》词”一条，见《古今词话》。……此皆徐之未及补注者。至同时胜流，轶闻异说，有与他书稍异，殆亦从而增饰者欤。

无那，犹无奈也。王右丞诗“强欲从君无那老”。李后主词“无奈夜长人不寐”。

五代艳词与李樊南《无题》诗异辙。李诗托诸寓言，吴修龄谓其专指令狐绹说。五代词，嘲风笑月，惆怅自怜，其能如韦端己、鹿虔扆之寄托深远者，亦仅矣。

南唐李后主留意声色，先纳周宗女为后。后通书，善音律，《霓裳羽衣曲》久绝不传，后按残谱，尽得其声调，徐游等从旁称美，有狎客风。后有妹，姿容绝丽，以姻戚往来宫中，得幸于唐主。唐主制小令艳词，颇传于外。后卒，竟册立之，被宠逾于故后。词即《菩萨蛮》“花明月暗”一阕，后人亦载诸《寿域词》，而更易其数字焉。按陆游南唐书后主周后传，后卒于瑶光殿，年二十九，葬懿陵。后主哀甚，自制诔，刻之石，与后所爱金屑檀槽琵琶同葬。又作书燔之与诀，自称鳏夫煜，其辞数千言，皆极酸楚。

李后主善音律，尝造《念家山破》（唐教坊曲有《念家山》，后主衍之为念家山破。马令《南唐书》云：“其声噍杀而名不祥，乃败征也。”）及《振金铃》曲。今后主词所传者三十四阕，而两曲无之。

《清波杂志》云：陶尚书谷奉使江南，恃才凌物，议论间，殆应接不暇。有善谋者，选籍中艳丽，诈为驿卒孀女，布裙荆钗，日拥彗于庭。谷一见喜之，而与之狎，赠以长短句。一日国主开宴，立妓于前，歌所赠邮亭一夜眠之词，谷大惭沮，满引致醉，顿失前日简倨之容。归朝坐此抵罪。其词云："好因缘。恶因缘。只得邮亭一夜眠。别神仙。琵琶拨尽相思调。知音少。再把鸾胶续断弦。是何年。"为驿卒孀妇者，一云韩熙载歌姬秦蒻兰，国主即李后主煜也。《江南野录》则云曹翰使江南赠妓词。而《研北杂志》又以为陶使吴越而作，与《冷斋夜话》《云巢编》所纪略同。

男中李后主，女中李易安，极是当行出色，前此太白，故称词家三李，此沈去矜说也。宋时严仁、严羽、严参，称邵武三严。嘉兴李武曾与其兄绳远、弟符亦称三李。可云前后辉映。

——以上10则出自张德瀛《词征》（刊于1922年，《词话丛编》本，其中卷一、卷二、卷三又见《民国》1914年第1卷第3、4、6期）

（十五）

凡填词，不可为声谱所缚，须贯通融会，入其中而出其外，斯为美响。若泥于词谱，反觉牵强。唐后主所为词，其善于融会而不为谱所限者也。其《浪淘沙》云："帘外雨潺潺，春意阑珊。罗襟不耐五更寒。梦里不知身是客，一晌贪欢。　独自莫凭栏，无限江山。别时容易见时难。流水落花春去也，天上人间。"读此词流畅自然，诚佳作也。

女子工词者，代有其人。然求其缠绵跌宕、抑扬备至者甚难。余尝遇王微修《天仙子》一词，其气概似唐后主，而婉转过之，诚不可多得之作。其词云："烟水芦花愁一片，个中消息难分辨。举杯邀月不成三，君不见，侬可见，伊人独与寒灯面。　欲寄封笺情有限，除非做本相思传。几回掷笔费成吟，君也念，侬也念，霜断晓路鸡声店。"

——以上二则出自林子和《爱莲轩词话》（《新世界》，1923 年 8 月 12 日）

（十六）

《江城子·题深闺春怨图》云："怪渠何事自凝眸。懒出游。懒梳头。只怕莺啼，把佳梦勾留。一点愁心随燕往，思渺渺，恨悠悠。　　伤心日日怕登楼。白云浮，绿水流。花落絮飞，春去更添忧。便把春江都化泪，难流尽，者般愁。"节奏击拍，声韵铿锵。煞尾由李后主《虞美人》词意化来，命意犹过之，盖后主之愁犹有尽，"难流尽，者般愁"无尽也。用意复深，是化人语意妙法。（略）

——出自金受申《仄韵楼札记词话（十三）》（《益世报》，1925 年 8 月 30 日）

二、1923—1932 年之间词话论南唐词

（十七）

宋末蒋捷，字胜欲，有竹山词一卷。其重九《浪淘沙》一首，掺入李后主词中，不能辨其楮叶也。亡国哀音，固有所谓相似者欤。其词云："开露浴疏桐。秋满帘栊。掩琴无语意忡忡。掐破东窗窥皓月，早上芙蓉。　　前事渺茫中。烟水孤鸿。一樽重九又成空。不解吹愁吹帽落，恨杀西风。"

——出自朱剑芒《重阳词话》（《申报》，1925 年 10 月 26 日；又见，《黄报》，1925 年 11 月 4 日）

（十八）

集诗难，集词尤不易。以词句有长短，词韵有平仄，一字一句，俱有音律束缚，不容假借也。葛秀英女士《澹香楼》词中有数阕，无缝天衣，殆同己出。为录其寄夫子之作三章，其一《忆王孙》“画堂深处麝烟微（顾敻），闻立风吹金缕衣（韩偓），红绡带缓绿鬟低（白居易），落花飞（王勃），不见人归见燕归（崔鲁）。其二《虞美人》云：“庭前芳树朝朝改（李峤），尚有余芳在（韦庄），年光背我去悠悠（沈叔安），恰似一江春水向东流（李后主），此时欲别魂俱断（韩偓），试取鸳鸯看（李远），不挑红烬正含愁（郑谷），别有一般滋味在心头（李后主）。”其三《巫山一段云》云：“云丽日催迟景（公乘亿），罗帐坐晚风（赵嘏），自盘金丝绣真容（王建），翻疑梦里逢（戴叔伦），离恨却如春草（李后主），落花落花慵扫（李珣），思量长自暗销魂（韩偓），蛾眉向影颦（刘希夷）。”其《赠双妹兼以送别》调寄《生查子》云：“落花落脸红（陈子良），困立攀花久（白居易），垂柳拂妆台（欧阳谨），搁翠香盈袖（赵嘏），不敢共想留（卢纶），去是黄昏后（韩偓），欲去又依依（韦庄），几日还携手（韩偓）。”玉贞以如许清才，惜不永于寿，年十九便卒，造物忌才，于斯益信。

——出自稚侬《守诚斋词话》（《小说新报》，1922 年第 7 卷第 7 期）

（十九）

李后主词如飞黄脱缰，不受控捉。且传者极少，未能尽其精华。于周氏《词辨》中，见其《玉楼春》云：“晚妆初了明肌雪，春殿嫔娥鱼贯列；凤箫声断水云间，重按霓裳歌遍彻！临风谁更飘香屑？醉拍阑干情味切；归时休放烛花红，待踏马中蹄清夜月！”又《阮郎归》云：“东风吹水日衔山，春来长是闲！落花狼藉酒阑珊，笙歌醉梦间。　春睡觉，晚妆残；无人整翠鬟。留连光景惜朱颜，黄昏人倚阑。”又《临江仙》云：“樱桃落尽春归去！蝶翻金粉双飞。子规啼月小楼西，玉钩帘幙，惆怅莫烟垂。　别巷寂寥人散后，望残烟草低迷；炉香闲袅凤凰儿，空持罗带，回首恨依依。”又《清平乐》云：“别来春半，触目愁肠断！砌下落梅如雪乱，拂了一身还满。雁来音信无凭，路遥归梦难成。离恨却如春草，更行更远远生！”又《相见欢》《浪淘沙》《虞美人》诸词，皆有刊作；惟管窥一斑，不无尝脔涎屠之憾！今并不多传者亦录之。《相见欢》云：“林花谢了春红，太匆匆！无奈朝来寒雨晚来风。　焉支泪，相留醉，几时重；自是人生长恨水长东。”《浪淘沙》云：“往事只堪哀。对景难排！秋风庭院藓侵阶。一桁珠帘闲不卷，终日谁来？　金剑已沉埋，壮气蒿莱。晚凉天静月华开。想得玉楼瑶殿影，空照秦淮。”又《虞美人》云：“春回小院庭芜绿！柳眼春相续；凭阑半日独无言，依旧竹声新月似当年。　笙歌未尽樽罍在。池面冰初解！烛明香暗画楼深。满鬓清霜残雪思难禁！”三词均以神胜，人谓白石以诗法入词，李后主之词，亦有几分似处也。

冯延巳蝶恋花之“庭院深深深几许？杨柳堆烟帘幙无重数”。李后主《浪淘沙》之“流水落花春去也，天上人间”。《临江仙》之“子规啼月小楼西。玉钩帘幙，惆怅暮烟垂”。白石淡黄柳之“空城晓角，吹入垂杨陌”。叶梦得《醉蓬莱》之“一曲阳关，断云残靄，做渭城朝雨”。白石《琵琶仙》之“十里扬州，三生杜牧，前事休说”！麟声读书过少，综所读古人词，足以言品格者，若斯而已。至于依品下格，忖格求神，反失纤细。总之，有品格者自不凡同，无待吾辈规规焉竞阿好也。（略）

——以上二则出自翁麟声《怡簃词话》（《华北画刊》，1929 年 第 11、14、16—19、22、24、25、27—35、37—39、43、45、46、49、50 期，1930 年第 55、56、60、62 期）

（二〇）

余尝步李后主韵填《虞美人》词暮春寄感云："天涯又见春归了，庭院莺声少，游丝无语怨东风，蜜意柔情多付落花中，西园昨梦今何在？满目芳菲改！绿窗可奈有人愁，背着灯儿双泪枕边流。"词成乃书于今年所摄之二十岁小影之下。以为题照。翌日，曹巽安又题十六字曰："语凄而怨，意永而深，是多情种，是伤心人。"余一笑置之。

——出自吴兴宋训轮《天际思仪盦词话》（《星洲日报周年纪念册》，国立中央大学商学院，1929 年 11 月）

（二十一）

沈东江谦曰："男中李后主，女中李易安，极是当行本色。前此太白，故称词家三李。"（《词苑丛谈》）

——出自李文绮辑《漱玉集·诗词话》（见《漱玉集》卷五《冷雪盦丛书》，1931 年 2 月）

（二十二）

长短句有立意深征，芊绵温丽，令人吟玩赞叹而不能自已者。朱希济《临江仙》云："峭碧惊差十二峰……一自楚王惊梦断。人间无路相逢，至今云雨带愁容"句，凭吊凄怆！沉痛动人，空间时间，洽用到妙处，非学倚声者，能轻拟。较唐后主煜重光，《虞美人》之“……雕栏玉砌应犹在，只是朱颜改，问君能有几多愁……”无青蓝之判。

——出自紫真《可竹轩词话（上）》（《益世报》，1932年3月16日）

（二十三）

词法妙造，不外写情、写景。情景相触而不能分者，斯为上乘。唐后主之《清平乐》云：“离恨恰如春草，更行更远还生。”语极凄惋，直把情景融化一团，无着迹处，入妙入神，得之天助。辛幼安《祝英台近》后半阕内有云，“是他春带愁来，春归何处”亦极工此法，沉痛之语，颇足动人。虽无逊色，但造句总觉有些着力，至后人夺胎，更恐书西施之貌耳。

——出自田紫真《留月轩词话》（《益世报》，1932年3月30日）

（二十四）

体之至，首贵妙悟；虽父子兄弟不能教也。体之工，只在多读，多作，多记：故体者可学而工，可力而能；灵者，半得于天性，半得于倏养头会，故较体者为难。今诗词，俱为而前数万字往复搬用；然后主用之，则有凄惋之美；正中用之，则有缠绵之妙；小山婉稳，东坡豪放，清真精洁华丽，稼轩慷慨纵横，梦窗有映梦窗凌乱碧之喻，玉田有玉老田荒之概。其余草窗、碧山、白石、梅溪，下至竹垞、其年、樊榭、皋文等，莫不各有独到，究其所自，岂非灵之使然欤？

——以上出自王泽浦《摩诘盦词话》（《益世报》，1932年5月3日）

（二十五）

诗以能用极平凡、通俗之语出之，而辞意深刻，有自然之美者，为上上乘。此惟求之大家为能。若名家则务言风骨，言神韵，言工力。其谋篇琢句之中，于此数者极其胜。不知彼大家之作，盖不待雕镂，已臻于此数者之绝诣矣。此于词曲，亦莫不然。略举梅村之五律，容若之短调为例。梅村诗："消息凭谁问，羁愁只自哀。逾时游子信，到日老人开。久病吾犹在，长途汝却回。白头惊起问，新喜出凉来。"状封建社会间父子之爱，离乱之情，何等逼肖，何等浑成，何等真挚！此较工部之"有弟皆分散，无家问死生"及"遥怜小儿女，未解忆长安"，几突过之矣。容若词："心灰尽，有发未全僧。风雨销磨生死别，夜来相对只孤檠。情在不能醒。"其佳处又较后主之"流水落花春去也，天上人间"，更为有力。"情在不能醒"五字，颇似为近代沉溺于爱河者作写照。味在弦外，弥足珍诵。

柳亚子著有《磨剑室词》，未刊行问世。隽语时出，如《丑奴儿令》云："飘沦莫向天涯问，道是闲愁。不是闲愁，一往情深不自由。　何人慰我伤谗意，待数从头。忍数从头，往事零星记得不？"《蝶恋花》云："小别无端愁寂寞，一日三秋，况是三旬约。雨横风凄楼一角，恼人只怨天公恶。　因甚心情容易错？见也寻常，去便思量着。香冷重衾惊梦觉，半床绣被浑闲却。"此阕中"见也寻常，去便思量着"，看似平淡，含意隽永，未经人道过。又题《李后主词》之《虞美人》一阕云："南朝自古多亡国。汝亦何须说。伤心刬袜下香阶，此恨绵绵，流不断秦淮。　不容卧榻卿酣睡，喝澈家山破。燕云十六尽干休，至竟赵家天子有人不。"勇于灭同种而怯于排异族，盖其狭隘之民族意识已久，不复为中国士大夫阶级所尚矣。亚子此词，殆为拯救此没落之民族而深有慨欤？

张樊圃为逊清咸、同间词客之一，有《新蘅词》行世。偶于友人黄荫亭处见其晚年所作数阕，皆集中未载者。录《唐多令》《山花子》各一首。《唐多令》云：“花片落空尊，春寒镇掩门。拥单衾几个黄昏。明月青溪烟柳暗，空愁煞，渡江人。纨扇箧犹存，熏墟香复温。渺天涯，如梦如云。流水三生萍再世，销不得，是春魂。”《山花子》云：“火冷锡稀杏欲残，梨花如雪压东栏。一角新愁无着处，寄眉山。　天上礌鸡惊夜午，帘前鹦鹉说春寒。剪烛为君裁白纡，称心难。”风致皆不恶。清代中于樊榭差近，而“流水三生”句则颇沉著，似后主之《浪淘沙》矣。

——以上三则出自林庚白《丽白楼诗词话》（《晨报》，1933 年 7 月 6 日—11 月 23 日；又见林庚白《丽白楼遗集》，中国人民大学出版社，1996 年 7 月）

（二十六）

生平最爱读李后主词，觉得没有一首不好，没有一句不妙。因为爱之极，便有了一种偏见——

自来论后主的，不外两派：一派可怜他；一派痛骂他。可怜他的人说，以一个皇帝，变为囚虏，当初享尽了福，后来受够了罪；末了，只因为一首虞美人词，宋太宗竟给他牵机药吃，头足相就，中毒惨死；他遭遇了这样的不幸，怎能令人不一掬同情之泪呢！但痛骂他的人说，做皇帝，不好好地处理国事，却贪图快活；结果，国亡、家破、身死，为天下笑，还带累了老百姓遭殃，这对己是活该；对人是罪孽深重。

我的伛见，既不是可怜他，也不是痛骂他；却是从他的词出发的。后主词唯一的好处，便是真挚，既不无病呻吟，也不妄事浮夸，而能切实地反映他的生活。进一步说，他有这样的生活，才能做出这样的好词；否则我们便没有这样好福气，能读到这样好词了。固然，他有别样的生活，也许能作出别样的好词；但词中却少了这种样式的佳品了。而且他这样的生活，也是无量数的人类生活的样式中，必有的一种。既是如此，那就必得有一个富有文学天才的，而又亲身经过这样生活的人，表现出来，留与后人享受。所以我们如果要重视他的词，当然要重视他的生活了。

后主的词，可以分为截然不同的两个时代，便是皇帝时代与囚虏时代。皇帝时代的词是艳丽的，且举一首来做代表：

《一斛珠》

晓妆初过，沈檀轻注些儿个。向人微露丁香颗。一曲清歌，暂引樱桃破。　罗袖裛残殷色可，杯深旋被香醪涴。绣床斜凭娇无那，烂嚼红绒，笑向檀郎唾。

囚虏时代的词是凄丽的，也举一首代表：

《虞美人》

春花秋月何时了，往事知多少！小楼昨夜又东风，故国不堪回首月明中。　雕阑玉砌应犹在，只是朱颜改。问君能有几多愁？恰是一江春水向东流。

再照我的偏见来讲，他做专事享乐的皇帝，我不但不痛哭他，并愿他如此；不然的话，我们那有这些艳丽的好词读呢？就是拿“国亡，家破，身死，还带累了老百姓遭殃”来换这些词，也不能说不值得。同时他做囚虏，我也不但不可怜他，并愿他如此；因为不如此，绝对作不出这些凄丽的好词。人生岂能尽如意，受罪总是难免；自己难受些罪，但能有贡献，这是顶有价值了。我们后人哩，正应歌颂之不暇，何必可怜他呢？

——出自张友仁《也是词话》(《安徽学报》，1933年第1期)

（二十七）

要讲填词那一定要推南唐李后主做巨擘了，在他的词里充满了人生的痛苦，和心情的悲凄。所发出的抑扬情感，词句的凄凉确非他人所能望见的。王国维曾说过“词至李后主而眼界始大，感慨遂深”确定是对的，总之后主词底好点就在情致深挚和意境高远。

我们看他的《虞美人》词：“春花秋月何时了？往事知多少？小楼昨夜又东风。故国不堪回首月明中！　　雕栏玉砌应犹在，只是朱颜改。问君能有几多愁？恰似一江春水向东流！”

那是多么哀凉，像这种亡国之音真能使人泪为之落。

——出自林瑞良《词话》（《津汇月刊（天津）》，1934年创刊）

（二十八）

词有用古人陈句而见佳者，如李清照《念奴娇》中“清露晨流，将桐初引”，系取《世说新语》卷四《赏誉》篇‘王恭’条句。苏东坡赤壁怀古《念奴娇》中“乱石穿空，惊涛拍岸”，系取诸葛武侯《黄陵庙记》句；又夏景《贺新郎》中“手弄生绡白团扇，扇手一时似玉”，系取《世说新语》卷五《容止》篇，“王夷甫容貌整丽，妙于谈玄，恒捉白玉柄麈尾，与手都无分别”句意。南唐后主怀旧《忆江南》中“车如流水马如龙”，系取《后汉书·马后纪》“濯龙门外家问起居者，车如流水，马如游龙”，而只去一“游”字。周美成金陵《西河》中“山围故国绕清江，髻鬟对起，怒涛寂寞打孤城”，又云：“夜深月过女墙来，赏心东望淮水”系取刘禹锡《金陵怀古》时（诗）：“山围故国周遭在，潮打空城寂寞回，淮水东边旧时月，夜深还过女墙来。”而全用之。以上诸家，皆不啻若自其口出。盖古人意到笔随，忘形今古，非有意窥窃陈篇也。

《后庭花破子》，李后主、冯延巳相率为之。“玉树后庭前。瑶草妆镜边，去年花不老。今年月又圆。莫教偏。和月和花，天教长少年。”单调三十二字，见《古今词话·词辨》卷上引陈氏《乐书》。王恽、邵亨贞、赵孟頫并有此词。万氏《词律》不收，谓是北曲，不知南唐已创此调也。

升庵又云：李后主《捣练子》二阕，常见一旧本，俱系《鹧鸪天》。其“云鬓乱”一阕前段云：“节候虽佳景渐阑，吴绫已越罗寒。朱扉日莫随风掩。一树藤花独自看。”“深院静”前段云：“塘水初澄似玉容，所思还在别离中。谁知九月初三夜，露似珍珠月似弓。”其词姑勿具论，试问《捣练子》平侧与《鹧鸪天》后半同耶？异耶！升庵大儒，填词小道，何必自欺欺人。（《香海棠馆词话》）

《古今词话·词品》下卷引冯延巳词“卍字回阑施着月”，今此词全阕未见。又《词辨》上卷引陈氏《乐书》曰：《后庭花》《破阵子》，李后主、冯延巳相率为之。“玉树后庭前，瑶草妆镜边。去年花不老，今年月又圆。莫教偏。和花和月，天教长少年。”此词李作“昔”，冯作“惜”。未载明各本选录，李词亦无此阕。

——以上四则出自临桂况周颐夔笙《蕙风词话续编》［稿本）；又见孙克强辑本《蕙风词话·广蕙风词话》，中州古籍出版社，2003 年 11 月］

（二十九）

苏轼《东坡志林》：“三十余年家国，数千里地山河。凤阁龙楼连霄汉，琼枝玉树作烟萝。几曾识干戈。　　一旦归为臣虏，沈腰潘鬓消磨。最是仓皇辞庙日，教坊犹奏别离歌，垂泪对宫娥。”后主既为樊若水所卖，举国与人，故当恸哭于九庙之外，谢其民而行。顾乃挥泪宫娥，听教坊离曲。

陈善《扪虱新话》：帝王文章，自有一般富贵气象。国朝江南遣徐铉来朝，铉欲以辨胜，至诵后主月诗云云。太祖皇帝但笑曰：“此寒士语耳，吾不为也。吾微时夜自华阴道中逢月出，有句云：“未离海底千山暗，才到中天万国明。”铉闻不觉骇然惊服。太祖虽无意为文，然出语雄健如此。予观李氏据江南全盛时，宫中诗曰：“帘日已高三丈透，金炉次第添香兽，红锦地衣随步皱。佳人舞点金钗溜，酒恶时拈花蕊嗅，别院遥闻箫鼓奏。”（按此为《浣溪沙》调。）议者谓“‘与时挑野菜和根煮，旋砍生柴带叶烧’者异矣。然此尽是寻常说富贵语，非万乘天子体”。闻太祖一日与朝臣议论不合，叹曰：“安得桑维翰者与之谋事乎？”左右曰：“纵维翰在，陛下亦不能用之，盖维翰爱钱。”太祖曰：“措大家眼孔小，赐与千万贯，则塞破屋子矣。”以此言之，不知彼所谓金炉香兽，红锦地衣，当费得几万贯，此语得无是措大眼孔乎。

王铚《默记》：徐铉归朝，为左散骑常侍，迁给事中。太宗一日问：“曾见李煜否？”铉对以：“臣安敢私见之。”上曰：“卿第往，但言朕令卿往相见可矣。”铉遂径往其居，望门下马。但一老卒守门，徐言愿见太尉。卒言：“有旨不得与人接，岂可见也。”铉曰：“我乃奉旨来见。”老卒往报，徐入立庭下，久之，老卒遂入，取旧椅子相对。铉遥望见，谓卒曰：“但正衙一椅足矣。”顷间李主纱帽道服而出。铉方拜。而李主遽下阶，引其手以上。铉告辞宾主之礼。主曰：“今日岂有此礼？”徐引椅少偏乃敢坐，后主相持大哭，乃坐，默不言。忽长吁叹曰：“当时悔杀了潘佑、李平。”铉既去，乃有旨再对。询后主何言，铉不敢隐，遂有秦王赐牵机药之事。牵机药者，服之前却数十回，头足相就，如牵机状也。又后主在赐第，因七夕命故妓作乐，声闻于外，太宗闻之大怒。又传“小楼昨夜又东风”，及“一江春水向东流”之句，并坐之，遂被祸云。

罗大经《鹤林玉露》：宜春傅公谋词云：“草草三间屋，爱竹旋添栽。碧纱窗户，眼前都是翠云堆。一月山翁高卧，连雪水村清冷，木落远山开。唯有平安竹，留得伴寒梅。家童□，开门看，有谁来。客来一笑清话煮茗更传杯。有酒只愁无客，有客又愁无酒，酒熟且徘徊。明日人间事，天自有安排。（按此词为《水调歌头》，后阕前三句脱一字。）此词清甚，末句尤达，可歌也。许及之为分宜宰，公谋作《贺雨诗》曰：“狮子关前半篆烟，二龙飞下卓篙泉。银河掣电连霄雨，绿野翻云四月天。便觉春生花一县，会看秋熟米三钱。何时卓鲁登黄阁，都与寰区作有年。”及之击节，公谋尤工作酸文。尝作无遮榜语云：“红旗渡口，凄凉芳草夕阳天。白纸山头，惨淡落花寒食节。”甚工。诗家有以山喻愁者，杜少陵云：“忧端如山来，澒洞不可掇。”赵嘏云：“夕阳楼上山重迭，未抵春愁一倍多。”是也。有以水喻愁者，李颀云：“请量东海水，看取浅深愁。”李后主云：“问君都有几多愁，恰似一江春水向东流。”（按此为《虞美人》调。）秦少游云：“落红万点愁如海。”（按此为《千秋岁》调。）是也。贺方回云：“试问闲愁知几许，一川烟草。满城风絮，梅子黄时雨。”（按此为《青玉案》调。）盖以三者比之愁多也，尤为新奇，兼兴中有比，意味更长。

陈鹄《耆旧续闻》：陆辰州子逸，左丞农师之孙，太傅公之元孙也。晚以疾废，卜筑于秀野，越之佳山水也。公放傲其间，不复有荣念。对客，则终日清谈不倦，尤好语及前辈事，缅缅倾人听。余尝登门，出近作《赠别》长短句以示公，其末句云：

"莫待柳吹绵，吹绵闻杜鹃。"公赏诵久之，是后从游颇密。公尝谓余曰："曾看东坡《贺新郎》词否？"余对以世所共歌者。公曰："东坡此词，人皆知其为佳，但后攧用榴花事，人少知其意。"某尝于晁以道家，见东坡真迹，晁氏云："东坡有妾名朝云、榴花。朝云死于岭外，东坡尝作《西江月》一阕，寓意于梅，所谓'高云已逐晓云空'是也。惟榴花独存，故其词多及之。观'浮花浪蕊都尽，伴君幽独'，可见其意矣。又《南歌子》词云：'紫陌寻春去，红尘拂面来。无人不道看花回，惟见石榴新蕊一枝开。　冰簟堆云髻，金樽滟玉醅。绿阴青子莫相催。留取红巾千点照池台。'意有所属也。"或云赠王晋卿侍儿，未知其然否也？余谓后辈作词，无非前人已道底句，特善能转换尔。《三山老人语录》云："'从来九日'，用落帽事，东坡独云'破帽多情却恋头'，尤为奇特。"不知东坡用杜子美诗："羞将短发还吹帽，笑倩旁人为正冠。"近日陈子高作《谒金门》云："春满院，飞去飞来双燕。红雨入帘寒不卷，小屏山六扇。"乃《花间集》和凝词："拂水双飞来去燕，曲槛小屏山六扇"。赵德庄词云："波底夕阳红湿。""红湿"二字，以为新奇，不知盖用李后主"细雨湿流光"，与《花间集》"一帘疏雨湿春愁"之"湿"。辛幼安词："是他春带愁来，春归何处？却不解带将愁去。"人皆以为佳，不知赵德庄《鹊桥仙》词云："春愁元是逐春来，却不肯随春归去。"盖德庄又本李汉老《杨花》词"蓦地便和春、带将归去"。大抵后之作者，往往难追前人。盖唐词多艳句，后人好为谑语；唐人词多令曲，后人增为大拍。又况屋下架屋，陈腐冗长，所以全篇难得好语也。公之词传于曲编者，独《瑞鹤仙》"脸霞红印枕"之句，有和李汉老"叫云吹断横玉"，词语高妙，惜其不传于世。其词云："黄橙紫蟹映金壶，潋滟新醅浮绿。共赏西楼吟夜月，极目云无一粟。挥麈高谈，倚栏长啸，下视鳞鳞屋。轰然何处，瑞龙声喷蕲竹。　何况露白风清。银河澈汉，仿佛如悬瀑。此景古今如有价，岂惜明珠千斛。灏气盈襟，泠风入袖，只欲骑鸿鹄。广寒宫殿，看人颜似冰玉。”观公之词，可以知其风流蕴藉矣。

蔡绦作《西清诗话》，载江南李后主《临江仙》，云：“围城中书，其尾不全。”以余考之，殆不然。余家藏李后主《七佛戒经》及杂书二本，皆作梵叶，中有《临江仙》，涂注数字，未尝不全。其后则书李太白诗数章，似平日学书也。本江南中书舍人王克正家物，后归陈魏公之孙世功君懋，予陈氏婿也。其词云：“樱桃落尽春归去，蝶翻轻粉双飞。子规啼月小楼西。玉钩罗幕，惆怅暮烟垂。　别巷寂寥人散后，望残烟草低迷。炉香闲袅凤凰儿。空持罗带，回首恨依依。”后有苏子由题云：“凄凉怨慕，真亡国之声也。”

洪迈《容斋随笔》：东坡书李后主去国之词云：“最是苍皇辞庙日，教坊犹奏别离歌，挥泪对宫娥。”以为后主失国，当恸哭于庙门之外，谢其民而后行，乃对宫娥听乐，形于词句。予观梁武帝启侯景之祸，涂炭江左，以致覆亡，乃曰：“自我得之，自我失之，亦复何恨。”其不知罪己，亦甚矣。窦婴救灌夫，其夫人谏止之。婴曰：“侯自我得之，自我捐之，无所恨。”梁武帝用此言而非也。

张邦基《墨庄漫录》：宣和间，蔡宝臣致君收南唐后主书数轴来京师，以献蔡绦约之。其一乃王师收金陵，城垂破时，仓皇中作一疏祷于释氏，愿兵退之后，许造佛像若干身、菩萨若干身，斋僧若干万员，建殿宇若干所。其数皆甚多，字画潦草，然皆遒劲可爱，盖危窘急中所书也。又有《看经发愿》文，自称莲蓬居士李煜。又有长短句《临江仙》云：“樱桃结子春归尽，蝶翻金粉双飞。子规啼月小楼西，玉钩罗幕，惆怅卷金泥。门巷寂寥人去后，望残烟草低迷。”而无尾句。刘延仲为补之云：“何时重听玉骢嘶。扑帘飞絮，依约梦回时。”

——以上8则出自夏敬观《汇辑宋人词话》（《同声月刊》，1942年第2卷第3、4、7、8、9、10、11期，1943年第2卷第12期、第3卷第2、3、9期，1944年第3卷第10、11、12期）

（三〇）

李后主词云：“离恨恰如春草，更行更远还生。”秦少游词云：“倚危亭，恨如芳草，萋萋刬尽还生。”莫少虚词云：“愁同芳草雨萋萋”，用意俱相似。

——出自冯振《自然室诗词杂话》（《学术世界》，1935年第1卷第1期）

（三十一）

王静安尝云：“尼采谓一切文学，余爱以血书者。后主之词，真所谓以血书者也。宋道君皇帝《燕山亭》词略似之。”愚按燕山亭徽宗北狩时所作，其词曰：“裁剪冰绡，轻迭数重，淡着燕脂匀注。新样靓妆，艳溢香融，羞杀蕊珠宫女。易得凋零，更多少无情风雨。愁苦。闲院落凄凉，几番春暮。　凭寄离恨重重，者双燕何曾会人言语？天遥地远、万水千山，知他故宫何处？怎不思量？除梦里有时曾去。无据，和梦也新来不做。”《词筌》云：“南唐后主《浪淘沙》曰：‘梦里不知身是客，一晌贪欢’。至宣和帝《燕山亭》，则曰：‘无据，和梦也新来不做。’其诸更惨矣！”又《南烬记闻》载徽宗北行事云：“闻番人吹笳笛，声呜咽如泣，帝与太上太后闻之，曰：‘与成化乐何如？’时太上口占一词曰：‘玉京曾忆旧京华，万国帝皇家。金殿琼楼，朝吟凤管，暮弄龙邑。化成人去今萧索，春梦绕胡沙。向晚不堪回首，坡头吹彻梅花！’少帝唱其词，复和之曰：‘宸传百战旧京华，仁孝自名家。一旦奸邪，天倾地拆，忍听琵琶？如今塞外多离索，迤逦绕湖沙。万里邦家，伶仃父子，向晓霜花！’歌不成曲，三人大哭而止。”愚谓此与李后主所谓此间日以眼泪洗面者正同。呜乎！强寇肆虐，性命堪虞，而笙歌自若，不以为虑者，比比皆是。余书至此，泪夺眶出矣。

——出自世民《词话拾零》（《中央日报》，1935 年 4 月 17 日）

（三十二）

“无言独上西楼，月如钩。寂寞梧桐深院锁清秋。剪不断，理还乱，是离愁。别是一般滋味在心头。”此李后主《相见欢》咏秋闺句也。词中所举“明月梧桐”，以西楼秋景，衬闺妇离愁，颇见作者巧思。然究不如杨琇女士所作《虞美人》词，较之真切有味。杨女士《秋闺》云：“几年心事都抛却，情绪浑无着；新秋一叶坠梧桐，怕记落花寒食是东风。望他征雁传音信，渐渐黄昏近，啼痕休怪月明知，强对隔帘鹦鹉话相思”。又景翩翩女士《忆秦娥》词，亦有“梧桐明月”之句，词曰：“秋萧索，西风一夜吹香阁；吹香阁，挑灯独坐，半垂帘幕。满阶明月梧桐落，满窗凉露吴衫薄；吴衫薄，菱花闲对，鬓云斜掠。”

——出自业辉《秋闺词话》（《中央日报》，1936 年 9 月 8、10 日）

（三十三）

南唐后主句："独自莫凭阑，无限江山，别时容易见时难，流水落花春去也，天上人间。"人远去，和流水落花，不堪回首。追念前尘，都入虚无间矣。"剪不断，理还乱。是离愁，别是一股滋味在心头。"真丝易断，愁丝难断也。

——出自业建《伤别词话》（见《益世报》，1937 年 3 月 5 日）；又见陈能训《伤别词话》（《晨报》，1943 年 11 月 7 日）

（三十四）

南唐后主李煜，也是一位风流天子。有一次他的正室昭惠生病了，李煜便乘这机会和昭惠的妹妹成其好事，并且作了一首《菩萨蛮》道："花明月黯飞轻雾。今宵好向郎边去。刬袜下香阶。手提金缕鞋。　　画堂南畔见。一晌偎人颤。奴为出来难。教君恣意怜。"描写幽期密约的情形如画。有一天昭惠后醒来，突然看见她的妹妹，惊道："你也在这里吗？"她妹妹年幼不知轻重，实告道："我已来了好多天了。"昭惠心知其故，郁郁而死。不久，李煜便和小周后结婚了。

李煜亡国后，入宋封违命侯，开始过他奴隶的生活。某次写信给他的旧宫人道："此中日夕，惟以泪洗面。"也可以想见其痛苦的一斑。而尤其使他难过的，恐怕要算小周后的被污了。那时小周后也跟他归宋，每次入宫朝见回来，总是对着李煜大哭大骂，但叫他有什么办法呢，亡国的君主，竟连一个妻子都保不住，实在可叹！某年七夕，后主在赐第燕饮，欢乐之声，达于禁中。太宗本来恨他有"故国不堪回首"之词，至此又愠其酣畅，便用牵机药把他毒死了。

词人张泌，字子澄，是五代时淮南人。他年轻时与邻女浣衣很要好，每夜都梦到她。初恋时，作了一首《江城子》道："浣花溪上见卿卿。眼波明。黛眉轻。高绾绿云，金簇小蜻蜓。好是问她来得么，舍笑道，莫多情。"不久浣衣出嫁了，子澄寄了一首诗给她："别梦依依到谢家，小廊回合曲栏斜。多情只有春庭月，犹为离人照落花。"浣衣接到了诗，心里很感伤，但有什么办法去安慰他呢，只不过独自儿流泪罢了。后来子澄随南唐后主归宋，入史馆，迁郎中，归寓毗陵。

——以上三则出自林世堂《词坛逸话》（《南报》，1937年6月19、20日，7月3日）

（三十五）

历朝帝王能词者，当推李后主与宋徽宗，二人的身世又恰恰相同，都尝过亡国的滋味。兹将抒写被掳后生活最足动人者，各举半阕：

"四十年来家国，三千里地山河。凤阁龙楼连霄汉，玉树琼枝作烟萝。几曾识干戈？　一旦归为臣虏，沈腰潘鬓销磨。最是仓皇辞庙日，教坊犹奏别离歌。挥泪对宫娥。"（后主《破阵子》）

"凭寄离恨重重，这双燕，何曾会人言语。天地遥远，万水千山，知他故宫何处。怎不思量，除梦里、有时曾去。无据。和梦也、新来不做！"（徽宗《燕山亭》）

身居九五，为人间至尊，故非两人所宜；但做一个艺术家的资格，却绰绰有余。

胡怀琛先生以屈、陶、李、杜、白、苏、陆、王为中国八大诗人，吾以李后主、冯延巳、晏殊、欧阳修、苏东坡、李清照、辛弃疾、纳兰容若为中国八大词人。

——以上三则出自林丁《蕉窗词话》(《北平晨报·艺圃》,1937 年 7 月 12 日;又见《大中时报》,1937 年 7 月 15 日)

(三十六)

南唐李后主与宋代李清照,各为一代词宗,而生平际遇,均是前半生演着喜剧,后半生演着悲制,文人薄命如出一辙。他们一生的作品,也随着前后心境之不同,而显然的划出一条鸿沟。

后主在开宝八年(975)以前,贵为天子,幸运之神,把南唐的宫殿,筑成一座象牙之塔,后主沉醉于脂粉队中,有的是逸致闲情,有的是赏心乐事,因而他这时的作品,多系曼艳之词。李清照生于宋神宗元丰四年,其父李格非官居礼部,母为王状元拱宸之孙女,皆工文章,后适赵明诚,亦一代风流学士,乃翁赵挺之官居吏部,后擢升宰相,可谓出身宦门,生长世家。所以她在青春妙龄的时候,也是完全度着美满甜蜜的生活,因而她这个时期的吟咏,亦多清新奇丽之作。

开宝八年后,后主被虏于宋,宋帝待之甚酷,其贫苦情况,由他写给金陵故人的书中"此中日夕只以眼泪洗面"一语可以想见。而清照亦于四十七岁后,以桑榆之晚景,踏入凄苦悲怆之途,金兵陷青州,使她十余屋藏书,付诸一炬,接着生父又遭罢免,未久明诚亦告长辞,清照以悲痛余生,更屡历颠险,及金兵陷洪州,所有家私,又尽被焚毁,乃至无家可归,后依其弟李迒卜居金华,于风霜忧患中,终其残年,较之后主虽时代地位有殊,而命运之坎坷,均由极端之欢愉畅快而跌入悲哀凄楚之境则如出一辙,吾人每读此二大词宗之平生著作,实不胜造物弄人,文章憎命之感也。

后主与清照,前半生创作,多系描写男女两性间甜密亲昵之情，艳词妙语，令人神醉，而一系才子心思，一为少妇襟怀！看他们是如何写得：

晚妆初过，沈檀轻注些儿个。向人微露丁香颗，一曲清歌，暂引樱桃破。　罗袖裛里残殷可，杯深旋被香醪涴。绣床斜凭娇无那，烂嚼红绒，笑向檀郎唾。（李后主《一斛珠》）

以描写寝宫中昵狎温柔之生活。

再看李清照怎样写她生活的甜蜜：晚来一阵风兼雨，洗尽炎光。理罢笙簧，却对菱花淡淡妆。　绛绡缕薄冰肌莹，雪腻酥香。笑语檀郎："今夜纱幮枕簟凉"。（《采桑子》）

同是一般心情，却是两种香艳。

绣幕芙蓉一笑开，斜偎宝鸭衬香腮。眼波才动被人猜。一面风情深有韵，半笺娇恨寄幽怀。月移花影约重来。（《浣溪纱》）

卖花担上，买得一枝春欲放，泪轻点匀，犹带彤霞晓露痕。怕郎猜道，奴面不如花面好；云鬓斜簪，徒要教郎比并看。（《减字木兰花》）

写少妇媚态，是何等妖艳！何等大胆！新意自创，道人所不能道，充分表现出少女新婚的满怀愉快。

后主的调情词与清照的相思词也可作个对照的观赏：

花明月黯拢轻雾，今朝好向郎边去。刬袜步香阶，手提金缕鞋。　画堂南畔见，一晌偎人颤。奴为出来难，教君恣意怜。（李后主《菩萨蛮》）

铜簧韵脆锵寒竹，新声慢奏移纤玉。眼色黯相钩，秋波横欲流。　雨云深绣户，来便谐衷愫，燕罢又成空，梦迷春睡中。（同上）

据云：后主与昭惠后之妹，在未婚前已私相恋爱，这些亲昵之词，都是为她而作。

红藕香残玉簟秋，轻解罗裳，独上兰舟。云中谁寄锦书来？雁字回时，月满西楼。　　花自飘零水自流，一种相思，两处闲愁。此情无计可消除，才下眉头，又上心头。（李清照《一剪梅》）

这是李清照一首寄给明诚的相思词，无限幽情，如怨如诉，实千古绝妙佳作。以上是他们前半生曼艳愉快之迹，现在再看着他们生离死别的晚景，是如何的沉痛凄凉吧！

春花秋月何时了？往事知多少？小楼昨夜又东风，故国不堪回首月明中！　　雕栏玉切应犹在，只是朱颜改。问君能有几多愁？恰似一江春水向东流！（《虞美人》）

人生愁恨何能免，销魂独我情何限！故国梦重归，觉来双泪垂。　　高楼谁与上？长记秋晴望。往事已成空，还如在梦中！（《菩萨蛮》）

这是后主于被虏后，以凄惋之笔风，总出不堪回首之怆怀，血泪迸发，感人至深。

再看李清照的晚年作品：风住尘香花已尽，日晚倦梳头，物是人非事事休，欲语泪先流！　　闻说双溪春尚好，也拟泛轻舟；只恐双溪舴艋舟，载不动许多愁！（《武陵春》）

同样的哀惋凄怆感人心脾。

生活之激荡，为伟大文艺之源泉，后主与清照之所以成为绝代词人，其亦由于生活之坎坷激荡有以成之者欤？

——出自李冰人《淡泊斋词话·李后主与李清照词》（《艺文大阪每日》，1938 年创刊号）

（三十七）

静安每以“隔”字讥白石。一则曰：“觉白石《念奴娇》《惜红衣》二词，犹有隔雾看花之恨。”再则曰：“白石写景之作，虽格韵高绝，然如雾里看花，终隔一层。”三则曰：“白石《翠楼吟》：‘此地宜有词仙。’便是不隔，然南宋虽不隔处，比之前人，自有深浅厚薄之别。”窥其意，一若以曲直为隔、不隔之准。然静安谓有境界，则自成高格，又谓白石格高而无意境，殊为两歧。盖循彼之意，人不解白石格调何以独高也。今谓白石之词，有意境而能狷洁，故成高格。白石之病，在婉约而不深闳，非病在无意境也。惟其婉约也，故似隔一层。然细味之，正自有意境者。后主之词，能深闳，故又胜一筹。而苏辛之词，则豪放杰出，其佳处在其能敛才能范者耳。若其有境界则均也。

静安论词，颇主气象。其谓太白纯以气象胜，“西风残照。汉家陵阙。”寥寥八字，遂关千古登临之口。又云：“词至李后主而眼界始大，感慨遂深。‘自是人生长恨水长东。流水落花春去也，天上人间。’《金荃》《浣花》，能有此气象耶？”又云：“冯正中词，虽不失五代风格，而堂庑特大，开北宋一代风气。与中后二主词，皆在花间范围之外。”彼其所谓气象，以永叔词于豪放之中有沉着之致为尤高，而亦称少游凄婉之作。又谓嵯峨萧瑟二种气象，惟东坡、白石，各得其一二。今案凡此所谓气象，即词家所创境界之壮美者也。然此亦文章艺术之共相，非可专施于词者也。

后主之词，言欢娱者，如“归时休放独花红，待踏马蹄清夜月”；言悲愁者，如“故国不堪回首明月中。”皆绝妙雅词也。皆渐近自然之词也。若“几曾识干戈”“垂泪对宫娥”，驽劣衰杀。则有纯任自然之病，斯为集中下乘。

近人多好冯正中词。冯梦华，成肇麟，王静安，尤喜称道。然延巳专蔽固宠，亡国大夫，词虽温厚，皆乖立诚。“和泪试严妆”，活画出一善妒娥眉来，余无取焉。

欢娱之词难工。后主《玉楼春》而后，惟晏同叔《破阵子》，“笑从双脸生”差堪继武。

李易安，论词极精，其所作亦不在李后主下。其浅语如“和羞走，依门回首，笑把青梅嗅”；其淡语如“笑语檀郎，今夜纱幮枕簟凉”；凄婉语“多少事，欲说还休。此情无计可消除”；哀伤语“守着窗儿，独自怎生得黑”；感慨语如“风休住，蓬舟吹取三山去”，皆不假雕琢，自然入妙。惜二李遗文多逸，全豹难窥。然要其咳吐珠玑，并登大雅，盖君王失位，哲妇悼亡。天下伤心，莫大于此。宜其有句皆佳，无言不妙也。然《武陵春》，“也拟泛轻舟”，遂来晚节不终之诬，立言之“不可不慎也如此”。玉田洞晓音律，而为律所奴，又在白石之下。碧山身仕胡元，而为故国之思，以视许鲁斋、吴梅村二祭酒，有喋喋多言之恨。

越数载，师奉命出使，轺车将发，复以译词相勖。余以张志和《渔歌子》、李后主《相见欢》诸阕进。皆附小传、注释、评论，师益善之。而译稿于是滋多，而犹未遑卒业。盖鄙意以为译词固难，精选名家之作尤难。若任情取舍，则事等儿嬉，未免为识者词冷。必也如江文通杂体诗所谓“无乖商榷者耳”。坐是所读唐以来词籍日富，而所译仍不过数十首而已。

初，余从友人处，获睹纳兰容若《饮水》《侧帽》词，闻别有足本，求之经年，乃得覆印榆园丛刻本。既读讫，便以献之海盐师。时师方乘轺西行，有志于译词之事也，退而复购得一册，回环讽诵，至今藏诸经笥。来沪日，与师续议译词事，先从李清照集入手。而余秉乡先举陈公含光之教，犹拟译李后主词。因李词而忆及纳兰词，遂更取坊本读之，盖今世词曲之学盛行。榆园旧刻，今已一再摹雕，或付活字摆印。求之甚易易矣。余既有《星槎词话》之作，近来脑力大衰，记忆苦不分明，涉笔记所见闻，以为词话丛编。傥亦嗜倚声者，所乐与相印证者也。

——以上8则出自厉星槎《星槎词话（续）》（《国学通讯》，1940年第1、2、4、6期）

（三十八）

吾们举一个例，也就很可以见到诗词是颇少区别的。像李后主很出名的《虞美人》："春花秋月何时了？往事知多少！小楼昨夜又东风，故国不堪回首月明中。雕栏玉砌应犹在，只是朱颜改。问君能有几多愁？恰似一江春水向东流。"这与王昌龄的《长信秋词》："金井梧桐秋叶黄，珠帘不卷夜来霜。重笼玉枕无颜色，夜听南宫清漏长。"与李白的《玉阶怨》："玉阶生白露，夜久侵罗袜；却下水精帘，玲珑望秋月"。

从上面的三首韵文看来，除了长短句的分别以外，谁能说出诗词的重大区划来呢？对的，当吾们读书念词的时候，风味上有些不可言传的差异处；但无论如何诗词是没有多大区别的。这样最后给的意义下一界说吧！词是什么？词是倚声填谱的抒情的歌辞。

宋词的前引——唐五代词诗至唐代大盛，各方面都似乎发达到了极度了，于是有词的兴起，已如上述。更渐渐的由唐而五代词已经到了成功的地步，这时词已足以驾乎诗之上了，再演进下去，词乃大盛于宋。虽然词在晚唐五代时业已成功——如温庭筠李后主——可是吾们认词在宋为最盛，五代词的成功还是宋词的前引，宋词的前驱。

南唐中主。他的《山花子》是挺出名的一首。"菡萏香销翠叶残，西风愁起绿波间。还与韶光共憔悴，不堪看！细雨梦回鸡塞远，小楼吹彻玉笙寒。多少泪珠何限恨，倚栏杆。"

南唐后主。一提到李后主，我想大家都会想起他那几首有名的词，他的确是五代时词人中最伟大的一个，就是在中国整个的词史上他也是位罕见的人物。后主委实是值得多叙述的一位。他姓李，名煜，字重光（936—977）。他一生爱好文学，尤其是纯文艺。他是一个心地纯良的人，正如王国维所说他“俨有释迦基督担荷人类罪恶之意”一样。这样的人怎能久耐五代那时的纷争之局呢？对于狡诈夺取的政治生活他自然是门外汉，所以终于不得不亡国，忧郁而死了。

古今的人对于后主的词有许多好评不必详举。他的词以亡国前后为大分野，亡国前多艳丽之词，像他的《菩萨蛮》等。亡国后，忽然由富丽一尊的生活中做了阶下囚，于是成了终日以泪洗面的，生命力大大激发起来，表现于词上的也就前后判若两人了。像他的《相见欢》《子夜》《清平乐》《浪淘沙》《临江仙》等，真是凄凉愁悒，令人不忍卒读了。王国维说：“后主之词真所谓以血书者也。”这实在是很切当的评语。

关于他的词，笔者个人尤喜诵他的破阵子：“三十年来家国，三千里地山河。凤阁龙楼连霄汉，玉树琼枝作烟萝，几曾识干戈？　　一旦归为臣虏，沈腰潘鬓消磨。最是仓皇辞庙日，教坊犹奏别离歌，垂泪对宫娥。”虽然欧阳修曾板起道学先生的面孔，责难他于亡国大难的时候，去辞别家庙，不对家庙垂泪而对宫娥垂泪。可是笔者以为这正是词的真挚处，入情入理的地方。感情那容许人来讲些大道理呢？从这地方吾们也正可以见到词人的伟大的浓郁的情感，后主的痴情处，才真是真感情的流露，真我的表现。

——出自杨剑花《宋词史话》（《永安月刊》，1941 年第 82 期）

（三十九）

北宋人或以方言俚语入词，盖创之五代。后主“沈檀轻注些儿个”，盖方言矣。推而上之，《云谣》所载，唐人小词，其例更夥。但不足为清初人纤卑滑率好用方言之解辩。以清初人袭用唐宋方言，原非当日流行之吐属，有意用之，便不如唐五代之随手拈来。患难夫妻失其真也。

言情往往出以曲笔，藻饰纷如，其工者文情并茂，固不必论，不工者转以文而伤情，后主“故国梦重归，觉来双泪垂”，全用白描写真情，视藻饰者，其高何止百倍？若藻饰而出于晦涩，则不足齿矣。

——以上二则出自赵尊岳《填词丛话》（《词学》，1985年第5辑本）

（四〇）

紫竺（一作紫竹）是宋大观间（1107—1110）人，工词，善笑谑。常自谓天下没有一个男子可做她的配偶，一天，她正读李后主词。她父亲元伯问她：“后主词何处最佳？”她答道：“问君能有几多愁？恰似一江春水向东流。”那时有秀才方乔，乐平人，偶和她于野间相遇，很爱慕她。

张令仪有《虞美人·有感用李后主原韵》云：“匆匆霜雪蒙头了，细数欢场少。落花无语对东风，可惜韶光都付泪痕中。乌衣门巷今何在？回首斜阳改。羡他沤鸟不知愁，偷食水萍花底逐波流。”令仪字柔嘉，桐城人，大学士张英的第三女。嫁同邑姚士封。工诗词，著有《蠹窗诗余》。

——以上二则出自谭正璧《女性词话》（上海中央书店，1934年）

（四十一）

唐主尝制小词云："曾宴桃源深洞，一曲舞鸾歌凤，长记别伊时，和泪出门相送，如梦如梦，残月落花烟重。"此庄宗自度曲也。

后唐庄宗以绝代之才，奋扑朱梁，五季时威烈之盛，殆无与伦比者！惜晚景不良，"一夫夜呼，乱者四应，仓皇东出，未见贼而士卒离散"，为可哀耳！虽然，史称其"既好俳优，又知音，能度曲，至今汾晋之俗，往往能歌其声谓之御制者，皆是也。"（见《新五代史·伶官传》）则其有文事而能武备，贤于南唐后主远矣。

李后主宫中未尝点烛，每至夜则悬大宝珠，光照一室如日中。尝赋《玉楼春》词云：

"晚歌初了明肌雪，春殿嫔娥鱼贯列，笙箫咏断水云间，重按霓裳歌遍彻。临春谁更飘香屑，醉拍阑干情未切。归时休放烛花红，待踏马蹄清夜月。"

南唐书载后主继室周后，即昭惠后之妹也。昭惠感疾，后尝在禁中，先与后主私，后主作《菩萨蛮》云：

"花明月暗飞轻雾，今宵好向郎边去。刬袜步香阶，手提金缕鞋。　　画堂南畔见，一晌偎人颤，奴为出来难，教郎恣意怜。"

此词遂传播于外，已而纳后，大宴群臣，韩熙载以下皆为诗讽，后主不之谴。

——以上三则出自词客《词话（续）》（《三六九画报》，1942 年第 13 卷第 13 期）

（四十二）

情是神秘而不可思议的，真情流落时，有理智思想不能遏止的，而词人眼中一切皆多情，真情恣放寄托灵魂的绝妙好词，足可以代表一个时代的精神，如宋欧阳文忠公《醉蓬莱》词云："见羞容敛翠嫩脸匀红，素腰袅娜，红药栏边怪不教伊过，半掩娇羞，语低声颤，问道：有人知么？强整罗裙，偷回眼波佯行佯坐。　便问假如事还成后，乱了云鬟，被娘猜破，我且归家，你而今休呵，更为娘行，有些针线，诮未收啰，却待更阑，庭花影下，重来则个。"此词娓娓写出，都入画境，描写偷情的景况，宛然在目，词人的真情恣放流露纸上呈现一种自然天籁！是如何的令人玩味，然而情之深者，缱绻绸缪，非笔墨无以表剖其形骸者，如李后主《菩萨蛮》云："花明月暗笼轻雾，今宵好向郎边去，刬袜步香阶，手提金缕鞋。　画堂南畔见，一晌偎人颤，奴为出来难，教君恣意怜。"

——出自靖梅《词话（续）》（《三六九画报》，1942年第15卷第15期）

（四十三）

词莫难于小令，以其体纤弱，明珠翠羽，未足方其清丽；要必有鲜妍之姿，而得隽永之趣，斯为上乘。如李后主《相见欢》云："剪不断，理还乱，是离愁。别有一般滋味在心头。"风神高秀，千古绝唱。求之清代词家，如彭孙遹《延露词》，极妍秀婉媚之致。《生查子·旅夜》云："梦好恰似真，事往翻如梦。起立悄无言，残月生西弄。"《浣溪纱》云："红杏枝头寒食雨，碧桃花外夕阳楼，千条弱柳绾春愁。"《菩萨蛮》云："侬已不成眠，知伊更可怜。"又云："春梦太分明，关人半日情。”《玉楼春》云：“江南无数断肠花，枝上东风枝下雨。”又云：“人从春色去边来，舟向梦魂来处去。”又如张砥中《洗铅词》，亦多绵邈飘忽之音。《卜算子·送别》云：“已到别离时，那得多言语。酒似愁浓醉不消，芳草长亭暮。江上几重山，都在销魂处。但愿伊心似我心，一任天涯去。”《浪淘沙》云：“春柳暮烟含，燕醉莺酣，飘绵舞絮恨相兼，雨打风吹收不了，又上眉尖。系马弄金衔，斜日厌厌。梦中归路又谁谙？渺渺茫茫花一簇，说是江南！”《清平乐》云：“只恐春光无赖，背人先到西溪。”《乌夜啼》云：“也知梦去不见，无奈不成眠！”又如毛稚黄莺情词，《江城子》云：“沧海月明都换泪，还道是，不成愁。”《菩萨蛮·细雨》云：“冥蒙帘外如烟气，积成一点花梢泪。”《更漏子·得信》云：“麝熏笺，脂抹印，一点泪痕红晕。将拆处，更迟留，安排读了愁。”《凤来朝·西湖春晓》云：“觉愁来，觅愁无处。黯黯飞将云。去晓树，共蒙许。”皆姿致幽渺，神味绵远。低徊吟讽，辄觉靡靡荡魄。可谓小词之上乘矣。

词人写心境而取譬于物境者，多属名句。如李后主《相见欢》“自是人生长恨水长东！”《虞美人》“问君能有几多愁？恰似一江春水向东流！”《清平乐》“离恨恰如春草，更行更远还生”等句，皆是也。

词之淡，在脱不在易。所谓脱者，天然好语，脱口而出。昔人云：“文章本天成，妙手偶得之。”又云：“得来容易却艰辛。”近代蕙风词人更下一转语云：“自然从追琢中出。”初非率易之谓也。丁飞涛曰：“月是何色？水是何味？芝兰之香何香？水烟山雾之气何气？其间皆有自然化境。”此我之所谓词之淡也。而此自然化境，惟妙手偶得之耳。余于飞卿词，最爱其《更漏子》一阕，以其语弥淡而情弥苦。他如韦庄《女冠子》："不知魂已断，空有梦相随。除却天边月，没人知。"李后主《相见欢》："剪不断，理还乱，是离愁；别有一般滋味在心头。"皆姿致幽渺，神味绵远；不假粉饰，自然入妙。又如张星耀（砥中）《洗铅词》《乌夜啼》："也知梦去还相见，无奈不成眠。"彭孙遹（羡门）《延露词》《菩萨蛮》："春梦太分明，关人半日情。"陈玉璂（赓明）《耕烟词》："梦里和愁，愁时如梦，情似越梅酸。"（词牌不复记忆）郭麟（频伽）《浮眉词》《卖花声》："夹衣初换又添绵，只是别来珍重意，不为春寒。"袁棠（湘湄）《浓睡词》《阮郎归》："归期已近怕书来，书来未拟回。"许肇篪（埙友）《蝶恋花》："唤到侍儿何处使？秋千架外寻梅子！"皆着墨无多，寻味不尽，亦异乎秾艳为佳者矣。

——以上三则出自沤盦《沤盦词话》（《杂志》，1942年第10卷第2、3、5期，第11卷第1期）

（四十四）

少时读词，最先是读李后主的。其中两阕到现在还背得上来。一是《相见欢》："无言独上西楼，月如钩，寂寞梧桐庭院锁清秋。剪不断，理还乱，是离愁。别是一般滋味在心头。"另一首是《清平乐》："别来春半，触目柔肠断。砌下落梅如雪乱，拂了一身还满。雁来音信无凭，路遥归梦难成。离恨却如春草，更行更远还生。"古人说"诗穷后工"：我说词尤其如此。李后主以万乘之尊，降为臣虏，可谓穷矣，所以触景生情，写出来特别深刻。

——出自子文《怀人词话》（《中央周刊》，1942年第4卷第47期）

（四十五）

《词律》卷九收《破阵子》一调，举晏殊词云：“燕子来时新社，梨花落后清明。池上碧苔三四点，叶底黄鹂两三（三，原阙，据《全宋词》补。）声。日长飞絮轻。　巧笑东邻女伴，采桑径里逢迎。疑怪昨宵春梦好，元是今朝斗草赢。笑从双脸生。”又《钦定词谱》卷十四收《破阵子》一调，举晏殊词云:“海上蟠桃易熟，人间秋月长圆。惟有擘钗分钿侣，离别当多会面难。此情须问天。　蜡烛到明垂泪，熏炉尽日生烟。一点凄凉愁绝意，漫道秦筝有剩弦。何曾为细传。”注云：此调始自此词。余案：《词律》《词谱》之说皆非也。此调当以李后主词为正格，原词云：“四十年来家国，八千里地山（山，原作‘地’。）河。凤阁龙楼连霄汉，玉树琼枝作烟萝。几曾识干戈。一旦归为臣虏，沈郎（郎，《全唐五代词》作‘腰’。）潘鬓销磨。最是仓皇辞庙日，教坊犹奏别离歌。挥泪对宫娥。”以万红友之博涉，以馆阁诸臣之精力，而失收此首名著，亦可异也。又敦煌石室藏唐人《云谣集》，亦有《破阵子》四首，惟第二句作五字句，余悉同，是其由来愈久矣。

《钦定词谱》中，收《后庭花破子》，以王恽为正格，词云：“绿树远连洲。青山压树头。落日高城望，烟靠翠满楼。木兰舟。彼汾一曲，春风佳可游。”注云：“此调创自金元，有邵亨贞、赵孟頫词及《太平乐府》《花草粹编》无名氏词可校。”余案：词谱之说非是。宋陈旸《乐书》云：“《后庭花破子》，李后主、冯延巳相继为之：‘玉树后庭前。瑶草妆镜边。去年花不老，今年月又圆。莫教偏。和月和华，天教长少年。’”此词虽不辨冯作抑李作，然此词始于南唐，不始于金元，则无疑也。惟《遗山乐府》亦载此首，又显系自陈书误入也。后有重订词谱者，庶可据此改正。

宋词袭诗句者颇多，如欧公之“平芜尽处是春山，行人更在春山外”，袭石曼卿诗“水尽天不尽，人在天尽头”。赵德麟词“重门不锁相思梦，随意绕天涯”，袭僧齐己诗“重城不锁梦，每夜自归山”。至词与词相袭，亦数见不鲜。如杜牧之《八六子》末句云：“正消魂。梧桐又移翠阴。”秦少游《八六子》末句亦云：“正销凝。黄鹂又啼数声。”此皆句法之相袭也。他如李后主词云：“归时休放烛花红，待踏马蹄清夜月。”至郑毅夫则云：“归去不须银烛，有山头明月。”顾夐词云：“换我心、为你心。始知相忆深。”至徐山民则云：“妾心移得在君心。方知人恨深。”此又词意之相袭也。

自米海岳《画史》谓李后主号“钟隐居士”，又号“钟峰白莲居士”、“钟峰隐者”，于是后人俱称李后主为“钟隐”。不知钟隐乃天台人，以其隐居钟山，遂为姓名，盖处士也。此说见李隐《画品》。《画史》失考。李日华《六砚斋笔记》言之更详，其文云：“钟隐，天台人，少颖悟。不婴俗事，卜居闲旷，结茅屋以养恬和之气。好画花竹禽鸟以自娱。凡举笔写象，必致精绝。尤喜画鹞子、白头翁、鸠鸟、班鸠，皆有生态。又长于花草棘树木。其画在江南者，悉为李煜所有。”据此是钟隐画，为后主所藏。而海岳未辨底蕴，即以为后主所作，误孰甚焉。沈括《补笔谈》，亦谓江南书画，惟钟隐画乃后主亲笔，其误与海岳同。

《鹤林玉露》谓，诗家有以山喻愁者，杜少陵云“忧端如山来，倾洞不可掇”，赵嘏云“夕阳楼上山重迭，未抵春愁一倍多”是也。有以水喻愁者，李颀云“请量东海水，看取浅深愁”，李后主云“问君却有几多愁，恰似一江春水向东流”，秦少游云“落红万点愁如海”是也。予谓词家有以细密喻愁者，如秦少游云“无边丝雨细如愁”是也。有以沉重喻愁者，如李易安云“只恐双桨舴艋舟，载不动、许多愁”是也。有以多量喻愁者，如吕渭老云“若写幽怀一段愁，应用天为纸”是也。设想新奇，各极其妙。至如贺方回云，“试问闲愁知几许。一川烟草，满城风絮。梅子黄时雨”，不言愁而愁自无穷，笔致空灵，意味更长。

蔡绦《西清诗话》载：后主围城中，作《临江仙》云：“樱桃落尽春归去，蝶翻金粉双飞。子规啼月小楼西。画帘珠箔，惆怅卷金泥。　　门巷寂寥人去后，望残烟草低迷。”其下阕三句，盖词未就而城破。《诗话总龟》《墨庄漫录》并据蔡氏之说。于是刘延仲补云：“何时重听玉骢嘶。扑帘飞絮，依约梦回时。”康伯可补云：“闲寻旧曲玉笙悲。关山千里恨，云汉月重规。”予谓此词未必在围城中作，且亦并无阙文。《耆旧续闻》驳蔡说云：“余家藏李后主《七佛戒》经，又杂书二本，皆作梵叶，中有《临江仙》，涂注数字，未尝不全。后则书太白词数章，是平日学书也。”其后三句云：“炉香闲袅凤凰儿。空持罗带，回首恨依依。”据此，是后主之《临江仙》，亦平日所书。其后城垂破时，仓皇中作“祷疏”。此祷疏墨迹，与平日墨迹，并落蔡绦之手。蔡氏所得有残缺，遂臆谓未就而城破。其实后主固有墨迹全文，而为蔡氏所未得也。

曹勋有《松隐文集》，中载二词，与后主词同。其一为《清平乐》“别来春半”一首，其二为《玉楼春》“晚妆初了明肌雪”一首。颇有据此以断后主之误者，故不得不为后主辨证。案后主集久已失传，后人所辑，诚有错误。如《更漏子》“柳丝长”一首为温庭筠之词，《长相思》“一重山”一首，为邓肃之词。若松随二词，则松隐之误传也。二主词原注云：“二词传自曹功显节度家，云墨迹旧在京师一老居士处，故弊难读。”曹功显即曹勋，可知编《松隐文集》者，即以其家藏之墨迹，误为己作。二主词大半从墨迹录出，故中主词在盱江晁氏家，后主之《谢新恩》词在孟郡王家，《浪淘沙》词在池州夏氏家，《采桑子》《虞美人》二词在王季宫判院家。何独于曹氏家而疑之。

徽钦二帝蒙尘，为我国历史上之奇耻大辱，而沿途经行，亦备极人间惨痛。观《南烬纪闻》所载父子唱和之词，真不堪卒读。徽宗词云："玉京曾忆旧京华。万国帝皇家。金殿琼楼，朝吟凤馆，暮弄龙琶。　花城人去今萧索，春梦绕胡沙。向晚不堪，回首坡头，吹彻《梅花》。"此帝闻番人吹笳而作，与李后主"四十年来家国"一首，并有无限凄惋。钦宗和词云："宸传百载旧京华。仁孝自名家。一旦奸邪，天倾地圻，忍听琵琶。　如今塞外多离索，迤逦绕胡沙。万里邦家，伶仃父子，向晓霜花。"父子蒙尘苦况，喷薄而出，尤为沉著，无怪二帝当时歌不成曲，俱大哭不止也。

李后主《浪淘沙》令云："帘外雨潺潺，春意阑珊。罗衾不耐五更寒。梦里不知身是客，一晌贪欢。　独自莫凭阑，无限关山。别时容易见时难。流水落花春去也，天上人间。"近人《胡适词选》，以为此词换头，莫乃古暮字。案此解甚奇。不独后主作词，宋必用古字；即就词情言，亦决非暮字。暮字平直，莫则极显凄婉幽怨之情。且"莫凭阑"与下句"无限关山"，正相呼应。若作暮字，则不呼应。宋范希文词云："明月楼高休独倚，酒入愁肠，化作相思泪。"欧阳永叔词云："寸寸柔肠，盈盈粉泪，楼高莫近危阑倚。平芜尽处是春山，行人更在春山外。"辛稼轩词云："休去倚危阑，斜阳正在烟柳断肠处。"首可为后主词莫字作注脚。后主原词之不作暮，当愈明矣。

王静安《人间词话》云："冯正中词，虽不失五代风格，而堂庑特大，开北宋一代风气。与中后二主皆在花间范围之外。”夏瞿禅撰《冯正中年谱》，则以为王说失考。其意以为《花间集》结集于升元四年庚子。此时正中未显，后主才四岁，与花间时代不相及，非词派不闻。予谓后主时代固与花间时代不相及。然冯正中时年三十八，南唐中主时年二十五，则非时代不相及也。故王氏就词派言，夏氏就时间言，似俱未当。《花间》所以不收冯正中词及南唐中主词，当由于地域关系。选《花间集》者为蜀人赵崇祚，序《花间集》者为蜀人欧阳炯，而所选者，又多为蜀人，或曾仕宦于蜀者。此盖由于偏于一隅，仅就耳目所及者选之耳。故《花间集》实为一地方词选。五代大乱，天下分裂。西蜀与南唐，一西一东，相距千里。声气鲜通，流传不及，蜀人不录南唐人词，非地理使然欤。[《梦桐室词话》，圭璋，《中央日报》，1947 年 8 月 15 日；又见《中央日报（永安）》，1947 年 9 月 12 日]

宋田中行，不详何人。秦本《阳春白雪》五引康伯可风入松云：“一宵风雨春归。绿暗红稀。画楼整日无人到，与谁同捻花枝。门外蔷薇开也，枝头梅子酸时。玉人应是数归期。翠敛愁眉。塞鸿不到双鱼远，恨楼前、流水难西。新恨欲题红叶，东风满院花飞。”并注云：“又附田中行集”，是中行有集，集中有此一首也。斐云辑伯可顾庵乐府，未引此注，是抹杀中行矣。又石孝友金谷庐昔中，载《浣溪沙》集句一首云：“宿醉离愁慢髻鬟（韩偓）。绿残红豆忆前欢（叔原）。锦江春水寄书难（叔原）。红袖时笼金鸭暖（少游），小楼吹彻玉笙寒（李璟）。为谁和泪倚阑干（中行）。”观末句可知中行又有《捣练子》，即“云鬟乱，晚妆残”一首，而或以为李后主词，实不足信也。南词本《南唐二主词》，原无《捣练子》，明李远本始从杨升庵《词林万选》补入。升庵更因此而臆造《鹧鸪

天》，尤非事实。（《梦桐室词话》，圭璋，《中央日报》，1947年9月1日）

——以上11则出自圭璋《梦桐室词话》［《中央日报》1936年9月12、14日、10月7、30日，1937年1月6日、3月7日、6月15日、8月3日；又见《中国文学》，1947年8月15日；又见《中央日报（永安）》，1947年9月12日］

(四十六)

在本文开头就说过文艺的能永存不朽独擅胜场就只在“真”一字。最能代表这“真”的大概有二人：一个是南唐后主李煜，这位大概人人都很熟悉。还有一位便是胡人的纳兰性德，即纳兰容若。

历史上向来没有风流而又文武功鼎盛威镇四方的人君，没有文武兼全而又直率天真的。能够驾驭臣属，能够震铄四方的人君必是机谋过人的，决不会直率天真。直率天真的人君却往往是历史上所称庸懦之君，所谓风流皇帝便是。这等文质彬彬，直率天真的在太平时世尚可端坐龙廷，受臣下朝拜。在乱世便万不能保守其帝位而要被人强夺了。文武兼全的帝君恐怕也只有曹操一人，不过其人决不是所谓“真”性人物也可断言。故王国维有言：

词人者不失其赤子之心者也，故生于深宫之中，长于妇人之手，是后主为人君所短处，亦即为词人所长处。

又说：

客观之诗人不可不多阅世。阅世愈深则材料愈丰富，愈变化。《水浒传》《红楼梦》之作者是也。主观之诗人不必多阅世，阅世愈浅则性情愈真，李后主是也。

又说：

尼采谓一切文学，余爱以血书者，后主之词，真所谓以血书者也。

为人所熟知的后主词如：

（一）“真”性

《浪淘沙》帘外雨潺潺，春意阑珊。罗衾不耐五更寒；梦里不知身是客，一晌贪欢。　独自莫凭栏，无限江山，别时容易见时难。流水落花春去也，天上人间！

《相见欢》 林花谢了春红，太匆匆，无奈朝来寒雨晚来风！　胭脂泪，相留醉，几时重？自是人生长恨水长东！

都是被拘后，悲江山之被夺哀身世之萧瑟之作，饱含凄惋之“真”。论者皆谓宋以前词之作者，大多属于“花间”一派之风格，流于纤艳轻薄，至后主，始以悲哀之音写其凄凉身世，词格亦因而提高，为后人开一新意境。

花间派得名于后蜀赵崇祚编《花间集》十卷收唐温庭筠以下十八人之乐府五百余首。此派风格属于富丽纤艳，间有流于轻薄者。至南唐后主李煜始以悲哀之音写其凄凉身世，词格亦因而提高，为后人开一新意境。一般说来，《花间》作风不逮后主一派以情境胜者远甚。

——出自钦德《词之话》(《叔苹月刊》，1945年1卷11期)

(四十七)

刘改之《沁园春》词咏女人小足云：“洛浦凌波，为谁微步，轻尘暗生。记踏花芳径，乱红不损，步苔幽砌，嫩绿无痕。衬玉罗悭，销金样窄，载不起，盈盈一段春。嬉游倦，笑教人疑捏，微褪些跟。　有时自度歌声。悄不觉、微尖点拍频。忆金莲移换，文鸳得侣，绣茵催衮，舞凤轻分。懊恨深遮，牵情半露，出没风尘烟缕裙。如何似，一钩新月，浅碧云。”按我国文人之描写，三寸金莲曲折尽致者，当以词为最甲则。三寸金莲之形成，殆亦北宋至南宋间事耳。考之五代史，南唐李后主宫媚有窅娘考织丽善舞，后主作金莲六尺莲中作品色瑞云："命窅娘，以帛绕足，织小屈曲作新月状舞云中。"说者即谓为我国女缠足之始，舞女但谓其以帛绕足作新月状耳。尚不抒谓之缠足也，且后主《菩萨蛮》词有"划袜步香阶，手提金缕鞋"之句，犹可提鞋划而步。则绝非缠足者，可知则我国少女缠足之风，当系滥觞于窅娘之以帛缠足。自北宋至南宋而已达似一钩新月之境。

——出自雪庐《无禁斋词话》（《滇西日报》，1946年11月13日）

（四十八）

有大盗式之词人，换骨夺胎，不制袭古人风气，有小窃式之词人，生吞活剥，全无半点造意。李后主"问君还有几多愁，却似一江春水向东流"！而乐天以"欲识愁多少，高于滟滪堆"出之，此大盗也。李贺"天若有情大亦老"，而秦少游以"天还知道，和天也瘦"出之，此小窃也。

——出自周锟《红岩词话（一）》（《大公晚报》，1949年12月11日）

（四十九）

吾郡黄唐堂先生著《香屑集》，为艺林所珍赏。嗣见宝山邵心炯《艾庐遗稿》中有《香屑词》一卷，组织如天衣无缝，叹为得未曾有。盖集诗难，集词尤不易。以词句有长短，词韵有平仄，一字一句，俱有谱律束缚，不容假借也。偶阅葛秀英女史《澹香楼词》，亦有集古数阕，大好之，爰录于此。《忆王孙·寄呈夫子》云："画堂深处麝烟微。（颜敻）闲立风歙金缕衣。（韩偓）红绡带缓绿鬟低。（白居易）落华飞。（王勃）不见人归见燕归。（崔鲁）"又《虞美人》云："庭前芳树朝朝改。（李峤）尚有余芳在。（韦庄）年光背我去悠悠。（沈叔安）恰似一江春水向东流。（李后主）此时欲别魂俱断。（韩偓）试取鸳鸯看。（李远）不挑红烬正含愁。（郑谷）别有一般滋味在心头。（李后主）"又《巫山一段云》云："丽日催迟景。（公乘亿）罗帏坐晚风。（赵嘏）自盘金线绣真容。（王建）翻疑梦里逢。（戴叔伦）离恨却如春草。（李后主）满地落花慵扫。（李珣）思量长自暗销魂。（韩偓）蛾眉向影颦。（刘希夷）又《卜算子》云："花绕玉屏风。（郑遂初）氤氲兰麝复。（白居易）何事歙箫向碧空。（王维）鸾凤调琴曲。（张说）惜别酒频添。（杜甫）侍儿催画烛。（钱起）此后相思几上楼。（黄滔）终日求人卜。（杜枚）"又《生查子·赠双妹兼以送别》云："桃华落脸红。（陈子良）困立攀花久。（白居易）垂柳拂妆台。（欧阳瑾）搁翠香盈袖。（赵嘏）不敢苦相留。（卢纶）去是黄昏后。（韩偓）欲去又依依。（韦庄）几日还携手。（韩偓）"又《浪淘沙·送张湘兰之湖南》云："华屋艳神仙。（杜甫）冶态娇妍。（陆龟蒙）纤腰婉约步金莲。（毛震熙）多事春风入闺闼。（权德舆）独立花前。（冯延巳）遥指夕阳边。（刘长卿）嫩草如烟。（欧阳炯）离人独上洞庭船。（李频）一去那知行近远。（崔颢）目断遥天。（冯延巳）"

——出自雷瑨、雷瑊辑《闺秀词话》（民国扫叶山房石印本）

（五〇）

孙渊如夫人王采薇尝言，唐五代词，率可倚声，被之箫管。春余夜静，辄取李后主“帘外雨潺潺”词，按笛谱之，令渊如审听。至“流水落花春去也，天上人间”二句，闻者欷歔。其后渊如写采薇遗影，为《落花流水图》以此。

——出自徐珂撰、葛渭君辑《补近词丛话》（《词话丛编补编》辑本）

（五十一）

李后主词之现实意义如何，姑置勿论，然其词多叙写身世，冲破当筵遣兴之范围，至此境界始大，而感慨遂深。张氏竟诬为“词之杂流由此而起”，使人费解。

——出自朱庸斋《分春馆词话》（广东人民出版社，1989年刊本）

（五十二）

欧阳文忠词“战胜归来飞捷奏，倾贺酒，玉阶遥献南山寿”，此治世之音安以乐也；岳忠武词“怒发冲冠，凭栏处，潇潇雨歇”，此乱世之音怨以怒也；李后主词“小楼昨夜又东风，故国不堪回首，月明中”，此亡国之音哀以思也。《记》曰：“情动于中故形于声，声成文谓之音。”又曰：“其哀声感者，其声噍以散；其乐心感者，其声啴以缓；其喜心感者，其声发以散；其怒心感者，其声粗以厉；其敬心感者，其声直以廉；其爱心感者，其声和以柔。六者非性也，感于物而后动。”

贺黄公曰：“词家多翻诗意入词，虽名流不免。吾常爱李后主《一斛珠》末句云：‘绣床斜凭娇无那。烂嚼红绒，笑向檀郎唾。’杨孟载《春绣》绝句云：‘闲情正在停针处，笑嚼红绒唾碧窗。’此却翻词入诗，弥子瑕竟效颦于南子。”又王阮亭曰：“‘平芜尽处是春山，行人更在春山外。’升庵以拟石曼卿‘水尽天不尽，人在天尽头’，未免河汉。盖意近而工拙悬殊，不啻霄壤。且此等语入词为本色，入诗即失古雅，可与知者道耳。”愚按：词句长短参错，与诗不同。诗限于字数，而词则能畅所欲言。此又诗词工拙之辨也。

——以上二则出自陈应群撰《耐充室词话》(1930年，稿本，中山大学图书馆藏)

(五十三)

论者尝曰：唐人无诗话，诗话肇始宋人，由有诗话时诗亡矣。夫言不可以若是其几也。于宋而谓诗亡乎？吾知其人之不知诗审矣。使闻一主盛唐神韵之王渔洋之言曰：“耳食纷纷说开宝，几人眼见宋元诗。”不其爽然而自失哉。且论词之语，亦肇始宋人。于宋而谓词亡乎？清代之词话与词作，乃蔚然并秀，于清而谓词亡乎？是知作之亡否，不系夫话之有无矣。虽然，宋若清人讲道学，论考据，争门户，标宗旨，皆自谓诗之话也，词之话也。话而至此，诗词未亡而话已亡矣。岂不可以覆瓿，不可以引睡欤。然则诗之话，词之话，果不可作乎？曰：何不可之有。必也不蹈乎宋若清人之讲道学，论考据，争门户，标宗旨之腐旧而后可作矣。观夫从碧先生词话，盖能免乎诸病者。而谈艺赏音，折中众说，时得真解。其论毛泽民以《惜分飞》受赏东坡。而别举《玉楼春》曰：其佳制固不止惜分飞也。盖东坡适聆妓唱《惜分飞》词耳。必如是方得古人意，而不死于句下。其论梦窗《点绛唇》，而谓能是语者其惟二晏、淮海乎。其论学梦窗者必抑柳，然屯田不装七宝，仍是楼台，梦窗拆碎楼台，仍是七宝。后人既非楼台，亦非七宝，只就字而饤饾雕饰，自首至尾，使人不解，亦不知其自己解否耳。诗妙语如环，精义自见，不胜于纷纷门户、宗旨、奴主、抑扬者哉。其他胜谛未易一二举，多能屏去成见，为公平之言。见赏析之旨，新人耳目。至折东坡论后主曰：东坡此语殊不解事，为其为词，故造语取材，只有对宫娥耳。盖亦如东坡既遭谪逐，何不学屈原之事，而对朝云为“枝上柳绵”之句耶。不独令我解颐，虽坡仙复起，亦何以置辩。虽然，此非折坡也，要令学者于此有会，方可读古人词耳。然则《丛碧词话》是能知词者矣。先生来问余序，辞不获，爰书数语如此，不足以尽全书也。辛丑秋，寿康序。

《雪浪斋日记》：荆公问山谷作小词，曾看李后主词否？云：“曾看”。荆公云：“何处最好？”山谷以：“一江春水向东流”对。荆公云：未若“细雨梦回鸡塞远，小楼吹彻玉笙寒。”盖荆公误以中主词为后主词。然余终不解此二句之妙处。《人间词话》极赏“菡萏香销翠叶残，西风愁起绿波间”二句。谓“大有众芳芜秽，美人迟暮之感。”畲见正与相同。

后主《蝶恋花》词：“数点雨声风约住，朦胧淡月云来去。”眼前景别人道不得。张子野“云破月来花弄影”似胎息于此。

后主《玉楼春》词结句：“归时休放烛花红，待踏马蹄清夜月。”《词苑》谓“李后主宫中未尝点烛，每夜则悬大宝珠光照一室”，尝赋《玉楼春》词云云。王阮亭《南唐宫词》云：“‘花下投签漏滴壶，秦淮宫殿浸虚无。从兹明月无颜色，御阁新悬照夜珠’盖道其遗事。”按此为夜宴词结句。踏月归去，写景之妙，令人想象如身在其间，乃秦少游“华灯碍月”之所出。《词苑》所云，殊觉牵强。

《词苑》：后主归国临行作《破阵子》词云：“四十年来

家国，三千里地山河。凤阙龙楼连霄汉，玉树琼枝作烟萝。曾几识干戈。　　一旦归为臣虏，沈腰潘鬓消磨。最是仓皇辞庙日，教坊犹奏别离歌。挥泪对宫娥。”东坡谓后主既为樊若水所卖，举国与人，故当痛哭于九庙之前而后行。乃挥泪对宫娥，听教坊离歌哉！东坡此语殊不解事。为其为词，故造语取材，只有对宫娥耳。盖亦如东坡既遭谪逐，何不学屈原之事，而对朝云为“枝上柳绵”之句耶？

徽宗《燕山亭》词，《朝野遗记》谓“天遥地远，……和梦也有时不做。”真似李主“别时容易见时难”声调也。后主与道君词都是由亡国换来。李唐、赵宋江山，今日何在？唯其词真能使“征马踟蹰，寒鸟不飞”，千载而后，读者犹哽咽怜叹！虽亡国却值得。

少游《望海潮》词后阕：“西园夜饮鸣笳，有华灯碍月，飞盖妨花。”“华灯碍月”由后主“归时休放烛花红，待踏马蹄清夜月”出。“飞盖妨花”由“落花与紫盖齐飞”出，更翻一层。

梦窗《莺啼序·春晚感怀》词，陈亦峰云：“全章精粹，空绝千古。”余以为此调过长，必须排比凑泊，只好拆碎楼台矣。如后主“小楼昨夜又东风”词，可以云空绝千古。此调任何作者，亦不能空绝千古，固不化梦窗也。

——以上八则出自张伯驹《丛碧词话》（油印本，1961 年；又有《词学》本，第 1 辑，1981 年本；刘梦芙编，《现代词话丛编》，黄山书社，2009 年本；《张伯驹集》，上海古籍出版社，2013 年本；又有屈兴国《词话丛编二编》，浙江古籍出版社，2013 年本）

(五十四)

曩与家六吉论诗，六吉主无意，当时余颇不然之。比来觉得无意两字，实有至理。盖诗一有意，非窄即浅，为意有竟故。王静安先生论词，首拈境界，甚为具眼。神韵失之玄，性灵失之疏，境界云者，兼包神韵与性灵，且又引而申之，充乎其类者也。樊志厚为《人间词乙稿》作序，则又专标意境，且离意境为二义。其言曰："古今人词之以意胜者，莫若欧阳公。以境胜者，莫若秦少游。至意、境两浑，则惟太白、后主、正中数人足以当之。"其评静安先生词曰："意、境两忘，物、我一体。"是樊之所谓意境者可知也。六吉之无意，其即两忘与一体之谓乎。必能如是，乃始合乎静安先生所谓之有境界耳。老辛之词，决不傍人门户，变古则有之，学古则不肯。（集中虽亦有效"花间"，效易安之作，只是兴到之笔，却并非其致力所在）其令人真觉有"不恨古人吾不见，恨古人不见吾狂"之概，全仗一意字。但有时率直生硬，为世诟病，亦还是被此意字所累。才富情真，一触即发，尽吐为快，其流弊必至于此。如以此攻击稼轩，则何不思求全责备，古今能有几个完人。况且观过知仁，也正不必为老辛回护。苦水写此词说，有时偶尔乘兴，捉他败阙，其本意却在洗出庐山真面，与世人共鉴赏之也。

冯正中、李后主于词高处只是写而不作，珠玉、六一间有作，而脍炙人口之什亦多是写。自此而下，大抵作多而写少，甚或只作而不写；等而下之，只能作而不能写，又下者并作亦不会，写更无从梦见在。略说之：耆卿滥作，清真软作，白石硬作，梦窗木作，其余小作或不成作。

如今且说正中、后主、大晏、六一之词之所以是写而非作，原故是其辞无题（关于无题，王静老已有说，此不絮聒），一有题便非作不可，专去写便不能成篇。言兄明人不须细说，故竟不说。

词之“一祖”乃李后主。词之“三宗”乃冯正中、晏同叔、欧阳修。冯正中，沉著，有担荷的精神。中国人缺少此种精神，而多是逃避、躲避，如“偶过竹院逢僧话，又得浮生半日闲”。同学宁可不懂诗，不作诗，不要懂这样诗，作这样诗。人生没有闲，闲是临阵脱逃。冯正中“和泪试严妆”（《菩萨蛮》），虽在极悲哀时，对人生也一丝不苟。

《人间词话》曰：“客观之诗人不可不多阅世，阅世愈深则材料愈丰富愈变化；《水浒传》《红楼梦》之作者是也。主观之诗人不必多阅世，阅世愈浅则性情愈真；李后主是也。”评点曰：“欲作品之丰富变化（成为一代大家），则又不可不多阅世。况生今日，士虽欲不多阅世，得乎。”又评点曰：“渊明阅世多耶。少耶。亦是一大疑问。”

——以上五则出自顾随《驼庵词话》（《词话丛编续编》本）

（五十五）

词不可不读。读词之时，须要息心静气，领略其中滋味。能于其佳处，寻出疵来，能于其是处，寻出非来，如此方可许其读词。李笠翁评唐人《菩萨蛮》一阕云：“牡丹滴露真珠颗。佳人折向筵前过。含笑问檀郎。花强妾貌强　　檀郎故相恼。只道花枝好。一面发娇嗔。碎接花打人。”此调脍炙人口者。笠翁谓此词非绣闺丽人之容，是戏场花面之态。还有陈后主（陈后主，应为“李后主”）《一斛珠》结句云：“绣床斜倚娇无那。烂嚼红绒，笑向檀郎唾。”此词亦非闺阁中人体态，是娼妇倚门腔调，似嚼枣子核吐人，以瓜子打人一般丑态。此前人作词时失于体贴处。然笠翁所作之词，亦未必首首尽善尽美也。余亦取其一二言之。其《山花子》一阕云“瞥遇花间笑语吞。三分羞酿十分春。搁住秋波犹未转，句消魂。纨扇有情留点缝，湘裙无意露些痕。只此令人消不起，况全身。”此词亦有梨园花面之态。倘谱人曲中，与《张三借茶》等戏文一般调笑。还有《三字令》一阕云：“临别话，怕愁伊。不多提。提一句，泪千垂。望君心，如妾愿，早些归。归得早，你便宜。免重妻。生共死，早和迟。没多言，《三字令》，与君知。”余谓，娼妇与情郎彼此订私期密约，送别之际，亦有这班口吻，若闺阁中人口气当更庄重，不应如此轻佻。在作者，当时以为情真语切，无如口气不合何。此笠翁亦欠斟酌处。

诗词之佳，全在起结二处。如起句结句一好，则通篇皆好矣。然古来作诗作词人，未必能首首尽美，字字尽善，必须择一首之内，一题之中之菁华，留备结句之用。譬诸吃甘蔗，愈吃愈甜，能引人渐入佳境。即有司衡文，亦用只般法子。有前半文字平稳，愈后愈警策者，使阅者释手不得。有前半精彩，而后半平淡者，即阅者欲收不能。选诗选词家亦然。诗之结句，如钱起“曲中人不见，江上数峰青”之是也。词之结句，如李后主“流水落花春去也，天上人间”是也。此等结句，肖美人临去秋波那一转光景，能不令人黯然魂消耶。

——以上二则出自裘廷桢撰《海棠秋馆词话》（稿本，现藏南京图书馆。有《词话丛编续编》整理本）

（五十六）

南唐后主李煜《临江仙》词云：“樱桃落尽春归去，蝶翻金粉双飞。子规啼月小楼西，玉钩罗幕，惆怅暮烟垂。　别巷寂寥人散后，望残烟草低迷。何时重听玉骢嘶。扑帘柳絮，依约梦回时。”此词相传后主在围城中赋，此赋未就，城破。阙后三句，刘延仲补之。然愚按《耆旧续闻》所载，固是全作，其后三句云："炉香闻袅凤凰儿，空持罗带，回首恨依依。"岂此三句又为他人先续者欤？是未可以知也。

世言《谒金门》词"风乍起，吹皱一池春水"为冯延巳作，而正中《阳春录》一卷不载。此词竹垞《词综》收为成幼文作。成，江南人，仕南唐，官大理卿，而陈质斋亦谓是幼文之作。然愚按成幼文别无专集，而《词综》亦仅选此一阕，殊不可据。冯延巳事南唐为左仆射同平章事，与成幼文同时，或者幼文曾钞传其词而正中之《阳春集》适亦失载此词，遂至后世存为疑案。朱陈要亦臆断之耳，不然李后主干卿底事之说岂亦以误传诬者欤？

——以上二则出自天虚我生《古今词曲品》（《著作林》1900 年第 1、5、6、7、8、9、10、11、12、13、14、15 期）

（五十七）

《南唐书》云："王感化善讴歌，声韵悠扬，清振林木，系乐部为歌板色。元宗尝作《浣溪沙》词二阕，手写赐感化，曰：'菡萏香销翠叶残，西风愁起碧波间。还与容光共憔悴，不堪看。　细雨梦回鸡塞远，小楼吹彻玉笙寒。簌簌泪珠多少恨，倚栏干。''收卷珠帘上玉钩，依然春恨锁重楼。风里落花谁是主，思悠悠。　青鸟不传云外信，丁香暗结雨中愁。回首绿波三峡暮，接天流。'后主即位，感化以其词札上之。后主感动，赏赐甚优。"按元宗嗣位，李璟尝作此二词，元宗亦偶录之耳。今以为后主作，尤非。

——出自天虚我生《续古今词曲品》（《著作林》，1900 年第 19、20、22 期）

（五十八）

《后庭花破子》，李后主、冯延巳相率为之。“玉树后庭前。瑶草妆镜边。去年花不老，今年月又圆。莫教偏和月和花，天教长少年。”单调三十二字，见《古今词话·词辨》卷上引陈氏《乐书》。王恽、邵亨贞、赵孟𫖯并有此词。万氏《词律》不收，谓是北曲。不知南唐已创此调也。

——出自况周颐《况夔笙先生香海棠馆词话》（《大陆报》，1904 年第 6、7、8、9 期）

（五十九）

七外祖周畇叔先生（星誉）早岁入翰林，平流而进，以监司终。所著《东鸥草堂词》，小令之工，几于温李。（后主。）与吴门袖竹君有题扇之雅，感陶潜《闲情赋》，因以谥之。尝赋《洞仙歌》十阕，论者谓与竹垞《静志居词》相伯仲也。

——出自冒广生《小三吾亭词话》（词话丛编本；1908 年发表于《国学萃编》。又见《冒鹤亭词曲论文集》，上海古籍出版社，1992 年 8 月）

（六〇）

古诗《行行重行行》，寻常白话耳。赵宋人诗，亦说白话，能有此气骨否。李后主词，“帘外雨潺潺”，寻常白话耳。金、元人词亦说白话，能有此缠绵否。

——出自陈锐《抱碧斋词话》（《国粹学报》，1909 年第 55 期、1910 年第 65 期、1911 年第 82 期）

（六十一）

词肇于唐，盛于宋，衰于元明，而再振于清。然则清之词，将仿佛乎宋之徒欤，亦未也。唐宋瞾精声律，其词多可入箫管，而清贤俱谢不能。此古今优劣之比较，略可睹矣。往读李易安论词之作，辄用倾倒，兹特迻录如下，庶能得此中消息已。论云（引用《词论》全文，略）去病案：此篇于源流正变，推阐极致，其所课隙诸家，是非优劣，尤似老吏断狱，轻重悉当，洵乎深得词家三昧矣。沈东江谦尝曰："男中李后主，女中李易安，极是当行本色。"今日思之，斯言良信。

——出自陈去病《病倩词话》（《民国日报》，1917 年 9 月 15 日第 12 版）

（六十二）

世称帝王知音律者五人，即唐元宗、后唐庄宗、南唐李后主、宋徽宗、金章宗是也。然此五帝王，皆亡国之君，论史者均以淫荒误国斥之。窃以为此非知音律之过，弊在徒好世俗之乐耳。我国汉唐而降，民族日衰，已数千年，未始非靡靡之音误之也。

——出自陶骏保《从军词话》（《南洋兵事杂志》，1910 年第 42 期）

（六十三）

唐五代之词，有句而无篇。南宋名家之词，有篇而无句。有篇有句，唯李后主降宋后之作，及永叔、子瞻、少游、美成、稼轩数人而已。

词至李后主而眼界始大，感慨遂深，遂变伶工之词而为士大夫之词。周介存置诸温、韦之下，可为颠倒黑白矣。“自是人生长恨水长东”、“流水落花春去也，天上人间”，《金荃》《浣花》，能有此种气象耶？

词人者，不失其赤子之心者也。故生于深宫之中，长于妇人之手，是后主为人君所短处，亦即为词人所长处。故后主之词，天真之词也。他人，人工之词也。（按：“故后主之词，……人工之词也”原已删去）

客观之诗人，不可不阅世。阅世愈深，则材料愈丰富，愈变化，《水浒传》《红楼梦》之作者是也。主观之诗人，不必多阅世。阅世愈浅，则性情愈真，李后主是也。

尼采谓：“一切文学，余爱以血书者。”后主之词，真所谓以血书者也。宋道君皇帝《燕山亭》词亦略似之。然道君不过自道身世之戚，后主则俨有释迦、基督担荷人类罪恶之意，其大小固不同也。

《沧浪》《凤兮》二歌，已开楚辞体格。然楚词之最工者，推屈原、宋玉，而后此王褒、刘向之词不与焉。五古之最工者，实推阮嗣宗、左太冲、郭景纯、陶渊明，而前此曹、刘，后此陈子昂、李太白不与焉。词之最工者，实推后主、正中、永叔、少游、美成，而前此温、韦，后此姜、吴，皆不与焉。（按：此条原已删去）

予于词，五代喜李后主、冯正中而不喜《花间》。宋喜同叔、永叔、子瞻、少游而不喜美成。南宋只爱稼轩一人，而最恶梦窗、玉田。介存《词辨》所选词，颇多不当人意，而其论词则多独到之语。始知天下固有具眼人，非予一人之私见也。

——以上七则出自王国维《人间词话》（有手稿本藏国图，今依佛雏整理本）

（六十四）

词至李后主而眼界始大，感慨遂深，遂变伶工之词而为士大夫之词。周介存置诸温韦之下，可谓颠倒黑白矣。

诸家注释均引周济《论词杂著》“严妆、淡妆、粗服乱头”之说。按周谓“严妆佳，淡妆亦佳，粗服乱头，不掩国色。”似初无所轩轾于其间。先生意殆以周氏《词辨》列温韦于卷一而列后主于卷二，故云然也。其实周氏《词辨》以正变分卷，盖以比兴为正而用赋体为变，似亦未可遽谓其贬后主也。（余若韦词亦多直赋其事，实与温氏殊科。惟温韦并称，常州派均作如是观，此中是非，非此所能详矣）

——出自刘永济《读〈人间词话〉札记》（《东南日报》，1946 年 11 月 21 日）

（六十五）

成容若《绿水亭杂识》曰：“《花间》如古玉器，贵重而不适用；宋词适用而不贵重。李后主兼有其美，而更饶烟水迷离之致。”容若瓣香后主，其所著《饮水》《侧帽词》，神味隽永，亦颇似之。故其语云然也。然细思之，亦属确论。“贵重”“适用”之别，即世风今古之变。《左》《国》不如《盘》《诰》，而《史》《汉》又不及《左》《国》，亦此故也夫！

——出自陈匪石（倦鹤）《旧时月色斋词谈》（《生活日报》，1914 年 4 月 26 日）

（六十六）

昔人对被诗词曲均以小道目之，余深以为不然，况观宇宙及人生，何为大，何为小，显难定论。杀人放火为大，施饭舍衣为小，小之成为风尚能使天下太平，大之成为风尚则致人类相食，天下太平与人类相食同为大事，如此则小者亦大矣。制体作乐为大，言情纪事为小，小之成为时好，亦能感化群伦，益利人生，大之成为法令，亦不过强人必从，限人自由，才则大小无别矣。余曰，“真”者天地位焉，万物育下，“真”乃至大无外之物，“伪”乃至小，真乃诚，伪乃偷；真则出之以正大流李，伪则出之以忸怩做作；真则归于元始，伪则入于后末，昔人云：惟大英雄能本色，本色则真也。无真精神，不能造出真艺术，一部人类万国史，伪者大半。人生愈在原始时代，真字愈多，及至所谓国家出焉，其伪日增，国愈进步，伪愈充分。人类相斫之事，日多且厉，其极也可以绝灭一大人群，伪之为书大矣哉。赵高可以指鹿为马，群曰马马，扬雄可以美新，则曰莽圣人也，魏忠贤可以遍立生祠，曰忠贤诚大忠大贤也，袁世凯可以卖妓人劝进，当时无人敢指为卖，曰真民意所在也，希特勒斯大林之流，强制群众，造作恐怖，人咸惮其恶势而不敢非，曰希特勒斯大林当今之英雄豪杰也，如果倾败，且如商鞅五牛分尸矣，何哉？以其伪为也，伪可以一时欺世获名，真则亘万古而不磨者也。后主常人也，亡国之君也，但能本色。凡事无分人己，无别善恶，全不隐饰，直率说出，真情流露，故虽失势灭国，千载之后续其词者尚具同情。何则？以异故也。故曰事无大小，真即为贵，伪即为贱，真即为善，伪即为恶，世之崇伪者多矣，观于后主之身后思知所返欤！

南唐二主部分

初学词者，入手不可不高，取法乎上，方能不落下乘，故应先读南唐李氏父子小令中调，玩其神味，然后推及冯延巳，韦端，温庭筠，李白，李珣，白居易，牛峤，毛文锡，和凝，薛昭蕴，顾敻，魏承班，毛熙震，欧阳炯，孙光宪，张泌，徐昌图，许岷，晏殊，晏几道，范仲淹，苏轼，秦观，欧阳修，李清照，辛弃疾，柳永，梅尧臣，周邦彦，林逋等家选作，合之不过三百首，则词中之小令中调，已能得其窃要，撷为精华，玩其神味，研其意境，考其炼字炼句擒韵含情荡气顺声合拍用律之法，咀嚼之。咏荡之，久之，自能作得神似，幸成熟后，尤能拔举自成格调，以后再习长调，自无拟滞堆砌之病，而亦少卑陋放浪之嫌。要之小令中调之圣手，当推南唐二主，古今词坛，无异论也。今论二主词，（略）未读某人词以前，要先了解作者一生际遇，及作乐词诗章，作者是何景况，则填词之寓意用心处境，可得其真，能少许多误解，误己兼误会作者也。大抵高手作词，与高手作诗作文，同一梗概。并非有意而作文作诗作词，不过心有所触所郁所蓄，似非一吐不可。而当时环境，又不允直率呼出，以招灾尤，或引起忌讳，不得已，以己素所好所能之文诗词，触景生情，借题发挥，以自写其心境而已。故一切皆以真出之。使后之读者，读其文诵其诗，咏其词，可想见其为人，故大多可歌可泣，可乐可感，可拍案叫绝，可沉默无声，可拔剑而起，可把玩不舍。何故能使人如此乎？以其本非文，本非诗，本非词，不过一些于郁结之气，徘徊之思，踳踌之志，晃荡之情，爱好之心，回忆之事，流连颠沛追悔孤愤之内心，借文诗词以自诉自吊自慰自照而已。一切皆发于真，故能为天地间之至文至诗至词，此其所以可贵也。若夫有意作文、作诗、作词，以文为文，以诗为诗，以词为词，穿凿附会，堆砌拘牵，滞晦模棱，全不见真情真意真事真境。如此者，即世所谓游词游诗游文，虽作一篇，已嫌其多，若作千百篇，亦不过徒占人间篇幅，果何益哉？虽亦按律合拍顺声协韵，而究之绝乏意味。所谓词匠人、诗匠人、文匠人而已，不得为天地间之至词至诗至文，其感于人也，盖亦鲜矣。雅颂为宫廷庙堂之用，因其有为而作，不免有多少穿凿附会，比之国风，较之神味韵趣，何则？以国风乃感于内心而作诗，雅颂乃拘于事故而作诗，真比风少，是以差耳。若以诗谈诗，雅颂乃诗体之一种，此则又当别论。知此，则知真字，乃作词作诗作文之惟一要归。故本词曲谈所采者，一以真为准。盖取天地之元音，人类之真性灵也。李氏父子词，一发于真，为真之极境，为真之至美。选词如下：南唐李中主，名景通，后改名璟，字景光，徐州人，李先主升之长子，二十八岁继位为帝，中叶称臣于周，周亡于宋，又称臣于宋，国土日促，曾被逼由升州（即南京当时名）徙都洪州。（即南昌）卒于洪州，选词三首。

浣溪沙，唐乐府调，词人作此调最先者，为韩偓。此词乃七言绝句去掉第三句不韵者为之，但末句全句用韵，与二句同。此则与唐时通行之七言绝句，仄仄平平仄仄平，平平仄仄仄平平，平平仄仄平平仄，仄仄平平仄仄平之末句用韵不同矣。二折首句不押韵，但首二句必须联对，为此调特点。人后作诗词，二折首二句，亦有活用不作联对者。但非正规。虽因不联对亦有佳者，但学者总宜先照正规做去。迨做佳时，再神而明之可也。

风压轻云贴水飞。乍晴池馆燕争泥。沈郎多病不胜衣。沙上未闻鸿雁信，竹间时听鹧鸪啼。此情惟有落花知。

此为咏春惜春之词，此词未载为中主何时之作，考南唐史。中主二十八岁继帝位，中主幼年即喜读书，能诗，善骑射，多才艺，讥以接物，喜交文人，而又善讴歌，雅乐部为歌板色，此词或其为太子时所作，因能得悠绵闲渺风味，观其首句用压字，轻字，贴字，飞字，即知其得炼字炼句工夫，风能压云，确为轻云，若大块浓云，则风即不能压之使贴水也，因风压一小块薄云使贴水面，又因为是云，终结仍是飞去，不能溺于水中。此与南唐大诗家，三昧工夫。鹭立芦花、秋水明正等，无一字可更易，然一字不互相生克，而神味又异常绵妙词赋。此词通首观之，当为中主于春游时，在宫内池囿，睹物生情，或而赋此。而南唐二主词补遗，载为风约，约字亦佳，但不若全唐诗载风压为警切，今从之。

——出自朱清华《云溪词曲谈》（《国论》，第 15 期）

（六十七）

可是到了小五代时候，词便是大盛起来了。其中以南唐中主李璟与后主李煜为最著名。不过他二人均生于帝王之家，虽有天才，不过表现些风花雪月的感情；但却也创作了不少的惊句。兹举李璟的一首“摊破浣溪沙”：“菡萏香销翠叶残，西风愁起绿波间；还与韶光共憔悴，不堪看！细雨梦回鸡塞远，小楼吹彻玉笙寒；多少泪珠何限恨，倚阑干！”

此首向为后人所推崇为千古佳句。诚然也是描写尽致，寄情深远。现在再举李煜的一首“浣溪沙”：“红日已高三丈透，金炉次第添香兽，红锦地衣随步皱。佳人舞点金钗溜，酒恶时拈花蕊嗅，别殿遥闻箫鼓奏。”看他这一首除了写景之外，好像没有什么可观的了；自然要亚于李璟了。但在他亡国之后，终日以泪洗面，于是无限愁恨，便全发泄在他的词中了。如今再举他一首亡国后的作品。

《相见欢》——无言独上西楼，月如钩；寂寞梧桐深院锁清秋。　剪不断，理还乱，是离愁；别是一般滋味在心头。

《忆江南》——多少恨，昨夜梦魂中；还似旧时游上苑，车如流水马如龙，花月正春风！

这类的杰作多得很，我不便枚举；但由此我们可以看出他胜过中主百倍了。可是这些词全是在宋代作的，所以我们可以把他列在宋词中。

词胜于宋。彼时填词的太多了，无形中分成了南北两派。南派即是以后主为代表，尚有辛稼轩等。他们的词多半很委宛哀艳，所谓适于妙龄女郎珠喉清歌。而北派以苏轼为代表，兹举其“念奴娇”一首：

大江东去，浪淘尽千古风流人物。故垒西边，人道是三国周郎赤壁。乱石穿空，惊涛拍岸；卷起千堆雪。江山如画，一时多少豪杰。遥想公瑾当年，小乔初嫁了，雄姿英发。羽扇纶巾，谈笑间樯橹灰尽烟灭。故国神游，多情应笑我，早生华发。人生如梦，一尊还酹江月。

由此即可知道北派词豪放异常。人谓适于关西大汉，手持铁板歌之。

后来还有一位女词人李清照——即易安——她的词是可以和东坡等并驾齐驱的。如她的“凤凰台上忆吹箫”中几句：“生怕离怀别苦，多少事欲说还休。新来廋，非干病酒，不是悲秋。”我们可以看出她的缠绵不在后主以下了。

——出自白杰《秋天谈词》（《文艺战线》，1933 年第 2 卷第 33 期）

（六十八）

我们看唐五代的词，可以得到上面的证明。李清照的词论所以称北宋的几位作家的词为“句读不葺之诗”，就是因为他们已渐失了词的本来面目。温飞卿为《花间》之祖而诗名不著。李后主的词，是古今公认为第一人，而诗却不能佳，或许可说是很劣的。这可以见出诗词之分了。

词大部分起原于民间歌曲，小部分起于宫庭乐工谱得的新调——如《好时光》、《谪仙怨》、《清平乐》等。于是，在许多人看来，误以为诗的变体。实在，在情调上，诗词有不同之处。晚唐和五代的词已经很盛了，仍是抒怀的。李后主是开拓词的境界，由普通的欢乐或离别的艳词，而为作者悲哀凄凉的抒情的音调。北宋作者仍是词的本色，到了苏东坡再开辟了词的境界，写境物，述怀言志，便以为诗的方法来作词了。李清照不满于以诗作词的方法，她自己作的仍守着词的本色，专为抒情之作，而写得很好，所以“男中李后主，女中李易安”之称。

——出自憾庐《谈词》（《人间世》，1934 年第 16 期）

（六十九）

词谱既繁，后人乃以字数分为小令、中调、长调三种，小令定五十字以内的，中调是五十字以上九十字以下的，长调则为九十字以上的，以音乐的关系可分为：引、近、令、犯、漫五种，于每曲中截句而成者谓之犯，引、近，是无节拍的，令、慢，则有节拍。词以南北而分的又可分为南北二派。南曰：婉约；北曰：豪放。婉约派至元以还演化而成：南曲：豪放派至金以还衍而成北曲；唐时为前词时期：李白、白香山、温庭筠等皆其中峥峥者，五代时，词颇盛极一时，尤以南唐为最，南唐李后主、牛希济都精于小词。李煜的词差不多都完全自己写照，艳词最多；亡国以后，终日以泪洗面，身虽在宋，却时时思念故乡……浪淘词中的：流水落花春去也，天上人间，至今犹啧啧于人口。渐至宋时，词体乃完备，长调，就是这时候的产生品，至柳三变出，又创“慢词”。词句通俗，易于诵读，故当时有人说：凡有井水处，即能歌柳词；传播之广，可见一般。及苏轼出，变婉约为豪放，不拘于音律以响亮为上乘，在当时颇为词人所不取，南宋时则词普遍矣。书及于此，似可告一段落，以上所写不过粗具皮毛，丢三忘四，自知难登大雅，然性灵冲动，自可谅之矣。

——出自史幼云《闲话谈词》（《民德月刊》，1936年第4、5期）

（七〇）

李后主之词一读便知其为亡国之音。那样浮靡淫艳的句子真够令人肉麻。如此可见词人之流毒与词之为害实非浅鲜了。

——出自何家炳《谈词》（《约翰声》，1937年第48期）

（七十一）

“深院静，小庭空，断续寒砧断续风。无奈夜长人不寐，数声和月到帘栊，”此习知为李后主《捣练子》词，源出孔方平《兰畹曲令》（王灼《碧鸡漫志》作《兰畹曲会》）《钦定词谱》引《太和正音谱》，作冯延巳词。注曰：《太和正音谱》注双调，一名《捣练子令》，因冯延巳词，起句有“深院静”，及“数声和月到帘栊”句，更名《深院月》。王氏四印斋本《阳春录》未引之，王静安《唐五代二十一家词》辑《南唐二主词》，亦未言之。

——出自陈人《云窗词谭》（《奋报》，1939年8月10日）

（七十二）

白尝言：“兴寄深微，五言不如四言，七言又其靡也。况束于声调俳优哉？”

太白之所谓“兴寄深微”，即是发挥性灵的意思。用声调来束缚性灵，当然太白视为畏途了。这与王国维的主张，又差不多相同了。静安先生说词章的上下，先不厌其烦地说出“意”“境”的研究。意境，两个字，里面就包括有性灵的意味。王先生自己说“沧浪所谓兴趣，阮亭所谓神韵，犹不过道其面目，不若鄙人拈出境界二字为探其本也”。……（《人间词话》）。这就是崇拜性灵的一个铁证。王先生他个人的意思，“五代喜后主、正中，北宋喜永叔、子瞻、少游、美成，南宋除稼轩、白石外，少所许可。尤痛诋梦窗、玉田，谓梦窗砌字，玉田迭句，一雕琢，一敷衍，其病不同，而同归于浅薄，六百年来，词之不振，实自此始。”——（人间词甲稿序）

——出自枫叶《枫叶谈词》（《改造》，1939 年第 10 期）

（七十三）

南唐张泌、潘佑、徐铉、汤悦，俱有才名。后主于宫中作红罗亭，四面栽红梅，欲以艳曲记之。佑应令曰：“楼上春寒山四面，桃李不须夸烂漫，已输了东风一半。”时已失淮南，故佑以词讽谏云。

——出自西神《词史卮谈》（《同声月刊》，1941 年第 1 卷第 5、7 号）

（七十四）

词的起源于晚唐，唐本以诗盛，至晚唐诗多趋于秽靡的作风，但此时，新兴的词可谓相当可观，如李后主词，抒写真情实景，在文学上当有永久的价值。到了宋代，词最盛。尤其在南宋，因为时局和环境的不便，激起时人慷慨激昂之情，于词则为“豪故”的表现。

——出自雨缨子《谈词及其选集》（《南京新报》1941 年 4 月 29 日）

（七十五）

六义中之有比兴，最为方便法门。比可虚中用实，化有为无。兴可忙中取闲，闲中得用。如余之昔年步少游（秦观）韵（《如梦令》）曲情如杨柳，掬掬愁如醇酒。两如字，虚其实矣。前年庚辩，和王化霖；（《苏幕遮》）弦答为谁伤不语，说也何妨，此地无鹦鹉。一无字，化其有矣。又如古人春花秋月何时了，往事知多少。（李后主《虞美人》）菡萏香销翠叶残，西风愁起绿波间。（李中主《摊破浣溪沙》）忙中取闲者也。余之《兰陵王》词：（丙子）正门闭，雀踏花枝投地。闲滋味，近晚风来。撩得春愁偶然起。闲中得用者也。（只身来沪，一无参考书籍，仅以记忆所及，取旧稿而点缀之。鄙句与古人名句错杂引用，用以举例而已，阅者谅之。）人之善比兴者，莫不如比。

——出自郝少洲《今古一炉室谈词（续）》（《和平日报》，1946 年 10 月 1 日）

（七十六）

唐李后主词，素以凄婉著，所谓亡国之音哀以思也。彼《虞美人》词云：

春花秋叶何时了。往事知多少。小楼昨夜又东风。故国不堪回首、月明中。　　雕栏玉砌应犹在。只是朱颜改。问君还有几多愁。恰似一江春水、向东流。

是词悲往思来，跌泻迴远，怆楚不忍卒读，真妙笔生花，垂誉千古。首句云："春花秋叶何时了"，见其积愁已深，失意人触物增忧。观春花秋叶，或欣欣向荣，或瑟瑟衰落，而我则苦无快意时。黯然四时昼夜，只觉其长，反不如秋叶与春花两停，而我亦随之俱尽，使烦恼无所归也。今者花叶既无时能了，我亦长抱愁懷无了期矣，其凄婉为何如。

既无了期，思及昔日快意事，纷聚心头，今时移事易，满眼凄凉，其哀惋又当何如。

“小楼昨夜又东风”句，小楼已异昔日之居，东风则依然故物。风虽多情，人则易地，能不慨然。小楼孤寂，明月照人，于清光似水中，思及故国之盛。尚堪回首哉，回首恐重伤吾心，于是自劝曰不堪回首，其凄惋益甚。然则永不回首耶？不意甫言不堪回首，却又立即回首，真令人拍案叫绝，亦为之潸然泪下。“雕栏玉砌应犹在”，遥想之辞也，正写其伤感之甚矣。雕栏玉砌今尚完好无恙，主人竟鬓白颜改，日渐衰老。可知旧事难再圆，其寄托极深远。所谓亡国之音，其在斯乎。

末二句，承上节之意。谓人既渐老，大事难圆，则当抛释愁怀，暂寻欢笑。殊不知愁之多，恰似春江之水。源源汩汩尚多无尽也。凄惋欲绝，叹为绝作矣。

全首行文如蚁穿九曲，愈趋愈远，愈折愈深，迴远无尽意。比至第八句，陡然一提，则如缓缓平流中，忽遇大石，跌起波澜，一泻而去。至于音调之流丽，则其余事也。

关于李后主《虞美人》之词之一字

蒙是我君盾云：“李后主《虞美人》词首句确为春花秋月，并无叶字之说。”沄客居塞上，行箧无书，且脑力不佳。君既云“确”。想必不误！承指教，谨先申谢！

至于“叶”字，窃有说焉！幸是我君垂听。愚旅中所获止《花奄词选》一部，该书系上海扫叶山房民国十五年正月铅印本。乃去岁购自故都东安市场者，想今日再寻同样版本，亦不难也。是书卷一，第三二页，第十行，即作“春花秋叶”，今愚所能参考者止此。当时于“叶”字亦恍忆为“月”。继核诸词律，平平平仄平平仄，亦无不合，且“叶、月”均属入声。既乏他书左证，故从之而铸成大错。劣书误入，实殊可恨！是我君不叶为我校正，甚为欣感！但加以“并无叶字之说”一语，似故人沄于罪矣。一笑！

——出自澹云《一叶厂语词（续）》[《益世报（北京）》，1928年9月2、3、18日]

（七十七）

虞美人　李后主

春花秋月何时了，往事知多少。小楼昨夜又东风，故国不堪回首月明中。雕栏玉砌应犹在，只是朱颜改！问君都有几多愁？恰似一江春水向东流。

奇语劈空而下，以传诵久，视若恒言矣。日日以泪洗面，遂不觉而厌春秋之长，岁岁花开，年年月满，前视茫茫，能无回首？固人情耳。“小楼昨夜又东风”，下一“又”字，与“何时了”密衔，而“故国”一句，便是必然的转折。就章法言之，三与一，四与二，隔句相承也；一二与三四，情境互发也。但一气读下，竟不见有章法。后主又焉知所谓章法哉？而自然有了章法，情生文也。

过片二句，亦今昔之感，只有直说。其下二句，千古传名，实亦羌无故实。刘继增笺注所引《野客丛书》以为本于白居易、刘禹锡，直梦呓耳。胡不曰本于《论语·子在川上》一章，岂不更现成吗！此所谓直抒胸臆，非谤书史者也。后人见一故实，便以为“因在是矣”，何其陋耶？（俞平伯《读词偶得》）

以上两段，仍妙偶得，凡此偶得，皆得余心，是以妙也。自来笺注后主词者，无不于此词大卖力气，然半是隔靴之谈。此词故是千古绝唱，而通首白描，所谓“直抒胸臆”，“羌无故实”者也，吾人读之直寻意于辞得矣。不必再强为之解，强为之解，拐弯抹角，犹哑谜也。《野客丛书》：“仆谓李后主之意，又有所自，白乐天词曰：欲识愁多少，高于滟滪堆。刘禹锡词曰：蜀江春水拍天流，水流无限似侬愁。得非祖此乎？则知好处前人皆已道过，后人但翻而用之耳。”王闿运曰：“常语耳，以初见，故佳；再学便滥矣。朱颜本是山河，因归宋，不敢言耳。若直说山河改，反又浅也。结亦恰到好处。”《野客丛书》之说，俞书已斥之；王氏之言，亦是搔不到痒处，说来说去，叫人越看越糊涂完事。

“问君都有几多愁？恰似一江春水向东流。”自来词评家皆以此两句为最好，但究竟何以最好？怎样好法？却又无人道破。余谓此语之妙，妙在词情调情，恰相吻合。“恰似一江春水向东流”，以长语一句直下，读二二二三，似仄、江平、水仄，末著“东流”二字，皆平声，当重读长读，读时宛如碧波滚滚，一泻千里，恰与一江春水、滔滔东流之姿态韵味，融成一片；而衷怀无尽之愁，亦似溢在言表。外体物情，内抒心象，岂独妙肖，谓之入神可也。然凡此皆源于真情，出诸自然，非可力致，不假勉强，即在后主，亦难自觉。王闿运之言曰：“再学便滥矣。”既曰学，乌得不滥？此岂学可得者乎？

《人间词话》：“画屏金鹧鸪，飞卿语也，其词品似之。弦上黄莺语，端己语也，其词品亦似之。”俞平伯氏更效其言曰：“恰似一江春水向东流，后主语也，其词品亦似之。”究竟一江春水的词品却又何似？请看他的解释：“盖诗词之作，曲折似难而不难，唯直为难。直者何？奔放之谓也。直亦不难，奔放亦不难，难在于无尽。恰似一江春水向东流，无尽之奔放，可谓难矣。倾一杯水，杯倾水涸有尽也；逝者如斯，不舍昼夜，无尽也。意竭于言，则有尽；情深于词，则无尽。言之不足，故长言之，长言之不足，故嗟叹之，那是那么不足，岂有尽欤？情深故也。”

情者，诗词之源泉也；情深，即所谓源泉混混不舍者矣。有混混源泉，自然盈科满注，放乎四海，一泻千里，滔滔直下。是深于情者，冲口所出，即情语也。昔人论诗词，有景语情语之分，不知一切景语，皆情语也。景而无情，景又何取？此意静安先生已发之。余谓一切景皆由情生，无情斯无景矣。然情故不必寓于景也。观后主词，即每直抒心胸，一空倚傍，以此《虞美人》论，当无一句是意在写景。此盖其衷怀切至，忍俊不禁耳。近人蒋香谷《词说》有云：“词宜融情入景，即景抒情，方有韵味。若舍景言情，正恐粗浅直白，了无蕴藉，索然意尽耳。”此可以绳古今任何词人，独不能绳后主，后主之情，一往而深，其春愁秋怨如之，其词复宛转哀伤，随其孤往，于是遂“恰似一江春水向东流”矣，所谓无尽之奔放也。凡后主词皆当作如是观，非只《虞美人》也。

——出自松如《白茶斋说词》（《正中校刊》，1936 年第 36 期）

（七十八）

《捣练子》杨慎词品云:“李后主捣练子,即咏捣练。”——出自斯文《词牌塍说》（《文心》，1939 年第 1 卷第 6 期）

（七十九）

文章鉴赏缘憎爱。正变纷纷论不休，俊眼堪钦龙教授。词家三派各分流。

自来评词家各以所好，品骘古人。宗花间者斥苏辛为别调，学苏辛者诮花间为纤弱。入主出奴，争辩不休。于词人流派之分析，不落混杂，即嫌强合。近人龙沐勋先生辑《唐宋名家词选》，自序：自温韦以来，迄南唐之李后主、冯延巳，北宋之晏殊、欧阳修、晏几道为令词之极则。已俨然自成一阶段。迨慢曲既兴，作者益众。疏密二派，疆域粗分。疏极于豪壮沉雄，自范仲淹、苏轼以下晁补之、叶梦得、张孝祥、辛弃疾、陆游、刘克庄、刘辰翁、元好问之徒属之。密极于精密婉丽，自张先、柳永以下秦观、贺铸、周邦彦、姜夔、史达祖、吴文英、王沂孙、周密之徒属之。虽各家亦多开径独行，而渊源所自，昭然可观。"其论甚为公允，晏欧以前，慢词未盛，而小令辉皇发展。词之作者各具风格。划为一阶段，甚为适宜。以疏密二派论慢词，亦可以包举无遗。再于此大别之中求其小别。细溯支流，明察派裔，庶无大误矣。较之周济之揭橥四家以领袖赵宋一代者，卓越多矣。周之所举，分析似较缜密，而实多不安之处。任二北《词学研究法》谓其："立周辛王吴四家为中心，领袖一代，以其余各若干家为附庸，另有机轴，非寻常之言源流者可比。然其出主入奴之处，牵强附会者多，确切投合者少。盖指出领袖数家，其法甚巧，若设立门户，标榜旗号，将其余者强为系属，一若确然无可通融者，则其事甚拙也。"此论甚是。文章流派，当是天然形成。寻流派者按其天然迹象以流派之，如后起者对其前辈确有师承，或继承风派，有实际情形明白可按者。不妨竟其原委，鉴别其流派之利病，以加深对该词派之体认斯可矣。若其牵强附会，每一词人，必勉强归之入流，系之以派。非愚则诬矣。所谓辟别流派者，嫡派则详之，其他者流而已矣。古人于此，多有病焉。当慎重为之，不可仍循前辙，多滋无谓之纷纭也。

精艳飞卿造语工。花间冠冕品玲珑。最爱秋词更漏子。空阶夜雨滴梧桐。

黄升《唐宋诸贤绝妙词选》曰：“飞卿词极流丽，宜为花间之冠。”胡仔《苕溪渔隐丛话》曰：“庭筠工于造语极为奇丽。”刘熙载融斋《艺概》曰：“飞卿词精艳绝人，然类不出乎绮怨。”王国维静安《人间词话》曰：“飞卿之词句秀也。”按飞卿之词，哀感顽艳，精警动人，其造语达化工，更漏子一词，脍炙人口。“梧桐树，三更雨，不道离情更苦，一叶叶，一声声，空阶滴到明。”情景真挚，虽不读书人，亦知其为绝妙好词。谢章铤《赌棋山庄词话》曰：“温尉词当看其清真，不当看其繁缛。苕溪谓庭筠工于造语，极为奇丽，然如《更漏子》云梧桐树云云，语弥淡，情弥苦，非奇丽为佳矣。此言是也，《更漏子》一词，为飞卿词中淡语之绝佳者，聂胜琼《鹧鸪天》之“枕前泪共阶前雨，隔个窗儿滴到明”全从此脱化，然聂则尖轻。飞卿浑厚。差堪与李后主《长相思》之“秋风多，雨如和，帘外芭蕉三两窠，夜长人奈何”相媲美。不过后主之词，尤为质重耳。周济《介存斋论词杂著》曰：“词有高下之分，有轻重之别，飞卿下语镇纸，端己遏响入云，可谓极两者之能事。张皋文言飞卿之词深美闳约信然。”又云：“飞卿酝酿最深，故其言不怒不慑，备刚柔之气。”又云：“针缕之密，南宋人始露痕迹，花间极有浑厚气象。如飞卿则神理超越，不复可以迹象求矣。然细绎之，正字字有脉络。”此正宗派之言，未免过誉。然精美处，后人实难乎其继也。王国维《人间词话》曰：“张皋文谓飞卿之词深美闳约，余谓此四字惟冯正中足以当之。刘融斋谓飞卿之词艳绝人，差近之耳。”此论最为平允。

——出自杨仲谋《说词韵语》（《钟声月刊》，1947 年第 10-12 期）

(八〇)

词心之寻，殆不尽于《花间》一集，而多得于南唐一主一臣；南唐一主者，李煜重光也；一臣者，冯延巳正中也。李后主之为君，长于仁民爱物，短于莅政治军；周师南侵，国几不国，宋兴纳土，迁为归命；其亡国前后危苦之心，悉见于所作长短句中，真是含思凄惋，一字一泪，无一篇不佳！无一句不美！如其《蝶恋花》：“遥夜亭皋闲信步，才过清明，早觉伤春暮。数点雨声风约住，朦胧淡月云来去。　桃李依依春暗度，谁在秋千，笑里低低语！一片芳心千万绪，人间没个安排处！”词旨微茫，如闻幽咽；观其结语，则明明说出“词心”矣！因人间无法排遣，而始一一托之于词。然后其词，乃能吞吐幽咽，唱叹低回，一字一泪，极怅惘沉痛之致；此犹灵均之赋《离骚》，由于不忍此心之长愁者也。冯延巳以文臣掞藻其间，不能有所匡救，危苦烦乱之中，郁不自达者，一于词发之；其忧生念乱意内言外之旨，一诵“玉露不成圆，宝筝悲断弦！”“和泪试严妆，落梅飞晓霜！”“天长烟远，凝恨独沾襟”诸语，即可省识其内心之烦苦矣！国破家亡，主忧臣辱，始换得此血泪文字，照莹词苑，此其内心之凄楚为何如耶？

北宋之令词，不愧唐五代，语贵直寻，不由补假，而淮海、小山为绝！乔笙巢云：“少游词寄慨身世，雅有情思，酒边花下，一往而深！而怨诽不乱，悄乎得《小雅》之意。”又云：“他人之词，词才也！少游之词，词心也！”冯煦亦云：“淮海、小山，古之伤心人也！其淡语皆有味，浅语皆有致，求之两宋词人，实罕其匹！”而陈亦峰亦以晏小山与后主对称，且小山名相之子，富贵得意，室有莲鸿苹云二歌女，与后主之长于深宫，拥有妃嫔略同，酒阑灯炧，乐极悲来！宜其小令之清壮顿挫，能动摇人心也。

钟嵘有言：“从李都尉迄班婕妤，将百年间，有妇人焉，一人而已！”女词人李清照，生于元丰六年，距淳化间李后主之死，亦将百年；在此百年间，妇人才奇以词成家者，易安居士一人而已！词家之有二李，龙头豹尾，自为前后，真有不可思议之巧！易安奇慧绝秀，亭亭物表，其作跌宕昭彰，心声流沛；有秦淮海之韶美，得周清真之工丽，备吴梦窗之沉著，而吞吐幽咽低回含蓄，则直接南唐后主而无愧者也，以为北宋押阵殿军之词人，不亦可乎？

——出自邵祖平《词心笺评》（复旦大学出版社，2007年8月；邵氏此文曾于1948年《东方杂志》第44卷第11号上刊出）

（八十一）

南唐后主《相见欢》云：“剪不断，理还乱，是离愁。”愁如何能剪能理，词中妙处与诗例相较，有过之而无不及。曲中亦臻斯妙，董解元《西厢记》长亭送别云：“休问离愁轻重，向个马儿上驮也不动。”愁如何能驮，将抽象之离愁视作有体质数量之物。此又化虚为实之妙。

——出自徐昂《词说》(《诗词一得》，翰墨林书局，1949年)

（八十二）

作词无他法，只要将心里的龌龊思想，洗个干净。然后思虑通明，空虚灵幻，从此著笔，自然有最妙者至。如张志和“西塞山前白鹭飞”，温飞卿“过尽千帆都不是，斜晖脉脉水悠悠”，李后主“帘外雨潺潺”，少游“斜阳外，寒鸦数点，流水绕孤村”，耆卿“杨柳岸晓风残月”，东坡“琼树玉宇，高处不胜寒”等，皆清新缥缈，飘飘欲仙。予尝谓词人足以拟仙，语虽不经，然实确有见地。真知词中三昧者，必不河汉斯言也。

——出自舍我《论词》（《民国日报》，1916年11月20日）

（八十三）

尝谓李后主词，不可无一，不可有二，以其气爽而不粗。语俊而不纤，皆无意为词，而词自胜也。后人效之者众，然皆邯郸学步，匍匐而归。以逼肖称者，仅一成容若，虽盲从之子，比附传说，争为后主后身。然细按其词，则仅能清楚而已。外强中干，貌腴神索，其与后主，终不能得万一也。

——出自闻野鹤《论词杂记》（《民国日报》，1917年11月1日）

（八十四）

词当取法于古。所谓翻前人意，便觉出奇者是已。然古人佳处宜法，常有瑕瑜并见处，便当取瑜掷瑕。若谓古人在在堪师，语语足法，吾不信也。试举一二言之。唐人《菩萨蛮》云：牡丹露滴珍珠颗，佳人摘向帘前过。含笑向檀郎，花强妾貌强。檀郎故相老，只道花枝好。一面发娇嗔，笑挼花打人。此词脍炙人口久矣。从来尤物，美不自知，知其不肯自形于口，未有真夸其美，而谓我胜于花者，况挼碎花枝，是何等不韵之事。挼花打人，是何等暴戾之形，幽闲之义何居，温柔二字安在？李后主《一斛珠》之结句云：绣床斜倚娇无那，烂嚼红绒，笑向檀郎唾。此词亦人所竞赏。予曰：此媚妇倚门腔，梨园献丑态也。嚼红绒以唾郎，与倚市门而大唾枣核、瓜子以调路人者，其间不能以寸。优人演剧每作此状，以发笑端，是深知其丑而故为之者也。不意填词之家，竟以此事谤美人。而后之读词者，又只重情趣，不问妍媸，复相传为韵事。谬乎？不谬乎？无论情节难堪，即就字句之浅者论之，烂嚼打人诸腔口，几于俗杀。岂雅人词内所宜，后人作《春绣》绝句云：闲情正在停针处，笑嚼红绒唾碧窗。即烂嚼为笑嚼，易唾郎为唾窗，同一事也，而雅俗判然矣。

——出自张文宬《词论》（《国立四川大学周刊》，1935年第3卷第30期）

（八十五）

王气江南阒寂，可怜都是伧才。工文亦复何益，千秋亡国音哀。（李后主）

——出自高旭《十大家词题词》（《中华新报》，1909年6月17日）

（八十六）

君王曾几识干戈，潘鬓沈腰有恨多。无奈夜长人不寐，梦中滋味更如何。

——出自会昌（程千帆）《读去国词讯李后主》（《金中校刊》，1930年第4期）

（八十七）

一

纤裳高髻簇时新，侍燕无非词翰臣。琵琶复进羽衣曲，凄绝他年亡国身。

二

几生修得到风流，乐府佳章制小周（小周后后主后妹）。千万柳条绾不住，半为憔悴半为愁。

——出自刘樊《题后主入宋前词》（《国立武汉大学四川同学会会刊》，1935 年 2 卷 1 期）

（八十八）

墨史相传记李超，金陵霸局太无聊。桃花人面争红艳，杨柳楼台赛绿娇。帝王风流词赋曲，名妃得意皱眉腰。夜深别殿趋维袜，如此痴情不可描。

——出自张逊之《读李后主词后》（《民铎》，1947 年第 1 卷第 14 期）

（八十九）

不是重光也觉愁，问情相感莫来由。如鉴入水惟存味，又见辛公懒上楼。

诗词贵有事意，而事意皆化，止存一段情趣。又仍可见事意，不同空幻，乃为最高之境。李后主词即如此。读其词者，皆无其境遇者也，而旷世相成，莫知其所以。后此为辛稼轩，不知筋力衰多少。但觉新来懒上楼，最为近之，他家未名见也。

词人每爱以仙乎，兴寄虽存气象输。一曲凌云千古羡，妙高台与洞庭湖。

姜白石有白石不老仙之称，张东泽有东仙之称，王碧山号中仙。东坡“月夜登妙高台歌”《水调歌头》曰：“即此便是神仙矣。”张于湖《念奴娇》，王壬父评为“有凌云之气。”

——以上二则出自刘咸炘《说词韵语（续前）》（《国立成都大学校刊》，1930 年第 4 期）

亡国余生莫怨嗟，泪痕红透断肠花。始知高颎多情甚，先向青溪斩丽华。

卧榻旁边睡不容，逼人天水太匆匆。小楼一夜知何罪，又赐牵机出禁中。

——以上二则出自柳亚子《读李后主词感赋》（《磨剑室诗词集·磨剑室诗初集》卷七，民国刻本）

(九〇)

《南唐书》载后主继周氏后，即昭慧后之妹也。昭慧后感疾后，尝在禁中先与后主私，后主作《菩萨蛮》云：

花明月暗飞轻雾，今宵好向郎边去。刬袜步香阶，手提金缕鞋。　画堂南畔见，一晌偎人颤。奴为出来难，教君恣意怜。

此词遂传播于外。至于纳后乃成礼，而已大宴群臣。韩熙载以下，皆写诗讽焉。后主不之谴。

——出自企白《词林摘艳》（《先施乐园日报》，1918年10月23日）

(九十一)

纳兰性德《饮水词》，誉者谓北宋以来仅一人。或谓其词酷似后主，皆溢美之词，殊属不然。盖因意境不深厚，措词亦浅显，几无一首可卒读。惟词句显浅，初学读之，似亦适宜。

——出自红豆轩主人《词林语丝》（《上海洪声》，1948年第2卷第5—8期）

(九十二)

静安论词曰：“词之最工者，实推后主、正中、永叔、少游、美成，而后此南宋诸公不与焉。”此语自是卓识，但不能排除温、韦及《花间》诸大作家，否则数典忘祖矣。

亦峰曰：“端己《菩萨蛮》四章，惓惓故国之思，而意婉词直，一变飞卿面目，然消息正自相通。余尝谓：后主之视飞卿，合而离者也，端己之视飞卿，离而合者也。”又指其《菩萨蛮》《归国遥》《应天长》等阕曰“皆留蜀后思君之辞”，此论全中张惠言之毒，全无是处。其所列诸词，皆思妇之辞。

后主《捣练子令》：“深院静，小庭空，断续寒砧断续风。无奈夜长人不寐，数声和月到帘栊。”“数声”二字直接上文由风吹来之寒砧，“和月”二字兼写声与月色俱来。

后主《相见欢》：“林花谢了春红，太匆匆，无奈朝来寒雨晚来风。　胭脂泪，相留醉，几时重？自是人生长恨水长东。”用汉武帝吊李夫人赋、何逊为衡山王与妇书中词意。又《忆江南》“车如流水马如龙”用《晋书·食货志》：“车如流水，马似飞龙。”

后主《菩萨蛮》：“人生愁恨何能免？销魂独我情无限。故国梦重归，觉来双泪垂。　高楼谁与上，长记秋晴望。往事已成空，还如一梦中。”末句用唐玄宗“还如人生一梦中”。

后主《浪淘沙》“别时容易见时难”句，乃本玉溪“相见时难别亦难”，上“难”为难易之“难”，下“难”为难过之“难”。后主词反玉溪而用之。又此词末句按意标点应为：“天上？人间？”

后主《蝶恋花》：“遥夜亭皋闲信步，才过清明，渐觉伤春暮。数点雨声风约住，朦胧淡月云来去。　桃李依依春暗度。谁在秋千，笑里轻轻语。一片芳心千万绪，人间没个安排处。”下片“桃李”，疑当作“杨柳”，故下文曰“依依”。柳可藏鸦，故曰“暗度”。柳可遮人，故但闻笑语，不知谁在秋千。柳丝垂条，故可比“芳心”“万绪”。若是桃李，则与下文全部脱臼。此词不知经谁妄改。且桃李不同时，李花在清明前，时令亦不合。

梦窗《浣溪沙》（“门隔花深梦旧游”）及《风入松》（“听

风听雨过清明”），又《西子妆慢·湖上清明薄游》《绛都春》“南楼坠燕”均为悼念其姬人名燕者之作。《风入松》云：“黄蜂频扑秋千索，有当时纤手香凝。”《西子妆慢》云：“燕归来，问采绳纤手，如今何许？”《浣溪沙》云：“夕阳无语燕归愁。”皆同指一人。《浣溪沙》：“门隔花深梦旧游”，此“旧游”非指旧游之事，尤非旧游之地，乃指旧时同游之人。南唐后主《咏柳书黄罗扇示庆奴》：“风情渐老见春羞，到处销魂感旧游。多谢长条似相识，强垂烟态拂人头”可证，此“旧游”即庆奴。故知梦窗词之旧游，即指其姬人。稼轩《念奴娇》“楼空人去，旧游飞燕能说”，此“旧游”亦指故人。又下片“落絮无声春堕泪”，有解为柳絮飘漾。按柳絮无声坠地，才能像堕泪，若云飘漾，便不像，眼泪岂能在空中飘漾？

蕙风记升庵改后主《捣练子》二阕为《鹧鸪天》：“塘水初澄似玉容。所思犹在别离中。谁知九月初三夜，露似珍珠月如弓。　深院静，小庭空。断续声随断续风。无奈夜长人不寐，数声和月到帘栊。”“节候虽佳景渐阑。吴绫已暖越罗寒，朱扉日暮无风掩，一树藤花独自看。　云鬓乱，晚妆残。带恨眉儿远岫攒。斜托香腮春笋嫩，为谁和泪倚阑干。”此两首歇拍之联均平仄不调，上口即知。

——以上九则出自吴世昌著《词林新话》（吴令华、施议对整理本，北京出版社 1991 版和 2000 年增订本，全集本。此书部分始创于现代，故收入是编）

（九十三）

陆游《南唐书》：“后主昭惠国后周氏，小字娥皇，通书史，善歌舞，尤工琵琶……故唐盛时霓曲羽衣最为大曲。乱之后，绝不复传。后得残谱，以琵琶奏之。于是开元天宝遗音复传于世。内史徐铉问之于国工曹生，铉亦知音，问曰：‘法曲终则缓，此声反急，何也？’曹生曰：‘旧谱是缓，宫中有人易之，非吉征也。’”是南唐尚有重整曲谱之事。然据乐工曹生所言，已失法曲之理，虚谓开天遗言，不足置信。故徐铉讥之以诗曰“此是开元天宝曲，莫教偏作别离声”也。有唐一代此曲源流，尽于此矣。

——出自孙人和（蜀丞）《词浑》（《细流》，1935年第4期）

（九十四）

减字调中见衬字及虚声

李后主《浪淘沙令》前后两遍，皆以五字句起者。柳屯田前遍云：“有一个人人”，后遍云：“蔌蔌轻裙”，后少一字。杜安世前遍云：“帘外微风”，后遍云：“岭外白头翁。”又前遍云：“又是春暮。”后遍云：“念念相思苦。”李之仪前遍云：“霞卷云舒。”后遍云：“魂断酒家垆。”皆前遍少一字。是必用李后主之调而减字者。然减字则必减声。如此整齐双叠之小令，何以不前后遍俱减，而但减一字，使其句调参差？理必不然。万红友有邮于此，故《词律》谓：柳词“有一个人人”一字是羡字。引周美成《柳梢青》起句之“有个人人”为证。而不知两调迥殊，岂能强为比附，而竟夺其一字？余谓柳、杜诸作，用减字之体，必前后皆减。两遍皆四字起句；其仍有五字句者，则作者语意未足，于减字调中，仍添一衬字耳。盖减字即减声；此一字在减字调定声之外添之；故但可谓之衬字，而不可视为原调之五字句矣。如谓必系依原调，但减一字；则其四字必有虚声以衬之，不得谓之减字。旧词虚声，可按谱而得者甚罕。兼存此论，亦足为考虚声之一助。

——出自徐棨《词通（三续）》（《词学季刊》，1933

年第一卷第一—四号）

（九十五）

运用古人成语入词，须重加剪裁，或引伸其意，或推陈出新，总以使读者不觉其沿袭为佳。晏小山《鹧鸪天》云：“今宵剩把银釭照，犹恐相逢是梦中”，即用少陵“夜阑更秉烛，相对如梦寐”语。陈存熙之《相见欢·咏泪》云：“揾不住，收不住，被风吹作一天愁雨损花枝。”此即从李后主“剪不断，理还乱，是离愁。别是一般滋味在心头”脱胎而出，是巧于偷换者也。“拂水双飞来去燕，曲槛小屏山六扇”，和鲁公语也。陈子高演为《谒金门》云：“花满院，飞去飞来双燕。红雨入帘寒不卷，小屏山六扇”，则以袭而愈工矣。“天气殊未佳，汝定成行否？寒食近，且住为佳尔”，此晋无名氏帖中语也，辛稼轩融化名《霜天晓角词》云：“吴头楚尾，一棹人千里。休说旧愁新恨，长亭树，今如此！宦游我倦矣，玉人留我醉：明日万花寒食，得且住、为佳耳。”晋人语本入妙，而词复融化之如此，益见珠璧相照。又如李易安“清露晨流，新桐初引”，全用世说语，读者亦但觉其浑成，不嫌其剿袭者，正以其原句本自隽妙也。然究不可为法。至如宋子京《鹧鸪天》，直抄唐人“身无彩凤”一联，未免窃矣。稼轩《踏莎行》云：“长沮桀溺耦而耕，某何为是栖栖者”，龙洲《西江月》云：“天时地利与人和，燕可代欤曰可”，用经语入词，既失本色，亦近腐矣。

——出自采绿词人《词屑》（《铁路协会月刊》，1930年第2卷第5、6、7、8、9期）

（九十六）

花间词人张泌行实，后人记载颇有疏牾。《历代诗余·词人姓氏》曰："张泌一作佖、字子澄，淮南人。初官句容尉，上书陈治道，后主征为监察御史、历考功员外郎、进中书舍人、改内史舍人。随煜归宋，仍入史馆，选郎中，归寓家毗陵。有集一卷。"胡适词选据花间结集年代以推，疑泌佖非一人，其说甚久而未详，兹申之如次。

马令《南唐书》（五）《后主书》曰："建隆三年、句容尉张秘上书言为理之要，词甚激切，国主手批慰喻，召为监察御史。"郑文宝《江表志》作张泌，录其上书全文有云："臣幸承勋绪，忝逢昭代，书贤能于乡老，第甲乙为宗伯，由文章而进诗，待诏于金门，比八年于兹矣。"自建隆三年逆数八载，为南唐中保大十三年，是为张君始入仕之年。徐铉《徐公文集》（十九）有《送张佖郭贲二先辈序》，盖佖初及第释褐为句容尉时作，文有"词场湮废五十年矣"之语。考南唐自保大十年始复贡举，十一十二两年皆设科试士，以此互证，则上书之人，其人名从徐序作佖为是。马书之秘、郑志之泌，皆由笔讹。陈彭年《江南别录》及《李焘续长编》亦皆作佖，是其证也。

《花间集》称泌为"张舍人"，案欧阳炯《花间集·序》作于蜀广政三年四月。其书称炯为舍人，和凝为学士，即二人广政三年四月之仕历。（炯以广政三年之前六载为中书舍人，后八载为翰林学士，和凝前三载为端明殿学士，同年九月拜相）知炯序作于花间结集之时，胡氏所考，即得实矣。广政三年花间结集，犹在保大十一十二年张佖等第前之十四五载，保大间徐铉送序称佖"年少气盛"，则花间结集之时，佖盖方在髫龄，安能擢官舍人？其非即花间词人，灼然可据，诗余合为一人，岂非大谬哉！

吴任臣《十国春秋》，分列泌佖二传，似近是矣，而叙二人行事，仍不免误。其泌传，仅载建隆上书，佖传则备载仕历云："后主朝为考功员外郎，进中书舍人，改内史舍人，知贡举，随后主入宋，太宗朝入史馆。以菜羹待食客，人称菜羹张家。后官河南。每寒食必亲拜后主墓，分俸赡李氏子孙云云。"今案《宋史·李昉传》，昉秉政时，佖为廷尉，是佖确仕太宗朝。知贡举，见陆游《南唐书本纪》，菜羹张家，见《唐余纪传》，拜后主墓分赡李氏子孙见《砚北杂志》，皆作佖不作泌，与吴书合。惟建隆上书，亦是佖而非泌。吴氏以入泌传，则仍误也。《诗余》误合两人之事为一传，吴书又误分一人之事为两传，溯其由皆由《江表志》偶讹建隆上书之佖为泌，辗转致讹耳。

词人张泌之行实今可考者，仅"广政三年间官舍人"一语而已。《诗余》云"字子澄"，未详所据，《词林纪事》引《古今词话》，谓泌"国亡仕宋"，盖误合佖事。又记少时与邻女浣衣善，则附会《江城子》"浣花溪上见卿卿"二词为之。郑方坤《五代诗话》（三）引《全唐诗》录谓"金陵破，泌以后主办装金二百诣曹彬，彬鄙之。"此亦张泌事，马令《后主书》载其详，可覆案也。

《诗余》谓泌淮南人，而《诗话总龟》（廿九）记"淮南张佖知举"事，是淮南是佖非泌，胡氏疑泌为蜀产。今案《全唐诗》（十一函）载泌诗，多高唐巫峡景物，《江城子》词亦有浣花溪上之句，则是蜀人无疑。《诗余》云淮南，固非；《词林纪事》云为常州人，亦失考也。

——以上六则出自夏承焘《词逡》（《之江中国文学会集刊》，1936 年第 2 期）

（九十七）

南唐后主

相见欢

无言独上西楼；月如钩。寂寞梧桐深院锁清秋！　　剪不断，理还乱，是离愁；别是一般滋味在心头。

“无言”二字能够十足的表出他的愁苦，若能言，那就没有什么意味了。佳处就在此。上西楼者，有所望也。但仰观明“月如钩”，俯视则“深院锁清秋”而已！云寂寞者，承上无言，独等字来，锁者，即不足打破之意。加重之也。“剪不断”，治丝而棼之义。“理还乱”，乱无头绪也。此言离愁之有加无已也。既“无言”；所以才是“别是一般滋味”了。

——出自朱孝移《词释》（保定商务印书局，1937 年 4 月）

三、1933—1949 年之间词话论南唐词

（九十八）

《人间词话》云：“温飞卿之词，句秀也；韦端已之词，骨秀也；李重光之词，神秀也。词至李后主而眼界始大，感慨遂深，遂变伶工之词而为士大夫之词。周介存置诸温韦之下，可谓颠倒黑白矣。‘自是人生长恨水长东’，‘流水落花春去也，天上人间’，《金荃》《浣花》，能有此气象耶。”

冯蒿庵云：“少游以绝尘之才，早与胜流，不可一世，而一谪南荒，遽丧灵宝。故所为词，寄概身世，闲雅有情思，酒边花下，一往而深，而怨悱不乱，悄乎得小雅之遗。后主而后，一人而已。”

按：此条并非谓作词不可运用前人诗词语句，特须另换新意，翻而用之耳。如白乐天诗“欲识愁多少，高于滟滪滩”，刘禹锡诗“蜀江春水拍天流，水流无限似侬愁”，为李后主“问君能有几多愁，恰似一江春水向东流”二句所本。而秦少游“便做春江都是泪，流不尽许多愁”之句，又自后主词脱化而出，何尝不各极其妙。昔贤名作，不乏此例，若无新意而袭用成句，决无精采可言。《艺概》云：“词要清新，切忌拾古人牙慧，盖在古人为清新者，袭之即腐烂也。拾得珠玉，化为灰尘，岂不重可鄙笑。”亦是此意。彼美成采唐诗，融化如自己者；梅川读唐诗多，故语雅淡。无非善于脱化，或翻前人意耳。

昭宗《菩萨蛮》词，肆口而成，声情慷慨，虽处困厄之中，犹有清雄之气。考《杜阳杂编》，宣宗尝制《泰边陲》曲，可知和陵箄精宫阙，学有渊源。后起若李后主、宋徽宗，近于专家深造，韵度过之，而其骨干之不相及。据此二曲，即可论定。此其所以为唐音也。“秋风往往堪沾洒”，饶有无限悲凉。所谓对此茫茫，百端交集，迢迢数百年，非稼轩、遗山辈，未易得其仿佛。

——出自蔡嵩云《词源疏证》［金陵大学中国文化研究所，民国二十一年（1932）］

（九十九）

卷四 南唐

中主

中主，姓李氏，名璟，初名景通，又名景。字伯玉。徐州人。唐裔，南唐烈祖昇长子。封齐王。升元七年嗣位。周显德五年，奉表臣属，去年号，奉正朔，降称国主。宋建隆元年，迁南都，薨。请于宋，许复帝号，谥文宣孝皇帝，庙号元宗。有词，与后主词合刻为《南唐二主词》。

【词话】陆游《南唐书·冯延巳传》：延巳工诗，虽贵且老，不废。如“鸳瓦数行晓日，龙旗百尺春风”，识者谓有元和词人气格。尤喜为乐词。元宗尝因曲宴内殿，从容谓曰：“‘吹皱一池春水’，干卿何事。”延巳对曰：“安得如陛下‘小楼吹彻玉笙寒’之句。”

马令《南唐书·王感化传》：感化善讴歌，声韵悠扬，清振林木。系乐部为歌版色。元宗嗣位，宴乐击鞠不辍。尝乘醉命感化奏《水调》词，感化唯歌“南朝天子爱风流”一句，如是者数四。元宗辄悟，覆杯叹曰：“使孙陈二主得此一句，不当有衔璧之辱也。”感化由是有宠。元宗尝作《浣溪沙》二阕，“菡萏香销”“半卷真珠”云云，手写赐感化。后主即位，感化以其词札上之。后主感动，赏赐甚优。

【词评】《艺苑卮言》：“细雨梦回鸡塞远，小楼吹彻玉笙寒”，“青鸟不传云外信，丁香空结雨中愁”，非律诗俊语乎，然是天成一段词也，著诗不得。 又：《花间》犹伤促碎，至李王父子而妙极矣。“‘风乍起，吹皱一池春水’，干卿何事”，曰“未若陛下‘小楼吹彻玉笙寒’”，此语不可闻邻国，然固是词林本色佳话。

《雪浪斋日记》：荆公问山谷：“作小词，曾看李后主词否。”云：“曾看。”荆公云：“何处最好。”山谷以“一江春水向东流”为对。荆公云：“未若‘细雨梦回鸡塞远，小楼吹彻玉笙寒’最好。”（案：《词苑》云：“细雨梦回”二句，元宗词，荆公误以为后主也。）

《诗话总龟》：《翰苑名谭》云：李煜作诗，大率多悲感愁戚。如“青鸟不传云外信，丁香空结雨中愁”，“鬓从今日愁添白，菊似去年依旧黄”，皆思清句雅可爱。（案：“青鸟”二句是元宗词，作后主诗，误。）

《漫叟诗话》：李璟有词云：“手卷真珠上玉钩”，后人改为“珠帘”，非所谓知音者。

《皱水轩词筌》：“细雨梦回鸡塞远，小楼吹彻玉笙寒”，不可使闻于邻国。然细看词意，含蓄尚多。至少游“无端银烛殒秋风。灵犀得暗通”，“相看有似梦初回。只恐又抛人去、几时来”，则竟为蔓草之偕臧，顿丘之报别，一一自供矣。

《人间词话》：南唐中主词“菡萏香销翠叶残。西风愁起绿波间”，大有众芳芜秽、美人迟暮之感。乃古今独赏其“细雨梦回鸡塞远，小楼吹彻玉笙寒”，故知。解人正不易得。

【词考】陈振孙《书录解题》：《南唐二主词》，中主李璟、后主李煜撰。卷首四阕，《应天长》《望远行》各一，《浣溪沙》二，中主所作。重光尝书之，墨迹在盱江。姚氏题云：先皇御制歌词，余尝见之于麦光纸上，作拨镫书，有晁景迂题字，今不知何在矣。余词皆重光作。

刘继增《南唐二主词笺序》云：《南唐二主词》，编辑缘起不可考。康熙二十八年，吾邑亦园侯氏文灿刻《名家词》十种，首列之。见王文简《居易录》，阮文达《四库未收书目》。近江阴金氏《粟香室丛书》所刻者，即其本也。此本卷末印记为明万历四十八年春常熟吕远所刻。目录下缀陈直斋《书录解题》一条。其编次大略与侯本同。惟侯本分题中主、后主，此则前后连属不分为异。《解题》有云：卷首四阕《应天长》《望远行》各一，《浣溪沙》二，中主作，余皆重光作。盖宋时元本如此，故陈氏特表而出之。中间注□，似亦出宋人手。唯卷末《捣练子》一阕，侯本所无。注引升庵《词林万选》，乃明人书，疑不类。旋得汲古阁旧钞本，编次悉同，独无此阕，知为吕氏所补，非元有也。三本相校，吕本为长，侯本刻在吕本后六十九年，时地相近，而自序乃云：所刻诸词见者绝少，岂吕本当时印行未广，侯氏未之见耶。案《钦定词谱》成于康熙五十四年，中列南唐李璟《望远行》词，注云：从《二主词》元本校定，是当时元本固在，审所校字句，虽与此本合，而此本后主词“亭前春逐红英尽”一阕，调为《采桑子》，《词谱》于此调注云：李煜，词名《丑奴儿令》。又“晚妆初了明肌雪”一阕，调为《玉楼春》，《词谱》于此调注云：李煜，词名《惜春容》。则所谓元本，当是又一本矣。第此元本，《四库》既未著录，无从订证。吕氏此刻，虽在明季，尚存宋时之旧。好古家所当珍视者也。爰与旧钞本、侯本及诸选本校其异同而为之笺，别为补遗附于后。

校：南唐中主词传于世仅四首，其《浣溪沙》（一作《山花子》）二首，见马令《南唐书》，合之《应天长》《望远行》二首，即《南唐二主词》卷端之四首也。《应天长》阕又见冯正中《阳春集》、欧阳文忠《六一词》，其文小异。然万历本《二主词》首载此调，观《直斋书录解题》所考，至为碻切，可知必非它家之作矣。《二主词》除吕刻、侯刻外，尚有沈氏

《晨风阁丛书》本，乃海宁王忠悫公手校，附补遗、校记、考证颇详。

后主

后主，名煜，初名从嘉，字重光，自号钟隐，又称中峰白莲居士，中峰隐居，中峰隐者（案：据海岳《画史》），又号鸳鸯寺大师。中主璟弟六子，以次及封吴王。宋建隆二年，中主迁都南昌，立为太子，留监国。中主薨，嗣立于金陵。在位十有五年。至开宝八年，国灭，入宋。太平兴国三年七月，被害殂。

【词话】马令《南唐书》本注：后主继室周氏，昭惠后之母弟也。警敏有才思，神彩端静。昭惠感疾，后尝出入卧内，而昭惠未之知也。一日，因立帐前，昭惠惊曰："妹在此耶。"后幼，未识嫌疑，即以实告曰："已数日矣。"昭惠恶之，返卧不复顾。昭惠殂。后未胜礼服，待年宫中。明年，钟太后殂，后主服丧，故中宫位号久而未正。至开宝元年，始议立后为国后。后自昭惠殂，常在禁中，后主乐府词有"衩袜步香阶。手提金缕鞋"之类，多传于外。至纳后，乃成礼而已。翌日，大宴群臣，韩熙载以下皆为诗以讽焉，而后主不之谴。

《古今词话》：李后主《菩萨蛮》"铜簧韵脆""花明月暗"两词，皆为继立周后作也。

《乐府纪闻》：后主归宋后，每怀故国，词调愈工。其赋《浪淘沙》《虞美人》云云，旧臣闻之，有泣下者。

《南唐拾遗记》：后主归朝后，每怀江国，且念嫔妾散落，郁郁不自聊。作《浪淘沙令》"帘外雨潺潺"云云，含思凄惋。未几下世。

《唐余纪传》：李重光以七夕日生，是日燕饮，声伎彻于禁中。太宗衔其有“故国不堪回首”之词，至是又愠其酣畅，乃命楚王元佐等携觞就其第而助之欢。酒阑，煜中牵机毒药而死。

【词评】《扪虱新语》：帝王文章，自有一般富贵气象。国朝，江南遣徐铉来朝，欲以辞胜。至诵后主《秋月》诗，太祖但笑曰：“此寒士语耳，吾不为也。吾微时，夜自华阴道，逢月出，有句云：‘未离海底千山暗，才到天中万国明。’”铉闻惊服。太祖虽无意为文，然出语雄健如此。以予观李氏据江南全盛时，宫中词曰“帘日已高三丈透”云云，议者谓与“时挑野菜和羹煮，旋砍生柴带叶烧”者异矣。然太祖一日与朝臣议论不合，叹曰：“安得桑维翰者与之谋事乎。”左右曰：“维翰爱钱。”太祖曰：“措大家眼孔小，赐与十万贯则塞破屋子矣。”以此言之，不知彼所谓“金炉香兽”“红锦地衣”，当费几万贯，此语得无是措大眼孔乎。

《词苑》：南唐后主归国，临行，作《破阵子》词云：“最是仓皇辞庙日，教坊独奏别离歌。垂泪对宫娥。”东坡谓：“后主既为樊若水所卖，举国与人，故当痛哭于九庙之前而后行。乃挥泪对宫娥，听教坊离曲，何哉。”

《能改斋漫录》：《颜氏家训》云：别易会难，古人所重。江南饯送，下泣言离。北方风俗，不屑此事。歧路言别，欢笑分手。李后主长短句盖用此耳，故云：“别时容易见时难”，又云：“别易会难无可奈”。颜说又本《文选》陆士衡《答贾谧》诗，云：“分索则易，携手实难。”

《后山诗话》：王斿，平甫之子。尝云：今语例袭陈言，但能转移耳。世称秦少游《千秋岁》词“春去也，飞红万点愁如海”为新奇，不知李国主已云：“问君能有几多愁。恰似一江春水向东流”，但以“江”为“海”耳。

《野客丛书》：《后山诗话》谓秦少游“愁如海”之句出于江南李后主，仆谓李后主之意又有所自。白乐天诗曰“欲识愁多少，高于滟滪堆”，刘禹锡诗曰“蜀江春水拍天流，水流无限似侬愁”，得非祖此乎。则知好处前人皆已道过，后人但翻而用之耳。

《词品》：唐词“眼重眉褪不胜春”，李后主词“多少泪，断脸复横颐”，元人乐府“眼余眉剩”，皆祖唐词之语。

《花草蒙拾》：钟隐入汴后，“春花秋月”诸词，与“此中日夕只以眼泪洗面”一帖，同是千古情种，较长城公煞是可怜。

《词苑丛谈》：南唐李后主重光作《乌夜啼》一词，最为凄惋。“无言独上西楼”云云，所谓“亡国之音哀以思”也。又：李后主宫中未尝点烛，每至夜，则悬大宝珠，光照一室，如日中。尝赋《玉楼春》宫词曰：“归时休放烛花红，待踏马蹄清夜月。”

《两般秋雨盦随笔》：南唐李后主词“最是仓皇辞庙日，不堪重听教坊歌。挥泪对宫娥”，讥之者曰：仓皇辞庙，不挥泪于宗社，而挥泪于宫娥，其失业也宜矣。不知以为君之道责后主，则当责之于在位之日，不当责之于亡国之时。若以填词之法绳后主，则此泪对宫娥挥，为有情；对宗社挥，为乏味也。此与宋蓉塘讥白香山诗，谓忆妓多于忆民，同一腐论。

《艺苑卮言》：“归来休放烛花红，待踏马蹄清夜月”，致语也；“问君能有几多愁。却是一江春水向东流”，情语也。后主直是词手。

《人间词话》：词至李后主而眼界始大，感慨遂深。遂变伶工之词而为士大夫之词。周介存置诸温韦之下，可谓颠倒黑白矣。“自是人生长恨水长东”，“流水落花春去也，天上人间”，《金荃》《浣花》，能有此气象耶。　　又：温飞卿之词，句秀也；韦端己之词，骨秀也；李重光之词，神秀也。又：词人者，不失其赤子之心者也。故生于深宫之中，长于妇人之手，是后主为人君所短处，亦即为词人所长处。　　又：客观之词人，不可不多阅世。阅世愈深，则材料愈丰富愈变化。《水浒传》《红楼梦》之作者是也。主观之词人，不必多阅世，阅世愈浅，则性情愈真，李后主是也。

周介存云：李后主词如生马驹，不受控捉。　　又云：毛嫱、西施，天下美妇人也。严妆佳，淡妆亦佳，粗服乱头，不掩国色。飞卿，严妆也；端己，淡妆也；后主则粗服乱头矣。

孙清瑞云：李重光词天仙化人，却是当行本色。

王佑遐云：莲峰居士词，超逸绝伦，虚灵在骨。芝兰空谷，未足比其芳华；笙鹤瑶天，讵能方兹清怨。后起之秀，格调气韵之间或月日，至得十一于千百，若小晏、若徽庙，其殆庶几。断代南渡，孯音阒如，盖间气所钟。以谓词中之帝，当之无愧色矣。

【词考】《苕溪渔隐丛话》：《西清诗话》云：南唐后主在围城中，作《临江仙》，词未就而城破。尝见其残稿，点染晦昧。心方危窘，不在书耳。艺祖曰：李煜若以作词工夫治国治家，岂为吾所俘也。苕溪渔隐曰：余观《太祖实录》及《三朝正史》云：开宝七年十月，诏曹彬、潘美等率师伐江南。八年十一月，拔升州。今后主词“樱桃落尽”云云，乃咏春景，非十一月城破时作。《西清诗话》“后主作长短句未就而城破”，其言非也。然王师围金陵一年，后主在围城中春间作此词，则不可知。

《墨庄漫录》：宣和间，蔡宝臣致君收南唐后主书数轴，来京师，以献蔡绦约之。其一乃王师攻金陵，城垂破时，仓皇作一疏祷于释氏。又有长短句《临江仙》“樱桃结子春光尽”云云，而无尾句。刘延仲为补之曰：“何时重听玉骢嘶。扑帘飞絮，依约梦回时。”

《耆旧续闻》：蔡绦作《西清诗话》，载江南李后主《临江仙》，云：围城中书，其尾不全。以予考之，殆不然。予家藏李后主《七佛戒经》，又杂书二本，皆作梵叶，中有《临江仙》，涂注数字，未尝不全。其词云：“樱桃落尽春归去，蝶翻轻粉双飞。子规啼月小楼西。玉钩罗幕，惆怅幕烟垂。　别巷寂寥人散后，望残烟草低迷。炉香间袅凤凰儿。空持罗带，回首恨依依。”后有苏子由题云：“凄凉怨慕，真亡国之音也。”

《侯鲭录》：金陵人谓中酒曰酒恶，则知后主词曰“酒恶时拈花蕊嗅”用乡人语也。

《香海棠馆词话》：杨升庵《词品》云：李后主《捣练子》二阕，尝见一旧本，俱系《鹧鸪天》。其“云鬓乱”一阕前段云：“节候虽佳景渐阑。吴绫已暖越罗寒。朱扉日莫随风掩，一树藤花独自看。”“深院静”阕前段云：“塘水初澄似玉容。所思还在别离中。谁知九月初三夜，露似珠珍月似弓。”其词姑勿具论，试问《捣练子》平侧与《鹧鸪天》后半，同耶异耶。升庵大儒，填词小道，何必自欺欺人。

《织余续述》：李后主词《虞美人》起调云“春花秋叶何时了”，选本迻写，多误“秋月”。《尊前集》《花庵词选》，并作“叶”，当从之。与下“月明中”不复，细审字亦较胜。

案：后主词无上上乘，一字一珠，勿庸撰择。如《菩萨蛮》句：“抛枕翠云光。绣衣闻异香。”《子夜歌》句“缥色玉柔擎”，此等句，尚非其至，亦复艳异无伦。后主《阮郎归》“东风吹水日衔山”云云，原题云：呈郑王十二弟（从善字子师，元宗弟七子，后主封郑王。）词后识云：后有隶书东宫书府印，盖编词者曾见后主墨迹。此词又见欧阳文忠《六一词》、冯正中《阳春集》，又《兰畹集》以为晏殊作，今据《二主词》所署题及识语，其误不辨自明矣。

冯延巳

延巳，一名延嗣，字正中，其先彭城人，唐末徙家新安，又徙广陵。南唐元宗优待藩邸旧僚，自元帅府书记为校书郎，累官翰林学士承旨，进中书侍郎，出知抚州。秩满还朝，拜左仆射同平章事，改太子太傅。有《阳春集》一卷。

【词话】马令《南唐书》本传：延巳著乐府百余阕，其《鹤冲天》词云："晓月坠，宿云披。银烛锦屏围。建章钟动玉绳低。宫漏出花迟。"又《归国谣》云："江水碧。江上何人吹玉笛。扁舟远送潇湘客。芦花千里霜月白。伤行色。明朝便是关山隔。"见称于世。

《侯鲭录》：余往在中都，见一士大夫家收南唐李后主一词，下有"冯延巳"三字，词中复云："圣寿南山永同。"恐延巳作也。（案：此词六言十句，调名《寿山曲》，《阳春集》中未列，王刻补遗有之。）

《猗觉寮杂记》：梅用南枝事共知。《青琐集》中咏梅云。（《猗觉寮杂记》卷上："梅用南枝事共知。《青琐》《红梅》诗云：'南枝向暖北枝寒。'李峤云：'大庾天寒少，南枝独早芳。'张方注云：'大庾岭上，梅南枝落北枝开。'南唐冯延巳词云：'北枝梅蕊犯霜开。'则南北枝事，其来远矣。"按"咏梅云'之后脱一段文字，或因删削所致。）南唐冯延巳词云："北枝梅蕊犯霜开。"则南北枝事，其来远矣。

《诗话总龟》：南唐冯延巳词有"斗鸭阑干独倚"之句，人疑鸭未尝斗。余按：《三国志·孙权传》注引《江表传》：魏文帝遣使求斗鸭，群臣奏宜勿与。权曰：彼居谅阴中，所求如此，岂可与言礼哉。具以与之。《陆逊传》：建昌侯卢作斗鸭阑。逊曰：君侯宜勤览经典，用此何为。《南史·王僧达传》：僧达为太子舍人，坐属疾，而往扬州桥观斗鸭，为有司所劾。《新唐书》：齐王佑善养斗鸭。方未返时，狸咋鸭四十余，绝其头去。及败，牵连诛死者四十余人。则古盖有之。又《唐书·田令孜传》：僖宗好斗鸡，数幸六王宅兴庆池。与诸王斗鹅，直五十万。则鹅亦能斗也。

《词苑丛谈》：南唐宰相冯延巳有乐府一章，名《长命女》云："春日宴。绿酒一杯歌一遍。再拜陈三愿。一愿郎君千岁，二愿妾身长健。三愿如同梁上燕。岁岁常相见。"其后有以其词改为《雨中花》云云。味冯公之词，典雅丰容，虽置在古乐府中，可以无愧。一遭俗子窜易，不惟句意重复，抑且鄙恶甚矣。

《古今词话》：卍字本佛经，胸前吉祥相也。又，发右旋而结此形。冯延巳词"卍字回阑旋着月。"又："碧波池皱鸳鸯浴"，冯延巳《蝶恋花》语也。唐中主极爱赏之。谓可当"细雨梦回"两句。

【词评】《雪浪斋日记》：荆公问山谷，江南词何处最好。山谷以"一江春水向东流"为对。荆公云：未若"细雨梦回鸡塞远，小楼吹彻玉笙寒"，又"细雨湿流光"最妙。（案："细雨湿流光"，冯延巳《南乡子》词句。）

《蓉城集》："宫瓦数行晓日，龙旗百尺春风"，殊有元和气象。《阳春词》尚饶蕴藉，堪与李氏齐驱。

《柳塘词话》：冯正中乐府思深语丽，韵逸调新，多至百首。有杂入《六一集》中者，黄山谷、陈后山虽以庸滥目之，然诸家骈金俪玉，而《阳春词》特为言情之作。

《词概》：冯正中词，晏同叔得其俊，欧阳永叔得其深。

《愿为明镜室词话》：如冠九山《心庵词序》云："明月

几时有”，词而仙者也；“吹皱一池春水”，词而禅者也。

冯煦《唐五代词选自序》：吾家正中翁，鼓吹南唐，上翼二主，下启欧晏，实正变之枢纽，短长之流别。

《人间词话》：冯正中词，虽不失五代风格，而堂庑特大。开北宋一代风气，与中后二主词，皆在《花间》范围之外，宜《花间集》中不登其只字也。 又：正中词，除《鹊踏枝》《菩萨蛮》十数阕最煊赫外，如《醉花间》之“高树鹊衔巢，斜月明寒草”，余谓韦苏州之“流萤渡高阁”，孟襄阳之“疏雨滴梧桐”，不能过也。 又：欧九《浣溪沙》词“绿杨楼外出秋千”，晁补之谓：只一出字，便后人所不能道。余谓此本于正中《上行杯》词“柳外秋千出画墙”，但欧语尤工耳。 又：“画屏金鹧鸪”，飞卿语也，其词品似之。“弦上黄莺语”，端己语也，其词品亦似之。正中词品，若欲于其词句中求之，则“和泪试严妆”，殆近之欤。

蕙风词隐云：《阳春》一集，为临川、珠玉所宗。愈瓌丽，愈醇朴。南渡名家，沾丐膏馥，辄臻上乘。

【词考】《词家辨证》：朱竹垞云：“庭院深深”一阕，载冯延巳《阳春录》，刻作欧九，误也。

四印斋本《阳春集》补遗况周颐跋：《古今词话·词品》下卷引冯延巳词“卍字回阑旋着月”，今此词全阕未见。又《词辨》上卷引陈氏《乐书》曰：《后庭花破子》，李后主、冯延巳相率为之。“玉树后庭前。瑶草妆镜边。去年花不老，今年月又圆。莫教偏。和花和月，天教长少年。”此词李作冯作惜未载明，各本选录李词，亦无此阕。

案：冯正中《阳春集》一卷，有侯氏刻本，计一百十八阕。四印斋所刻，则多补遗七阕。冯词如古蕃锦，如周秦宝鼎彝，琳琅满目，美不胜收。词之境诣至此，不易学，并不易知，未庸漫加撰择，与后主词实异曲同工也。

潘佑

佑，幽州人，以陈乔、韩熙载荐，除秘书省正字。后主在东宫，以佑直崇文馆，及即位，迁虞部员外郎兼史馆修撰，改知制诰，迁中书舍人。上疏极论时政，无所施用，因请休官。命专修国史，悉罢他职。复上疏，辞过激切。后主恶之。坐劾被收，闻命自刭。年三十六。徙其家饶州。

【词话】《鹤林玉露》：南唐张泌、潘佑、徐铉、汤悦，俱有才名。后主于宫中作红罗亭，四面栽红梅，欲以艳曲记之。佑应令云："楼上春寒三四面。桃李不须夸烂漫。已失了东风一半。"时已失淮南，故佑以词讽谏云。

【词评】《餐樱庑词话》：南唐潘佑词："桃李不须夸烂漫。已失了春风一半。"是时已失淮南，托旨讽谕，所以为佳。宋李元膺《洞仙歌》云："一年春好处，不在浓芳小艳。疏香最娇软。到清明时候，百紫千红花正乱。已失春风一半。"句由佑出，只是爱惜景光，亦复宛宛入情。余髫年最喜诵之。

《七颂堂词绎》：词有与古诗同义者。"潇潇雨歇"，《易水》之歌也；"同是天涯"，《麦蕲》之诗也；"又是羊车过也"，《团扇》之辞也；"夜夜岳阳楼中"，《日出当心》之志也；"已失了东风一半"，《鲵居》之讽也；"琼楼玉宇"，《天问》之遗也。

案：《全唐诗》附记断句："桃李不须夸烂漫。已失了春风一半。"注韩熙载作，未详所本。罗大经宋人，时代距南唐未远，所记当较可信，故从其说。

张泌

泌（案：《全唐诗》小传作佖），字子澄，淮南人。初官句容尉，上书陈治道，后主征为监察御史。历考功员外郎，进中书舍人，改内史舍人。后归宋，仍入史馆，迁郎中。归，寓毗陵，有集一卷。

【词话】《古今词话》：《才调集》曰：江南张泌为李后主内史，以《江城子》二阕得名。国亡仕宋，与钱俶谥议，泌每奏驳。其人少与邻女浣衣善，经年不见，夜必梦之。女别字，泌寄以诗，云“别梦依依到谢家”云云。浣衣为之陨涕。 又《花间集》曰：张子澄时有幽艳语，“露浓香泛小庭花”是也。时遂有以《浣溪沙》为《小庭花》者。

【词评】《餐樱庑词话》：张子澄句“杏花凝恨倚东风”，又“断香轻碧锁愁深”，妙在“凝”字、“碧”字，若换用它字，便无如此神韵。“碧”字尤为人所易忽。

【词考】《花庵词选》：张泌《江城子》“碧阑干外小中庭。雨初晴。晓莺声。飞絮落花，时节近清明。睡起卷帘无一事，匀面了，没心情。”又：“浣花溪上见卿卿。眼波明。黛眉轻。高绾绿云，金簇小蜻蜓。好是问他来得么，还笑道，莫多情。”注：“唐词多无换头。如此词，两段自是两首，故两押情字。今人不知，合为一首，误矣。”

案：张子澄词，其佳者能蕴藉，有韵致。有《浣溪沙》十首，见《花间集》。其《河传》云：“夕阳芳草，千里万里。雁声无限起。”又云：“斜阳似共春光语。”只是不尽之情、目前之景，却未经人道过。

成幼文

幼文，江南人，仕南唐为大理卿。

【词话】《古今词话》：江南成幼文为大理卿，词曲妙绝，尝作《谒金门》云：风乍起，吹皱一池春水。”中主闻之，因案狱稽滞，召诘之，且谓曰：“卿职在典刑，‘一池春水’，又何干于卿。”幼文顿首谢。

【词评】《蒿庐词话》：成幼文《谒金门》起处九字，千锤百炼，却似以无意得之。

桉：《谒金门》词“风乍起”云云，陆放翁以为冯延巳作。《古今词话》云成幼文作。《直斋书录解题》云：《阳春录》一卷，南唐冯延巳撰。世言“风乍起”阕为延巳所作，或云成幼文也。今此集无有，当是幼文作。与《古今词话》所云相合。而半唐翁所刻《阳春集》，出自旧钞，此词适在卷中。究系成作、冯作，殊难断定。《古今词话》谓其词曲妙绝，可知其夙擅倚声，其人所恃以传，不仅在“一池春水”也。

昭惠国后

昭惠后，周氏大司徒宗之女，小名娥皇，后主立为国后。

【词话】《填词名解》：南唐大周后，即昭惠后。尝雪夜酣燕，举杯属后主起舞，后主曰：“汝能创为新声，则可。”后即命笺缀谱，喉无滞音，笔无停思，谱成，名《邀醉舞破》。又《恨来迟破》亦昭惠作。二词俱失，无有能传其音节者。　又：《念家山破》，后主煜所作。昭惠后亦作《邀醉舞破》《恨来迟破》。既久而忘之，后主追悼昭惠，询问旧曲，无复晓者。宫人流珠独能记忆，故三曲复有名传。

徐灿

灿字湘苹，一字明深，吴县人，光禄丞徐子懋女，大学士海宁陈之遴继室。善属文，尤精书画，诗余得北宋风格，绝去纤佻之习，其冠冕处即李易安亦当避席，不独为有清一代第一也。著有《拙政园诗余》，素庵相国序云：“湘苹所为诗及长短句，多清新可诵，然好长短句愈于诗。所爱玩者，南唐则后主，宋则永叔、子瞻、少游、易安，明则元美。若大晟乐正辈，以为靡靡无足取。所作得温柔敦厚之意，佳者近宋贤，次亦楚楚无近人语。”有《拙政园诗余》。

——以上七则出自况周颐撰《历代词人考略》（稿本，南京图书馆藏。有全国图书馆文献微缩复制中心《历代词人考略》影印本，又有《词话丛编续编》本）

（一〇〇）

李太白仙举神飞，是十九首苏李，是三百首风骚，微以尚矣。温飞卿华赡典贵，如陈思王。中主可比于曹子桓、隋炀主。后主则微拟象于阮公，哀思独遥深矣。

——出自太昭《迷阳庐新词品（一）》[《益世报（北京）》，1934年6月20日]

（一〇一）

少游，古之伤心人也。其词寄慨身世，情兼雅怨，体被文质，粲溢今古，卓尔不群，后主而后，一人而已。

——出自陈永年《词品》（《河南政治》，1936年第6卷第4期）

（一〇二）

吾友临川萧君，治文学，尤好词。此篇之作，盖在去年。计所论列，于五代有李后主、韦庄、冯延巳、李珣、鹿虔、于宋有晏殊、晏几道、柳永、张先、欧阳修、苏东坡、秦观、黄山谷、孙洙、赵令畤、陈去非、周美成、李清照、辛弃疾、赵彦端、吴文英、蒋捷、马庄父、康伯可、张炎，于近代则有王国维，填词名家，略备于此。萧君此作大旨，要在指出以上各家代表作品之来源出处，君读书至渊且博，故能穷原竟委，发前人所未发；教授杨振声先生曾称此篇“多独到处，具见功力”，其搜辑之精勤，从可知矣。词为吾国文学中永远不朽之一体。吾人得萧君此文，其有助于读名家作品者，正自匪鲜也。爰请诸萧君，载入本刊，以饷阅者。

——出自萧涤非《读词星语》（《清华周刊》，1929 年第 32 卷第 2 期）

（一〇三）

李太白集中，并未载《菩萨蛮》等词。按《李翰林全集》《新唐书艺文志》有著录，全集刊行，并非佚本。唐刊本虽至今不存，而陈直斋《书录解题》，晁氏《读书志》，并题《李翰林集》。是此集犹流传至宋，后蜀赵崇祚编《花间集》，遍录晚唐诸家词，而不及李白，是必李集未刊词无疑。直至南宋黄升编《花庵词选》，始载白词，然黄书疏误颇多，如《山花子》李璟作，乃题为后主，可以知矣。

中主之“菡萏香销翠叶残”阕，世人多称赏之。然词中之“细雨梦回鸡塞远，小楼吹彻玉笙寒”两句，颇不可解。近人俞平伯《读词偶得》云：“小楼吹彻玉笙寒”之“彻”字，犹常言吹罢也；如元稹《连昌宫》词：“逡巡大遍《凉州》彻”是。至“玉笙寒”之“寒”字，当以暖立意，如庾信《春赋》有“更炙笙簧”句，《清真词》亦有句曰：“夜深簧暖声清。”依俞所解释：谓古人之暖笙簧，以取其声清；然则笙既可暖之，当亦可寒之。所言仍不可通。以愚意，则以为当其吹久，笙由暖而复变冷也，盖其时在秋日，天气已渐萧飒。至上句“细雨梦回鸡塞远。”据胡适云：鸡塞典出《汉书·匈奴传》鸡鹿塞。愚亦谓然，如唐人郑嵎诗，有“春游鸡鹿塞，家在鹧鸪天”句，或中主即引用此。

后主《临江仙》（樱桃落尽春归去）词，有人以为是咏春景，未就而城破，以至下半残阙，实谬不然。依《苕溪渔隐》曰："余观《太祖实录》及三朝正史云：'开宝七年十月，诏曹彬潘美等率师伐江南，八年十一月拔升州。'今后主乃咏春景，决非十一月城破时作。《西清诗话》之后主作长短句，未就而城破，非也。然五师围金陵，凡一年，后主于围城中春间作此，则不可知，是时其心岂不危窘，于此言之，乃可也。"又据《南唐近事序》云："南唐烈祖元宗后主三世，共四十年，起天福丁酉之春，终开宝乙亥之冬。"按此序为太平兴国二年岁次，丁丑夏五月一日所写，相距未及两载，故益可征信。

——出自鲍传铭《读词杂志》（《光华附中半月刊》，1933 年第 8 期）

（一〇四）

五代在政治上为混乱时代，在文学上，则为畸形发展时代，而词尤独胜，在此混乱局面之中，江南人士，少经丧乱，不识干戈，独能颐情志于文学，肆心意于优遵，此南唐后主之所以能独舞文坛，而为千古"词圣"也。

然后主终为文学家，而非政治家，卧榻之侧，鼾睡难常，宴安之怀，酖毒斯剧，卒至亡国破家相属，为天下后世所痛惜。

其生活史为两极端之忧乐时期，故其文学作品，亦前后悬绝，而不相类。盖文学产生于环境，离环境，即无文学。文学之灵魂是情感，去情感，即不成其为文学也。后主前期作品，大都为"曼艳"之作，靡靡之音。最足以表现其沉醉于象牙之塔之生活史。其后期作品，则尽为痛哭流泪之亡国哀音。使后之读者，亦不能不抚今追昔，而"日以眼泪洗面"也。

然使后主无云艳丽，颠沛之环境，即难产生其真挚之情感，与优美之文学，是以后主政治上之失败，不能不为多情人所惋惜，而文学上之成功，又不得不谓为中国文学史上之大光荣，而叹乎天命人事之非偶然也。

吾以为在其前后两期之作品中，足以用两阕词，而代表其生活与作风之变迁。

前期中者：为《一斛珠》：

晚妆初过，沉檀轻注些儿个。向人微露丁香颗，一曲清歌，暂引樱桃破。罗袖裛残殷色可，杯深旋被香醪涴。绣床斜凭娇无那，烂嚼红绒，笑向檀郎唾。

当时婴娩情状，活跃纸上。后主艳词之情调，与安乐宫之闲韵，于此词已可概见。通鉴称：唐主留意声色，先纳周宗女为后。后通书史，尤善音律，霓裳羽衣曲，久绝不传。后按残谱，尽得其声调。我狎客风，后有妹，姿色绝丽，以姻戚往来宫中，得幸于唐主，后主制小令艳词，颇传于外，后卒册立之。被宠逾于故后。则所谓“小令艳词”者，盖即此词乎。

后期中者：为《浪淘沙》：

往事只堪哀，对景难排。秋风庭院藓侵阶。一任珠帘闲不卷，终日谁来。　　金剑已沉埋，壮气蒿莱。晚凉天净月华开。想得玉楼瑶殿影，空照秦淮。

《西清诗话》谓：“后主归朝后，每怀江国，念嫔妾散落郁郁不自聊，遂作此词，含思凄惋，未变下世。”此语书亡国后之愁苦。字字悲哀，语语隐痛，如有万斛血泪，独自词中倾泻者，非有绝世之天才，与悲哀之情调，曷克有此。沈谦谓：“后主拙于治国，而在词中不失南面而王。”已而为至论。故吾以为文学家，固须有文学之天才，而尤须有文学家之环境。平易之环境，固不能产生优美之文学。要有特异之环境，乃能产生特异之优美文学也。屈子、贾生之文，李白、杜甫之诗，其所以取天下后世之诗人文士，关其口而夺之气者，何一非由于此。

故吾人词不能答后主政治上之失败，尤不能忘后主文学上之成功，盖政治家与文学家应为世界中之人物，政治家所需要者，为诡谲之机智，文学家所需要者，为真率之情感也。

然则使后主非国君，其文学上之成功必在徐陵、庾信之上，使徐陵、庾信为后主，亦亡国之君耳，噫。

——出自洪生（徐通铿）《读词一得》（《一师半月刊》，1934 年第 20 期）

（一〇五）

光绪间，蒙自杨文斌质公，刊太白、重光、漱玉三家为《三李词》，其所取材，多从辑佚，而未标出处。所录后主词中有《鹧鸪天》二首，其第一首云："塘水初澄似玉容，所思还在别离中。谁知九月初三夜，露似珍珠月似弓。　　深院静，小庭空。断续寒砧断续风。无奈夜长人不寐，数声和月到帘栊。"除杨升庵《词林万选》外，前此未见。且此词前半乃白乐天诗句，后半乃后主《捣练子》词，相合而成。不知《鹧鸪天》换头第三句，为平平仄仄仄平平，此词作仄仄平平仄仄平，与律不合，宜为伪作。况夔笙先生作《蕙风词话》，明知其伪而取之，盖词章家之议论，固不能以考证之科条绳之也。

——出自杨易霖《读词杂记》（《词学季刊》，1935 年第二卷第四号）

（一〇六）

李后主《捣练子》深院静一阕，脍炙人口，与周邦彦《十六字令》咏月，允称小令中绝调。杨升庵《如梦令》云："云阴月华飞过，雨意钟声敲破。"亦颇生动。

——出自唐弢《读词闲话》（《中华邮工》，1935 年第 4 期）

（一〇七）

第二个优点就是把自己的情绪用描写自然界而影射着快乐、欣喜、悲哀、凄凉、悱恻、哀婉等等的情绪，而不直接的标明。如南唐元宗之《摊破浣溪沙》：“细雨梦回鸡塞远，小楼吹彻玉笙寒。”李后主的《捣练子》：“断续寒砧断续风，……数声和月到帘栊。”《浪淘沙》：“玉楼摇殿影，空照秦淮”等等的句子，都是描写自然的景物，而影射着自己的伤感、寂寞、悲哀。

——出自张凤岐《读词偶得》（《察省国民新报》，1936 年 4 月 11、12 日）。其中 4 月 11 日部分又见凤岐《读词偶得》［《益世报（北京）》，1936 年 9 月 19 日］

（一〇八）

人间词话谓：“温飞卿之词，句秀也。韦端已之词，骨秀也。李重光之词，神秀也。”谓：“词至李后主而眼界始大，感慨遂深。”又谓：“后主之词，真所谓以血书者也。”谓：“深美闳约四字，唯冯正中足以当之。”又谓：“冯正中词虽不失五代风格，而堂庑特大，开北宋一代风气。”谓：“淡语皆有味，浅语皆有致，唯淮海（秦少游）足以当之。”又谓：“少游词境最为凄惋，至‘可堪孤馆闭春寒，杜鹃声里斜阳暮。’则变为凄厉矣。”谓：“美成深远之致不及欧秦，惟言情体物穷极工巧，故不失为第一流之作者。”谓：“南宋词人堪与北宋颉颃者，唯一幼安。”谓：“纳兰容若以自然之眼观物，以自然之舌言情，此由初入中原，未染汉人风气，北宋以来，一人而已。”古今词人，推许者惟此寥寥数人而已。

——出自壹东《读词偶记》（《申报》，1940年8月12日）

（一〇九）

余于词，最爱读者以其情谊绮丽，旖旎动人故也。一笔词，刻本繁多，而错误尤甚揾。已故刘师子庚去，曾于各本严加考察，中主词仅三首，后主词四十六首，《望远行》乃后主之作，花庵以为中主词，非也。又《全唐诗》以后主词为三十四首亦不确，此说犹为可信。二主为词中之大家，此所称为三大家者，即李易安与二主也。向之言词者，盖以二主词为言语之作，此说未必尽然。中主名扬，有词三首，《浣溪沙》《摊破浣溪沙》，又名《山花子》。兹举中主《摊破浣溪沙》一首，词曰："菡萏香销翠叶残，西风愁起绿波间。还与韶光共憔悴，不堪看。细雨梦回鸡塞远，小楼吹彻玉笙寒。多少泪珠何限恨，倚阑干。"

余赏"西风愁起绿波间"句，其中感情，传神阿堵，岂亚"吹皱一池春水"句？"多少泪珠何限恨"尤为英雄末路、悲愤填时之句，盖南唐中主之自述为'唐元宗写'四字，失王格之后，自伤不能恢复祖业，只可付于梦寐，故行文感慨悲歌，声泪俱下。而解词者，往往以其儿女"多少泪珠何限恨"，为儿女之情，殊不知其意旨之趣。中主果为言情之泪，何足以感三大家之一也？此词以词萃臣所鉴赏。冯延巳尤为赞颂，中主大悦，亲笔寄之，以赐乐人王感化。及卒，后主即位，感化以原词句，后主为之大恸，教知此词确为中主之作也。后主所作又名《乌夜啼》云："昨夜风兼雨，帘帏飒飒秋声。烛残漏断频欹枕，起坐不能平。　　世事漫随流水，算来一梦浮生。醉乡路稳宜频到，此外不堪行。"……

诵之，而尤爱者《浪淘沙》，词曰："帘外雨潺潺，春意阑珊。罗衾不耐五更寒。梦里不知身是客，一晌贪欢。　独自莫凭栏，无限江山，别时容易见时难。流水落花春去也，天上人间。”

情词悱恻，声可裂笛，使人不忍卒读。夫客里光阴，强为欢笑，其何以堪？引日暮而图，江山如故，人物已非亲有，恨落花空院，流水一去不回。现如人间天上，漂渺何之，号哭也。而其生以词名，死亦为词死。相传后主降宋，移居汴京，太祖候人守之，不得与外界通。一日作《虞美人》，词曰：“春花秋月何时了，往事知多少，小楼昨夜又东风，故国不堪回首月明中。　　雕栏玉砌应犹在，只是朱颜改，问君能有几多愁，恰似一江春水向东流。”……考之，疑“小楼”句及后接又“东风”，是指银壶春回之象，且小楼之“小”字，五代词人，皆指伤安言，此句似言故国再恢复之望。故易安人词会。其暗示有作用也。斯词酒人口，王安石与黄山谷论二主词何、以何为全卷，山谷即以“问君能有几多愁”二句，为千古第一佳句。众杜生事特有句曰“百忧集来，如山不可极。”秦观词曰：“落红万点愁如海。”贺方回词：“试问闲愁都几许，一川烟草，满城风絮，梅子黄时雨。”以上名句，皆传承不朽，与后主“一江春水”同为名贵。后人欲再拾前人口句，则陈陈相因反觉乏味矣。

——出自《读词偶谈》［《扫荡报（桂林）》，1942 年 6 月 26 日］

（一一〇）

现在我们心目中最娴熟的作品，是李后主的《虞美人》和苏东坡的《大江东去》。后主的词本多艳丽之作，及至亡国后则一变而为惨痛之作了；而东坡的词，其豪放气魄，读之会令人振奋焕发的。

——出自丁原新《读词偶得》［《益世报（重庆版）》，1943年3月9日］

（一一一）

词，在最初仅是伶工、倡妓所唱的曲子，因为乐谱简短，所以其文句大都采取五七言诗的形式，而稍形参差；当时的文人学士游戏笔墨。偶一为之，词的格式乃逐渐成立。五代时的君主及士大夫们多喜欢作词，遂而成为风气。不过词的调子不长。其内容大抵不外别恨、旅愁、闺思、写景、咏物、怀古等等，到了南唐后主李煜用词来抒写亡国以后的苦痛情怀，词的境界已经与前不同。唐五代时的词，大都是直写眼前景，直述心中意，或是直说意中人，语意浅显，委婉有致。

——出自刘次箫《读词漫谈》（《星野》，1947年第1卷第4期）

（一一二）

世传李后主《捣练子》词二首，其一云："深院静，小庭空，断续寒砧断续风，无奈夜长人不寐，数声和月到帘栊"，此首见南词本、吕远本、锡山侯氏本《南唐二主词》，其为后主词，世无疑问矣。另一首云："云鬓乱，晚妆残，带恨眉儿远岫攒，斜托香腮春笋嫩，为谁和泪倚阑干"，此词南词本《南唐二主词》未载，升庵《词林万选》始以为后主，其后各本从之。案石孝友《金谷遗音》（汲古阁本及武进陶氏影印汲古本刊词）集句《浣溪沙引》"为谁和泪倚阑干"一句，不作后主而中行（殆即田中行，见王灼《碧鸡漫志》），疑非后主词也，余友唐圭璋采余说入《梦桐室词话》。

又《升庵词》（卷一）云："李后主《捣练子》云：'深

院静，小庭空，断续寒砧断续风，无奈夜长人不寐，数声和月到帘栊’，调名《捣练子》，即《咏捣练》，乃唐词本练也。”贺黄公《皱水轩词筌》云：“李重光《深院静》小令，升庵曰：‘词名《捣练子》，即咏捣练也’，复有《云鬓乱》一篇，其词亦同，众刻无异。常见一旧本，则俱系《鹧鸪天》，二词之前，各有半阕。‘节候虽佳景渐阑。吴绫已暖越罗寒。朱扉日暮随风掩，一树藤花独自看。　云鬓乱，晚妆残。带恨眉儿远岫攒。斜托香腮春笋嫩，为谁和泪倚阑干。’‘塘水初澄似玉容。所思还在别离中。谁知九月初三夜，露似珍珠月似弓。深院静，小庭空，寒砧断续风，无奈夜长人不寐，数声和月到帘栊。’增前四语，觉神彩加倍。”世据黄公之说，而不检升庵词品，以为升庵作伪，不免厚诬升庵矣。“露似珍珠月似弓”二句，白乐天《暮江吟》，《捣练子》与《鹧鸪天》下半首平仄不协，自非后主之作，世有定评，不再述焉。

李后主佚词

《能改斋漫录》（卷十六）云：“《颜氏家训》：‘别易会难，古人所重。江南饯送，下泣言离；北间风俗不屑此，歧路言离，欢笑分首’，李后主长短句，盖用此耳，故云：‘别时容易见时难’。又云：‘别会难无可奈’。然颜说又本文选陆士衡答贾谧诗云：‘分索则易，携手实难。’”案后主“别时容易见时难”即《浪淘沙》“流水落花春去也，天上人间”一首，久已脍炙人口矣。其“别易会难无可奈”一句《南唐二主词》及各家所称后主佚词均未收。《乐府雅词拾遗》下戴无名《杨柳枝》云：“簌簌花飞一雨残。乍衣单，屏风数幅画江山。水云闲，别易会难无计那，泪潸潸。夕阳楼上凭栏干，望长安”，第五句“别易会难如无计那”与“别易会难无可奈”相似，或即无名氏词，而吴虎臣误引也。

本文共有两部分，第一部是“令”，第二部是“慢”，各举数首明之。现在拟先做第一部；若诸君读了有些兴趣而文坛宽容的话，那么第二部续出。关于词的历史等等，一概不说，只讲几首我所喜欢的小令。在晚唐选了二家，温庭筠（飞卿）、韦庄（端己）；南唐选了二家，中主李璟、后主李煜；北宋一家周邦彦（美成）。选择也没有什么标准，只是凭我的一时感兴而已。所讲的话也都是我个人的揣测。大家自然不会认我的揣测为古代作家的本意的。

——出自王仲闻《读词杂记》（《现代邮政》，1947 年第 1 卷第 3 期）

（一一三）

李后主《浪淘沙》一首：“帘外雨潺潺，春意阑珊。罗衾不耐五更寒，梦里不知身是客，一晌贪欢。独自莫凭栏，无限江山。别时容易见时难。流水落花春去也，天上人间。”

在这首词后，俞先生有这样几句话：“‘莫’有去入二读。胡适注云：‘莫字有二解，一为勿，一为暮夜。我以为此字作暮夜解稍胜。’但何以稍胜，其说未详。日在井中曰莫，即暮之本字；作暮字读可，但在此句，应否读若暮，却成为问题。暮凭栏是实的，勿凭栏是虚的；窃谓以上下文合参，实斥殆不如虚拟。上文言五更拥被，而过片绝无转捩，遽入昏暮，勿乃过于突兀？此以上文言，莫不宜读为暮也。下文言无限江山，夫江山虽实境，而无限江山则虚，是以下文言莫不宜读为暮也。况暮虽俗字，久已习用，后主也必定写本字。再以他作参证之，其《菩萨蛮》曰：‘故国梦重归，觉来双泪垂。’此非即‘梦里不知身是客，一晌贪欢’欤？其过片则曰：‘高楼谁与上’，此非即‘独自莫凭栏’欤？‘谁与’，‘独自’，语气正合符节；

'高楼谁与上'既是虚，安得曰'独自莫凭栏为实'乎？此以他作比较，莫不宜读为暮也。若有人以作暮为胜，愿毕其说。"

以上是俞先生反对莫为暮的理由。我的意思恰正和他的意思相反，——即莫字应作暮夜解。兹述其理由如后：

第一，我以为"独自莫凭栏"是实的而不是虚的；既是实的，当然作暮字较胜。——理由详后。

第二，他这首词是怀人而作的。

请先从第二说起：

因为国破家亡，江山易主，以致最亲爱的人见不着了，这是多么难过的事？忽然在梦里相会了，而自己又不知道是在作梦，欢乐之情，一如曩日；偏是好梦不长，豁然而觉。处此极度伤心惨目之现实中，追想繁华的过去，安得不心摧肠断？故有"梦里不知身是客，一晌贪欢"的万分沉痛的句子也。"无限江山"作何讲解，俞先生没提。——他仅是说："夫江山虽实境，而无限江山则虚。"读了，仍是莫名其妙。——依我个人的陋见，"江山"，是他凭栏时所见到的景像（不是指的国家）。"无限"，有"辽阔""迢递"的意思。"别时容易见时难"（这本是极明白的一句话，俞先生旁征博引，反使意义晦涩了）一语，是从"无限江山"句中生出来的。何以呢？古诗不云乎："行行重行行，与君生别离。相去万余里，各在天一涯。道路阻且长，会面安可知？……"请想：这诗中句子，是否和后主所心系目睹的，有些儿关系？是否是后主所想要说的话？"别时容易见时难"，是否含有"会面安可知"的意思？我这样把几句古诗拉进来，乍看有些穿凿附会，假如细想一想，却不见得多么不自然。——此之谓景生情，情生文。

正因为后主"独自暮凭栏"，才见到了"无限江山"，接着又想起来了"别时容易见时难"的那个人；完了，一切都完了；正如水之赴海，花之委尘，忆昔抚今，宁不有人间天上之感？——这样看来，此词系怀人而作无疑矣；“独自莫凭栏”不为虚拟之语亦无疑矣。

凭栏既非虚拟，已如上述，兹更论何以莫作暮为较胜：（较，是莫和暮较；盖以莫作勿，也可看作“实斥”的。因为当他凭栏有感之际，未尝不可用“勿凭栏”作自怨的口气也）

何以莫作暮为较胜呢？这很容易解答；因为古人，其实连今人也算上，写别离，写愁苦，恒藉暮景来作渲染，以加浓其情绪。例如：

摇风忽起，白日西匿。——江淹《别赋》

日夕凉风至，闻蝉但益悲。——孟浩然《秦中寄远上人诗》

荒城迷古渡，落日满秋山。——王维《归嵩山诗》

天寒翠袖薄，日暮依修行。——杜甫《佳人诗》

四围山色中，一鞭残照里。——王实甫《西厢记 长亭》

好了，不必再举了，这种句子太多了。

俞先生还说：“上文言五更拥被，而过片绝无转捩，遽入昏暮，毋乃过于突兀？”突兀诚然是有些突兀：倘按照俞先生的意思来说，在他好梦乍醒，伤心断肠之际，忽然想到凭栏，虽说人的思想是不规则的，这中间的关系，也就说是很复杂了吧？——那么这是不是照样的突兀呢？退一步说，就算“凭栏是虚拟”的，那怎么和下边联络呢？若说从“独自莫凭栏”直到末了，全为虚拟，那不仅是突兀，简直是荒唐了。——所以说，“凭栏”绝非虚拟，若嫌其突兀，那谁有什么法儿？

俞先生还说：“暮字虽俗，久已习用，后主不必定为本字。”这话说得更有意思。无论我们没见到后主的亲笔原稿就算见到了，是莫而不是暮：莫既可通暮，难道不许他偷个懒少写几笔，再一说，又安知不是后主原写的是暮，而经后人之抄写或刻版时换作莫了呢。

俞先生还举出了后主的《菩萨蛮》中的“故国梦重归，觉来双泪垂。”来证明“独自莫凭栏”为虚拟的，这尤其不值一驳！因为两词虽为一人所作，究竟此是一首，彼是一首，二者之间，有什么必同的条件呢！

——出自孙玄常《读〈读词偶得〉》（《国文月刊》，1948 年第 70 期）

（一一四）

《丛碧词话》云：“后主归国临行作《破阵子》，东坡谓‘后主既为樊若水所卖，举国与人，故当痛哭于九庙之前而后行，乃挥泪对宫娥听教坊离歌哉。’此语殊不解事。东坡既遭谪逐，何不学屈原之事，而对朝云为（枝上柳绵）之句耶。”吾以为丛碧此语，正不解事。后主乃亡国之君，东坡责之，未为无理。东坡之时与屈子异，一谪宦耳，何必效屈子之怀沙，此论实难折坡公于地下也。

李后主的《浪淘沙令》：“梦里不知身是客，一晌贪欢。”“一晌”二字，也常被误解为现在所谓“一向好”“一向不见你来”的“一向”，表示过去一段很长的时间。其实正相反，那时所谓“一晌”或“一饷”是“一会儿”，表示时间很短促的意思。试和下列诸例比较：

（一）冯延巳《鹊踏枝》：“屏上罗衣闲绣缕。一晌关情，忆遍江南路。”

（二）又《临江仙》：“隔江何处吹横笛，沙头惊起双禽，徘徊一晌几般心。”

（三）柳永《鹤冲天》：“青春都一饷。忍把浮名，换了浅斟低唱？”

（四） 张先《卜算子慢》：“一晌凝思，两眼泪痕还满。”

（五） 周邦彦《庆春宫》：“许多烦恼，只为当时，一饷留情。”

玩索这些例子，便能得其确解。李词所谓“一晌贪欢”，正是说欢娱的时间很短促，所以需要“贪”。因为“五更”的梦里能有多久？冯延巳的“一晌关情”和“忆遍江南”，正是要把时间的短促来对比空间的广泛。柳永之叹息青春短促，这是现代人可以了解的。张先的例子，正是现在所谓“一想起来”或“想一会儿”，就有满眼泪痕，若把它解作“一直想着”便呆板了。“一晌留情”和“许多烦恼”对比起来，才显得词中主人翁之多情：也表示人生的悲欢，往往是偶然的；某次有一度短促的留情，便赚得了后来许多烦恼。若是因为“一向留情”，才有许多烦恼，那是芸芸众生，莫不如此，便不足为奇了。所以在了解古人的作品上，若有一丝一毫的误解，可能会得到完全相反的结论。名物之难解者可求之于类书，但近古语的训诂则虽类书亦多未采。所以初学者除了勤查类书之外，只有多读多比较之一法了。

——出自陈声聪《读词枝语》（见《填词要略及词评四篇》，广东人民出版社，1986年；此组文章写于1946年，曾连续发表于1946年9月—1947年1月的《中央日报·文史周刊》）

（一一五）

李后主《菩萨蛮》词云：“花明月暗飞轻雾，今宵私向郎边去，刬袜下香阶，手提金缕鞋，画堂南畔见，一晌偎人颤，奴为出来难，教郎恣意怜！”……盖为小周后而作也。小周后为昭慧周后之妹。尝侍昭慧疾于宫中，因于后主有私。后昭慧卒，乃立为后。不佞尝谓诗词中，能摹写幽期密约之情状，当无逾于此者！又尝疑当时不仅窅娘一人缠足？且其绣鞋殆必如后世之高底红墙者然。惟以“木底”故，则行路时不免触地有声，而潜赴密会，殊感不便，故乃卸而提之以手，不惜刬袜下阶，私向郎边去也。不然者，若非缠足，或缠足而着平底鞋，则轻举轻落，皆不致有声。又何必耽心若是？且踏月宵行，花阴露重，宁不畏湿透其凌波袜，而独顾惜一金缕鞋耶！？

——出自惜阴轩主《漫墨·李后主》（《三六九画报》，1941 年 7 卷 4 期）

（一一六）

盖无论诗词，均以哀感顽艳，动人心脾者为上乘，故事做作者斯不足珍；是亦由于文学重自然，贵真实也。前人名句中以艳丽胜者，有韦庄之“劝我早归家，绿窗人似花”；李后主之“烂嚼红绒，笑向檀郎唾”；朱淑贞之“月上柳梢头，人约黄昏后”，周邦彦之“马滑霜浓，不如休去”，晏殊之“无可奈何花落去，似曾相识燕归来”；欧阳修之“爱道画眉深浅入时无”及“笑问鸳鸯两字怎生书”；皆丽句也！以恻厉论，则有李清照之“帘卷西风，人比黄花瘦”；李后主之“梦里不知身是客，一饷贪欢（同晌）”；司马光之“相见争如不见，有情何似无情”；又李清照之“寻寻觅觅，冷冷清清，凄凄惨惨戚戚”；范仲淹之“酒入愁肠，化作相思泪”；皆凄恻动人，千秋名句也。总观上列，要不离乎恻艳而成不朽之著者也。细思欧阳修、司马光、晏殊及范仲淹诸公，学际天人，于政治地位又极崇高，庄严渊博，皆为人所敬仰，而亦惯为艳丽悱恻之词动人魂魄者也。足见文体价值，绝非惺惺假道学所能掩蔽。即以东坡之大刀阔斧，尚有“但愿人长久，千里共婵娟”之句，于此信足征矣！

——出自寄瑛《闲话诗词》（《南京新报》，1941 年 7 月 18 日）

（一一七）

唐无名氏《醉公子》词："门外猧儿吠。知是萧郎至。刬袜下香阶，冤家今夜醉。　扶得入罗帏。不肯脱罗衣。醉则从他醉，还胜独睡时。"李后主《菩萨蛮》词云："花明月暗笼轻雾。今宵好向郎边去。刬袜步香阶。手提金缕鞋。　画堂东畔见。一晌偎人颤。奴为出来难。教郎恣意怜。"按李后主词一个意到底，不如唐人词之新意层出，愈转愈深。然两词之刬袜香阶句，字面虽同，而用意各别，不得谓李词袭古也。

——出自刘景堂著《沧海楼摘录词论》（黄坤尧辑稿，《刘伯端沧海楼集》本）

（一一八）

（李后主与温飞卿）　李后主"挥涕对宫娥"一词，确是名句。乃或者谓其痛哭于祖庙之不暇，何暇对宫娥而挥涕哉！这固不免为腐臭之见；而或谓为绝对的应当如此，亦未必然。似乎记得李雨村有两句话说得最安当不过。（是李雨村说的或是他人说的我已经不清了。）他说：李后主不合做天子，只合做翰林。倘使处在温飞卿的地位，不愧做一个著名的词人；而使温飞卿处在他的地位，也要做一个亡国之君。如此说来，只怪李后主错生在帝王家了。我觉得这话极好，因为拈出，以告今之评论李后主者。

这样说来，文人所生的时代和环境，确是和他的一切的事有很深的关系。我曾说：假使郑板桥生在今日，必定要大做其普罗文学，王次回生在今日，也必定要大谈其神圣恋爱。可惜他们都是生得时代不对，因此不能大出其“风头”。

——出自胡寄尘《福履理路诗话·（一四）李后主与温飞卿》（《金刚钻》，1935 年 3 月 31 日）

(一一九)

李后主与宋徽宗

旧传宋徽宗是南唐李后主后身。《艮斋杂说》说：“李后主亡国，最为可怜，宋徽宗其后身也。神宗一日幸秘书省，见江南国主像，人物俨雅，两三叹讶。适后宫有娠者，梦李主来谒，而生端王。及北狩，金人用李主见艺祖故事，亦异矣。李主再为人君而再亡国，深为不幸，亦以雪其‘小楼昨夜’之冤也……。”

这种附会轮回因果的话，自然不能使一般人相信。然而这两人同为亡国之君，又同是词坛高手，却也唯有相类的地方。试看李后主底《虞美人》词和宋徽宗底《燕山亭》词，同是亡国以后追思故国的作品，而他们俩也因此两词，被后此词坛推重，真也算得“无独有偶”了！

李后主因为《虞美人》一词，被宋太祖所忌。于他七月七日生辰这一天，赐以牵机药，使他头足相就，牵机也似地前却几十回，痛苦不堪而死。这种降王的文字狱，使咱们想见专制君主底忌刻狠毒，和亡国君主末路底悲惨。但是他临死的时候，固然痛苦非常；而在降宋以后的生前，虽然“日夕只以眼泪洗面”，而且“有旨不得与外人接”，但毕竟还有赐第，还能命故妓作乐，总还算是较优的境遇。宋徽宗被金人掳去以后，却受尽种种凌辱，困苦颠连地度那非人的生活，比李后主生前所受于宋的，更难堪了。所以李后主底《虞美人》：

春花秋月何时了。往事知多少。小楼昨夜又东风。故国不堪回首月明中。 雕阑玉砌应犹在。只是朱颜改。问君能有几多愁。恰似一江春水向东流。

虽然很能把“亡国恨”写出来，但还不见得十分曲折。宋徽宗底《燕山亭》下半阕：

凭寄离恨重重，这双燕，何曾会人言语。天遥地远，万水千山，知它故宫何处。怎不思量，除梦里、有时曾去。无据。和梦也、新来不做。

却是曲曲折折地一层更深一层地把“亡国恨”写出来，几句话里，好像有万转千回似的。这大约是他所处的难堪的境遇，迫出他这种表现来的吧。然而幸而这时候的金人，大约还没有什么文化，不曾像宋太祖底懂得词意，所以他还不至于惨死。不然，依样胡卢地兴起文字狱来，安知不作李后主第二呢？

——出自刘大白《旧诗新话·论词》(开明书店，1928年5月)

(一二〇)

李后主词云：“离恨恰如春草，更行更远还生。”秦少游词云：“倚危亭，恨如芳草，萋萋划尽还生。”莫少虚词云：“愁同芳草两萋萋。”用意俱相似。

贺方回词云：“试问闲愁都几许？一川烟草，满城风絮，梅子黄时雨。”又云：“欲知方寸，共有几许清愁？芭蕉不展丁香结。”辛稼轩词云：“旧恨春江流不断，新恨云山千叠。”都从李后主“问君能有几多愁，恰似一江春水向东流”之句化出。

南唐后主李煜遗小周后词云：“花明月暗飞轻雾。今朝可向郎边去。划袜步香阶，手提金缕鞋。 画堂南畔见，一晌偎人颤。奴为出来难，教君恣意怜。”清汪蛟门(懋麟)词云：“好事而今乍，划袜移深夜。手操金缕小鞋儿，怕怕怕。 犬吠花阴，月沉楼角，暗中惊诧。软玉相凭借，纤指将头卸。妾身拌得教郎怜，罢，罢，罢。”汪词即从李来。

——以上三则出自冯振《诗词杂话·论词》（作于1929年前后，附于《诗词作法举隅》，中央文献出版社，2005年3月）

（一二一）

南唐后主李煜《虞美人》云：“春花秋月何时了？往事知多少。小楼昨夜又东风，故国不堪回首月明中。　雕阑玉砌应犹在，只是朱颜改。问君能有几多愁？恰似一江春水向东流。”朱颜本是山河，因归宋，不敢言耳。若直说“山河改”，反又浅也。结亦恰到好处。

——出自王闿运《湘绮楼说诗·论词》（王简辑，成都书局，1934年）

（一二二）

宋张邦基《墨庄漫录》“道山新闻”云：“李后主宫嫔窅娘，纤丽善舞，以帛裹足，令纤小屈上如新月状，由是人皆效之。以此知扎脚五代以来方有之。如熙宁、元丰前，人犹为者少，近年则人人相效，以不为者为耻也。”

——出自况周颐《眉庐丛话·论词》（《东方杂志》，1914—1916年）

（一二三）

（李后主词）好的诗词，情感必真挚，词采必美丽。如春水经流于两岸桃花，轻舸唱晚之境地中。读者未有不为其美景所沉醉的。李后主词，在许多词人中，可算是一个已到了这个境地的。亡国后所作，尤凄惋动人。如“离恨却如春草，更行更远还生”，“凤笙休向月明吹，肠断更无疑。”“故国梦重归，觉来双泪垂”，“自是人生长恨水长东”及“独自莫凭阑，无限江山，别时容易见时难。流水落花春去也，天上人间”，之句，谁不读之凄然呢？苏东坡议后主“破阵子”“最是仓皇辞庙日，教坊犹奏别离歌，垂泪对宫娥”诸语，以为：“后主既为樊若水所卖，举国与人，故当恸哭于九庙之外，谢其民而后行”，不应挥泪宫娥，听教坊离曲。不知此正后主至情流露处。他心里不愿哭庙谢民，便不哭庙谢民。此种举动，实胜于虚伪的做作万万。好的作品，都是心里想什么，便写什么的。

——出自西谛（郑振铎）《读书杂记·论词》（《小说月报》，1923年第14卷第1、3期）

（一二四）

法帖始于南唐。南唐中主和后主又都是词家；徐铉和徐锴的小学，宋齐丘的哲学思想，卓荦一时，都是南唐的臣子：南唐文化的茂盛可见一斑！

——出自颉刚《读书杂记》（《小说月报》，1923年14卷1期）

（一二五）

《望江南》 此调始名《谢秋娘》。按《乐府杂录》云：“系李太尉德裕镇浙日，为谢秋娘所作。”但其词已散逸无考。白香山改为《忆江南》，因其末句有“能不忆江南”五字耳。又名《梦江南》，则因皇甫松有“闲梦江南梅熟日”之句也。此外，亦名《江南好》《梦江口》。宋王灼云：“此曲自唐至今皆南宫。”王铚云：“今入大石调。”而《全唐诗》于李后主此词注：“又名《归塞北》。”沈际飞云：“又名《望江梅》，又名《梦游仙》。”毛先舒云：“《古乐府》有《江南弄》，中分《龙笛》《采莲》《赵瑟》《秦筝》等曲。”梁武帝、简文帝、陈后主、沈约、吴均诸人咸有其作。《乐录》云：“《江南弄》三洲韵。和云：阳春路，娉婷出绮罗。”正与填词起句同法，然则《望江南》词盖昉于此。

《乌夜啼》　此调一名《锦堂春》。薛昭蕴一首原名《相见欢》，而李后主此词则名《忆真妃》。又以词中有“无言独上西楼，月如钩。寂寞梧桐深院，锁深秋”之句，故又名《上西楼》《西楼子》《秋夜月》。按《古乐府》有《乌夜啼》，宋临川王義庆所作。一云魏何晏系狱，有二乌止晏舍上，晏女曰：“乌有喜声，父必免。”遂撰此操。至唐相沿有此曲，填词因之。又案《唐乐志》云：“隋亡，清乐散阙存者才六十三，曲中有《乌夜啼》《玉树后庭花》等名。”

《捣练子》　此调亦名《深院月》。李后主作《秋闺词》，有“断续寒砧断续风”之句，盖咏捣练者也，遂名此调为《捣练子》。又按《词苑丛谈》谓旧本此调尚有上阕，盖即《鹧鸪天》变体。其词云：“塘水初澄想玉容。所思还在别离中。谁知九月初三夜，露似真珠月似弓。”下接“深院静”云云。惟“塘水初澄”似与咏捣练不合，而平仄句法亦与《鹧鸪天》互异。此说不可为训。

其中“燕子斜阳来又去，如此江山”二句，与南唐后主所作“流水落花春去也，天上人间”一样超人情味。盖正不知包含几许眼泪，直使后来读者犹为之涕泣不尽也！所谓文艺之价值，正在斯耳！古今来词坛名作，能如许者，实属不多。昔人谓“好诗多从性情中出”，词亦何莫不然。我意，凡属文艺作品，不论诗词散文，若一失性情，便无好处。竹垞之长，便在采藻纷华以外，能不失性情。阮亭之专尚神韵，自不能及。

——以上四则出自杰民《恬庐碎墨（三二）·词名考略》

［《益世报（天津版）》，1927年6月8、13日］

（一二六）

四作酸辛凄楚，不忍卒读。足与麦秀之歌，胡笳之拍，以及李后主《望江南》《虞美人》《浪淘沙》诸作并传，洵千古断肠词也。

——出自于孝纯《萝月堂札记》（《中央日报》，1947年6月13日）

（一二七）

四十余年家国，三千里地山河。凤阁龙楼连霄汉，琼枝玉树作烟萝，几曾识干戈！ 一旦归为臣虏，沈腰潘鬓消磨。最是仓皇辞庙日，教坊为奏别离歌，垂泪对宫娥！

——《破阵子》

南唐李后主这首《破阵子》词，千古以来的人对他的批评，多数是带着贬词的，甚至诋为"全无心肝"，和那陈叔宝一样。其实陈叔宝那能和李后主相提并论呢？现在且把这首词搁下，先就后主的性情风格叙述一下，再来讨论词的真伪是非。

李后主除具有天赋的独特聪明，和毕生爱好文学之外，他的天性是仁孝温厚不过的。他的生平，对于事父母同已极尽孝道，而于兄弟、妻子以至臣民，都一秉真诚，爱之唯恐不至。在伦理上充分表现了爱的精神，甚至泽及禽兽，真够得上"仁民及物"这句话。从一般记载上可以一一考证出来的。

当其父嗣主薨时，后主居丧哀毁，杖而后起。迨遭母后钟氏之丧，哀毁亦如之。此在帝王家，有此纯孝已属寡见。其妻周后有疾，悲哀逾恒，如丧考妣，伉俪情深，也非寻常可及，并制注文数千言，词极酸楚，令人读之感动。其子仲宣，四岁时戏佛殿前，有大琉璃灯为猫触堕地，划然作声，仲宣惊痫而卒。后主常默坐饮泣，有诗以写哀云："珠碎眼前珍，花凋世外春。未消心里恨，又失掌中身。玉笥犹残药，香奁已染尘。前哀将后感，无泪可沾巾。"因为爱妻爱子先后下世，富于情感的他，自难免格外悲苦了。

他对于兄弟友于之笃也是过人的。七弟从善，奉表朝宋，以纾国难，留于宋。后主累求归国，不许，悲思不已。每凭高北望，泣下沾襟，左右莫敢仰视。八弟从益，出镇宣州，后主率近臣相饯，所作送行诗有"咫尺烟江几多地，不须怀抱重凄其"之句，手足情深，一如父母、妻子，是他的纯然天性流露出来的。

按《江南别录》谓："后主以仁孝为理，敦睦亲族，无微不至。其于群臣，常欲和衷共济于朝，不欲闻人过，即有论决死刑者多从末减。"又按《湘山野录》谓："后主尝猎于青龙山，一牝狙触网于谷，见主雨泪，稽颡搏脐，屡指其腹。主大怪，戒虞人保以守之，是夕，果诞二子。因感其事，还幸大理寺，原贷甚众。"由此可见他爱人及物的真性情。（未完）

关于《破阵子》词，后人指摘者，多以为当国破身俘之际，应该痛哭于九庙，谢其民而后行，若挥泪对宫娥而离教坊，是何等现象，这样是极度表露他溺于声色到死不悟，而亡国是不足惜了。《南唐拾遗记》则云："按此词或是追赋，倘煜是时犹作词，则全无心肝矣。至若挥泪听歌，特词人偶然语。且据煜词，则挥泪本为哭庙，而离歌乃伶人见煜辞庙而自奏耳。"这些话无论是责备他，或原谅他，都不见得真切。惟《瓮牖闲评》则认为"此决非后主词也，特后人附会为之耳。观曹彬下江南时，后主预令宫中积薪，誓言若社稷失守，当携血肉以赴火，其励志如此，后虽不免归朝，然当时有甚教坊？何暇对宫娥哉？”此说从事实上指出后主原有意为社稷死，及迫而就降之际，空城纷乱，教坊星散，更何暇挥泪对宫娥呢？是认定事实不存在，那么根本就没有这首词了。

近人刘永溍氏对于这词的见解：“我认为这首词是后人批评后主的讥讽。他平日居于深宫之中，生长于妇人之手，但耽娱乐，不识干戈，到了仓皇辞庙的时候，也只有教坊相送，宫娥相对了，他的臣民早已离心离德，更何必责备他弃其臣民呢？”又任二北氏的批评，也说：“全词绝似旁观者对于后主之事，加以太息，非若后主其余自伤沦落，出语真切，千回百转也，凤阁以下二句，宜出措大，不似其口吻。”这就词的风格方面，推断为别人所作，而非出自后主手笔，也是具有见地。

后主天才丰赡，精于乐律，平日风流自赏，寄情于歌舞，当然是实事。但可信承平时有此态度，到了衔璧牵羊、痛哭去国的时候，那里还有工夫向宫娥垂泪？何况他的天性是最容易冲动的，在辞庙时，内心发露的悲痛垂泪是应有事，但不见得就是还恋恋于歌色吧。所以这首词无论在当时或事后都可断非后主所作，而且他一生所作的词在练句的技巧上和自然吐露的风格上也和这首词不类。从来古人作品，常被后人伪托，或胡乱混杂，惹了不少是非，即如朱淑真的《生查子》一事也同样地受了许多讥评，就是以讹传讹的一种例子了。（完）

——出自冬父《客窗漫录·由李后主的天性说到他的“破阵子”词》（《湘桂黔旬刊》，1948 年 3 卷 4、5 期）

（一二八）

唐词亦唯李太白、温飞卿二家最妙。太白词《尊前集》所录五十余首，然细考之，皆系别人所作，误系之太白。且唐五代词，时有互见者，如《更漏子》“柳丝长”一首，或作温飞卿，或作南唐后主，或作冯延巳，或作牛峤，几不能辨其为何人所作。然以兴、比之体推之，此词全是兴也，即可见为唐词；又如《蝶恋花》“庭院深深深几许”一首，或作冯延巳，或作欧阳修，李清照《漱玉词》极言此词为欧公所作，且深得迭字之法，因效之，用为《临江仙》起句。以此言之，此词是欧公作矣。各本冯集、欧集皆有之，宋吉州本欧集罗泌校注（双照景宋本）曰：此中杂有冯词，又其词之浅近者，皆是刘煇伪托，可见未必全是欧公词。《碧鸡漫志》曰：欧公词大半是他人所作，“庭院”一首全是比体，当是五代词；又如《鱼游春水》一首，“秦楼东风里”一首，各本作唐词。《草堂诗余》谓阮逸（北宋人）女作，为北宋词，不知此词全是比体，必非阮女作。阮女词存者唯《花心动》一首，论词者皆知之，并无他作。

张炎《词源》曰：近时选本，黄升（一作易，字叔旸，别号玉林。少年应科举不第，乃弃之，专力于词。其词亦苏辛一派，故其选于宋人词多录欧、苏二家。《中兴以来绝妙词选》多录辛、刘二家。）《花庵绝妙词选》及周密《绝妙好词选》二种最完善，草窗（密，字公谨，别号草窗）选本尤在《中兴词选》之上。案：黄选录唐五代词太少，宋词太多。宋词亦有不尽佳者，以其人而存之，不如周选之严，最多姜白石亦只十余首，余则仅一二首。草窗生于宋而没于元，其用意在表章宋词，首录张孝祥，以其与秦桧忤不附议和也，唯录蔡松年（金右丞相）、仇远（元溧阳学正）与本意不合。此外皆与白石之志在中原同意，实在《中兴》之上。黄选有书名与各本不合者，如南唐中主《望远行》，各本皆作后主，唯陈振孙（南宋人）《直斋书录解题》曰：此词是中主作。借此可考见宋人相传说之旧，后人不知何故改作后主词也，明吕远刻本、毛晋钞本、清初侯文灿刻本均从其说，与各本不合。余若温庭筠、韦庄、牛峤、张泌各家，亦有书名与各本不合者，唯张泌《浣溪沙》“枕障熏燫隔绣帷”一首。案：《唐人说荟》曰是张曙作，唐人侍郎祎之子。是词是悼亡而作，细味之，是兴体；且末句“黄昏微雨画帘垂”七字，袁枚《随园诗话》亦以为是悼亡佳句。可见是曙词，唯亦可借以知宋人之传说也。

《柳丝长》一首，《尊前集》作南唐后主词，非，各本作温词，是。此数词皆专指令狐绹而言。“阁”字指宰相，唐诗“经纶阁下文章静，钟鼓楼上日月长”，此指相臣在宫中治事而作。《唐书》：不经凤阁鸾台不得曰敕。

《词源》论以温韦并称，其实二家派别不同，温以浓厚，韦以明浅，其厚薄相隔甚远。唯五代诸家自南唐后主外，必以韦端已为第一。

《应天长》起句，均作五字句，如南唐后主词“柳堤芳草住”。唯此词作三字两句，疑中有虚字，犹曲之有衬字也，“天”字疑即虚字。收句“否”字向属尤部，鱼虞部无此字，唯五代宋词用“否”“负”等尤部字入鱼虞部者甚多。戈顺卿《词林正韵》始补收之，复注明曰：此俗音也。

张泌，字子澄。泌在唐官句容县尉，上万言书，后主奇其才，用为御史，历官中书舍人。书虽不传，其大指先治内政，后兴兵力，以统一天下（南唐自称唐宪宗第四子之后），可以复唐之业也。略见马令（北宋人）、陆游（南宋人）两《南唐书》。

泌《浣溪纱》十五首，皆用一“小”字。《枕障》一首非泌作。《唐人说荟》：唐张侍郎祎有妻丧，悲悼之甚。其子曙为此词，祎见之曰：此必阿灰作也。后人以“黄昏”“微雨”“画帘”等字为悼亡之用，袁枚《随园诗话》亦以此为悼亡佳句。

子澄词以《浣溪沙》得名，其词均以“小”字寓偏安不可久之意，与所上万言书用意略同。首句言为君者如能开诚布公，则天下事无不可为；次句言既无力而又佣于为政则不可；第三句言荒于色也；“微雨”句言国势可危；“燕莺”句言在朝多小人也；“杏花”句自喻，言不能用其计以统一天下也；以“东风”二字作收，寓所望于后主者甚深，故以兴复唐之祖业相责也。

《满宫花》名曰宫词，似乎极写宫中行乐之象，而语语有沉痛之意。起二句极写春景，以寓国家初兴景象；第三句接“寂寞”二字，言无人为政，则国将不保，故以“上阳宫里”四字点明；“帘”指人君垂帘听政，此二句言，如荒于色则不能勤于政也，故以“冷”字点明。后半“娇燕”“公子”皆暗指后主，“黄莺”指佞臣之巧言如簧也；“细雨”即《易经》之“履霜”“坚冰”，《诗经》之“先集维霰”也；收句言“东风”，又言“清明”，言国家有可为之时，而无如其“沉醉”不醒也。此词深责后主。

——以上九则出自刘毓盘《花庵绝妙词选笔记》（稿本，一册，上海图书馆馆藏）

（一二九）

民国元年，余在上海，为《大共和日报》总编辑，季刚则主《民声日报》，所居亦相近，游宴过从无虚日。季刚方好为词，约同和《清真集》，未成。又联句和李后主词，刻烛而就。时郑叔问为词家宗匠，录以请教。郑书其后云：“悱恻缠绵，不忍卒读。”季刚怒，以为讽也，作诗报之，有“独弦何用卖声名”之句。嗣康心孚取之以实《雅言》，余与季刚并不著集中，亦久不以为意。其后客重庆，见副稿在心如处，盖又从心孚得之也。当时共游处商文字者，尚有王容子、刘仲蘧诸人。仲蘧婴暴疾卒。季刚哭之恸，谓余：“设我不幸，君当作何语？”余遽集古人诗应之曰：“我意独怜才，平生风义兼师友；谁能长寿考，九重泉路尽交期。”季刚称善。及其殁，别撰哀辞而外，遂并书此语挽之。

——出自汪东《寄庵随笔》（原载上海《新闻报》副刊1949年1月6日至5月21日。又有汪东《寄庵随笔》，齐鲁书社，1987年版。又有薛玉坤《汪东文集》本，河南文艺出版社，2015年）

（一三〇）

若干年前，我忽然立下一志愿，就是在南京清凉山翠微厅遗址，盖它一座小小的词皇阁。后来又想移在后湖上。这志愿当然受的周庆云在西湖茭庐庵造两浙词人祠堂的影响。我一向认为宋代文化接受南唐遗产最多，什么澄心堂纸、李廷珪墨，自不待言。后主李煜自己对于书法、绘画、诗文、佛教，都有贡献，尤其是词。当然妇人的缠足也是从他起的，这却是他的过失！南唐移都在南昌的时期很短，大部分的时间是在南京。自从翠微亭倒塌了以后，一点遗迹都没有了。南京城中只有什么内桥、北门桥还是沿那时的旧称，此外便一无痕迹。我这志愿，现在已是打消了。只是把李煜词的明本，谭尔进、吕远二刻，毛子晋钞本；以及侯文灿、金武祥、刘继增、朱景行、沈宗畸、刘毓盘、邵长光、王国维、唐圭璋九位对他这词的校补，作最后一次的清除，仅仅存下三十七首。又取李煜画象，在今年七月七日（他的生辰，也是他的死忌）用巾箱本刻印成册，将词皇阁仍然建筑在他自己的作品上，静候人民再予以估价和批判。

李煜的书法

南唐李后主毕竟是个多才多艺的人。他的词不必说，就是他的书法也有独到之处。黄山谷说他的字出于裴休。而欧阳修说：颜鲁公书正直方重，似其为人。若以书观，后主可不谓之倔强丈夫哉。他这书法有金错刀、撮襟书等名称。陶谷《清异录》说："后主善书，作颤笔樛曲之状，遒劲如寒松霜竹，谓之金错刀。"撮襟书也是一种颤笔，清凉山广慧寺德庆堂榜；还有在黄罗扇上写柳枝词赐宫人庆奴，这皆撮襟书。他对书法的著作，有《续羊欣笔阵图》《书述》。所谓擫、压、钩、揭、抵、拒、导、送这八字法，一名"拨灯法"，传自钟王。他又把所藏一些名贤墨迹在保大七年，命曹参军等摹勒上石，名《升元帖》，是法帖之祖，在《淳化帖》前一大贡献。《砚北杂志》皆载他评唐代书家的话，是他不独为书家，亦书评家。澄心堂纸、李廷珪墨、韶尾石砚、玉笔管，这些是他作书时特有的工具，都是书史上的佳话。

——以上见二则卢前《柴室小品·论词》（作于1949—1951年，录自《卢前笔记杂钞》，中华书局，2004年版）

（一三一）

我们为什么爱读《木兰辞》和《孔雀东南飞》呢？因为这两首诗是用白话做的。为什么爱读陶渊明的诗和李后主的词呢？因为他们的诗词是用白话做的。为什么爱读杜甫的《石壕吏》《兵车行》诸诗呢？因为他们都是用白话做的。为什么不爱韩愈的《南山》呢？因为他用的是死字死话。……简单说来，自从《三百篇》到于今，中国的文学凡是有一些价值，有一些儿生命的，都是白话的，或是近于白话的。其余都是没有生气的古董，都是博物院中的陈列品！

《花间集》五百首，全是为娼家歌者作的，这是无可疑的。不但《花间集·序》明明如此说；即看其中许多科举的鄙词，如《喜迁莺》《鹤冲天》之类，便可明白。此风直到北宋盛时，还不曾衰歇。柳耆卿是长住在娼家，专替妓女乐工作词的。晏小山的词集自序也明明说他的词作了就交与几个歌妓去唱的。这是词史的第一段落。这个时代的词有一个特征：就是这二百年词都是无题的：内容都很简单，不是相思，便是离别，不是绮语，便是醉歌，所以用不著标题；题底也许别有寄托，但题面仍不出男女的艳歌，所以也不用特别标出题目。南唐李后主与冯延巳出来之后，悲哀的境遇与深刻的感情，自然抬高了词的意境，加浓了词的内容；但他们的词仍是要给歌者去唱的，所以他们的作品始终不曾脱离平民文学的形式。北宋词人继续这个风气，所以晏氏父子与欧阳永叔的词都还是无题的。他们在别种文艺作品上，尽管极力复古，但他们作词时，总不能不采用乐工娼女的语言声口。

——出自胡适撰《胡适诗话·论词》（吴奔星、李兴华选编《胡适诗话》，四川文艺出版社，1991 年本）

（一三二）

卢蒲江之（谒金门）“风不定。移去移来帘影。”静境妙观，不减后主之“风压轻云”。陈西麓之（谒金门）“风不定。吹漾一帘波影。”乃钞袭蒲江，而意境便不如矣。调名既同，而韵脚亦同，故痕迹愈显。尤当引为大戒。

然而诗词最易误入他人集，不比文章。盖文章有言论，有事实，且篇幅较大，故不易相乱。诗词则不然，本是小品，酬唱投赠，原属闲情，并未滚视作正经大事。投简偶杂入丛稿中，后人汇刻，最易相蒙，一也。录他人之作品为笔墨酬应，在作书者或偶喜其清新，随手拈来，若当时不标出录某人作等字，则后之收辑诗文集者每为所惑，二也。此“六曲阑干”之于欧阳永叔与冯延巳、“遥夜亭皋”之于李后主与欧阳永叔，所以聚讼纷纭，莫知谁属也。

宋孝宗曾欣赏俞国宝之《风入松》，但颇嫌“明日重携残酒”一语，未免寒酸，乃为之改作“明日重扶残醉”。仅易二字，而气象便尔不同。孟子曰“居移气，养移体”，自是至理。大抵人之性情气度所受环境之影响，与昆虫变色同一道理，非只是生存之要素，亦性质之所因以养成者也。路隅之王孙，虽不肯自道其姓名，但器宇必与乞儿异，可断言也。宋徽宗北行见杏花之宴山亭，虽在颠沛流离中，依旧雍容大雅。据《南烬纪闻》所载，当日徽宗携郑后，钦宗携朱后，狼狈北行，押解者驱之如犬羊，衣履随气候以为燥湿，无复人形。而词中亦只曰“易得凋零，更多少无情风雨”而已。李后主作俘虏时之乌夜啼曰，“烛残漏滴频欹枕，起坐不能平。”虽懊恼犹不失其妩媚。至如贺双卿之“日长酸透软腰肢”，非不佳，但总乏名贵气。后世诗人，多少以宫词为题者，只能谓之婢学夫人。

更有一新取巧法，曰闹中取静，曰忙里偷闲，曰苦中寻乐。如梦窗之“隔江人在两声中”，闹中取静也。雨声与人声争喧，而境界却是十分幽静。又如李后主之“炉香闲袅凤凰儿，空持罗带，回首恨依依”，忙里偷闲也。仓皇出走，偏能有此闲情。又如蔡幼学之“明年不怕不逢春”，及张玉田之“恨西风不庇寒蝉，便扫尽一林残叶。谢他杨柳多情，还有绿阴时节。”苦中寻乐也。玉田之《长亭怨》，题曰旧居有感，落魄王孙，园林易主，悲苦无限，结韵乃强自振作。凡此或撇去眼前而专取远景，或跳脱环境而寄情物外，用取巧方法以新人耳。耳目新则自觉其意境新矣。

——以上三则出自梁启勋《曼殊室随笔·词论》（《曼殊室随笔》，1948 年版）

（一三三）

偶读朱竹垞《静志居琴趣》有《一叶落》一阕云："泪眼注。临当去，此时欲住已难住。下楼复上楼，楼头风吹雨。风吹雨。草草离人语。"寥寥数语，只写分手踌躇之意态，而离愁别恨，寡已曲尽其致，的是妙构。词家谓《静志居琴趣》："尽扫陈言，独出机杼，绝词有此，匪独晏欧所不能，即李后主、牛松卿，亦未尝梦见。"（《白雨斋词话》观此当知其非溢美也）

——出自寥《独出机杼之艳词》（《新天津》，1941年9月3日）

参考文献

一、古籍

陈彭年《江南别录》，《学海类编》本

陈耀文《花草粹编》，文渊阁《四库全书》本

陈鹄《西塘集耆旧续闻》，文渊阁《四库全书》本

陈廷焯著，彭玉平导读《白雨斋词话》，上海古籍出版社，2009 年版

董诰等《全唐文》，中华书局，1985 年版

冯煦《宋六十一家词选》，商务印书馆，1933 年版

何文焕《历代诗话》，中华书局，1981 年版

胡仔《苕溪渔隐丛话前集》，文渊阁《四库全书》本

胡应麟撰《诗薮·杂编》，上海古籍出版社，1979 年版

陆游《南唐书》，《四部丛刊续编》本

马令《南唐书》（丛书集成初编），商务印书馆，1935 年版

杨慎辑，刘崇德、徐文武点校《词林万选》，河北大学出版社，2006 年版

孟元老撰、伊永文笺注《东京梦华录》，中华书局，2006 年版

卓人月《古今词统》，明崇祯刻本

欧阳修《新五代史》，中华书局，1999 年版

卓人月《古今词统》，辽宁教育出版社，2000 年版

张惠言录，刘崇德、徐文武点校《词选》，河北大学出版社，2006年版

史虚白《钓矶立谈》（丛书集成初编），商务印书馆，1935年版

宋濂等主编《元史》，中华书局，1999年版

邵思《雁门野说》，《说郛》，宛委山堂本

邵思《野说》，《说孚》，涵芬楼本

唐圭璋撰《全宋词》，中华书局，1980年版

唐圭璋编《词话丛编》，中华书局，1986年版

唐圭璋等校点《唐宋人选唐宋词》，上海古籍出版社，2004年版

王国维著、徐调孚校注《人间词话》，中华书局，2009年版

王弈清等《历代诗余》，文渊阁《四库全书》本

王铚《默记》，文渊阁《四库全书》本

薛居正《旧五代史》，中华书局，1976年版

徐铉《徐公文集》，《四部丛刊初编》本

脱脱等撰《宋史》，中华书局，1977年版

叶梦得《石林燕语》，中华书局，1984年版

朱彝尊《水村琴趣序》，《曝书亭集》，乾隆刻本

朱熹《朱子全书》，上海古籍出版社、安徽教育出版社，2010年版

张璋、黄畬编《全唐五代词》，上海古籍出版社，1986年版

曾昭岷等编《全唐五代词》，中华书局，1999年版

二、专著

崔海正主编、高峰著《唐五代词研究史稿》，齐鲁书社，2006 年版

崔海正主编，朱惠国、刘明玉著《明清词研究史稿》，齐鲁书社，2006 年版

曹辛华著《20 世纪古代文学研究史·词学卷》，东方出版中心，2006 年版

曹辛华著《民国词史考论》，人民出版社，2017 年版

刘兴晖著《晚清民国的唐宋词选本研究——以光宣时期为中心》，安徽师大出版社，2017 年版

彭玉平著《王国维词学与学缘研究》，中华书局，2015 年版

陈文忠著《中国古典诗歌接受史研究》，安徽大学出版社，1998 年版

陈水云等著《唐宋词在明末清初的传播与接受》，中国社会科学出版社，2010 年版

陈秋帆《阳春集笺》，上海南京书店，1933 年版

黛安娜·克兰《无形学院——知识在科学共同体的扩散》，华夏出版社，1988 年版

丹纳著、傅雷译《艺术哲学》，人民文学出版社，1963 年版

方智范、邓乔彬、周圣伟、高建中著《中国词学批评史》，中国社会科学出版社，1994 年版

郭庆光著《传播学教程》，中国人民大学出版社，1999 年版

H. R 姚斯、R. C. 霍拉勃著，周宁、金元浦译《接受美学与

接受理论》，辽宁人民出版社，1987 年版

蒋寅著《中国古代文学通论·隋唐五代卷》，辽宁人民出版社，2005 年版

刘尊明、甘松著《唐宋词与唐宋文化》，凤凰出版社，2009 年版

刘黎明等编《中国文学》，四川人民出版社，2010 年版

刘扬忠著《唐宋词流派史》，福建人民出版社，1999 年版

缪钺著《诗词散论》，上海古籍出版社，1982 年版

钱基博著《中国文学史》，中华书局，1993 年版

邵培仁著《传播学》，高等教育出版社，2002 年版

施蛰存主编《词籍序跋萃编》，中国社会科学出版社，1994 年版

沈祖棻著《宋词赏析》，北京出版社，2003 年版

孙克强著《唐宋人词话》，河南文艺出版社，1999 年版

唐圭璋著《唐宋词简释》，人民文学出版社，2010 年版

陶然著《金元词通论》，上海古籍出版社，2010 年版

谭新红著《宋词传播方式研究》，武汉大学出版社，2010 年版

王红、周啸天著《中国文学·魏晋南北朝隋唐五代卷》，四川人民出版社，2005 年版

王兆鹏著《词学史料学》，中华书局，2004 年版

王兆鹏主编《唐宋词汇评·唐五代卷》，浙江教育出版社，2004 年版

王兆鹏著《宋南渡词人群体研究》，凤凰出版社，2009 年版

王兆鹏、刘学编《20 世纪词学研究论著目录索引》，（《文

学遗产》网络版）2011年

吴熊和著《唐宋词通论》，上海古籍出版社，2010年版

王水照著《王水照自选集》，上海教育出版社，2000年版

王水照主编《宋代文学通论》，上海古籍出版社，1997年版

吴梅著《词学通论》，商务印书馆，1932年版

夏承焘著《唐宋词人年谱》，上海古籍出版社，1979年版

肖鹏著《群体的选择——唐宋人词选与词人群通论》，凤凰出版社，2009年版

杨海明著《唐宋词论稿》，浙江古籍出版社，1988年版

叶嘉莹著《迦陵论词丛稿》，上海古籍出版社，1980年版

叶嘉莹著《清词丛论》，河北教育出版社，2000年版

严迪昌著《清词史》，江苏古籍出版社，1999年版

俞陛云撰《唐五代两宋词选释》，上海古籍出版社，1985年版

袁行霈、孟二冬、丁放著《中国诗学通论》，安徽教育出版社，1996年版

（英）丹尼斯·麦奎尔、（瑞）斯文·温德尔著，祝建华、武伟译《大众传播模式论》，上海译文出版社，1997年版

詹安泰著《李璟李煜词》，人民文学出版社，1982年版

张宏生著《清代词学的建构》，江苏古籍出版社，1999年版

三、论文

邓珊珊《柳永词在宋代的传播与接受研究》，中南民族大学硕士学位论文，2007 年 5 月

傅玉兰《南唐饮宴文化繁荣原因浅探》，《东南文化》，2008 年第 5 期

黄旭《词在宋代的传播研究》，东南大学硕士学位论文，2007 年 5 月

李克《宋代歌妓与宋词传播》，东北师范大学硕士学位论文，2006 年 5 月

李睿《清代词选研究》，华东师范大学博士学位论文，2006 年 4 月

凌天松《明编词总集述评》，华东师范大学博士学位论文，2008 年 4 月

刘尊明、王秀林《“亡国之音”穿越历史时空：李煜词的接受史探赜》，《江海学刊》，2004 年 4 月

乔力《主体意识的建立：论南唐词的审美特征与范型意义》，《东岳论丛》，1995 年第 5 期

王兆鹏《中国古代文学传播研究的六个层面》，《江汉论坛》，2006 年 5 月

王兆鹏《宋词的口头传播方式初探——以歌妓唱词为中心》，《文学遗产》，2004 年第 6 期

王兆鹏《中国古代文学传播方式研究的思考》，《文学遗产》，2006 年第 2 期

张颖《宋代文人对李煜词的接受》，《唐山师范学院学报》，2007 年 7 月

赵晓兰《论花间词的传播与南唐词对花间词的接受》，《四

川师范大学学报》（社会科学版），2003 年 1 月

张航《姜夔词的传播与接受研究》，福建师范大学硕士学位论文，2006 年 9 月

张春媚、刘尊明《温庭筠词在晚唐五代的传播与接受》，《齐鲁学刊》，2003 年第 1 期

曾维刚《南宋中兴诗人群体论纲》，《兰州大学学报》，2012 年第 2 期

张兴武《乱世江南著雅音——南唐妓乐与南唐词》，《西北师大学报》（社会科学版），2001 年第 1 期

后 记

此书为本人学术成长的见证，是在本人硕士论文基础上形成的专门研究南唐词接受与传播的著作。上篇主要是对南唐词在古代的传播与接受的研究；中篇则是对南唐词在现代的传播与接受的研究；下篇则对各种词话中论及南唐词文献的搜辑、整理与考校。旨在对南唐词在历代接受与传播史实、过程与问题进行探讨，以见南唐词在后世的回响。

为了明晓学术之不易，于此还是先将自己硕士毕业时的“致谢”语录中一部分录于此，以示纪念。“本论文从论文选题、收集资料、确定提纲、文献综述、开题报告、初稿完成、反复修改，到最后定稿，都是在导师曾维刚先生的悉心指导下完成的，同时也得到了许多师兄师姐、同门好友及朋友的帮助与支持，在此向他们致以最真挚的感谢。感谢我的导师曾维刚先生。三年前，我成功进入兰州大学并有幸成为先生的弟子。先生深厚的学术造诣、严谨的治学风格、执着的学术追求、乐观的生活态度、为人师表的人格魅力，都深深打动着我，激励着我不断上进。在先生的指导下，我从一个古代文学的门外汉成为一个热爱古典文学的内里人。先生常说：天下学者分为两途，高明者多独断之学，沉潜者尚考索之功。并要求我们在学习和研究过程中，学会两条腿走路，即理论和考证不可偏废。这些教诲都使我获益良多，终身受用。在此次论文的制作过程中，先生更是倾心指导，大到论文框架的安排，小到一个错别字的改正，无不凝结着先生的心血。在此，衷心地感谢我的导师曾维刚先生。同时，我也要感谢庆振轩先生，感谢他对我们生活和学习上的帮助。三年的研究生生活最难忘的是师生情、同窗谊。感谢我的同门好友张鹏、李佳、张改莉、李永芳、吴变，是你们让我的研究生生活更加丰富多彩，这是我研究生阶段的另一种收获，也是我最值得记忆的快乐时光。感谢你们！最后，感谢我的家人，是你们的支持与理解才能让我心无旁骛的完成三年的学业。”

写此段话时是在暮春，重新录此段话于此时还是春暮。只是有八年之隔。八年中本人读博士、博士后，一直无机会重新梳理、加工此论文。适逢本人所任教的运城学院鼓励青年科研，遂在原有的论文基础上，形成了目前为止于南唐词的接受与传播方面较为全面的一部研究书稿。由于时间、精力等问题，仍有不少值得深入探讨与阐释之处（如当代南唐词的传播与接受也是需要我们深入探讨的领域；又如以南唐词为契机，对历代词中各朝代各地域词人群体与创作等接受与传播问题的研究；对南唐词研究名家学者及其成就的评价与探讨等）。这些且容以后再专门细化。现交由出版社付梓。在本书的出版过程中，南京师范大学钟振振教授、上海大学曹辛华教授、采薇阁书店董事长王强先生等提携尤多。李姝威、付建雨等协助做了一些资料梳理工作。本人所在单位领导李文教授、何小宛教授等均提供不少有价值的建议。于此一并感恩、致谢。此书稿初创于西北，完成于东南。南唐又恰在东南，本人又曾于南唐故都金陵求学。其间甘苦悲欢之情“恰似一江春水向东流”。

乱曰：学术路如云漫漫，何时一片蔚蓝天。山花子唱南唐梦，不悔书窗暮雨寒。

袁晓聪

辛丑年初夏书于长安鹃声中